OSMAN BALCIGİL

Ela Gözlü Par

Celile

DESTEK
yayınları

DESTEK YAYINLARI: 649
EDEBİYAT: 255

OSMAN BALCIGİL / ELA GÖZLÜ PARS CELİLE

İmtiyaz Sahibi: Yelda Cumalıoğlu
Genel Yayın Yönetmeni: Ertürk Akşun
Yayın Koordinatörü: Özlem Esmergül
Editör: Devrim Yalkut
Kapak Tasarım: İlknur Muştu
Sayfa Düzeni: Cansu Poroy
Sosyal Medya-Grafik: Tuğçe Budak – Ali Türkmen

Destek Yayınları: Mart 2016 (2.000 Adet)
3.Baskı: Nisan 2016
4.Baskı: Mayıs 2016
5.-6.Baskı: Haziran 2016
7.Baskı: Temmuz 2016
Yayıncı Sertifika No. 13226

ISBN 978-605-311-084-2

Abdi İpekçi Caddesi No. 31/5 Nişantaşı/İstanbul
Tel.: (0) 212 252 22 42
Fax: (0) 212 252 22 43
www.destekyayinlari.com
info@destekyayinlari.com
facebook.com/DestekYayinevi
twitter.com/destekyayinlari
instagram.com/destekyayinlari

Deniz Ofset – Nazlı Koçak
Sertifika No. 29652
Maltepe Mah. Gümüşsuyu Cad.
Odin İş Mrk. B Blok No. 403/2
Zeytinburnu / İstanbul

OSMAN BALCIGİL

Ela Gözlü Pars

Celile

"O, Nâzım Hikmet'in annesi, Yahya Kemal'in sevgilisi Osmanlı'nın ilk kadın nü ressamıydı..."

DESTEK
yayınları

Gerçek kişilerden ve tarihi olaylardan esinlenilmiştir.

OSMAN BALCIGİL

1955'te İstanbul'da doğdu. Ekonomi eğitimi gördü. Ulusal dergi, gazete ve televizyonların haber bölümlerinde muhabir, editör, yönetici olarak otuz yıla yakın çalıştı. Pek çok ödül aldı. Latin Amerika'da yaptığı çalışmayla, 1988 yılında Türkiye Gazeteciler Cemiyeti tarafından "Yılın Gazetecisi" seçildi. Sürekli Basın Kartı sahibi.

www.osmanbalcigil.com

Çalışmaları

Birikim Yayınları, 1977-1980 Yayınevi yöneticisi.

İletişim Yayınları, 1980-1983 Yazar ve editör: *Yeni Gündem*, *Video Sinema*, *Tarih ve Toplum*, *Cumhuriyet Dönemi Türkiye Ansiklopedisi*.

Cumhuriyet gazetesi ve dergisi, 1983-1985 Yazılar, Röportajlar ve Oxford Mektupları.

Hürriyet, *Hürriyet Pazar* ve *Tempo* dergisi, 1986-1988 Yazar, editör.

Hürriyet Production, 1989 Araştırmacı, yapımcı, koordinatör: Hodri Meydan, Tele-Vizyon, *Tempo*, Basın Kulübü programları.

Show TV, 1993 Haber Müdürü, Baş Sayfa programı yapımcısı.

ATV, 1994 Haber Programları Genel Koordinatörü, Üçüncü Sayfa, 41 Dakika programlarını hazırladı ve sundu.

Kanal 6, 1996 Haber Dairesi Başkanı.

Star TV, 1996 Haber Müdürü, Kırmızı Koltuk, Osman Balcıgil ile Gece Hattı, Dobra Dobra programlarını hazırladı ve sundu.

HBB TV, 1997-2000 Haber Dairesi Başkanı, Anchorman, Şeytanın Avukatı programını hazırladı ve sundu.

Ottoman Medya, 2000-2013 Kurucu ortak.

Araştırma Kitapları

Birleşmiş Milletler, Uluslararası Af Örgütü ve Ölüm Cezası, Birikim Yayınları

1960 Anayasası Üzerine, Birikim Yayınları

İdamın Günlüğü, Onur Yayınları

Toplum: Layığı Bu Değil, Haziran Yayınları

Latin Amerika'nın Atar Damarları, Belge Yayınları

Romanları

Ters Kanatlı Şahin, Şenocak Yayınları

Bilginin Efendisi, Destek Yayınları

Zerdüşt'ün Sırrı, Destek Yayınları

Dante'nin İstanbul Cehennemi, Destek Yayınları

Pisagor Tepkisi, Destek Yayınları

Mason Locası'nda Aşk ve Kılıç, Destek Yayınları

53. *Risale*, Destek Yayınları

Şafak söküyordu...

Yatağından kalktı.

Gece boyu dönüp durmuş, gözüne zırnık uyku girmemişti.

Gözlüklerini takıp duvardaki Saatli Maarif Takvimi'ne iyice yaklaştı, en üstteki sayfayı yırttı avucunda buruşturdu, "9 Mayıs!" diye söylendi.

Lanet olasıca 1950 yılının yerin dibine batasıca 9 Mayıs'ıydı.

O anda, dörtte bire yakın bölümünü tamamlamış olan günün, yaşadıkları ve yaşayacakları içinde en uzunu olacağını katiyen tahmin edemezdi.

Son zamanlarda, kopartıp buruşturduğu her takvim yaprağıyla birlikte, kalbi daha hızlı çarpar olmuştu.

"Bu şekilde devam edemem" diye söylenerek komodinin yanındaki sandalyeye oturdu.

Sürahiden bardağa su döktü. Bir yudum aldı, bıraktı.

Az önce çıkmış olduğu yatağa geri döndü. Huzursuzluktan darmadağın hale getirmiş olduğu yatağın kenarına ilişti.

Giderek oturur oldu...

Kardeşi kapısını tıklatıp odaya girdiğinde, bir uykudan uyanmış gibi baktı.

***

Kahvaltıdan sonra yine odasına döndü.

Sabahlığını çıkarttı. Giyindi.

Ayaklarının ucuna basarak portmantoya yöneldi.

Ne yapacağını, salonda gazeteleri okumakta olan Münevver'e söyleseydi, imkânsız izin vermezdi.

Sessizce ayakkabılarını giydi. Bastonunu aldı.

O ana kadar çıt çıkarmamıştı.

Mantosunu buldu, başörtüsünü bağladı, kapıyı açtı, dışarıya süzüldü.

Kapının kapandığını duyan Münevver peşi sıra koşup merdivenlerde yakalamasa, Kadıköy'den kalkacak ilk vapurla Karaköy'e geçecek, Galata Köprüsü'nün üzerinde bas bas bağıracaktı Celile.

Planı buydu!

Ama yakalanmıştı işte.

İki kardeş, loş merdivenlerde, uzunca süre çıt çıkarmadan oturdular.

İlk konuşan Münevver oldu.

"Ne düşünmüştün abla?"

Celile'nin son birkaç gündür konuşmamasından, uzun düşünmelerinden bir şeyler planladığını anlamıştı.

Sorusuna cevap alamayınca tekrarlar gibi baktı.

Yaşlı kadın başını önüne eğdi, sol elinde tuttuğu buruşuk takvim yaprağını kardeşine uzattı, ne yapmayı düşündüğünü açık yüreklilikle anlattı.

"Ama olur mu abla?" dedi Münevver şaşırmış gözlerle bakarak.

Celile, özellikle de şaşırmış haline isyan etti kardeşinin.

Onun da yaşını başını almış, orta yaş sınırını çoktan geride bırakmış olduğunu unutmuş gibiydi.

Önce verdi veriştirdi... Sonra ateş püskürdü!

Bağırınca öfkesi biraz diner gibi oldu.

"Ne yapayım? Göz mü yumayım ölmesine? Anne kalbi bu Münevver..." dedi ve cümlesini tüketti.

Belli ki konuşmaya devam edemeyecekti.

Gözpınarlarında beliren yaşlar birkaç saniye içinde sele dönüştü.

Münevver o gün, o saat ve o dakika itibariyle, ablasının zapt edilemez hale geldiğine ikna oldu.

Parmaklarını da kullanarak "Bu dokuzuncu gün" diye hesap yaptı.

Zaman gerçekten de süratle akıyordu.

Az gören gözlerini taktığı kalın camlı gözlüklerin altından parmağıyla silmeye çalışan ablasına sarıldı. İki kardeş bir süre öylece oturdular.

Bir

Paris'ten gelen mektubu defalarca okumuştu.

Arkadaşı Marcel'in yazdıklarını hatmedip, satırlardan savrulan Paris havasını doyasıya içine çektikten sonra, aynı zarfın içinden çıkan partisyonları sehpanın üzerine yaydı.

Chopin'in prelütlerinden en çok sevdiği on beşincisini alıp piyanonun başına geçti.

Karnında dokuzuncu ayını da doldurmuş olan bebeği izin verdiği sürece, büyük bir zevkle çalışacaktı Raindrop üzerine.

"Ne hoş bir tesadüf" diye düşündü bir ara. Allah izin verirse, çocuğu da tıpkı kendisi gibi, dünya güzeli Selanik'te soluk almaya başlayacaktı.

***

Selanik'te çok soğuk başlamıştı 1902.

Evlerinin büyük salonuna kurulu dev çini soba sayesinde neyse ki şikâyeti yoktu yağan kardan Celile'nin.

Tersine, etrafın beyazlığı ruhunu temizliyordu.

Arada bir yağan kara da göz atarak çaldı, çaldı...

***

"Biraz da Polonaise üzerine çalışsan" demese, Hikmet'in salondaki varlığından haberdar bile olmayacaktı.

Ne zaman girmişti salona, ne süredir dinliyordu kendisini?

Utangaç bir edayla çalmayı bırakıp, iyice büyümüş karnıyla ayağa kalkmaya yeltendi.

"Lütfen..." dedi en nazik sesiyle kocası ve ekledi. "Elimi yüzümü yıkamaya gitmeden, bir kez olsun Polonaise'i dinleyemez miyim?"

Celile "Raindrop'u bir kez daha çalayım. Polonaise'i hiç çalışmadım" diye karşılık verdi kocasına.

Ve her zaman olduğu gibi, istenileni değil istediğini yaptı.

Chopin'in on beş numaralı prelüdünü baştan sona, şahane bir yorumla bir kez daha çaldı.

Güzel kadın, kocasının alkışlarına, hamileliğinin elverdiği ölçüde şık bir reveransla teşekkür etti. Sonra, "Neden Polonaise'i çalmamı istedin?" diye sordu.

"Köklerin Polonyalı çünkü" dedi genç Hikmet.

***

Polonya kökenli devlet adamı, dil uzmanı ve eğitimci olan Hasan Enver Paşa'nın[1] kızıydı Celile.

Hasan Enver Paşa ise, 1848 ayaklanması esnasında, Polonya'dan Osmanlı İmparatorluğu'nun başkenti İstanbul'a göç eden ünlü devlet adamı Kont Konstantin Borzecki'nin[2] oğluydu.

Bir başka şekilde ifade edilecek olursa, Celile, ünlü Borzecki Paşa'nın torunuydu.

---

1. 1827-1929 yılları arasında yaşayan ünlü devlet adamı.
2. Konstantin Borzecki, 1848'de Avusturya ve Rusya'nın saldırdığı Polonya'dan kaçıp Osmanlı'ya sığındı. Hem adını hem de dinini değiştirdi. Mustafa Celaleddin Paşa oldu.

Rüzgârını her zaman arkasında hissetse de, Osmanlı ordusunun bu seçkin subayını tanıma fırsatını yakalayamamıştı torun Celile. Paşa dedesi gözlerini hayata onun doğumundan dört yıl önce yummuştu.

Yine de, onunla ile ilgili her şeyi ezbere bilirdi. Yazdığı *Eski ve Yeni Türkler*[3] isimli ünlü kitabı da okumuş, hatta İstanbul'dan gelirken yanında getirmişti.

***

Güzel kadın baba tarafına dair düşüncelerinden süratle sıyrıldı, eşinin, köklerine ilişkin söylediği sözlere bir cevap vermesi gerektiğini düşünüyordu.

Gülümsedi ve "Ona bakacak olursan, Varyasyonlar'ı da çalabilirdim" dedi.

"Biliyorsun, onu da bir Alman havası üzerine bestelemişti Chopin ve bir kısım köklerim itibariyle de Alman sayılırım."

Hiç de öğünüyor gibi görünmeden, annesi Leyla Hanım'ın da yine bir Osmanlı generali olan Alman kökenli Ludwig Karl Friedrich Detroit'in[4] kızı olduğunu hatırlamış ve hatırlatmış oldu.

Konuşurken zarif adımlarla salonu baştan sona geçmiş, gürül gürül yanmakta olan sobanın yakınındaki kanepeye, kocasının yanına yerleşmişti.

"Nasıl geçti zamanın?" diye sordu eşine ilgiyle Celile.

"Sıradan bir hariciye günüydü işte" diye cevapladı Hikmet bu soruyu.

---

3. M. C. Paşa bu kitabı orduda yirmi yıl görev yaptıktan sonra, 1869'da Fransızca olarak yazdı. Kitap 2014 yılında Kaynak Yayınları tarafından yeniden basıldı.
4. Mehmet Ali Paşa, Osmanlı' ya 1839 yılında sığındı. Hamburg'dan kalkan bir gemiden İstanbul'da denize atladığında henüz on iki yaşındaydı.

Sesi, işini sevmeden yaptığının bir işareti gibiydi.

Konuşmuşlardı bunu daha önce.

Celile'nin de bildiği gibi, Hikmet, biraz da mecburiyetten katlanıyordu Hariciye Nezareti'ndeki memuriyet görevine.

Güzel kadın "Hangi işi severek yaptı ki?" diye düşündü.

Hikmet, eşinin düşüncelerini okumuş gibi, "Boş ver benim deli saçması işlerimi de anlat, neler yazmış Marcel mektubunda?" diyerek konuyu değiştirdi.

***

Marcel'in bir Jöntürk'ün sevgilisi olduğundan tabii ki haberdardı Hikmet. Fırsattan istifade, Paris'te neler olup bittiğini anlamak istiyordu.

Celile "4 Şubat'ta ilk kongreyi gerçekleştireceklermiş" deyince, gözlerini fal taşı gibi açtı genç adam. Yutkundu.

Ne çok konuşuluyordu son birkaç yıldır Jöntürkler.

Sadece Paris değil, yaşamakta olduğu Selanik de Jöntürk kaynıyordu.

Hepsi de, her açıdan geriye gitmekte olan Osmanlı İmparatorluğu'na çekidüzen verilmesi, muasır medeniyetler düzeyine çıkartılması gerektiğine inanıyor, ayak direyen padişaha karşı, gerekirse güç kullanarak, Osmanlı'nın yönetim biçimini değiştirmeyi hedefliyordu.

Çeyrek yüzyıl kadar önce çeşitli ıslahatlar yapılmışsa da Avrupa ülkelerinin kat ettiği mesafe göz önünde bulundurulduğunda, devede kulak bile sayılmazdı devasa Osmanlı coğrafyasında yapılan iyileştirmeler.

Balkanlar ve özellikle de sevgili eşiyle birlikte yaşamakta olduğu Selanik'in, değişim istemlerinin filizlendiği merkezlerden biri olduğunun tabii ki farkındaydı Hikmet.

Jöntürklerin Selanik'te bulunan grubunu tek tek tanıyordu. Nerelerde toplandıklarını, neler konuştuklarını gayet iyi biliyordu.

İçlerinde çok sayıda arkadaşı da vardı ama kendisi itinayla uzak duruyordu, buluşulup fikir tartışmalarının yapıldığı mahfillerden.

Hariciye'de görev yaparken gizli olarak Jöntürklere katılmak belki mümkün olabilirdi ama Hikmet'e soracak olursanız, bir önemli açmazı daha vardı.

Babası devletin en tepelerine tırmanmaya çalışan seçkin bir bürokrattı ve sadece bu nedenle bile, hayalini dahi kuramazdı böylesi davranışların.

Jöntürkler içinde, kendisinin konumunda, dünya kadar başka vatanperver olduğu üzerine bir kâbus gibi çökünce, sıkıldı. İçine düştüğü ruh halini eşine hissettirmemeye çalıştı.

"Müsaadenle, misafirler gelmeden kendime çekidüzen vereyim" diyerek ayağa kalktı.

***

O akşam Sicilyalı mimar Vitaliano Poselli ve eşi geldiler yemeğe.

Güzeller güzeli Celile, son derece iyi dikilmiş koyu mor tafta elbisesi ve onu tamamlayan makyajıyla Bayan Poselli'nin hemen karşısında oturuyor, akıcı Fransızcasıyla geceye renk katıyordu.

Hikmet'in de Fransızcası çok iyiydi. Hariciye'de memurluk yapıyor olmasını biraz babasına, ama daha çok Galatasaray Sultanisi'nde öğrendiği Fransızcasına borçluydu.

Aslında neyi borçlu değildi ki babasına?

Buna karşılık, neredeyse her konuda isteksizlik duymasının ve tüm başarısızlıklarının arkasında babasının olduğunu düşünürdü Hikmet.

"Mehmet Nâzım'ın[5] oğlu olmanın dayanılmaz ağırlığı" derdi böyle düşündüğü zamanlarda kendi kendine.

Şimdi de işte tam böyle olmuştu. Derhal kendisini toparladı, iç hesaplaşmalarını bir kenara bırakıp konuklarına yoğunlaştı.

Epeydir görmediği Bay Poselli'ye "Mon cher nasıl gidiyor inşaat? Epeydir önünden geçmiyorum" dedi.

Vitaliano Poselli, camiyi inşa ettiren cemaat ile çok iyi anlaşmış, ne istediklerini gayet iyi kavramış olduğunu söyledi.

Ona göre, Yahudilikten Müslümanlığa geçen ve Sabetaycı[6] olarak anılan topluluk, inşa etmekte olduğu camiye, İslam ile Avrupa kültürünün sentezini yansıtmak istiyordu. Kendisi de işte tam bunu yapmaya gayret ediyordu.

Cemaat, bina yükseldikçe daha da mutlu olacak ve Selanik'e böylesine güzel bir yapı kazandırmaktan gurur duyacaktı.

Vitaliano Poselli açıklamasını tamamlayınca araya Celile girdi ve "İsmi ne olacak?" diye sordu.

"Bilmem?" dedi mimar.

Henüz isim üzerinde konuşulmamıştı ama kimileri Yeni Cami,[7] bazılarıysa bulunduğu semtten hareket ederek Hamidiye Camii demeye başlamışlardı bile.

***

5. 1840-1926 yılları arasında yaşayan, Osmanlı'nın ünlü devlet adamı. Halep ve Selanik de dahil olmak üzere birçok kentte valilik yaptı.

6. Sabetaycılık: Sabetay Sevi'nin kurduğu, Yahudilik türevi bir inanış. 17. yüzyılda İzmir'den yayıldı. Müritleri, Sevi'nin Mesih olduğunu düşünüyorlardı.

7. Selanik'in ünlü yapılarından. Günümüzde sergi salonu olarak hizmet veriyor. 2013 yılında kısa bir süre için ibadete açılmıştı.

Yemekten sonra, kahve faslından hemen önce, Celile, Bayan Vitaliano'ya stüdyosunu gösterdi.

Kendisinden sadece birkaç yaş büyük misafirinin, hem resimlerine hem de hamileliğine gösterdiği ilgi hoşuna gitmişti.

Biraz da gördüğü bu ilgi nedeniyle "Bay Fausto Zonaro'nun adını hiç duymuş muydunuz?" diye sordu. Konuğu mahcup bir edayla duymadığını söyleyince, "Anlaşılır bir durum" dedi.

Birinin mahcubiyet hissetmesine yol açmayı hiç sevmez, böylesi durumlarda, kendisini affettirmek için, çenesi düşerdi.

"Bay Zonaro da yaklaşık on yıldır İstanbul'da yaşıyor zaten. Eşi Elisa ile, kente yerleşmek niyetiyle gelmişler. Her şey tam da istedikleri gibi gelişmiş. İstanbul Fausto Zonaro'ya, onun resimleri de İstanbul'da yaşayanlara ilginç görünmüş. Tanınınca dersler vermeye başlamış. Ünlü bir paşanın eşine ders vermeye başlayınca popülaritesi iyice artmış. Ardı ardına sergiler açmaya koyulmuş. Derken Padişah II. Abdülhamit tarafından keşfedilmiş ve saray ressamı olmuş. Bir sanat tutkunu olan babam da sarayda görev yapıyordu. Fırsatı değerlendirmiş ve Bay Zonaro'dan beni öğrenci olarak kabul etmesini rica etmiş. Resim öğrenimime onun atölyesinde başladım..."

Celile, Fausto Zonaro'nun atölyesinde ve Paris'te aldığı resim eğitimini uzun uzun anlattı Bayan Vitaliano'ya.

Ta ki kapı çalınıp, salonda kahve için beklendikleri söylenene kadar.

Kardeşi kapıyı çekip çıkınca Celile telefonun yanında duran kurşunkalem ve not defterini aldı, yemek masasına doğru yürüdü.

Münevver doğru söylemişti. Galata Köprüsü'nün üstünde çığlıklar atması bir işe yaramazdı. Birkaç dakika içinde polis gelir, birkaç saat içinde kendisini, Allah muhafaza tımarhanede buluverirdi.

Sandalyeye otururken, böylesi bir durumda, insanların arkasından neler söyleyeceğini düşünmeye çalıştı.

Bir kısmı, o da dost olanlar "Vah yazık!" derdi mutlaka.

Sevmeyenleri ise "Olacağı buydu! Çıldırmış!" der geçerlerdi.

Akıllarda kalan, Galata Köprüsü'nün üzerinde ciyak ciyak bağırdığı o an olurdu.

Sadece o kadar!

Hasılı kelam, hiçbir işe yaramazdı.

Kimse anlamazdı bile ne diye bağırdığını.

Münevver'e bir kez daha hak verip, düşünmeye koyuldu Celile...

***

Münevver'in kapıyı açıp içeriye girdiğini fark etmedi yaşlı kadın.

Elinde kalem önünde not defteri öylece oturup kalmış, doğuma gün saydığı Selanik günlerine geri dönmüştü.

Nâzım da zaten, Poselli ailesiyle yedikleri ve bugün bile son derece net hatırladığı o yemekten birkaç gün sonra, 1902'nin 15 Ocak günü dünyaya gelmişti.

***

Kardeşi, elindeki kocaman kartonu masaya yayarken "Ne yazacağız abla üzerine?" diye sordu.

Celile bu soru üzerine hatırladı elinde kalem ve defterle kardeşinin getireceği kartonun üzerine ne yazacağını not almak için masaya oturduğunu.

"Dalmışım Münevver. Nâzım'a hamile olduğum günlere geri dönmüşüm" diyebildi zar zor.

İki

Doğumdan yedi gün sonra eve çağrılan hoca efendi "İsmi ne olacak küçük beyin?" diye sorunca, "Mehmet Nâzım" demişti evin hanımı hiç tereddüt etmeden.

Hikmet irkilmişti. Bu konuyu eşiyle konuştuklarını ama bir karar alamadıklarını hatırladı.

O konuşmada, Mehmet Nâzım ismi de bir seçenek olarak seslendirilmiş, sonra Hikmet sıkılmış ve "Sen karar ver Celile" demişti.

Demek Celile, Mehmet Nâzım isminin verilmesini uygun görmüştü.

***

Şimdilerde Kayseri mutasarrıflığı[8] görevini sürdürmekte olduğu için sık görüşemeseler de kayınpederini pek sever ve sayardı Celile.

Onun pek çok özelliğinin yanı sıra Mevlevilikten gelen ağırbaşlılığı ve devlet adamlığından gelen kararlılığının, yedi günlük oğluna sirayet etmesini tabii ki arzu ederdi.

Epeydir Osmanlı'nın her köşesinde konuşulan "vahşi İngiliz'in Mersin Meydanı'nda sallandırılması" olayının kahramanıydı kayınpederi.

8. Sancaklarda, valilerle aynı yetkilere sahip olarak görev yapan yönetici.

Yabancılara tanınan haklardan yararlanacağını zannederek bir baston darbesi ile öldürdüğü hamal çocuk yüzünden, dönemin Mersin mutasarrıfı tarafından asılabileceğini hiç hesaba katmamıştı küstah İngiliz.

Büyük Britanya'ya ait savaş gemilerinin tüm toplarını Mersin'e çevirmelerine karşılık, "tek bir top patlarsa Mersin'de yaşayan İngilizlerin hepsini derhal kurşuna dizdireceğini" söyleyen Mutasarrıf Mehmet Nâzım, gözünü bile kırpmadan eli sopalı İngiliz'i astırmış, bu olay tüm Osmanlı coğrafyasında ses getirmişti.

***

İşte o kararlı devlet adamının torunuydu Celile'nin yedi gün önce doğurduğu oğlu.

Ve bu nedenle, şu anda hoca efendinin kulağına ismini fısıldayacağı yavrusunun ismi tabii ki dedesi gibi Mehmet Nâzım olmalıydı.

Eşinin isim seçimine dair bu davranışı genç Hikmet'i şaşırttı.

Hem anne hem de baba tarafından Osmanlı'ya yön vermiş çok ünlü iki paşa dedeye ve halihazırda sarayda görev yapan bir paşa babaya sahipken, Celile'nin oğlu için "Mehmet Nâzım" ismini seçmesi tabii ki gururunu okşamıştı.

Böylesi bir davranışın, babasının hoşuna gideceğinin de farkındaydı.

Kısa süreli bu düşüncelerin ardından, Hikmet, müteşekkir bir ses tonuyla "Mademki öyle istiyorsun, öyle olsun" dedi Celile'ye.

Hoca efendi, henüz yedi günlük çocuk kucağında olmak üzere kıbleye döndü, sağ kulağına ezan okudu, ardından kelimeyi şahadet getirdi ve "Mehmet Nâzım" dedi. Ardından "Hikmet'ten olma,

Celile'den doğma, senin adın Mehmet Nâzım olsun" diye ilave etti. Sonra yeniden besmele çekip çocuğun sol kulağına da üç kez "Allahüekber" diye seslendi ve yeniden "Mehmet Nâzım" dedi.

Hoca efendi, küçük Mehmet Nâzım'ı annesinin kucağına teslim ederken sözlerini şöyle sürdürdü.

"Allahım, bu çocuğa sağlıklı bir ömür, vatana, millete hayırlı bir evlat olarak yetişmeyi nasip eyle..."

Dualar edilip şükür namazı kılındıktan sonra, bahçede fakirlere dağıtılmak üzere kurbanlar kesildi.

***

Büyük Nâzım'ın mektubu Selanik'e, küçük Nâzım'ın isim konulma töreninden birkaç gün sonra ulaştı.

Ailenin direği, oğluna ve gelinine torununun doğup doğmadığını soruyor, doğmadıysa hayırlı bir doğum niyaz ediyordu. Ardından, kendisiyle ilgili bir haberi paylaşıyordu.

Belli ki büyük Mehmet Nâzım bu mektubu, iyi habere dair karşılıklı çekilen telgraflardan önce kaleme almıştı...

Şöyle diyordu mektubunda devamla.

"Dört yıl sürdürdüğüm Kayseri mutasarrıflığı görevim sona erdi. Padişah efendimiz cezamı doldurmuş olduğumu düşünmüş olmalı..."

Celile, eşinin okumasını "Hayırdır inşallah!" diyerek böldü.

Mektubu daha önce birkaç kez okumuş olan Hikmet "Hayır, hayır..." diyerek soluk aldı.

Güzel kadın telaşlanmakta haklıydı...

Mehmet Nâzım'ın Mersin mutasarrıflığı görevini icra ederken imzasını attığı "İngiliz'in sallandırılması" olayı sadece Osmanlı coğrafyasında yankı bulmakla kalmamış, üzerinde güneş batmayan imparatorluk Büyük Britanya'da da ses getirmişti.

Böyle olunca, İngiltere Büyükelçisi Sir Nicholas O'Conor, bıkmadan usanmadan neredeyse her gün sarayın kapısını çalmış, dik kafalı, pervasız mutasarrıf Mehmet Nâzım'a haddinin bildirmesi gerektiğini diline pelesenk etmişti.

Zor zamanlardı...

Padişaha göre, etrafında vatansever, helal süt emmiş neredeyse hiç kimse kalmamıştı...

Ülkenin her türden ve soydan aydınlarının özellikle de İngilizlerle "iş tutması"ndan aşırı rahatsızlık duyan padişah, kendisini zor durumda bırakmış olsa da, bu pervasız mutasarrıfa gerçekten kızmak yerine, kızgınmış gibi bir tavır takınmayı uygun bulmuştu. Ardından, bir liman kenti olan Mersin'den, rütbesine dokunmaksızın Kayseri'ye tayin etmekle yetinmişti.

Padişah bu davranışıyla İngiliz büyükelçide istediğini yaptırdığı duygusu uyandırmış ama Mehmet Nâzım'a da üstü kapalı olarak önünün açık olduğu mesajını iletmişti.

Dört yıl gibi kısa bir süre içinde Kayseri mutasarrıflığından çok önemli bir merkez olan Diyarbakır valiliğine atanması da bunun bir göstergesiydi.

Mehmet Nâzım Paşa'nın devlet kademesinde güçlü bir yükselme göstermesi, ailenin Selanik'teki evinde sevinçle karşılandı.

Hikmet "Ve en önemlisi..." diyerek başka bir güzel haber daha haber verdi.

Paşa babası Diyarbakır'a gitmeden önce payitahtı ziyaret edecek, ardından birkaç haftalığına Selanik'e de uğrayacaktı.

***

Celile, kayınpederinin Selanik'e gelecek olmasına gerçekten sevindi.

İstanbul'da gelin gittiği konakta, kayınpederi ile ilk günleri, ayları kolay geçmemişti ama sonunda, aile çarkının bu iki sert dişlisi, uyum içinde yaşamanın yolunu bulmuş keyfine varmışlardı.

Fransız mürebbiyelerin elinde Batı âdetlerine göre yetişmiş olan Celile, Doğu'nun ışığıyla aydınlanmış Mehmet Nâzım konağına kendisini tavizsiz kabul ettirmeyi becermişti.

Genç kadın, bu kabul ettirişte en önemli vakanın kayınpederi Mehmet Nâzım'ı Osmanlı hafiyelerinin elinden kurtarışı olduğunun gayet iyi farkındaydı.

***

Celile, Üsküdar Mihrimah Sultan Camii'nin arkasında Kurşunlu Medrese Sokağı'nda bulunan konakta kayınpederi tarafından kendisine resim yapmak üzere tahsis edilmiş bölümde çalışırken, pencereden şüphe uyandıran bir hareketliliğe tanık olmuş, dikkatle baktığında, hafiye kılıklı birkaç kişinin konağı birbirlerine göstererek konuştuklarını görmüş, zihninde bazı sorular belirmişti.

Yoksa, konağa yönelik bir baskın mı gerçekleşecekti? Ve tabii neyin peşindeydi bu adamlar?

Celile'nin canı alabildiğine sıkılmıştı!

Aklına gelenleri paylaşabileceği ne eşi ne de kayınpederi vardı evde.

Çabuk karar vermeliydi. Vakit kaybetmemek için, aklına ilk geleni yapmıştı Celile!

Süratle kayınpederinin odasına koşmuş, tehlike arz edecek

birkaç dokümanın yanı sıra çalışma masasının üzerinde duran *Vatan Kasidesi*'ni de alıp koynuna sokmuştu. Çalışma masasının çekmecesinden bulunan tabancayı kapmış, kendi yatak odasına gitmişti.

Derhal üzerindeki kıyafetleri çıkartıp geceliğini giymiş, dokümanları yatağının, tabancayı da yastığının altına yerleştirmiş, gözü kapıda beklemeye başlamıştı.

Tam da beklediği gibi olmuştu. Evi basan hafiyeler her yeri didik didik aramış, bu süre zarfında Celile yatağından çıkmamış, koşuşturmaları, konuşmaları dinlemişti.

Adamlar kendi odasına da girmek isteyince Celile elinde tabancayla yataktan fırlamış, avazı çıktığı kadar "bir Müslüman kadının odasının bu şekilde basılmasının ahlaksızlık olduğunu" haykırmıştı.

Güzel kadın bununla da yetinmemiş, tabancayı hafiyelerin başlarının bir karış üstüne doğru ateşlemişti.

Celile o anda neler söylediğini şimdi de tam olarak hatırlıyordu.

"Bir adım daha atarsanız, hepinizi öldürürüm!"

Ela gözlerinden ateş fışkıran kadının ciddi olduğunu kavrayan hafiyeler süt dökmüş kedi gibi geri çekilmiş, konaktan elleri boş ayrılmışlardı.

Mesele akşam eve dönen Mehmet Nâzım'a aktarıldığında, tecrübeli devlet adamı, gelininin, sadece oğlunu değil gerektiğinde kendisini de suya götürüp susuz getirecek kadar şuurlu ve gözü kara olduğuna kani olmuştu.

Ailenin tarihine sabit kalemle kaydedilen bu önemli günden sonra Mehmet Nâzım, Celile'ye ilişkin davranışlarını hep bu vakayı göz önünde bulundurarak ayarlamıştı.

Üç

Selanik'te kış, ocak ayına yakışır bir şiddetle sürüyordu.

Eşinin küçük Mehmet Nâzım'ın doğumundan itibaren eve hep biraz daha erken geliyor olmasına karşın o akşam gecikmiş olması Celile'yi tedirgin etti.

Neyse ki gecikme uzun sürmedi. Genç kadın, zihninde evirip çevirmeye başladığı sokağa çıkıp eşini arama fikrinden vazgeçti.

Hikmet özür dileyerek içeri girdi ve doğruca yemek masasına yöneldi.

Celile eşinin tabağına biraz peynir ve birkaç zeytin tanesi koyarken, yardımcısı çorba tenceresini ateşin üzerine yerleştirmişti bile.

Tekrar özür diledi genç adam ve ağzına attığı ilk lokmadan sonra "Bu kez bir hayli ısrar ettiler kendilerine katılmam için" dedi.

Celile eşinin ne demek istediğini anlamıştı.

Selanik'teki Jöntürkler epeydir, Paris'te gerçekleşecek ve kendileri için fazlasıyla önem taşıyan bir kongreye hazırlanıyor, bu arada mümkün olduğunca çok insana aralarına katılmaları için teklifte ve telkinde bulunmaya çalışıyorlardı.

"Bu kez kim tarafından ziyaret edildiğimi söylesem inanmazsın" dedi, biraz da gururlanarak Hikmet.

Eşinin merakının yeterince kamçılandığını hissedince, kaldığı yerden devam etti.

"Emanuel Karasu[9] bizzat geldi ziyaretime. Dikkat çekmemek için sanki bir müvekkili içinmiş gibi yaptı. Odacı dışarıya çıkar çıkmaz rahat konuşabilip konuşamayacağımızı sordu. Gayet emniyetli bir mekânda bulunduğumuzu söyleyince bodoslamadan girdi."

Celile gayriihtiyari "Vay canına!" dedi.

Gerçekten de vay canınaydı. Selanik'te yaşayan Yahudilerin en tanınmış simasının eşini bizzat ziyaret etmiş olması fevkaladenin de fevkindeydi.

"Ne istedi?" diye sordu Celile.

Genç kadın aslında, eşinin bu kez de Karasu'yu nasıl geri çevirdiğini merak ediyordu.

Kendisine kalsa, çoktan katılmıştı Jöntürklere. Böyle bir macerayı asla kaçırmazdı. Ama eşi Hikmet'e bir kez bile söylememişti bunu.

İki ayrı mizaçta olduklarını, yatağa ilk girdikleri gece hissetmişti Celile. Kendisinin doruklara tırmanmayı seven, macera arayan, daha fazla tatmin için daha çok çaba sarf eden kişiliğinden zerre eser yoktu Hikmet Bey'de.

Zihnini teslim almış olan iç konuşmayı "Neyse, neyse..." diyerek durdurdu genç kadın ve eşini can kulağıyla dinlemeye devam etti.

Daha önce de defalarca teklifte bulunulmuştu genç Hikmet'e ve o da zarafetle geri çevirmişti bütün teklifleri. Gerekçe olarak da hep, peder beyinin saraya olan yakınlığını bahane etmişti...

Hakkını vermek gerekirse, Hikmet, ilk günden itibaren Celile'yi bir arkadaş, can yoldaşı gibi görmüş, o günden bugüne hiçbir konuda gizli saklı davranmamıştı. İşte şimdi de aynı şekilde, açık yüreklilikle anlatıyordu Karasu ile arasında geçen konuşmayı.

---

9. Yahudi asıllı avukat ve siyasetçi. Makedonya Risorta Mason Locası'nın üyesiydi. İttihat ve Terakki'nin kurucularındandır.

"Marcel de yazmıştı mektubunda ya hani, şubatın dördünde Paris'te ilk kongreyi gerçekleştireceklermiş. Selanik grubu olarak bu ilk kongreye güçlü gitmek istiyorlarmış. Benim katılımım kendilerine güç verirmiş."

"İlginç..." dedi Celile ve "Daha daha?" der gibi baktı eşinin yüzüne.

"Saydığı isimleri bir duysan şaşırırsın. Sanki benden saklı bir şeyleri yokmuş gibi konuştu."

"Güven uyandırmak için öyle yapmıştır. Sadece saray hafiyelerinin malumu olan isimleri söylemiştir."

"Doğru" dedi Hikmet. Eşinin zekâsına bir kez daha hayran oldu. Gayet iyi farkındaydı "cin gibi bir kadın" ile evli olduğunu.

***

Penceresinden gördüğü hafiyelerin konağı basacağını ve arayacaklarının ne olacağını önceden kaç kadın tahmin edebilirdi?

Hadi etti diyelim, feleğin çemberinden geçmiş bu Osmanlı hafiyelerinin nasıl püskürtülebileceği, kimin aklına gelebilirdi?

Geldiğini varsayalım, nasıl bir kadın cesaret edebilirdi Celile'nin İstanbul'da yaptıklarına?

***

Hikmet, zihnine üşüşen düşünceleri bir kenara itti ve "Hasılı kelam" diyerek az önce kaldığı yerden şöyle devam etti.

"Bay Karasu Paris'te dördünde toplanacaklarını söyledi ve benden de kendilerine katılmamı istedi. Ben de yine babamı ileri sürdüm ve başarılarının devamını diledim."

"Farklı davranmış olsaydın şaşırırdım" diyerek iç geçirdi Celile. Sonra muzip bir eda ile "Yakında öğreniriz ilk kongrede neler konuştuklarını" dedi.

Fransız arkadaşı Marcel'in bir Jöntürk'ün sevgilisi, bu Jöntürk'ün de Prens Sabahattin'in en yakınındaki birkaç kişiden biri olduğunu ima etmişti.

"En önemlisi..." dedi Hikmet. "Kongreden birleşmiş olarak mı ayrılmış olarak mı çıkacakları."

"Evet" dedi Celile.

İmparatorluğun hemen her yerinde değişik tellerden çalan muhaliflerin, birlikte davranmak üzere, epeydir faaliyet gösterdiklerinden haberdarlardı.

Osmanlı'nın da öteki Avrupa ülkelerinde olduğu gibi, bir meclis vasıtasıyla yönetilmesi gerektiğini düşünen dünya kadar insan ve topluluk vardı.

Türklerin yanı sıra Ermeniler, Rumlar, Yahudiler, Sabetaycılar, masonlar da bulundukları her yerde, çeşitli teşekküller vasıtasıyla değişimden yana rüzgârlar estiriyorlardı.

Hikmet ve Celile de, iyi eğitim görmüş iki aydın olarak, kuşkusuz Osmanlı'nın tıpkı öteki Avrupa ülkeleri gibi daha çağdaş bir şekilde yönetilmesinden yanaydılar. Ama bütün mesele, bu değişimin nasıl gerçekleşeceğiydi.

Kaş yapalım derken göz çıkartılmasını ikisi de istemezdi!

Dört

Küçük Nâzım yaza doğru emeklemeye başladı.

Hikmet ve Celile, oğullarının sağlıkla büyüyor olmasına ne kadar seviniyorlarsa, özellikle de yaşıyor oldukları coğrafyada, imparatorluğun gidişatına o kadar üzülüyorlardı.

Sadece kötü gelişmeler de olmuyordu tabii bu arada.

Değerli aile dostları Vitaliano Poselli'nin inşa ettiği, finansmanını Sabetaycıların sağladığı Yeni Cami tamamlanmak üzereydi.

Hikmet, caminin tamamlanmaya yüz tutmuş inşaatına arkadaşını görmeye gittikçe, Selanik'in Sabetaycı cemaatinin ileri gelenleriyle de karşılaşıyor, onlarla olan ahbaplıklarını eşiyle de paylaşıyordu.

"Biliyor musun..." dedi o sabah kahvaltıda Celile'ye. "Sabetaycılar senin de kendilerinden olup olmadığını sordular dün."

Celile şaşırdı, "Kimler, kimler, kimler?" diyerek soruyla cevap verdi eşinin sorusuna.

"Sabetaycılar."

Celile, biraz da kızmış gibi "la havle" çekti.

"Hıristiyanlıktan Müslümanlığa dönmemiz yetmedi, bir de Yahudilik mi çıktı şimdi de başımıza?"

Hikmet eşinin konuyu gerektiğinden fazla önemsediğini, hatta kızdığını görünce güldü. Hıristiyan dönmesi olmalarının, eşinin ve ailesinin peşini neredeyse yarım yüzyıldır bırakmadığını gayet iyi biliyordu.

Genç adam, Leh asıllı Mustafa Celaleddin Paşa'nın vasıflı ve fedakâr bir yönetici olduğunu kendi babasından da epey dinlemişti. O kadar ki, harp okulunda harita hocalığı yapan bu değerli devlet adamı, hayatını 1875 yılında Osmanlı-Rus Harbi'nde, Karadağ'da kaybetmişti.

Çok özel bir ışığa sahip olmasa, Osmanlı'ya sığınır sığınmaz, Abdülmecit'e hocalık da yapan ünlü devlet adamı Ömer Lütfi Paşa'nın dikkatini çeker miydi Celile'nin dedesi?

***

Celile Hanım biraz da içini dökmek için en baştan başladı aile şeceresini sayıp dökmeye.

"Nerede görülmüş Polonya'da bir Musevi'nin kont olması. Baronluk, kontluk, düklük filan gibi aristokratik mevkilerin tümünün Hıristiyanların tekelinde olduğunu süzme cahiller bile bilir. Dedem, Alman ve Avusturya zulmünden kaçtığı için sığındı Osmanlı'ya. Kıymeti anlaşılınca, paşalık rütbesiyle onurlandırıldı. Yoksa, kendisi de bir Hıristiyan dönmesi olan Ömer Lütfi Paşa kızını ona verir miydi?"

Hikmet "Biliyorum, biliyorum" diyerek kesmese, eşinin sözü her zaman olduğu gibi dedesinin yazdığı kitaba getireceğinin farkındaydı.

Kitapta, Türklerin ırk olarak önemi anlatılıyor, medeniyetin kurucuları olduğuna vurgu yapılıyordu. Celile'nin dedesinin Sultan Abdülaziz'e sunduğu bu çalışmanın amacı, milli bir bilinç uyandırmaktı.

Mustafa Celaleddin Paşa aynı kitapta, Türkçe'nin Latin alfabesine uyumu üzerinde de durmuş, teşvik edilmesinin gerektiğini savunmuştu.

Bu arada, Celile'nin babası Hasan Enver Paşa'ya da boşuna "Dilci" denmiyordu. Paşaya, dedesinden miras kalmıştı Türk dili üzerine çalışmak.

Ve Osmanlı'nın üst düzey yöneticileri arasında bunu bilmeyen tek bir Allah'ın kulu yoktu.

Yine de, yok Hıristiyan dönmeliğiydi yok Sabetaycılıktı...

***

Hikmet'in de katıldığı Yeni Cami'nin açılış töreninin öncesinde ve sonrasında, en çok lafı edilen konu, tabii ki Jöntürklerin 4 Şubat'ta başlayan ve beş gün süren kongresi oldu.

Sabetaycı cemaatin içinden Paris'e gidenlerin anlattıklarına göre, kongreye kırk yedi delege katılmıştı.

Hikmet eve döner dönmez Celile'ye neler öğrendiğini anlatmaya koyuldu.

"Toplantıya başkanlık etmek üzere Prens Sabahattin'i seçmişler. Arnavutlar meşrutiyetin ilanı için askeri kuvvet kullanılması gerektiğini savunmuş. Ermeniler daha da ileri gidip askeri kuvvetin yetmeyeceğini, Avrupalı devletlerin müdahale etmesinin şart olduğunu söylemişler. Azınlıkların bu tavrı, Türk kökenli üyeleri kızdırmış. Azınlıklara yönelik olarak, dertlerinin sadece istibdattan kurtulmak olmadığını, art niyetli olduklarını haykırmışlar. Ahmet Rıza, Doktor Nâzım, Yusuf Akçura bu grupta yer almış. Sonunda ne olmuş biliyor musun?"

"Biliyorum" dedi Celile gülerek.

Hikmet şaşırdı. Bu arada Celile masanın üzerinde duran mektubu aldı ve eşine uzattı. Genç adam mektubu açınca Celile'nin az önce sözünü ettiği son derece kritik bilgiyi nereden öğrendiğini anladı.

Celile'nin Fransız arkadaşı Marcel, mektubunda Jöntürklerin birinci kongresine uzunca yer ayırmıştı.

"*Sevgili Celile*" diye başlayan bu bölümde, "*Bizimkiler Teşebbüs-i Şahsi ve Adem-i Merkeziyet Cemiyeti ismini koydukları yeni bir oluşuma gittiler*" diyordu Marcel, Prens Sabahattin grubunu kastederek.

Marcel'in verdiği bilgiler doğruydu. Tam da onun söylediği gibi olmuş, Prens Sabahattin'in karşısında yer alan grup ise Ahmet Rıza'nın liderliğinde Terakki ve İttihat Cemiyeti'ni kurmuştu.

Bu iki oluşum arasındaki fikri ayrım, hiçbir konuda bir arada hareket etmelerine imkân vermeyecek kadar derindi.

"Öyle ya da böyle, muhaliflerin üzerindeki ölü toprağı kalkmış oldu" dedi Celile.

Hikmet okuduğu mektubu Celile'ye geri uzattı. Buna karşılık eşi ona ikinci bir mektupla karşılık verdi.

"Münevver geliyormuş, babam yazmış. Oku istersen."

Hikmet bu kez şaşırmadı. Bekliyorlardı Münevver'i. Hatta biraz geç bile kalmıştı.

"Sevindin değil mi?" dedi Hikmet ikinci mektubu da okuduktan sonra eşine uzatırken.

Çok sevinmişti Celile. Bütün kardeşlerini severdi ama aralarında çok yaş farkı olmayan sevgili Münevver'in kendisindeki yeri apayrıydı. Dostu, arkadaşı, sırdaşı, bir nevi can yoldaşıydı Münevver onun için. Erkek kardeşleri Mustafa, Mehmet Ali, Ali Fuat ve öteki kız kardeşi Sara'ya da bayılırdı kuşkusuz ama Münevver'i hepsinden ayrı tutardı.

"Düşündüğümüz işi bugün yapmak istiyorsak, zaman ilerliyor abla."

Bu sözleri söylerken eliyle, sarkacı durmaksızın sağa sola gidip gelen ve "tik tak" sesi çıkartan saati işaret etti Münevver.

Onun bu davranışı Celile'nin paniğe kapılmasına yol açtı.

Zaten o sarkaç değil miydi, kendisine durmaksızın harekete geçmesi gerektiğini hatırlatan?

Gece gündüz ve her saat başı evi dolduran o "dan" sesleri değil miydi uykularını kaçıran, günlerini cehenneme çeviren?

Her gidiş gelişinde, biricik oğlunu ölüme biraz daha yaklaştıran uğursuz sarkaca bir kez daha ve ağız dolusu lanet okudu.

Tabii ki bugün yapacaklardı gösteriyi.

Bir saat, bir gün, esasen bir dakika, bir saniye gecikemezlerdi.

Elindeki kaleme, yardımcı olmasını ister gibi baktı Celile.

"Kalbinin sesini dinle abla" dedi onun kaleme baktığını gören Münevver. "İçinden ne geliyorsa onu yaz!"

Kardeşinin sözlerinden güç alan yaşlı kadın, tam da içinden geçenleri önündeki not defterine yazdı.

"Haksız yere mahkûm edilen oğlum Nâzım Hikmet açlık grevindedir. Ben de ölmek istiyorum. Gece gündüz oruçluyum. Bizi kurtarmak isteyenler bu deftere adreslerini yazarak imzalasınlar."

Aldığı notu bir kez daha okuduktan sonra "Bak bakalım olmuş mu Münevver?" diyerek kardeşine doğru uzattı.

Münevver, ablasının yazdıklarını dikkatle okudu. Sabahleyin az da olsa kahvaltı etmiş olduğunu unutup telaşa kapıldı.

"Ne zamandan beri oruçlusun?"

"Şimdi başladım" dedi Celile.

"Bunu sonra konuşuruz."

Bunca yıllık ablasının dillere destan inadını da, o inadın hakkından nasıl gelineceğini de gayet iyi bilirdi.

Şu anda, bu konuda konuşmanın hiçbir yararı olmazdı.

Galata Köprüsü'nün üzerinde gerçekleştirecekleri gösteriden fazlasını düşünmenin gereği de manası da yoktu. Bu nedenle, ölüm orucu üzerinde hiç durmadı.

"Çok güzel. Ama büyük harflerle yazalım. Nâzım'ın adını ve soyadını iyice büyük tutalım."

Kardeşi doğru söylemişti. Nâzım'ın ismi büyük yazılmalıydı ki neden orada bulunduğu, ölüm orucuna neden başladığı anlaşılsın.

"Tamam o halde" dedi ve not defterine yazdıklarını, kartona nasıl sığdıracağını hesapladı Celile.

"Ben de..." dedi Münevver. "Oktay'ı[10] arayıp, ne yapacağımızı anlatayım. Birkaç gazeteci arkadaşına haber verse fena olmaz. Ne dersin?"

Çok iyi düşünmüştü. Etraftan birkaç kişinin görmesiyle yetinmemeli, sesini tüm Türkiye'ye duyurmalıydı. Bu nedenle, gazetecilerin köprünün üzerine gelip kendisiyle konuşması, fotoğraflarını çekmesi gayet yerinde olurdu.

---

10. Oktay Rifat: Münevver Hanım'ın oğlu, Celile Hanım'ın yeğeni. 1914-1988 yılları arasında yaşadı. Şair, oyun yazarı ve romancı. "Garip" akımının kurucularından. 1955'ten itibaren "İkinci Yeni" adlı şiir akımına yöneldi.

Beş

Celile ve Hikmet, gözleri ufuk çizgisinde, Münevver'i İstanbul'dan getirecek vapuru beklemeye koyuldular.

Selanik'in küçük limanında, iğne atılsa yere düşmezdi. Limana açılan sokaklarda, yolcuları istedikleri yerlere götürmek üzere her türden at arabası kuyrukları oluşmuştu. Limanın içi, dışı, her yeri, uzun yoldan gelenlere ve onları karşılamak için limanda bekleyenlere satış yapmaya yönelik satıcı tezgâhları ile doluydu.

Deniz kıyısında hazır bekleyen çeşitli büyüklükteki kayıkların kürekçileri de, açığa demirlemesi beklenen vapuru gözlüyordu.

J. Andrews ve J. Pritchard'ın sahibi olduğu, dönemin neredeyse en büyük denizcilik kuruluşuna ait gemiyi ilk gören işte bu kürekçiler oldu. Onlar teknelerinin palamarlarını çözüp açığa doğru hareketlenince, kıyıdakiler ufuk çizgisine daha da dikkatli baktılar.

"İşte..." dedi önce Celile. "Bak görüyor musun?"

Dikkatle bakınca, Hikmet de Münevver'i getiren gemiyi gördü. Sevincini, yanındaki eşinin elini tutup sıkarak gösterdi.

Başta bir topluiğnenin başı gibi görünen gemi giderek büyüdü, demir attı.

Ardından yolcular ve yükler, geminin bordasına yanaşan kayıklara aktarıldı.

Bindiği kayık kıyıya yaklaşırken, Münevver kendisini limanda bekleyen ablası ve eniştesine el salladı. Onlar da karşılık verdi.

İki kardeşin kucaklaşması görülmeye değerdi. Hikmet bu şaheser tabloyu büyük bir zevkle seyretti.

Celile ve Münevver, bindikleri landoda yan yana, el ele oturdular.

Etraftaki kupa ve faytonlara nazaran çok daha gösterişli arabanın sürücüsü, Hikmet'in "Gidelim!" demesi üzerine hareketlendi.

Münevver'in Mehmet Nâzım'la ilk karşılaşması, çocuğu ilk kucağına alışı çok hoştu. İkinci yaşına gireli sadece üç ay olmasına rağmen, küçük Nâzım, kucağında olduğu kişinin kendisi için önemini kavramış gibi bakıyordu.

"Mutlaka kendi oğlunu, Seyda'yı düşünüyordur Nâzım'ı gördükçe" diye iç geçirdi Celile.

Celile'nin Hikmet'le, Münevver'in Kadri'yle evlenmeleri, anneleri Leyla Hanım'la gittikleri bir düğün sonrasında ardı ardına gerçekleşmişti.

Celile'yi Mehmet Nâzım Paşa'nın, Münevver'i ise Kazasker Rıza Efendi'nin aileleri pek beğenmiş, düğünleri de çok geçmeden yapılmıştı.

Münevver, kendisinden on beş yaş büyük Kadri ile evlendiğinde henüz on beş yaşını bile doldurmamıştı. Çok geçmeden oğlu Seyda olmuş ve ardından eşinin kıskançlıkları gelmişti.

Kıskançlıklara boyun eğecek, eşinin sultası altında yaşayacak bir atmosferde yetişmemişti Münevver. Ve sevgili kardeşi, birkaç yıl içinde isyan bayrağını açıp babasının evine dönmüştü.

"Olan Münevver'ime oldu" diye düşündü Celile. Kadı minik oğlu Seyda'nın babası ile kalmasına karar verince, çok ama çok üzülmüştü kardeşi.

***

Celile ve Hikmet'in o günlerde bekledikleri tek konuk Münevver değildi. Büyük Mehmet Nâzım da Selanik'e gelmek üzereydi.

"Sağ salim Münevver geldi. Şimdi sıra babamda" dedi yatakta eşine biraz daha sokulup elini tutarak Celile.

Büyük Mehmet Nâzım, Diyarbakır valisi olarak göreve başlamadan önce saray tarafından İstanbul'a davet edilmiş, bu arada bir yaşını çoktan geride bırakmış olan torununu görmek için birkaç haftayı da Selanik'te geçirmeye karar vermişti.

"Korkuyorum" diye mırıldandı Hikmet.

Celile, kocasının ne demek istediğini anladı.

Selanik'in merkezinde oturmalarına rağmen, diken üstündeydiler. Her taraftan kötü haberler geliyordu.

Osmanlı, Rusya'nın Balkanlarda sürdürdüğü Panslavist politikaları iyi okuyamamış, bu da sonuçlarını kan ve dehşet olarak vermeye başlamıştı.

Bu coğrafyada yaşayan Hıristiyanlar harekete geçmiş, her gün yeni sorunlar üretir olmuştu.

Fransız İhtilali'nin etkisiyle dünyanın her yerinde yükselen milliyetçilik ülküsü, en çok da Balkan halklarını harekete geçirmişti. Başlangıçta derinden gelen bağımsızlaşma mırıldanmaları, giderek yüksek perdeden haykırışa dönüşmüştü.

Osmanlı, hâkim olduğu tüm topraklarda sorunlarla boğuşuyordu. Trablusgarp Savaşı esnasında büyük zorluklarla karşı karşıya kalmış, en kötüsü de, bu savaş nedeniyle, imparatorluğun eskisi kadar güçlü olmadığı cümle âlem tarafından anlaşılmıştı.

İşte bundan korkuyordu Hikmet.

***

Büyük Mehmet Nâzım'ın Selanik'e gelmesiyle, bir Arnavut askerin Rus konsolos Grigori Serbina'yı öldürmesi aynı güne, 31 Mart 1903'e rastladı.

Osmanlı'nın tarihine, silinmez harflerle kazınacaktı bu tarih...

Padişah, konsolosu öldüren askerin derhal idamını istemiş ama Rus Çarı Nikola'nın ricası üzerine vazgeçmişti. Tabii ki son derece göstermelik bir istek ve karardı bu. Çünkü tam da o günlerde Rusya Arnavutların İpek ve Yakova'da başlattıkları isyanı başarıyla bastırmıştı.

Ayrıca, Balkanlarda görev yapan üst düzey Osmanlı bürokratlarının hemen hepsi, Sultan Abdülhamit'e gönderdikleri yazılarda, Rumeli'de faaliyet gösteren çetelere karşı ılımlı olunmasını, baskıdan kaçınılmasını rica ediyorlardı. Böyle davranılmazsa, durumun iyice içinden çıkılamaz bir hal almasından endişe ettiklerini bildiriyorlardı.

Koca bir imparatorluk çaresizdi, Rumeli'yi kaybetmek korkusuyla karşı karşıyaydı.

***

Büyük Mehmet Nâzım, ilk akşam yemeklerinde, Serbina'nın öldürülmesini kastederek "Vallahi ve billahi benim gelişimle hiçbir alakası yok" dedi.

Celile kahkahayı patlattı. Yerinde yapılmış nükteyi severdi. Kayınpederi bu açıdan derya gibiydi.

Ardından, ne kadar vahim günlerden geçiyor oldukları geldi aklına, yüzü asıldı. Elindeki çatal ve bıçağı tabağına koydu ve kayınpederine yönelik olarak "Ne diyorsunuz baba, ne olacak bütün bu işlerin sonu?" diye sordu.

Önce "Bilemiyorum" dedi sonra ilk aklına geleni söyledi Mehmet Nâzım.

"Hikmet daha iyi bilir ama bu coğrafyada yeni bir durum değil bu."

Oğluna döndü ve "Şu konsolos atanması benim bildiğim kadarıyla iki yıllık mesele. Değil mi Hikmet?" diye sordu.

Hikmet elindeki kadehi masaya koydu ve babasının sorusuna cevap verdi.

"Rusya'nın Mitroviçe'ye konsolos göndermesi halinde, öldürüleceğine dair yüzlerce evrak var elimizde. Ruslar çok ısrar edince, saray boyun eğmek zorunda kaldı..."

"Duyduğuma göre..." dedi oğlunun bu sözleri üzerine Mehmet Nâzım. "Bir de sokakta elini kolunu sallayarak dolaşmaya kalkmış."

"Evet. İnat eder gibi" diye cevapladı babasını Hikmet.

Gerçekten de tam böyle olmuştu. Konsolos onca tepkiye ve uyarıya rağmen istasyon civarında yalnız başına yürüyüşe çıkmış ve bir Arnavut asker tarafından öldürülmüştü.

"Neyse, neyse..." dedi yemek masasına hâkim olan tatsız havayı dağıtmak için Celile ve kardeşi Münevver'e döndü.

"Mon petit chou,[11] seni çok sıkmadık değil mi?"

Yemek masasının etrafında bulunanların dördü de yeri geldiğinde Fransızca tabirleri kullandıklarından, hiçbiri şaşırmış gibi bakmadı.

11. Canımın içi, tatlım gibi bir tabir...

Altı

Küçük ve büyük Mehmet Nâzım, birbirlerine iyice alışmışlardı. Çocukla çocuk olmayı gayet iyi beceren paşa, kahvaltıdan sonra makul bir süreyi torununa ayırıyor, İstanbul'dan getirdiği kurşun askerlerle, küçük Nâzım'ın büyük zaferler kazanmasına yardımcı oluyordu.

Askercilikten sonra sıra demiryolculuk oyununa geliyordu. Tahta lokomotif ve vagonlar minik ve dev eller tarafından sözde raylara konuluyor, dünyanın ünlü merkezlerine doğru, dedeli torunlu "çuf çuf" nidaları arasında uzun yolculuklara çıkılıyordu.

Mehmet Nâzım Paşa torunuyla bu oyunları oynarken, karşısındakinin iki yaşına bile basmamış bir çocuk olduğuna aldırmıyor, özellikle de tarih ve coğrafya konularında bildiklerini küçük Nâzım ile paylaşıyordu.

Torunundan sonra sıra, bir sade kahvenin eşliğinde gelinine geliyordu. Onunla da özellikle güzel sanatlar konularında ahbaplık etmekten büyük haz duyuyordu paşa. Avrupa'nın önde gelen sanatçılarının neler yaptıkları, yeni sanat akımları gibi konularda gelininin derin bilgisinden yararlanmaya çalışıyordu.

Bu bir araya gelişlerinde daha çok birkaç ay önce ölmüş olan ünlü Fransız düşünce adamı Émile Zola[12] üzerine söyleşmişlerdi.

Zola'nın, bir düşünce insanı olarak Dreyfus Davası'nda takındığı tavır, her ikisini de derinden etkilemişti. Yüzbaşı Dreyfus'un

---

12. *Nana*, *Germinal*, *Meyhane* gibi ünlü romanları yazdı. Natüralizm akımının kurucusudur.

haksız yere casuslukla suçlanması dünyanın her yerinde, özellikle aydınların dikkatini çekmişti. Zola'nın bu davaya karşı aldığı tavır üzerine, günlerce ve saatlerce konuştular Celile ve paşa.

Ünlü düşünür Zola'nın, Fransa devlet başkanına yönelik yazdığı ve yayımladığı *İtham Ediyorum* başlıklı mektubu nedeniyle İngiltere'ye sığınmak zorunda kalması, çok geçmeden bir otel odasında dumandan zehirlenerek ölmesi, sadece onları değil, Batı'da esen özgürlük rüzgârlarından etkilenen tüm dünya aydınlarını, aylarca, hatta yıllarca meşgul edecekti.

Avrupa süratle çehre değiştirirken, Osmanlı coğrafyasında bu değişimin yok denecek kadar cılız yaşanması, Celile ve Mehmet Nâzım Paşa'yı kuşkusuz çok rahatsız ediyordu.

Paşa da Celile de imparatorluğun medenileşme trenini kaçırmakta olduğunun gayet iyi farkındaydı.

Tıpkı, bu geniş coğrafyada nefes alan bütün öteki aydınlar gibi...

***

Paşa, torunu ve geliniyle geçirdiği hoş saatlerden sonra, Selanik'te çalışan bürokrat dostlarını ve kimi kent eşrafını ziyaret etmeyi seviyordu. Onlarla biraz kendisinin neler yaptığından ama daha çok memleket meseleleri üzerine laflıyor, dağarcığını doldurmaya çalışıyordu.

Mehmet Nâzım Paşa'nın ziyaret etmekten zevk aldığı kişilerin en başında, kuşkusuz Selanik'teki Mevlevi tekkesinin şeyhi Eşref Dede geliyordu. Kendisi de sevilen ve tanınmış bir Mevlevi siması olan paşanın tekkeyi ziyareti, orada bulunanları onurlandırıyor, sevindiriyordu.

Tüm derviş odalarının denize baktığı bu güzel tekkede, derya misali Eşref Dede'yle söyleşirken, paşa kendini yuvasında gibi hissediyordu.

Bir önceki gelişinde getirmiş olduğu yeni basılmış kitabı *Ahd-i Şehriyar* elinde olmak üzere karşıladı Eşref Dede, Mehmet Nâzım Paşa'yı.

"Muhteşem bir kitap yazmışsınız azizim. Eğitimin önemi ancak bu kadar iyi anlatılabilirdi. Elli haneli köylerde bile bir mektebi yeterli bulmayıp iki mektep açmaya yönelik çalışmalarınız gerçekten takdir-i şayan..."

Paşa bıraksa, Eşref Dede daha da iltifat edecekti ama bırakmadı.

"Boş ver sen yapılanları Dede Efendi, gel biraz da yapılmayanları konuşalım."

İki adam, her karşılaşmalarında memleket meselelerini konuşurlardı. Paşa daha önce Eşref Dede'yi hiç bu kadar umutsuz gördüğünü hatırlamıyordu.

Yaşlı adam, memleketin geleceğini hiç iyi görmediğini söylüyor, bu topraklarda Osmanlı'nın hükmünün en fazla on, taş çatlasa yirmi yılı geçemeyeceğinden dem vuruyordu.

Esas olarak, paşanın gözlemleri de aynı doğrultudaydı ama henüz ümitlerini tümden tüketmemişti.

"Düşüncelerimizin arasındaki tek fark şu Dede Efendi: Osmanlı'nın elini çabuk tutup ciddi önlemler geliştirmesi halinde, ben Rumeli'de işleri yeniden yoluna koyabileceği umudunu taşıyorum. Bana öyle geliyor ki, sen bu umudu bütünüyle yitirmişsin..."

***

Mehmet Nâzım Paşa, iki hafta için geldiği Selanik'te neredeyse bir ay geçirdi.

O sabah, başta küçük Nâzım olmak üzere cümle aile, büyük Mehmet Nâzım'ı Selanik Limanı'na götürdü.

Hikmet bir kayıkçıyla anlaşmak üzere eşi, oğlu, babası ve baldızının yanından uzaklaşırken, korkunç bir patlama gerçekleşti.

Açığa demirlemiş dört koca gemiden biri, büyük bir sesle infilak etti, yanmaya başladı.

Patlayan gemi Mehmet Nâzım Paşa'yı İstanbul'a götürecek olan değildi ama ondan sadece beş yüz metre uzaklıkta aşağı yukarı aynı büyüklükte bir başka gemiydi.

Patlamanın ardından limanda önce çok kısa süreli bir ölüm sessizliği ardından büyük bir patırtı hâkim oldu. Ağlayanların, bağıranların sesleri birbirine karıştı.

Kayıkçılar küreklerini, gemiden etrafa saçılan insanları toplamak üzere patlamanın olduğu noktaya doğru çekmeye başladılar.

Sadece suyun üstü değil, liman da altüst olmuştu...

İnsanlar şuursuzca bir o yana bir bu yana koşuşuyorlardı...

Hikmet ailesini arka sokakta kendilerini beklemekte olan landoya doğru hareket ettirdi. Jandarmalar ve öteki görevliler olay mahalline intikal ederken, onlar eve dönüyorlardı.

Genç adam ailesini kazasız belasız eve ulaştırdıktan sonra, daha fazla bilgi almak için ofise gitti. Akşamüstü eve döndüğünde verdiği haberler hiç de iyi değildi.

Gözlerinin önünde havaya uçan Guadalquivil isimli gemi bir Fransız firmasına aitti. Eylemi gerçekleştirenler, Bulgar ve Makedon komitacılardı. Uzmanlar, geminin havaya uçurulması için elli adet dinamit kullanıldığını tahmin ediyorlardı.

"Keşke bu kadarla kalsa" dedi Hikmet ve yeis dolu bir yüzle, konuşmasını şöyle sürdürdü:

"Duyduğumuz öteki patlama sesleri Elhamra Tiyatrosu, Olimpos Meydanı'ndaki birahaneler ve bazı resmi binalardan geliyormuş. Kesin rakam açıklanmadı ama yüz seksen kişinin öldüğü tahmin ediliyor."

"Peki, gelen talimatlar ne doğrultuda?" diye sordu paşa. Alacağı cevap yüzünün asılmasına yol açacaktı.

"Sert davranılması istendi. Padişah, telgraf mesajı kendisine ulaştığında hop oturmuş hop kalkmış olmalı. Komitacıların şiddetle cezalandırılmalarına dair bir talimat kaleme aldırmış. Bu talimat, bize olduğu gibi bütün öteki merkezlere de ulaştırılmış."

Celile'nin yüzü asıldı, "Bu nasıl bir hayat böyle!" diye söylendi. Yerde kurşun askerleri ile oynamakta olan küçük Mehmet Nâzım'ı kucağına alıp bağrına bastı.

Güzel kadın, bir elini de hemen yanında oturmakta olan sevgili kardeşi Münevver'in omzuna attı.

Celile, notunu kartona aktarmadan önce, beyaz zeminin etrafını siyah ile çerçevelemeyi düşündü. Öyleyse, yazıyı çok kenardan başlatmaması doğru olacaktı.

Elinde telefon defteri olmak üzere etajerin kenarında dikilen Münevver'e "Hepsini büyük harflerle yazacağım" dedi ve ekledi: "Nâzım'ın adını iyice büyük tutacağım."

"Tamam abla" dedi kardeşi telefonun ahizesini kaldırırken.

Şu Münevver olmasaydı ne yapardı Celile?

Ne zaman başı derde girse, Hızır gibi yanında biterdi.

İşte şimdi de öyle olmuştu!

***

Biricik oğlu Nâzım, 1938 Aralık'ında, kendisine sorulacak olursa "hiçbir suçu olmadan" yirmi sekiz yıl dört ay ağır cezaya çarptırılmıştı.

"Neymiş efendim, orduyu isyana teşvik etmişmiş... Koskoca ordu da Nâzım'ın teşvikiyle hareket eder sanki..." diye söylendi Celile.

1950 yılına gelindiğinde, Nâzım hayatının on iki yılını hapiste geçirmişti.

Oğlunun kırk sekiz yaşında olduğu geldi Celile'nin aklına.

Birkaç gün önce gerçekleştirdiği son ziyaretinde, anneciğine "Artık dayanacak gücüm kalmadı" diye dertlenmişti.

Ve ilkin, 8 Nisan 1950'de başlamıştı açlık grevine Nâzım.

Avukatının araya girmesi üzerine biraz ara vermiş ama beklentisi yerine gelmeyince, 1 Mayıs 1950'de tekrar ilan etmişti grevini.

Masanın üzerinde buruşturulmuş halde duran Saatli Maarif Takvimi yaprağına kaydı gözü. Üzerindeki tarihi gayet iyi biliyordu.

"Dokuz gün" diye düşündü Celile.

Allahın belası, dokuz kere yirmi dört saat.

Oğlu açlık grevine başlayınca oradan buradan araştırmıştı neler olabileceğini.

İlk yirmi dört saat neyse de vücut bu süre içinde sahip olduğu şekeri tüketip enerji yerine yağ depolarını kullanmaya başlayınca, kötüye gidiş başlamış oluyordu.

Yağdan sonra da sıra proteinlere geliyordu.

Yetmiş iki saat geçince, hele bir de yeterli sıvı alımı yoksa, aç olan kişi için geri sayım başlamış demekti.

"Dokuz gün be!" diye haykırdı önündeki kâğıda gözünden bir damla yaş damlatırken.

Münevver telefonda "Oğlum, Oktay!" demese, kim bilir daha neler söyleyecekti ama sustu.

Gözünden kartona damlamış olan yaşı, avucunun içiyle sildi.

Yedi

Celile, bavuluna son eşyalarını yerleştirmekte olan Münevver'e "Lütfen biraz acele eder misin kuşum!" dedi.

Ruh halinin sesine yansımaması için özel olarak çaba göstermişti. Endişenin de tıpkı korku gibi bulaşıcı olduğunu gayet iyi biliyordu.

Dik duruşun her derde deva olduğunu, kayınpederinin konağında, Osmanlı hafiyeleriyle girdiği mücadele esnasında yaşayarak öğrenmişti.

"Ya Rabbim!" diye düşündü Celile. "Nasıl günlerden geçiyoruz böyle! Hem İstanbul'da hem de Selanik'te. Belki de Osmanlı'nın hüküm sürdüğü bütün coğrafyalarda..."

Uyarı için bir kez daha gelen yardımcısına hışımla döndü, arabacıyı kastederek "Patlamasın, inmek üzereyiz!" diye çıkıştı.

Münevver çantasını kapatmaya çalışırken "Acaba eskiden de böyleydi de, paşa babamın dizinin dibinde ben mi farkına varmadım?" diye düşündü.

Tam da düşündüğü gibiydi.

***

Osmanlı sorunlarla boğuşmaya ne dün başlamıştı ne de birkaç yıl önce...

Bir zamanlar dünyanın hâkimi sayılan koca imparatorluk, ne yazık ki dünyada esen değişim rüzgârlarını yakalayamamıştı. Sanayileşmede, eğitimde, hukukta, devlet düzeninde ve daha pek çok meselede çağdaşlaşmanın gerisinde kalan dev ülke, epeydir bunun faturasını her alanda öder haldeydi.

Celile çocuk olduğu için farkında değildi belki ama daha o dünyaya gelmemişken, 1875 yılında Sırbistan, Ege adaları, Mısır, Karadağ, Romanya, Bosna-Hersek'te Osmanlı'ya karşı isyanlar çıkmış, 1876'da[13] patlak veren Bulgar isyanı esnasında, bin civarında Müslüman isyancılar tarafından öldürülmüştü.

Hasılı kelam, Celile'nin Selanik'te farkına varmaya başladığı çalkantılar, Osmanlı açısından ne sondu, ne de başlangıç.

Genç ve güzel kadın, hayat yolculuğuna Osmanlı'nın çalkantılı yıllarında yelken açmıştı ve hayatı boyunca yaşayacakları, ne yazık ki şu ana kadar yaşadıklarına taş çıkartacaktı.

***

Arabacı acele ediyordu çünkü İlin'de başlayan ayaklanma[14] şiddetini iyice artırmıştı.

Osmanlı güçlerinin olayları bastırmak için önlemleri artırması işe yaramamış, tersine alevlendirmişti.

Askeri güçlerin kente girmesini engellemek isteyen çeteciler, bölgenin yanı sıra Manastır, Selanik, Pirlepe, Ohri arasında kurulu tüm telgraf hatlarını kesmişlerdi.

---

13. 30 Mayıs 1876'da Sultan Abdülaziz tahttan indirildi.

14. 1903 yılının 29 Mart'ında Selanik'te resmi binaların bombalanmasından hemen sonra, 14 Nisan'da Bulgar çeteciler Manastır'ı kan gölüne çevirmişti. Bu eylemlerin devamı olarak, ağustosun ilk günlerinde İlin'de başlayan ayaklanmalar ilerleyen günlerde Ohri, Kicevo, Lerin, Pirilep, Selanik, Serez, Üsküp, Odrin ve Kruşova'ya kadar ulaştı. Ayaklanmacılar burada, bir devrim hükümeti kurduklarını da ilan etmişlerdi.

Çeteciler, zaman kazanmaları halinde, bölge halkının da çatışmalara katılacağını umut ediyor, böyle olunca, Avrupa ülkelerinin gidişata müdahale etmesini sağlayabileceklerini düşünüyorlardı.

***

Celile ve Münevver çantalarını toplarken, Selanik'e kuş uçuşu seksen kilometre bile uzaklıkta olmayan Manastır'da ayaklanma doruk noktasına ulaşmıştı.

Bulgar çeteciler bu kentte tüm resmi binalara saldırıyor, devlet görevlilerini hedef alıyordu.

Hikmet, beş ay kadar önce babası Selanik'teyken yaşadıklarını bir daha yaşamak istemediğinden, Dışişleri'ndeki memurluk görevinden istifa etmiş, ailesini güvenli bir liman olan İstanbul'a taşımaya karar vermişti.

Genç adam, Selanik-İstanbul arasında çalışan gemilerde tek kişilik bile yer olmamasına rağmen, paşa babasının ağırlığıyla bir Fransız gemisinde yer bulmuştu.

Kayık tedarik etmek için birkaç saat öncesinden limana ulaşan Hikmet Bey, gözü ailesini getirecek arabada, bekliyordu.

Zaman geçtikçe huzursuzlaşan kayıkçıya "Korkma, beklemenden doğan zararını telafi edeceğim" dedi ve en azından bu açıdan, durumu kontrol altına almış oldu.

Çok geçmeden Celile, Münevver ve küçük Mehmet Nâzım'ı taşıyan araba limana ulaştı. Hikmet derin bir "oh" çekti ve arabacı ile kayıkçının, eşyaları kayığa aktarmasına nezaret etti.

Eşyaların ardından sıra insanlara geldi...

Kayık limandan uzaklaşırken, Celile etrafı seyre koyuldu. Selanik'in çok güzel bir şehir olduğuna bir kez daha karar verdi ve aklından bir hesap yapıp, yanındaki kardeşine döndü.

"Ömrümün iki yılını bu kentte geçirdim Münevver."

Doğru hesaplamıştı. Küçük Mehmet Nâzım 15 Ocak 1902'de dünyaya gelmişti. Şu anda on yedi aylıktı ve Celile hamileliğinin yedi ayını bu kentte geçirmişti. Bu durumda, genç ve güzel kadın açısından, içinde doğum da olan ve tamı tamına yirmi dört ay süren Selanik'li günlere nokta konulmak üzereydi.

"Ne macera ama!" dedi kayıktaki herkesin duyacağı kadar yüksek bir sesle.

***

Kayık gemiye yaklaşırken, Celile Selanik'i seyretmeyi bıraktı, eşine döndü ve "Babamı İstanbul'a götüren vapur mu bu?" diye sordu.

"Ta kendisi. Mehmet Nâzım Paşa şirketin patronunu yakından tanıyormuş. Mersin'de görev yaptığı zamanlarda bir hayli işi düşmüş babama. Hem kendisi hem de bizim için başvurduğunda, çok mültefit davranmış..."

Konuşmasının bu noktasında, Hikmet'in sözleri alaycı bir hal aldı.

"Ne tür bir kamarada kalacağımıza göre kararımızı veririz artık, ağırlığının ne kadar olduğuna..."

Eşinin konuşma biçimi hoşuna gitmeyince, her zamanki gibi yaptı Celile. Cevap vermedi.

Hikmet işte böyle bir adamdı!

Kimseyi beğenmez, herkese ve işe kuşkuyla yaklaşır, buna karşılık kendinden de asla memnun olmazdı.

Tabii ki şımarık, züppe ya da sünepe değildi ama hiç de Celile'nin istediği, arzuladığı gibi cevval bir koca olmamıştı.

Güzel kadının aklına, bu konuyla ilgili olarak Hikmet'le hiç yüzleşmediği geldi.

"Mesela ne diyeyim şimdi, şu son söyledikleri üzerine?" diye düşündü.

Bir şey demeye kalksa "Mehmet Nâzım Paşa hiç olmazsa bizi Selanik'ten İstanbul'a götürmeye yetecek bir ağırlığa sahip. Sana kalsa bunu da beceremezdin" demesi gerekirdi ki, Celile bunu yapmazdı. Böylesi bir davranışı kendisine asla yakıştırmazdı.

***

Tıpkı limanda olduğu gibi, önce eşyalar aktarıldı gemiye, ardından hanımlar ve çocuklar. En son da Hikmet.

Celile geminin güvertesine çıktıktan sonra kıyıya dönüp baktığında, iki yıl önce geldiği Selanik Limanı'ndan eser kalmadığını gördü.

Şehrin diken üzerinde olduğu, limana bakılır bakılmaz anlaşılıyordu. Selanik'ten kalkan gemiler ağzına kadar doluysa da, gelenler boş denilecek kadar az yolcu taşıyordu. Yakınlarını karşılamaya ya da yolcu etmeye gelenler de tek tük denecek kadar azalmıştı.

Silahlı devriyeler, limanın her köşesinde, kendilerine ya da gemilere karşı girişilebilecek bir saldırıya karşı elleri tetikte dolanıyorlardı.

***

Hikmet ve ailesine yol gösteren kamarot önce büyük kamaranın kapısını açtı. Göz kamaştırıcıydı. Az sonra da Münevver'in kalacağı kamarayı gördüler. O da ötekinden aşağı kalmazdı.

Genç ve güzel kadın, kocasının kayıkta ettiği lafları geri almasını, boşuna bekledi.

Sekiz

Celile, Münevver, Hikmet ve küçük Nâzım'ı İstanbul'a ulaştıran vapur Karaköy Limanı'na yanaştı.

Mehmet Nâzım Paşa Konağı'nın çalışanları tarafından karşılanan Selanik yolcuları ve eşyalar, birkaç kayıkla önce Üsküdar'a oradan da konağın arabalarıyla eve götürüldü.

Celile'nin ilk işi, atölyesinin bıraktığı gibi durup durmadığını kontrol etmek oldu. Daha sonra yatak odalarını gözden geçirdi.

Hemen kendi odalarının yanında, işe o gün başlayacak mürebbiye ile minik oğlu kalacaktı. Oda, tam da mektubunda bildirildiği gibi düzenlenmişti.

Celile "Bir eksikliğimiz var mı hanımım?" diye soran kâhyaya, "Hayır, her şey tam istediğim gibi, teşekkür ederim" dedi ve hemen mürebbiye adayı ile görüşmek istediğini söyledi.

Güzel kadın, bulunmasını babasından rica ettiği mürebbiyeyle, kadife eldiven içinde çelik bir yumruk olduğunu hissettirecek şekilde, kısa bir görüşme yaptı. Sonra, elinden tuttuğu oğlunu gönül rahatlığı içinde yeni mürebbiyesi ile tanıştırdı.

Bütün bu işler tamamlandıktan sonra oturulan sofrada, Münevver ablasına, kendisini hemen o gün babasının konağına gönderip gönderemeyeceğini sordu.

"Özledin değil mi kendi odanı, evini?" dedi Celile kardeşine. Yemekten sonra ilk işi, kardeşini babasının konağına göndermek oldu.

İşte tam da şimdi, el ayak çekilmişken, salonun bir köşesinde hasretle onu bekleyen piyanosunun başına geçebilirdi.

Güzel kadın, çantasından çıkarttığı onlarca partisyonu piyanonun üzerine koydu, yetenekli parmaklarını özlediği tuşlarla öpüştürdü.

***

Kentte esen rüzgârlar ne kadar hırçınlaşmışsa, tersine, atölyesi tam da bıraktığı gibi huzur doluydu.

Celile, Selanik'te yaptığı ve yanında getirdiği resimlerden bazılarını konağın daha önceden planlamış olduğu duvarlarına astırdı. Asılı olanlardan kimilerinin tavan arasına kaldırılmasını sağladı.

Birkaç gün süren yorgunluğunu üzerinden attıktan sonra, boyalarını, fırçalarını, paletlerini ve tüm öteki resim malzemesini tek tek gözden geçirdi.

Hazırdı. Resim yapmaya başlayabilirdi.

Resme başlamadan önce, yapması gereken bir iş daha olduğunu düşünüyordu Celile!

Konağın çalışanlarından birinin eline bir pusula sıkıştırıp, "Geriye bir cevapla döneceksin!" talimatı da vererek yola çıkardı.

Beklediği haber akşamüstü gelmişti...

***

Celile hemen ertesi sabah, Nâzım'ın mürebbiyesine gerekli tembihlerde bulunarak evden çıktı.

Üsküdar'a kadar konağın landosuyla gitti. Ardından kâhyanın kiraladığı bir kayıkla Beşiktaş'a geçti.

Sonra, elinde bir adres olmak üzere Akaretler Yokuşu'nu tırmanmaya koyuldu.

Padişah Abdülaziz zamanında, Dolmabahçe Sarayı'na lojman olsun diye iki taraflı yaptırılmış olan akaret evlerinden[15] elindeki kâğıtta numarası yazılı olanın kapısını çaldı.

Kapıyı açan hizmetçiye kendisini tanıtan Celile, kısa bir süre sonra Fausto Zonaro'nun atölyesindeydi.

"Fausto Usta" diyerek boynuna sarıldığı resim hocasının ardından, odaya o anda giren çok sevdiği Bayan Zonaro ile de büyük bir sevinçle kucaklaştı Celile.

Karı koca Zonaro'lar birçok soru sordular Celile'ye neler yaptığı, Selanik'te zamanını nasıl geçirdiği ile ilgili olarak.

Sonra soru sorma sırası Celile'ye geldi. O da hocasının ve Elisa'nın neler yaptığını merak ediyordu.

Elisa, uzun uzun İstanbul'da gerçekleştirdiği fotoğrafçılıktan söz etti konuğuna. Celile, Elisa'nın Paris'in en iyi fotoğrafçılık okulunda eğitim gördükten sonra, uygun alet edevatla İstanbul'a geldiğinden haberdardı.

Eşinin saray çevresine olan yakınlığı sayesinde, Elisa ünlü kişilerin ve ailelerin dünya kadar fotoğrafını çekmişti. Bu fotoğraflardan bazılarını Celile'ye de gösterdi. Ayrıca İstanbul'un gündelik hayatı ve ünlü binalarını da fotoğraflamıştı Bayan Zonaro.

Celile, sevdiği ve takdir ettiği Elisa'nın, İstanbul'da hem mutlu hem de üretken olduğunu görünce çok sevindi.

Şimdi sıra tekrar Fausto Usta'ya gelmişti...

"Yedi yıl oluyor değil mi?" diye sordu ustasına.

Usta aklından bir hesap yaparak, "Evet" diye cevapladı sevgili öğrencisini.

---

15. Akaret, kiraya verilerek gelir kazanılan ev, dükkân gibi konutlara denir. Padişah Abdülaziz tarafından Beşiktaş, Akaretler Yokuşu'nda yaptırılan binaların bir kısmı saray için çalışanlara tahsis edilmiş, geri kalanları ise Aziziye Camii'nin inşa edilebilmesi için kiraya verilmişti.

Tam yedi yıldır tanışıyorlardı. Bu arada neler olmuştu neler.

Fausto Zonaro'nun saray ressamlığına getirilmesini sağlayan, *Ertuğrul Süvari Alayı'nın Galata Köprüsü'nden Geçişi* ismini verdiği tablosuydu. Padişah resmi çok beğenmiş, sanatçıyı Mecidiye Nişanı ile ödüllendirmişti.

Sonradan yaptığı *Hücum* isimli tablosu da padişah tarafından takdir görmüştü. Akaretler'de bir eve sahip olmasını bu tabloya borçlu olduğunu söyledi Fausto Usta.

"Benden başka kimler vardı öğrencilerinizin arasında?" diye sordu çayını yudumlarken Celile.

Usta şöyle bir düşündü, "Kimler yok ki?" diyerek saymaya başladı.

"Ali Rıza,[16] Şehzade Abdülmecid, Mihri Müşfik...[17]"

"Peki sergi açıyor musunuz?" diye sordu Celile.

Fausto Usta, eski öğrencisinin bu sorusunu da "Son iki yıl içinde, İstanbul'daki sergi salonlarına elli yedi adet tablo gönderdim" diye cevapladı.

Fausto Usta ve eşi Elisa'yı, Akaretler'de, mutlu mesut yaşadıkları evlerinde geride bırakırken, "Resimle, sanatla dolu muazzam bir yaşam" diye düşündü Celile.

Konağa yaklaşırken, kendisini resim çalışmaya daha da hazır hissetti.

---

16. Hoca Ali Rıza, peyzaj resimleriyle bilinir. Türk resim tarihinin en önemli ismi olduğu rahatlıkla söylenebilir. 1914 kuşağı ressamlarına hocalık yapmıştır.

17. Türkiye'de çağdaş resim denince akla ilk Mihri Müşfik'in ismi gelir. Portreleriyle bilinir. Mustafa Kemal Atatürk, Papa 15. Benedict gibi ünlülerin resimlerini yaptı. Kız öğrenciler için kurulmuş olan İnas Sanayii Nefise Mektebi'nde (Güzel Sanatlar Akademisi) yöneticilikle görevlendirildi. Aristokrat bir ailenin çocuğu olmasına karşın bu hayatı terk etti, bohem ve yoksul bir hayat sürdü. Ressam Hale Asaf'ın teyzesidir.

Dokuz

Celile anne ve babasını birkaç haftada bir mutlaka ziyaret etmeye çalışıyor, hem kendisiyle ilgili haberler veriyor hem de onların neler yaptığını öğrenmiş oluyordu.

Ağustosun son günlerine doğru yaptığı ziyarette, babası Selanik'ten dönmüş olmalarını kastederek "İyi ki zamanında harekete geçmişsiniz!" dedi.

Güzel kadın babasının bu sözlerinin ardında önemli bir neden olduğunu düşünüp "Hayrola?" diye sordu.

Hasan Enver Paşa, sarayda kulağına gelen bazı bilgileri kızıyla paylaştı.

"Bulgar eşkıyalar, durmaksızın yüz yetmiş kilometre uzunluğundaki Selanik-Manastır Demiryolu'nu hedef alıyormuş. Her gün rayları yoldan çıkartıp binaları yakıyorlarmış. Anlayacağın, azdıkça azıyorlar..."

Celile'nin aklına geri döndükleri gün geldi. Selanik'ten bir yangını geride bırakırcasına kaçmışlardı.

Bu arada paşa derin bir oh çekerek "Biliyor musun Celile?" dedi. "Rusya'da sekiz bin kilometre uzunluğunda bir demiryolu hattı tamamlanmak üzere. İsmi de Transsibirya Demiryolu olacak."

Celile gayriihtiyari "Birileri yaparken biz yıkıyoruz" diye cevapladı babasını.

Paşa "Tam da öyle" diyerek katıldı kızının yorumuna.

Güzel kadın, Selanik'ten yola çıkış tarihini hatırlayıp üzerine bir hesap yaptığında, İstanbul'a ulaşmalarının üzerinden sadece iki aya yakın bir zaman geçtiğini buldu.

"İki ay daha oyalansak, başımız demek ki büyük derde girecekmiş!" diye söylendi.

Paşa şaşırdı. Kızının ne demeye çalıştığını anlamaya çalıştı.

Celile, anne ve babasına Mehmet Nâzım Paşa'nın dönüşü esnasında patlayan bombaları ve kendileri dönerken Bulgar çetecilerin Manastır'da ayaklanmış olduklarını, kendilerinin de gemiye güçbela bindiklerini ilk kez anlattı.

Dehşet içinde "Verilmiş sadakanız varmış" dedi Hasan Enver Paşa.

"Peki ne olacak bütün bu kavga gürültünün sonu baba?" diye sordu Celile.

"Bilmiyorum" dedi deneyimli devlet adamı.

Padişahın yaverliğini yapıp da geleceğin nelere gebe olduğunu tahmin etmemesi imkânsızdı.

"Bal gibi biliyor ama korkutmamak için söylemiyor" diye düşündü Celile.

Gerçekten de öyleydi. Hasan Enver Paşa, Balkanların ve hatta tekmil Osmanlı'nın üzerinde karabulutlar dolaştığının tabii ki farkındaydı.

***

Celile atölyesinde resim yaparken, gün boyu Hikmet'in akşam yemeğinde söylediklerini düşündü.

Mehmet Nâzım Paşa "acele" damgalı bir emirle Halep'e vali atanmış, derhal yola çıkmıştı.

Hikmet, babasının yeni konumunu kendisi ve ailesi açısından umut verici bulmuş, eşine "Biz de gidelim babamın arkasından Halep'e" demişti.

Celile "Neden böyle bir şey yapalım?" diye sorunca, eşi ballandırarak anlatmıştı projesini.

"İstanbul tarumar halde Celile. Devlette görevli olanlar ne yapacaklarını şaşırmış durumdalar. Tüccar kesiminde ise kimsenin ağzını bıçak açmıyor. Halep'e gidersek, babamın konumundan da istifade ederek bir ithalat ve ihracat şirketi kurar, kısa zamanda palazlanırız. Sonra da bu şirketi İstanbul'a naklederiz."

Yapmakta olduğu resimden, kulağında kocasının bu sözleri olmak üzere geriye doğru çekildi Celile ve son fırça darbelerini bir kez daha kontrol etti.

Tuvalinde bir natürmort vardı...

"Acaba?" diye düşündü genç kadın. "Ortadoğu coğrafyasında bulunmak resmimi geliştirmem açısından yararlı olur mu?"

Renkler, biçimler, kılık kıyafetler, yüz şekilleri, kısacası her açıdan farklı bir kentte bulunmak, bir ressam için şüphesiz önemli bir kazanım olurdu.

Celile "Yine de kolay karar verilebilecek bir teklif değil" diye düşündü eşinin Halep'e gitme isteğiyle ilgili olarak.

Mehmet Nâzım Paşa'nın kendilerine son derece mültefit davranacağından emindi güzel kadın.

"Keşke İstanbul'da, bizimle birlikte olsaydı" diye düşündü kayınpederi aklına gelince. Sonra "Ne kadar az geline nasip olur Mehmet Nâzım Paşa gibi bir insanla aynı çatının altında yaşamak" diye geçirdi aklından.

Oğluna da zaten bu nedenle dedesinin ismini koymuş, Mehmet Nâzım demişti.

Celile Halep'e gitme fikri ile oynaşırken, Küçük Mehmet Nâzım'ın mürebbiyesine alıştığını da düşündü.

Kendisi de gerçek anlamda resim yapmaya başlayalı ne kadar olmuştu ki!

Bir bavul gibi memleket memleket dolaşmanın sanatçıya getirisi oluyordu kuşkusuz ama bir o kadar da götürüsü vardı. Yerleşik olmak, üretkenlik açısından önemli bir faktördü. Celile bunun gayet iyi farkındaydı.

"Bu pilav daha çok su kaldırır" diyerek noktaladı Halep'e gitmeye dair düşüncelerini. Kaldığı yerden, resmini yapmaya devam etti.

On

Hikmet yemek masasına "Çok kötü günlerden geçiyoruz" diye oturunca, Celile "Hayırdır inşallah" dedi. Selanik'ten döndüklerinden beri, günlerinin neredeyse tümünü ve bazı gecelerini konak dışında, sözde iş aramakla geçiren Hikmet'in yine "kötü günler"in arkasına sığınacağını düşündüyse de beklediği gibi çıkmadı.

"Birkaç gün önce padişahın kulağına Harbiye'de bir teşkilat kurulmuş olduğu jurnali gelmiş. Araştırılmasını istemiş. Ne çıkmış ardından biliyor musun Celile? Bir teşkilat! Vatan ve Hürriyet'miş ismi.[18] Dünya kadar yazı çizi bulunmuş örgüt ile ilgili olarak. Ayrıca, tek sayfalık da olsa yasadışı *Vatan* isimli bir gazete çıkartıyorlarmış."

Hikmet soluk almak için durdu. Celile "Sonra?" dedi.

"Düşünebiliyor musun içlerinde Harbiye öğretmenleri bile varmış. Sadece öğrencilerin masum bir vatanseverlik hareketi değil yani. Memlekette işler kötüye gidiyor ya, anlaşılan subaylar ve subay adayları da kendilerini gidişattan sorumlu görüp, harekete geçmeye karar vermişler."

"Ama yasadışı olarak" dedi eşinin bu sözleri üzerine Celile.

---

18. 1905'in ortalarından itibaren üzerinde konuşulmaya, sonra da teşkilatlanmaya başladı. Mustafa Kemal bu teşkilatın Selanik hücresini kurmuştu.

Hikmet başını sallayarak onayladı Celile'yi ve "Evet" dedi. "Mektebin dışında, kiralık bir evde toplanıyorlarmış, kararlar alıp bunları uyguluyorlarmış. Dün akşam, hem yurtta yaşayanlara hem de kiralamış oldukları evlere eşzamanlı baskın düzenlenmiş. Hepsi yakalanmış ve Taşkışla'ya götürülmüş. Sorgulamalarından bakalım neler çıkacak."

Eşinin verdiği bilgilerin içinde "iş bulma"ya dair tek kelime olmadığını gören Celile yeniden umutsuzluğa kapıldıysa da bu konuda konuşmak istemedi.

Buna karşılık, Halep'e gitmek isteğini de yinelememişti kocası.

***

Ertesi günkü gazeteler, boydan boya Rusya'da gerçekleşmekte olan halk hareketi ile ilgiliydi.

Celile'nin anladığı kadarıyla, değişimden yana olanlar bir manifesto hazırlamışlar ve onaylanmak üzere çara sunmuşlardı. Ülkede yaşayan herkesin görüşü, çarın bu manifestoyu ekim sonuna kadar imzalayacağı istikametindeydi.

Siyasal yorumcular Çar II. Nikola'nın başka çaresi olmadığı düşüncesindeydi. Gerekçe olarak da gösterileri bastıracak kadar kuvvette sahip olmadığını gösteriyorlardı.

"Sanki, biraz bizim Selanik'te yaşadıklarımız gibi" diye düşündü Celile.

***

"Sevgili Marcel,

Keşke sana, güzel şehrimin keyfini sürdüğümü söyleyebilseydim. Ama öyle değil. Özledim özlemesine İstanbul'umu ama ülkem fokur fokur kaynarken keyfini çıkartabilmem tabii ki mümkün değil.

Öte yandan, Rusya'dan ve başka ülkelerden de dünya kadar kötü haber alıyorum. Rusya'daki sorunlar bizimkilere çok benziyor. Orada da imparatorluktan ayrılmak isteyen Finlandiya ve Estonya'da binlerce insan sokaklara dökülüyor. Her gösteride yüzlercesinin öldüğüne dair haberler geliyor.

Söyler misin bana Marcel, nasıl yetiştireceğiz çocuklarımızı böyle bir dünyada?"

Celile mektubuna "*Şu aralar kayınpederimin valilik yaptığı Halep'e gitmek fikriyle iyiden iyiye oynaşır oldum. Bakalım bir karar verebilecek miyim?*" diye bir de dipnot ekledi, zarfa koydu ve acilen gönderilmek üzere kâhyaya teslim etti.

Güzel kadın, sadece mürebbiyenin değil bizzat kendisinin de oğluyla ilgilenmesinde muhtelif yararlar olduğunun farkındaydı. Mektup işini tamamladıktan sonra, resim çalışmak ya da piyano çalmak yerine oğlunu odasında ziyaret etti.

"Birlikte bahçeye çıkalım mı tatlım?"

Nâzım annesinin elinde dergiler de görünce çok sevindi, oyuncaklarının arasından fırladı ve Celile'nin elini tuttu.

Sıcak bir İstanbul sabahında, kameriyenin altındaki salıncağa ana oğul birlikte oturdular. Celile Selanik'te basılan *Çocuk Bahçesi*[19] isimli derginin son sayısını kucağına açtı, Nâzım'a doğru biraz daha yaklaştı ve okumaya başladı.

---

19. 1905 yılında yayın hayatına başlayan *Çocuk Bahçesi* isimli dergi dört yüz elli üç sayı çıktı.

Celile dergide yazıları bulunan Mehmet Emin,[20] Rıza Tevfik,[21] Tevfik Fikret gibi yazarların kullandıkları sade dilin çok yararlı olduğunu düşünüyordu. Hece ölçüsüyle yazılmış olan şiirler küçük Nâzım'ın hoşuna gidiyor, yavaş yavaş okumayı sökmesine yardımcı oluyordu.

Güzel kadın *Çocuk Bahçesi*'nden sonra, oğluyla birlikte Fransa'dan gelen dergilere de göz attı. Sonra sıra boyama kitapları faslına geldi.

20. Mehmet Emin Yurdakul
21. Rıza Tevfik Bölükbaşı

On Bir

Celile, üzerinde Chemins de Fer Ottomans D'Antolie yazılı bileti, Haydarpaşa Garı'nın kapısında bekleyen görevliye uzatırken, dönüp bir kez daha baktı, elini uzatsa yakalayacakmış gibi yakın duran Sultanahmet ve Ayasofya camilerine.

"Canım İstanbul" diye söylendi gayriihtiyari.

Teyzesi elini tuttuğu için huysuzlanan küçük Nâzım'a "Sakın!" diye tatlı sert bir ültimatom çektikten sonra, salonu "Yazıyor, padişah efendimize suikastı yazıyor!"[22] diye inleten gazeteci çocuğa seslendi.

Çocuk, bir matris vasıtasıyla omzunda taşıdığı *İkdam*'lardan birini çekti, katladı, uzattı. Celile'nin elindeki para ile gazeteci çocuğun elindeki gazete aynı anda yer değiştirdi.

Gazetenin ilk sayfasına basılmış fotoğrafa iğrenerek baktı genç kadın. Her yer kan gölüne dönmüştü.

"Ne günler ya Rabbi!" diye söylendi.

Tabii ki haberi vardı suikasttan. Kimin yoktu ki? Tekmil İstanbul bu haberle çalkalanıyordu.

Celile gazeteyi çantasına tıkıştırdı. Tren yola koyulup da nefes almayı becerir becermez, ilk işi, şahsen de tanıdığı ve değer

22. Padişah II. Abdülhamit, 21 Temmuz 1905'te Ermeni Devrimci Federasyonu tarafından Yıldız Hamidiye Camii'nin önünde gerçekleştirilen suikast girişiminden yara almadan kurtuldu. Yüz yirmi kiloluk bomba kullanılan saldırıda, yirmi altı yurttaş hayatını kaybetti, elli sekizi de yaralandı.

verdiği *İkdam*'ın sahibi ve başyazarı Ahmet Cevdet'in yorumunu okumak olacaktı.

***

1905'in 22 Temmuz günü, kent gerçekten de kavruluyordu. Özellikle yaşlıların dilinde bir "mevsim normallerinin çok üzerinde" lafıdır gırla gidiyordu.

Münevver ile Celile, birkaç gündür birbirlerine bu cümleyi söyleyip kıkırdıyorlardı.

Sıcaktan ve Nâzım'ın vızıldamasından bunalmış olduğunu tahmin ettiği kardeşine, biraz yaşlı bir kadın tonlamasıyla "Mevsim normallerinin çok üzerinde Münevver Hanım malumunuz" dedi durup dururken.

Genç kız kahkahayı bastı ve "Sen Halep'te göreceksin mevsim normallerini" diyerek ablasıyla dalga geçti.

Alabildiğine haklıydı sevgili kardeşi.

"İstanbul böyleyse, Halep kim bilir nasıldır değil mi?" diye sordu korku dolu bir yüz ifadesiyle.

Ablasından ayrılacağına üzülen Münevver, biraz da kızgınlığını bir kez daha dile getirmek için "Kendi düşen ağlamaz!" diye çıkıştı.

"Doğru!" dedi sevgili Münevver'in bu sözlerine karşılık Celile.

"Neyse ne!" diye söylendi ardından...

Gidilecekse, gidilecekti!

***

Celile ve Nâzım'ın yataklı vagona yerleşmesine yardımcı olan Münevver "Artık ben ineyim abla" dedi ve sevgiyle sarıldı Celile'ye.

İki kardeşin gözlerinden yaşlar sicim gibi aktı.

Küçük Nâzım da durumdan etkilenmiş, teyzesinin ve annesinin bacaklarına sarılmış, ağlayanlar korosuna dahil olmuştu.

İki kardeş, biraz da çocuğu üzmemek için, ağlamaya sanki sözleşmiş gibi aynı anda ara verdiler. Her ikisi de el çantalarından mendillerini çıkarıp önce Nâzım'ın sonra kendilerinin gözlerini kuruladılar.

Celile aynasını çıkartıp akmış makyajına bakarken, Münevver vagondan inip peronda beklemeye koyuldu.

Onun hemen yanında, Mehmet Nâzım Paşa'nın Üsküdar'daki konağından gelen yardımcılar vardı. Onlar da Celile ile küçük Nâzım'ın eşyalarını Osmanlı Anadolu Demiryolları olarak da anılan şirketin trenine yerleştirmiş, hareket zamanını bekliyorlardı.

***

Londra'dan İstanbul'a yolcu taşıyan Şark Ekspresi'nin devamı sayılan konforlu trenin ranza biçiminde dizayn edilmiş yatağı küçük Nâzım'ın pek hoşuna gitmişti. Bir çırpıda tepeye tırmanmış, "Burada ben yatacağım!" diye tutturmuştu.

"Olur yakışıklım" demişti Celile sevgiyle oğluna.

Süratle büyüyordu Nâzım. Beş yaşına çok yaklaşmıştı. Akranlarına göre daha iri, gür, kiremit rengi dalgalı saçlı ve mavi gözlüydü.

Saat dokuzda hareket edeceği söylenen tren, yirmi dakika gecikmeyle, şef makinistin uzun ve acı düdüğünün ardından hareket etti.

Peronda, trenin arkası sıra birkaç adım atan Münevver'e el sallarken "Mektup yaz!" diye seslendi Celile.

Münevver "Olur!" diye bağırdı ve "Kendine iyi bak! Nâzım'a da..." dedi. Bir şeyler daha söyledi ama sesi duyulmaz olmuştu...

Teyzesinden ayrılmanın üzüntüsünü derhal geride bırakan Nâzım, hemen tepeye, üst ranzaya tırmandı tekrar. Trenleriyle oynamaya girişti.

"Uzun bir yolculuk olacak" diye düşündü Celile. Kalkıp az önce akmış olan makyajını tazeledi, birkaç gün önce Cadde-i Kebir'den[23] aldığı yandan fiyonklu şık şapkasını ondelalı saçlarının üzerine oturttu ve Nâzım'a seslendi.

"Tatlım, iki gece o yatakta yatacaksın, istersen aşağıya gel, gidip bir şeyler içelim."

***

Nâzım kurabiyeler eşliğinde limonatasını içerken, Celile sade kahvesinden bir yudum aldı, ağızlığının ucundaki sigarasından bir nefes daha çekti ve sağ yanında uzanıp giden, bazıları henüz kesilmemiş ayçiçeği ve buğday tarlalarını seyre daldı.

Tek tük konakların, yalıların, sıra sıra anızların ardından temmuz güneşinde bir ayna gibi parıldayan Marmara Denizi gerçekten de inanılmaz güzellikte görünüyordu.

---

23. İstiklal Caddesi

"Hele ki Adalar... Canım Adalar..." diye düşündü Celile. "Bu güzel kent bırakılır da Allahın çölüne gidilir mi?" diye iç geçirdi.

***

Genellikle iyimser bir doğası olduğu için "Ama böyle söylemek de Halep'e fazla haksızlık olur" diyerek yumuşattı düşüncesini.

İstanbul ve Kahire'nin arkasından nüfusu ve ticaret hacmi ile Osmanlı'nın en büyük kentiydi Halep. Bir sancak merkezi olduğu için, imparatorluğun gözbebeklerinden biri olarak görülüyordu.

Kısacası, Celile aslında pek çok insanın "ölmeden mutlaka görülecekler listesi"nde üst sıralarda bulunan bir yerleşime, Antakya, Antep, Urfa, Maraş gibi çok önemli kentlerin de bağlı olduğu bir merkeze doğru gidiyordu.

Maceracı ruhu, heyecanını yeniden körüklemişti.

Güzel kadın, doludizgin giden trenin camından gördüğü aksinde, gözlerinin tam içine bakarak "Ben değilsem kim? Şimdi değilse ne zaman?"[24] diye sordu.

***

Aslında ne çok konuşmuşlardı Halep'e gitme konusunu Hikmet'le.

Selanik'ten İstanbul'a döndüklerinde, eşi kendisini Diyarbakır'a gitmeye de ikna etmeye çalışmış ama sonuç alamamıştı.

24. İlk olarak din bilgini Hillel tarafından MÖ 30'da söylendi. Talmud'da yer aldı. Aslı şöyledir: "Kendim için değilsem, kim benim için olacak? Yalnız kendim içinsem, ben neyim? Ve şimdi değilse, ne zaman?"

Her defasında "Ne işim var benim Diyarbakır'da?" diyerek püskürtmüştü Hikmet'i.

Geçen iki yıllık süre içinde, İstanbul'da hayatını büyük ölçüde işsiz güçsüz geçirmişti Hikmet. Kendisine teklif edilen kimi devlet görevlerine burun kıvırmış, her defasında "Biraz düşüneyim" diyerek kulak ardı etmişti.

Babasının Halep'e tayininin çıkması üzerine, adeta yeniden doğmuş gibi olmuştu kocası.

"Bak Celile..." diyordu durmadan. "Halep'in ticaret yapmaya ne kadar elverişli bir kent olduğunu bir düşün... Babamın da yardımıyla kısa sürede çok mesafe kat ederim... Orada kuracağım ticarethaneyi bir süre sonra İstanbul'a naklederim..."

Aslında söyledikleri son derece mantıklıydı Hikmet'in. Halep'in birinci adamı Mehmet Nâzım Paşa'nın oğlu olmanın avantajlarını kullanabilecek olursa, kimse tutamazdı kendisini.

Buna karşılık, eşinin bu tür heyecanlarının saman alevi misali olduğunu gayet iyi biliyordu Celile. Onun tanıdığı Hikmet, ticarethanenin ofisini kurar, birkaç gün içinde işe güce olan ilgisini kaybeder, sonra o bildik vakit öldürme haline geri dönerdi.

Hikmet'in teklifine başlangıçta karşı çıktıysa da, uzun uzun düşününce kabul etmişti Celile.

Onu Halep'e gitmeye ikna eden asıl neden ise, Hikmet'in çizdiği pembe tablodan daha çok, Halep'in bizzat kendisi olmuştu.

Genç kadın, Selanik esintili resimlerinin yanına, öyle İstanbul filan gibi değil, gerçek anlamda Oryantal bir coğrafyanın ruhunu taşıyan tablolar da eklemek istiyordu.

Çocukluğunu, gençliğini geçirdiği İstanbul'dan yeterince etkilenmiş olduğu kanaatindeydi. Selanik de gelip geçmişti. Parisli, Romalı yıllar ise epey gerilerde kalmıştı.

Celile için, yeni bir maceraya, başka bakış açılarına, farklı renklere doğru yol almanın vakti gelmiş gibi görünüyordu.

Sağ olsun Hikmet yanında olmasını arzuladığı tüm resim malzemesini çoktan göndertmişti Halep'e. Ardından kendisi de gitmiş ve paşa babasına tahsis edilen saraya yerleşmişti.

Hasılı kelam, şimdi sıra Celile ve küçük Nâzım'daydı.

Tren ay çekirdeği ve buğday tarlalarının arasında dans etmeyi sürdürürken, Celile Haydarpaşa Garı'nda aldığı gazeteyi hatırladı.

***

İkdam'ın haberine göre, suikastçılar patlayıcıları atlı bir arabaya yerleştirmiş, patlama anı için padişahın cuma namazını nişanlamışlardı.

İkinci Abdülhamit camiye iyice yaklaşınca, bomba patlatılacaktı...

Önceden detaylı bir plan yapılmış, selamlıktan camiye olan yürüme mesafesi bir dakika kırk iki saniye olarak hesaplanmıştı.

Buna karşılık, şeyhülislam efendi padişaha bir soru sorunca konuşma uzamış, bomba istenenden önce patlamış ve hedefe ulaşılamamıştı. Hafiyeler hemen çalışmaya koyulmuş, on beş kişiyi tutuklamış, bunların arasından Belçika vatandaşı olan Edward Joris'in suikast girişiminin liderliğini yaptığını tespit etmişlerdi.

"Vay vay vay!" dedi Celile.

İkdam'ın başyazarı Ahmet Cevdet, yorumunda, patlamayı dünya konjonktürüne bağlamayı uygun görmüştü.

"Bitmiyor, tükenmiyor" diye düşündü Celile.

Selanik'in bombalarından kurtulup kapağı İstanbul'a atmasının üzerinden tam iki yıl geçmesine rağmen, ne onun nefes aldığı coğrafyalarda ne de dünyanın öteki yerlerinde, kavga, gürültü bir türlü sona ermemişti, erecek gibi de görünmüyordu.

***

Celile yazının tümünü okuyunca, *İkdam*'ın başyazarı Ahmet Cevdet'e hak verdi.

Bir buçuk yıla yakın bir süredir Ruslarla Japonlar Pasifik'te boğaz boğaza savaşıyordu.[25]

Yine Rusya'da, geçen yılın sonunda başlayan ayaklanma bütün şiddetiyle sürüyor, çarlık rejimi çatırdıyordu.[26]

"Acaba?" diye düşündü Celile. "Halep'te huzur bulabilecek miyim?"

Başını kaldırdı, üst ranzada trenleriyle oynamayı sürdüren küçük Nâzım'a baktı. Ne kadar isterdi Celile oğlunun huzur ve barış ortamında büyümesini.

25. Japonlar, Rusya'nın Kore ve Mançurya'ya ilişkin politikalarına karşı durmak için 8 Şubat 1904'te savaş başlattılar. Savaş, modern çağda, ilk kez bir Doğu ülkesinin bir Batı ülkesini yenmesiyle 5 Eylül 1905'te son buldu.

26. 20. yüzyılın başlarında, Rus aydınlar tıpkı Osmanlı'da olduğu gibi anayasal monarşi isteğiyle örgütlendiler. 1905 Rus Devrimi, çarlığın yıkılması yönünde önemli bir adımdı.

Celile "Ne kötüymüş kaderi..." diye söylenerek önündeki kartona ilk kelimeyi yazdı:

HAKSIZ

Geriye doğru çekildi, yazısının biçimini, satırın, yazmak istediği dört kelimeden son üçünü de alıp almayacağını kontrol etti. Devam edebilirdi:

YERE MAHKÛM EDİLEN

İlk satırı tamamlamıştı Celile. Sıra ikinci satırdaydı. Tekrar geriye çekildi, kontrolünü yaptı ve ikinci satırın tam da orta yerine, bir önceki satırdakilerden daha büyük harflerle tek kelime yazdı:

OĞLUM

***

"Oğlum" sözcüğü dokunmuştu Celile'ye...

Gerilere, çok gerilere gitmiş, Halep treninde, küçük Nâzım'ın Münevver ile kendisinin bacaklarına sarıldığı, onlarla birlikte ağladığı anlar gelmişti aklına.

Yaşlı kadın, yaklaşık yarım yüzyıl öncesindeydi sanki, ağlıyordu.

Oğlu Oktay'la konuşmasını az önce tamamlamış olan Münevver, telefonun ahizesini yerine yerleştirdi ve ablasının yanına yaklaştı. Elinden tutup, masaya yakın bir sandalyeye oturmasını sağladı.

"Ne oldu şimdi abla?" diye sordu.

Celile, hıçkırıklar arasında kardeşinin sorusunu cevaplamaya çalıştı.

"Hatırlıyor musun hani Nâzım'la Halep'e giderken sen de gelmiştin ya Haydarpaşa Garı'na... Nasıl ağlamıştık üçümüz senden ayrılırken... Hatırladın mı?"

Gayet iyi hatırlamıştı ablasının kastettiği günü Münevver.

"Evet abla hatırladım" dedi. Aklına geldiyse de "Makyajlarımız nasıl da akmıştı" demedi.

Münevver, Celile'nin sinirlerinin iyice bozulmuş olduğunu düşündü. Kuşkusuz kolay değildi oğlu ölümle yüz yüze bulunan birinin sakin olması ama Celile kuvvetli kadındı.

Kendisine "Tanıdığın en dirençli kadın kim?" diye sorulsa, bir saniye bile tereddüt etmeden ablasını işaret ederdi.

***

Biraz zaman tanıdıktan sonra "Bak abla" dedi Münevver ve az önce aklından geçenleri tane tane anlattı Celile'ye.

"Sen bunu başarabilirsin. Ya da şöyle söyleyeyim: Bana, tanıdıklarımın arasında bu durumda bile kimin sakin kalarak bir çözüm bulmaya çalışabileceği sorulsa, tereddütsüz seni işaret ederim."

Münevver'in lafları tesirini göstermiş, yaşlı kadın kalın camlı gözlüklerini çıkartıp masanın üzerine koymuş ve gözlerini kurulamıştı.

Bu esnada Münevver de ablasının gözlüklerini temizlemiş, takmasına yardımcı olmuştu.

"Hadi abla" dedi bir kez daha. Zamanın ilerlediğini, Galata Köprüsü'nün üzerinde gerçekleştirecekleri nümayişi bugün yapmak istiyorlarsa, bir an önce pankartı hazırlamaları gerektiğini söyledi. Oktay'ın gazeteci arkadaşlarını arayacağını da sözlerinin arasına ustalıkla sıkıştırdı.

Gazetecilerin gelme ihtimali Celile'yi telaşlandırdı. Bu vesileyle cümle âlem oğlunun bir haksızlık sonucu ölümle pençeleştiğinden haberdar olacaktı.

Hatta kim bilir, belki ülkeyi yönetmekte olanlar, sonunda Nâzım'ının isteğini kabul edeceklerdi.

"Önünde sonunda öyle olacak!" dedi yaşlı kadın. Yeniden kartonun başına geçti.

On İki

Celile ile Nâzım'ın İstanbul'dan Halep'e olan yolculuğu iki gün iki gece sürdü.

Sabahın ilk ışıklarıyla ulaştıkları Halep Garı'nda, ana oğul, ailenin reisi Hikmet tarafından karşılandı.

Paşa sarayının hizmetkârları, eşyaları bir yük arabasına yerleştirdi. Hikmet, Celile ve Nâzım'a ise paşanın şaşaalı arabası tahsis edilmişti.

Nâzım arabayı ve atları çok beğendi. "Tıpkı öteki paşa dedemin arabası gibi" dedi.

Ufaklık doğru söylüyordu. İstanbul'da, padişaha çok yakın hizmet gören Hasan Enver Paşa da tıpkı böyle bir araba kullanıyordu.

Celile ve Nâzım yabancısı olmadıkları ihtişamlı arabaya yerleşip arabacı kırbacını havada şaklatır şaklatmaz Hikmet, "İşler çok iyi gidiyor burada Celile" dedi.

Yol yorgunu da olsa, güzel kadın eşinin sözlerini ilgiyle dinledi.

Babası, Halep'in ileri gelenleriyle görüşmesini sağlamıştı. O da büyük ticaret potansiyeli bulunan kentte çeşitli etütlerde bulunmuş, hangi alanlarda yoğunlaşacağına karar verme aşamasına gelmişti. Yapacağı işin büyüklüğüne göre, Mehmet Nâzım Paşa gerekli sermayeyi vermeyi de taahhüt etmişti.

"İşte böyle" diyerek noktaladı sözlerini Hikmet.

Sıra, Celile ile Nâzım'ın seyahatine gelmişti.

Küçük Nâzım, babasının sorusunu iki kelimeyle "Trencilik

oynadım" diyerek cevapladı. Gerçekten de İstanbul'dan Halep'e kadar, yol boyu trencilik oynamıştı.

Celile ise büyük bir çoğunlukla etrafı seyretmiş, kalan zamanda Marcel'in Paris'ten gönderdiği kitaplardan birini okumuştu.

Kocası "Kimin kitabı?" diye sorunca, Celile "Jules Verne" diye cevapladı.

Hikmet başını salladı. Ünlü yazar Verne'in mart ayında vefat ettiğini duymuştu.

Celile'nin yol boyu okuduğu kitap ise onun *Arzın Merkezine Seyahat*[27] isimli romanıydı.

***

Celile, Mehmet Nâzım Paşa'nın sarayında, kendilerine ayrılan daireyi çok sevdi.

Dairenin hemen girişine asılmış olan oto portresi için "Buraya asılmasına kim karar verdi?" diye sordu.

Üzerine konuştuğu, İstanbul'da kayınpederinin konağındayken yaptığı kendi resmiydi. Başarılı bir çalışma olduğunu hissedince resmi özenle çerçeveletmiş, Mehmet Nâzım Paşa'ya Halep'e hareket etmeden hemen önce hediye etmişti.

Hikmet eşini "Babam oraya asılmasını arzu etti" diye cevaplayınca, Celile sevindi.

Şair ruhlu devlet adamı, bu yolla, Halep'e geldiği için kendisine bir anlamda teşekkür etmiş olmalıydı.

Celile, en çok da kayınpederi ve eşi tarafından kendisi için düzenlenen, içinde bir de piyano olan stüdyoya bayıldı. Manzarası, ışığı mükemmeldi.

---

27. Jules Verne 1828-1905 yılları arasında yaşadı. İçlerinde *Arzın Merkezine Seyahat* de olmak üzere, elli dört eseri *Voyages Extraordinaires* (Sıra Dışı Seyahatler) adı altında toplandı.

Biraz dinlendikten sonra, Nâzım'a mürebbiyelik yapacak Fransız matmazel ile tanıştı. Matmazele oğlunun özelliklerini sayıp döktü. Beklentilerinin neler olduğunu uzun uzun anlattı.

Mürebbiye ve Nâzım odalarına çekilip Hikmet de işlerini takip için çıkınca, Celile sarayın Mehmet Nâzım Paşa ve ailesine ayrılmış bölümüne ayrıntılı bir şekilde göz atmaya karar verdi.

Tek kelimeyle muhteşemdi. Osmanlı, hüküm sürdüğü topraklarda, kendisini nasıl temsil ettirmesi gerektiğini gerçekten iyi biliyordu.

Celile uzun eteklerini peşi sıra sürüklerken "Sarayın rezidans olarak kullanılan bölümü buysa, resmi işlerin yürüdüğü kısmı kim bilir nasıldır?" diye düşündü.

***

Gelini ve torununun Halep'e gelişleri en çok da Mehmet Nâzım Paşa'yı sevindirmişti.

O günkü işlerini çabucak bitiren paşa, erkenden sarayın rezidans bölümüne geçti, gelini ve torunuyla hasret giderdi.

Paşa, torununun sorularının ardının arkasının kesilmeyeceğini görünce, nefes almak için gelinine döndü ve "Nasıl buldun Halep'i?" diye sordu.

Genç kadın Halep'ten önce, saray üzerine konuşmayı tercih etti.

Kendilerine ayrılan daire ve özellikle de stüdyosu için teşekkür etti.

Piyanonun yeni olduğunun dikkatinden kaçmadığına vurgu yaptı. Özel olarak kendisi için alınmış olduğu intibaını edindiğini, laflarının arasına usturuplu bir şekilde sıkıştırdı.

Paşa "Tam da böyle!" dedi gözlerinin içi gülerek.

Onun bu bonkör davranışı üzerine, güzel kadın bir kez daha teşekkür etti.

"Halep konusuna gelince..." dedi Celile. "Bu konuda benim değil de sizin görüşleriniz daha önemli."

Paşa sıkıntılı bir ses tonuyla anlatmaya koyuldu.

"Şam ve Beyrut gözle görülür bir yükselişte. Bu da Halep'i sarsıyor tabiatıyla. Pastadan giderek daha az pay almaya başlayan Halep burjuvazisi homurdanıyor. Oysa bu kentin insanları, Balkanlarda ve Arap topraklarında ortaya çıkan milliyetçilik hareketlerinden geçmişte pek etkilenmemişlerdi. Bu tür hareketlere katılmakta son derece isteksizdiler. Sanki durum değişiyor gibi..."

Kayınpederinin söyledikleri Celile'yi etkiledi. "Acaba, ben nereye gitsem sorunlar da peşim sıra oraya mı gidiyor?" diye düşündü ve düşüncesini ifade etti.

Paşa gülümsedi.

"Tabii ki öyle değil. Şam her zaman Halep'in rakibi oldu. Halep önde olduğu sürece, burada yaşayanlar açısından sorun yoktu. Ama durum değişmeye başlayınca, arkası homurdanma olarak geldi. Bugün Halep'te yaşayanlar, zaman içinde Şam'ın baskısı altına gireceklerini, öteki şehirlerin kendilerine olan bağımlılıktan kurtulup Şam'ın rotasına doğru yelken açacaklarını düşünüyorlar."

Celile "Neden böyle oldu?" diye sordu.

"Halep, Arap isyanlarına neredeyse hiç katılmadı. Böyle olunca, Batılı ülkeler kartlarını Şam'dan ve Kahire'den yana oynamaya başladılar..."

Genç kadın kayınpederinin ne demeye çalıştığını gayet iyi anlamıştı. Anlaşılan, Halep'te de tıpkı Selanik'te olduğu gibi diken üstünde oturacaklardı.

On Üç

"Saat için yelkovan ile akrep, gemi için baca, ağlayan bir çocuk için iki damla gözyaşı... Söyle bakalım Celile, yeterli mi bunlar resim için?"

Güzel kadın, kayınpederinin biraz da müstehzi bir edayla sorduğu soruyu, "Çalışmadığım yerden sordunuz efendim" diye cevaplamış, kahvesinden gülümseyerek bir yudum daha almıştı.

***

Mehmet Nâzım Paşa, atölyesinde çalışmakta olan Celile'yi kendisiyle limonlukta kahve içmeye davet etmişti.

Celile de davete icabet etmiş, gelirken yanında eskiz defterini de getirmişti.

Güzel kadın, giderek arkadaşı haline gelen kayınpederi Mehmet Nâzım Paşa'nın önüne son eskizlerinden birini koydu ve fikrini almak istedi.

İşte bu nedenle etmişti paşa o yelkovan, akrep, baca ve iki damla gözyaşına dair sözleri.

"Kübizm diyorlar bu akıma değil mi Celile?"

Şaşırmamıştı Celile. Koca adamın bilgi düzeyiyle ilgili önceleri tuhaf duygulara kapıldıysa da giderek alışmıştı. Hatta zaman içinde, kayınpederinin imparatorluğun en ciddi entelektüellerinden biri olduğunu düşünür ve ifade eder hale bile gelmişti.

Gerçekten de Mehmet Nâzım Paşa ile aklınıza ne gelirse, üstelik derinlemesine konuşabilirdiniz. Mimarlık, mühendislik, siyaset, edebiyat, müzik, resim... Bütün bu disiplinlerdeki gelişmeleri, yeni akımları, ünlü insanları bir bir sayar döker, sanatçı ya da bilimadamlarının geçmişlerini, yeri geldiğinde cemaziyülevvellerine kadar sıralardı.

Şimdi de işte, Celile'nin karşısında "kübizm" üzerine konuşmaya başlamıştı.

"Ya Rabbim!" diye düşündü genç kadın. "Neden Hikmet böyle değil? Ne olurdu babasının tırnağı kadar olabilse..."

O böyle düşünürken, Mehmet Nâzım Paşa biraz daha detaya indi.

"Nedense, Matisse'i pek sevmedi genç kuşak. Cézanne onları daha fazla etkilemiş gibi görünüyor. Özellikle Provence manzaralarını ve natürmortlarını çok beğendi yeniyetmeler. Ve işte kübizmin kaynağı da bu oldu..."

Güzel kadın soluk bile almadan, hayranlık içinde dinledi kayınpederini. Paris'in nabzını tutan sanki kendisi değildi de oydu.

Marcel'in mektupları, gönderdiği gazete ve kitaplar sanki her gün kendisine değil de karşısında kübizm üzerine döktürmekte olan Mehmet Nâzım Paşa'ya geliyordu.

"Biliyor musun" dedi son olarak paşa. "En çok da Apollinaire'in tanımına takıldım. Kübizmin, kopyalama değil, tasarım sanatı olduğunu söylüyor. Sen ne diyorsun Celile?"

Celile, kayınpederinin sanki "Geçiyordum uğradım" der gibi söylediği bu sözlerin ne kadar önemli ve değerli olduğunun tabii ki farkındaydı.

Tamam, karşısındaki adam, Osmanlı şairleri arasında iyi bir yere sahipti, hatta sanat otoriteleri tarafından çok başarılı olduğu yazılıp çiziliyordu ama plastik sanatlarla ilgili neredeyse hiçbir çalışmada bulunmamıştı ki!

***

Düşünmeyi sürdürdüğü için kayınpederinin sorusuna cevap vermediğini fark edince, özür diledi genç kadın. Apollinaire'in tanımına kendisinin nasıl baktığını anlatmaya koyuldu.

"Sanatçıların düşünceleriyle, bu tarza verilen ismin tam örtüştüğü kanaatinde değilim. Bana göre, hacimlerin iç içe geçtiği portreler, natürmortlar, manzaralar üzerine çalışılıyor... Kullandığımız tuvaller ikiboyutlu. Buna karşılık, doğada üçboyutlu olarak var olan nesneleri tuvale aktarmanın peşindeyiz. Biliyorsunuz, resimle ilgili, geçmişten bugüne üzerine en çok kafa yorulan konu bu. Ve aslında, meselenin düğüm noktası da tam burası. Kübist adı verilebilecek Picasso, Braque gibi sanatçılar işte bu sorunlar yumağını aşmaya çalışıyor. Yeni akımın sanatçılarının yapmaya çalıştıkları bana göre şu: Gerçeği göstermek yerine, var olanı göstermek."

Paşa, gelinin sözünü kesti.

"Biraz zorlama bir cümle değil mi peki bu? Gerçek denince, zaten var olan bir şeyden söz etmiyor muyuz?"

"Hayır değil. Biz bir nesneye, aynı açıdan baktığımız sürece aynı şeyi görürüz. Başka açılardan bakınca, gözümüzün önüne nesnenin öteki yönleri gelir. Şimdi söyleyin lütfen bana, bütün bu yönleri üst üste ya da bir kısmını alıp bir başka kısmını atlayarak resmetmemizin önünde bir engel olabilir mi?"

"Olur!" dedi gülerek Mehmet Nâzım Paşa.

Neredeyse her konuyu eğlenceli bir hale getirmesini bilen yaşlı adam "Muhafazakâr beyinler!" diye devam etti sözüne ve sağ elinin işaretparmağıyla kendi başını işaret etti.

Bir anlamda haklıydı. Yeni akıma kendisini tam anlamıyla ifade etme fırsatı, tutarlı olduğunu kanıtlama süresi tanımadan, dünya kadar insan ileri geri konuşmaya başlamıştı kübizmle ilgili olarak.

Paşa işaretparmağını bu kez de gelinine çevirdi, gerçekten merak ettiğini belirten bir ses tonuyla sordu.

"Sen ağırlık vermek istiyor musun peki bu tür çalışmalara?"

Celile kararsızdı. Çıkar yolu "Doğrusu, bilmiyorum" demekte buldu.

Mehmet Nâzım Paşa "Bu sabah da nafakamı aldım, teşekkürler" diyerek ayağa kalktı ve şık bir reveransla veda etti gelinine.

***

Verimli bir sohbetin ardından stüdyosuna dönen Celile, penceresinden görünen muhteşem kent manzarasını seyre daldı.

Kayşani ismi verilen kesme taş, kentle kendini özdeşleştirmiş gibiydi. Halep Kalesi başta olmak üzere, neredeyse bütün hanlar, hamamlar, çarşılar, Ulu Cami de dahil olmak üzere tüm camiler bu taştan yapılmıştı.

Sokak ve pazaryerlerini dolduran insanlar ise taş binalarla sanki tezat teşkil ediyordu. Birbirinden farklı dünya kadar renk, yüz, boy, endam, tavır, ses ile Halep, gerçekten de bir mozaik gibi görünüyordu.

"Arap, Türkmen, Ermeni, Asuri, Yahudi, Kürt, Çerkez ve daha kim bilir kaç etnik kökenden ve ne miktarda insan" diye söylendi gayriihtiyari Celile. Aklına Kerem ile Aslı'nın hikâyesi geldi.

Hikâye bu ya, İsfahan şahının oğlu olan Kerem, babasının hazinedarlığını yapan Ermeni keşişinin kızı Aslı'ya gönlünü kaptırmıştır... Babası Aslı'yı bir Müslüman'a vermek istemez ve İsfahan'dan kaçırır... Sevdiği kızın peşi sıra onlarca kent dolaşan Kerem'in Aslı'yla yolu, son olarak Halep'te kesişecektir...

Kerem ile Aslı'nın hikâyesinden kendininkine geçti Celile.

"Ne yazık!" diye düşündü.

On Dört

Celile, Hikmet'le kararlaştırdıkları gibi, o akşam yemeğinde verdi güzel haberi kayınpederine.

Bir çocuk bekliyorlardı. Mehmet Nâzım'a bir kardeş gelecekti. Paşa çok sevindi.

Daha da çok sevinen ise küçük Nâzım oldu. Yemek masasından kalkıp zıplamaya başladı. Torununun neşeli hali yaşlı adamın keyiflenmesine yol açtı.

Ailenin dört ferdi, uzunca bir süre doğacak çocuk için neler yapmaları gerektiği üzerine konuştular.

Sonra sıra, Hikmet'in ticari girişimlerine geldi.

***

"Nasıl gidiyor çalışmaların oğlum?" dedi müşfik bir ses tonuyla Mehmet Nâzım Paşa.

Hikmet başta "Biliyorsunuz" diyerek geçiştirmek istediyse de vazgeçti. Belli ki onun da konuşmaya ihtiyacı vardı.

"Halep'te ticarete atılmak için yanlış bir zaman seçmiş olduğumu düşünmeye başladım. Tamam, Avrupa ülkelerinin ve İstanbul'un Halep işi sabun ve alaca kumaşa ilgisi sürüyor ama anladığım kadarıyla eskisiyle karşılaştırılınca, talep epey düşmüş durumda. Önceden, fazla acele ederek doldurduğumuz depolarımızı, tahmin ettiğim kadar kısa sürede eritemeyeceğimizi hissediyorum. Öte yandan, neredeyse her ülkenin kendi tüccarı, sefarethanelerin de yardımıyla buranın yerleşiği halini almış durumda. Halep ve çevresi için gereken her şey, kente onlar tarafından getiriliyor. İthalat açısından da bize göz açtırmadıklarını söylesem yeridir..."

Hikmet, kendisinden hiç beklenmeyecek uzunlukta anlattı kurduğu işletmenin pek de iç açıcı olmayan durumunu.

Kocasının ettiği laflardan Celile'nin aklına yazılan, kurulmuş olan ticarethanenin ihracat kaleminin zayıf, ithalat kaleminin ise neredeyse hiç olmadığıydı. Akıllı kadın, tahminlerinin beklediğinden de çabuk gerçekleşmekte olduğunu hissetti. Tabii ki "Hiç mi araştırma yapmadın bu işe girmeden önce?" diye sormadı.

Ne hikmetse, paşa da oğlunun sözlerinin neredeyse her satırına onay verecek, bir anlamda Hikmet'i aklama yoluna gitmiş gibi görünecekti.

"Halep, Osmanlı tebaasından olanlar için eskiden gerçekten de ekmek kapısıydı. Köprülerin altından çok sular aktı. Mesela İran'dan gelen ipek buradan Avrupa'ya aktarılırdı. İran ipeği bozdu. Yola çıkan mal ise çölde eşkıyalara yem oluyor... Öte yandan senin de dediğin gibi, Avrupalı tüccarlar, ticareti, denize kıyısı olan İskenderun gibi kentlere kaydırdılar. Benim de gördüğüm kadarıyla, Halep'in ticari açıdan yıldızı giderek sönüyor..."

Paşa da tıpkı Hikmet gibi uzun uzun anlattı düşüncelerini ve sonunda pek de sıkılacak bir durum yokmuş gibi bir edayla "Neyse, neyse..." diyerek başka konulara atladı.

Celile'nin aklına "Madem biliyordunuz böyle olduğunu, neden uyarmadınız başlamadan evvel Hikmet'i?" demek geldiyse de vazgeçti.

Yemek boyunca edilen bütün lafların özeti, Hikmet'in işlerinin iyi gitmediğiydi. Ne zaman gitmişti ki zaten?

Celile hafızasını yokladığında, eşinin eve, yaptığı işe dair tek bir kez bile keyifli geldiğini hatırlamadı.

Geçmiş tekrarlanıyor gibiydi. Güzel kadının bilmediği, bu iyi gitmeme halinin düşünebileceğinden de hacimli olduğuydu.

Celile, kocasının bu denemesinin de başarısızlıkla neticelenmesine bu kez gerçekten içerledi. "Üstelik..." diye düşündü. "İkinci çocuğumuz yoldayken."

***

Günler ve aylar çabuk geçmiş, güzel kadın, Halep'in en ünlü doktorunun da yardımıyla nur topu gibi bir bebek dünyaya getirmişti.

Çocuğa İbrahim Ali adı konuldu.

Paşa, Hikmet ve Nâzım, Celile ile bebeğin etrafında dört dönüyor, bir denileni iki etmiyorlardı.

Nâzım, çalışma saatlerinin dışında ve mürebbiyesinin nezaretinde İbrahim Ali ile çok güzel vakit geçiriyordu.

Doğum nedeniyle resim çalışmalarına ara vermiş olan Celile, bebeğine gözü gibi bakıyordu.

Ne yazık ki mutsuzluk, mutluluğun ikiz kardeşidir!

***

Doğumdan bir ay kadar sonra, Celile, İbrahim Ali'nin keyfinin kaçık olduğunu fark etti.

Neşeli bir mizaca sahip olan bebek nedense neşesiz, iştahsız bir hal almıştı.

Derhal doktor çağrıldı... O gelene kadar, bebeğin ateşi iyice yükseldi... İbrahim Ali devamlı ağlıyor ve kusuyordu... Rengi soluk sarı bir hal almıştı...

Doktor çocuğa bakar bakmaz difteri olduğunu düşündü. Ama söylemedi.

Muayene ederken, bademciklerin üzerinde gördüğü kızarıklıklar ve şişliklerin sarı-gri renkte olması, tecrübeli adamın düşüncesini pekiştirdi. Bebeğin ağzını kokladı. Kötü bir koku geliyordu. Yanılmamıştı.

İstemeyerek başını kaldırdı ve "Maalesef!" dedi.

Celile'nin "Ne demek istiyorsunuz?" diye sorması üzerine, "Hanımefendi, maalesef oğlunuz difteriye yakalanmış" diyerek sözlerine açıklık getirdi. "Yutak iyice daralmış. Zavallı hiç nefes alamıyor. Daha rahat nefes almasını sağlayabilirim ama..." dedi ve aniden durdu.

Çocuğun başında duran paşa "Aması ne doktor?" diye sordu.

Doktor, başını önüne eğerek bir salgın durumuyla karşı karşıya olduklarını, geçen birkaç ay içinde çok sayıda çocuğu kuşpalazından[28] kaybettiklerini söyledi.

Celile kızdı ve "Ne yani İbrahim Ali'nin ölebileceğini mi ima etmek istiyorsunuz?" diye sordu.

Doktor cevap vermeyince, Celile hayatında belki de ilk kez, başkalarının yanında ağlamaya başladı. Gözyaşlarını göstermemek için odadan çıktı.

***

Annenin odadan çıkmış olmasından istifade eden doktor, "Çok kısa bir süre içinde kasları gevşeyecek, iyice halsizleşe-

---

28. Difterinin halk arasındaki adı.

cek ve sıkıntıları artacak... Giderek havaleye dönüşecek..." dedi ve sustu.

Paşa da Hikmet de durumu anlamıştı. Her ikisi de Celile'yi düşünerek ama ayrı ayrı "Peki ne yapmamız gerekiyor doktor?" diye sordu.

"Bana kalırsa çocuğu hastaneye nakledelim. Anneyi ve öteki çocuğu koruyalım."

Hikmet, "Yaşama şansı hiç mi yok?" diye sordu gözyaşlarına hâkim olamayarak.

Tecrübeli adam "Maalesef!" dedi ve ekledi: "Yanılmıyorsam, mikrop bir haftadır bünyede. Çok yakında nabzı daha hızlı atmaya başlayacak, rengi moraracak, kalbi yetmez olacak."

Doktor bebeğin başucunda duran iki adamdan ses çıkmadığını görünce sözlerini sürdürdü.

"Annenin bu duruma tanık olmasına yol açmayalım isterseniz. Müsaade edin bebeği hastaneye nakledeyim."

Hikmet doktorun bu sözleri üzerine, yardım ister gibi babasına baktı. Paşa durumu anlamıştı.

"Peki doktor" dedi kırık bir ses tonuyla ve ekledi: "Gereğini yapın lütfen."

Celile, doktorun kucağında odadan çıkan yavrusuna son bir kez baktı. Hıçkırarak ağlamaya başladı.

***

Kötü haber hemen o gece geldi. Minik İbrahim Ali, dünya yüzündeki otuz beşinci gününü doldururken, hayata ve kendisini çok seven ailesine veda etmişti.

Paşa, Hikmet ve küçük Nâzım da çok etkilendiler olup bitenden kuşkusuz ama Celile'nin çektiği acıyı tarif etmek mümkün değildi.

Genç kadın uzunca bir süre kendine gelemedi.

İlk travmayı kısmen de olsa atlattıktan sonra, Paris'teki arkadaşı Marcel'e yazdığı mektupta, ruh halini şöyle tarif edecekti Celile:

"Ah sevgili Marcel, keşke anlatabilseydim sana, insanın içinden bir parça koptuğunda neler hissettiğini... Ama ne kabil..."

İşte şimdi yine aynı duygular içinde kıvranıyordu Celile...

"HAKSIZ YERE MAHKÛM EDİLEN OĞLUM..."

Bu beş kelimeden sonuncusu, tıpkı Halep'te İbrahim Ali'nin ölümünde hissettiklerini hissettirmişti Celile'ye.

Oysa bir an önce bitirmesi gerekiyordu yazısını.

Masanın üzerinde duran nota baktı. Yazmak ile yazmamak arasında gidip geldi.

"Hayır Celile!" diye azarladı kendini. Acıya yenik düşmenin ne yeri ne de zamanıydı.

Oturduğu kanepede pankartın tamamlanmasını bekleyen Münevver, ablasının ne büyük bir ıstırap içinde olduğunu gayet iyi anlıyordu.

Yerinden kalktı, elini Celile'nin omzuna koydu ve "Yaz abla..." dedi.

Yaşlı kadın işaretparmağıyla kalın camlı gözlüğünü burnuna iyice oturttu ve OĞLUM kelimesinin altına, iyice büyük harflerle NÂZIM HİKMET yazdı.

Biraz geriye çekildi ve dudakları titreyerek "Nasıl oldu?" diye sordu.

Münevver'den gelmesi gereken cevabı bekleyemedi ve hıçkırıklara boğuldu. Bir taraftan da neden bu kadar duygulanmış olduğunu anlatmaya çalışıyordu...

"İbrahim Ali'yi kaybettiğimde de işte tam böyle hissettim Münevver... Allah kimseye evlat acısı vermesin..."

Celile'nin sonraki söyledikleri anlaşılmaz olmuştu.

Münevver ablasını elinden tutup koltuğa oturttu ve teskin etmek için bir bardak su getirdi.

On Beş

Çocuğunu yitirmek, Celile gibi kadınlar için kolay kabul edilebilir durumlardan değildir...

Halep'teki sarayda, sonraki günler çok sancılı geçecekti...

Celile, atölye olarak kullandığı bölümün kapısını kilitledi, resim yapmayı da piyano çalmayı da bıraktı.

Nâzım'ı da tümüyle mürebbiyesinin bakımına terk etti.

Yatak odasından çıkmıyor, kayınpederi, kocası ve oğluyla yemek masasına oturmuyordu.

Güzel kadın otuz beş günlükken kaybettiği İbrahim Ali'nin ölümünden kendisini ve tabii ki Hikmet'i sorumlu tutuyordu.

Halep'e gelme fikri kocasınındı. Çok ısrar etmişti. Buna karşılık, kendisi de resmine katkısı olur düşüncesiyle, bu lanet fikri kabul etmişti.

Oysa İstanbul'da yaşamaya devam etseler, İbrahim Ali şimdi yaşıyor olurdu.

***

Birkaç gün üzerine gitmese de Hikmet eşini eleştirmeye başladı.

Bir keresinde Celile'ye, yaptığının doğru olmadığını söylemeye kalktı.

Kıyamet koptu!

Kocasıyla yatağa ilk girdiği andan başlayarak, hoşuna gitmeyen ne olduysa içini boşalttı Celile. Bir kerede ve tam olarak ifade etmişti evliliklerine dair düşüncelerini ve duygularını.

O kadar ki, Hikmet'e "Bu kadar mı kötüyüm ben?" diye sormaktan başka çare bırakmamıştı.

Az önce sarf etmiş olduğu onca sözden sonra "Hayır değilsin!" diyecek hali yoktu. "Evet!" diye cevapladı kocasının bu sorusunu.

Hikmet çok üzüldü. "O halde, neden evli kalıyorsun benimle Celile?" diye sordu.

"Kalmak istemiyorum!" diye verdi bu sorunun cevabını da en sert şekilde.

İp kopmuştu!

Hikmet hırsla ayağa fırladı "Gidelim o zaman kadının huzuruna ve seni serbest bırakayım Celile" diye bağırdı.

***

Hizmetkârlar evin içinde süren büyük kavgadan ve geldiği noktadan Mehmet Nâzım Paşa'yı haberdar etmişlerdi.

Paşa hemen o gün, mutlaka bir şeyler yapması gerektiğini düşündü. Bir yolunu bulup çocuklarının hayat yolculuğunu bir arada sürdürmelerine katkıda bulunmalıydı.

Ve en iyisi, tabii ki Celile ile uzun uzun konuşması olacaktı.

Hizmetçiyle kendisini ziyaret etmek istediğini bildirdikten sonra, araya münasip bir zaman koyarak, gelininin kapısını tıklattı paşa.

Celile giyinmiş, penceresinden dışarıya bakıyordu.

"Yardımına ihtiyacım var Celile" diye başladı konuşmaya yaşlı adam.

Sonra, British Museum'un Karkamış'ta[29] yaptığı kazıyı yerinde incelemesi gerektiğinden söz etti. Birkaç gün sürecek bu yolculukta kendisine refakat etmesini rica etti gelininden.

"Hem de..." diye sıkıştırdı araya. "Kafanı dağıtmana yardımcı olur biraz."

Bir süre cevap vermedi Celile, sonra döndü. "İsterseniz bunu limonlukta kahve içerek konuşalım" dedi kayınpederine.

"Tamam" diye cevapladı gelinini Mehmet Nâzım Paşa.

Kahveler gelir gelmez, yaşlı adam İngiltere'den gelen ekibin Karkamış antik kentini 1910'dan bu yana kazdığını, padişahın kazı alanında neler yapıldığının öğrenilmesini istediğini, ayrıntılı bir rapor yazabilmesi için birkaç gün orada bulunması gerektiğini anlattı.

"Yolculuğumuzun bir kısmı araba, kalanı deve üzerinde gerçekleşecek. Oraya vardığımızda, en azından iki gece, bizim için kurulacak çadırlarda geceleyeceğiz."

Celile şaşırdı ve ilk kez çadırda yatacağını söyledi.

Paşa sevindi. Anlaşılan gelini kendisiyle Karkamış'a gelmeyi kabul etmişti.

"Korkma Celile" dedi hemen. "Hizmetkârlar bizden önce gidip çadırları kuracak, gerekli hazırlıkları yapacaklar."

"Ne zaman yola çıkacağız? Mürebbiyesine Nâzım ile ilgili talimatları vermem lazım da..." dedi Celile.

Paşa, gelinin sorunlu ortamdan derhal uzaklaşmasını sağlamak için "Yarın sabah" dedi.

---

29. 1699 yılında keşfedilen antik Karkamış kentini, British Museum'a bağlı arkeologlar ciddi bir şekilde ilk kez 1910'da kazmaya başladılar. Türkiye Cumhuriyeti kurulunca, bölgenin Türkiye'de kalan tarafı askeri olarak girişe yasaklandı. Karkamış'ın yeniden kazılması ancak 2011 yılında mümkün olabildi. Bölgenin Suriye tarafında kalan kısmı ise 2006 ile 2010 arasında kazıldı. Savaş başlayınca kazı çalışmalarına son verildi. Babil ile Mısır arasında geçen ünlü Karkamış Savaşı bu alanda gerçekleşti.

On Altı

Kısmen araba, büyük ölçüde develer üzerinde gerçekleşen yolculuk Celile'ye ilk anından itibaren çok iyi geldi.

Mehmet Nâzım Paşa evde olduğu kadar seyahatte de çok iyi bir arkadaştı. Yolculuğu boyunca, birbirinden ilginç konulara yelken açtı kayınpederiyle Celile.

Mesela Karkamış'ın dinsel açıdan büyük önem taşıdığı çünkü İncil'de buradan söz edildiğini söyledi bir konuşmalarında paşa. Ayrıca Mısır ve Asur yazıtlarında da adı geçiyordu Karkamış'ın.

1878-1881 yılları arasında Bay Henderson kaçak göçek biraz kazmış ama padişahın izniyle ilk kazı 1911 yılında Bay Hogarth ile Bay Thompson tarafından başlatılmıştı.

"Ve Celile..." dedi paşa. "İlk kez bir Osmanlı valisi gidip, İngilizlerin orada neler yaptığını kontrol etmiş olacak. İnanabiliyor musun?"

"Hayır inanamıyorum" diye cevapladı kayınpederini güzel kadın.

***

Gezi alanı çok ilgisini çekti Celile'nin. Arı gibi çalışan yöreden toparlanmış işçilerle, onlara nezaret eden arkeologların sıra dışı bir yaşamlarının olduğunu düşündü.

"Keşke resim malzememi getirmiş olsaydım" dedi bir ara kayınpederine.

Gelinini "Keşke" diye cevaplarken, ailesinin üzerindeki kara bulutların dağılmaya başladığını düşündü paşa. Yavaş yavaş konuşmaya başlayabilirdi.

***

Celile Karkamış'tan Halep'e farklı bir ruh haliyle döndü. Gezi alanında geçirdiği günlerin faydasını görmüş, kayınpederiyle yaptığı uzun konuşmalarla kendisini yenilemişti.

Hemen o akşam, hafif bir makyaj ve hoş bir kıyafetle indi yemeğe. Nâzım'a ve kocasına karşı davranışları gözle görülür biçimde değişmişti.

"Yenilenmişsin" dedi o gece yatağa girerlerken Hikmet.

"Evet ve özür dilerim, çok acı çektim" diye cevapladı kocasını Celile.

***

Bir torununun olacağını, artık saklanması imkânsız hale gelince öğrendi Mehmet Nâzım Paşa. Hem gelinini hem de oğlunu tebrik etti.

Şimdi de gelecek olan bebeğin kız mı erkek mi olacağı, ne olursa hangi ismin konulacağı konuşulmaya başlanmıştı Halep'teki sarayda.

***

"Sevgili Marcel,

İbrahim Ali'nin ardından ne çok acı çektiğimi anlatmaya çalışmıştım sana. Öte yandan, kayınpederim ile Karkamış'a yaptığımız seyahatte anladım ki ölenle ölünmüyor.

Düşünebiliyor musun Marcel, ayak bastığımız toprakların altında, Hitit ve Mısır savaşçılarının yatmakta olduğunu biliyorduk.

Arkeologlar nereyi işaret etseler, işçiler oradan ya bir ok başı ya bir kılıç veya bir koşum takımı çıkartıyordu.

Orada, büyük Karkamış Savaşı gerçekleştiğinde, tarih MÖ 612 idi. Yani, yaklaşık iki bin beş yüz yıl kadar öncesindeydik.

Onca sene sonra, bizim çadır kurup arkeologları izlediğimiz topraklarda, zamanında muhteşem bir savaş gerçekleşmişti.

İki ordu birbirlerine acımasızca saldırırken, savaşçıların evlerinde anneler oğullarını, evliler eşlerini, âşıklar sevgililerini düşünüyordu.

Bizler, o gün o topraklarda, iki bin beş yüz yıl kadar önce yaşamış, evlerinde özlemle beklenen bu insanların kullandığı alet edevata dokunuyorduk!

Tıpkı Mehmet Nâzım Paşa gibi düşünmeye başladım o saatte sevgili Marcel.

Bir devamlılık söz konusuydu.

Demek istediğim, tamam bugün çok önemli. Ama öte yandan, bir de devamlılık var.

Yaşanacak ve ölünecek, sevgili arkadaşım.

Belki, karşı karşıya olunduğunda ya da sıcağı sıcağına hiçbir zaman kabul edilebilir bir durum değil ölüm.

Öte yandan, hayatta olanı yaşatmaya çalışmak, yaşamı sürdürmek, evrenin devamlılığını sağlamak gibi bir sorumluluğumuz da var.

Öyle değil mi sevgili Marcel?"

***

Celile ve Hikmet kız çocuklarını kucaklarına aldıklarında, en çok küçük Mehmet Nâzım ve büyük Mehmet Nâzım sevinecekti.

Samiye adı verilen bebek, Halep'teki Osmanlı sarayına mutluluk getirmişti.

On Yedi

22 Temmuz 1905 günü, İstanbul'dan büyük umutlarla ayrılıp Halep'e giden Celile, üç yıl sonra, 21 Temmuz 1908 günü İstanbul'a geri döndü.

Halep'e giderken yanında sadece Nâzım olan Celile'ye, dönüş yolculuğunda Nâzım'ın yanı sıra eşi Hikmet ve henüz bir yaşında olan kızı Samiye de eşlik etti.

Hikmet, üç yıla yakın süreyle ayakta tutmaya çalıştığı ticarethanesini, zararın neresinden dönülse kârdır düşüncesiyle kapatmıştı.

Celile ise, son bir yılı dizanteriden yitirdiği İbrahim Ali'sinin yerini Samiye'yi koyarak doldurmaya çalışmıştı. Bu arada biraz resim yapmış, çok az piyano çalmış, daha çok Nâzım'la ilgilenmişti.

Tren yolculuğu süresince, Nâzım'ın Samiye'ye göz kulak olduğu zamanlarda, Celile ve Hikmet İstanbul'da kendilerini nelerin beklemekte olduğu üzerine konuşmuş, en çok da başkentte esen özgürlük rüzgârlarından dem vurmuşlardı.

***

Gerçekten de tam düşündükleri, konuştukları, hayalini kurdukları gibi bir İstanbul'la karşı karşıya kaldılar.

23 Temmuz günü, meşrutiyetin ilan edilmesi üzerine halk sokaklara döküldü. İstanbullular yeni rejimi sevinç gösterileriyle karşıladılar.

Kentin değişik semtlerinde her gün konserler verildi, nutuklar atıldı, balolar konferanslar düzenlendi. Her yerde bayram havası esiyordu. Din, dil, ırk farkı gözetmeden, herkes birbirini kutluyordu.

En görkemli kutlamalardan birine Celile ve Hikmet de katıldı.

Celile muhteşem gece elbisesi, şahane saçları ve makyajıyla, gecenin en güzel kadını olmuştu. Hikmet de üzerine iyi oturmuş redingotu ile göz dolduruyordu.

Fenerbahçe'de, Belvü Oteli ile Ralli'nin bahçesinde verilen Meşrutiyet Balosu'nun gelirleri İane-i Milliye'ye[30] gidecekti. Bu da yorgun düşmüş Osmanlı ordusu için bir nevi hayat öpücüğü olacaktı.

Celile, *İkdam* gazetesinin sahibi ve başyazarı Ahmet Cevdet'i görünce dayanamadı ve yanına yaklaşıp gazete üzerine görüşlerini anlattı.

"Beyefendi, yazılarınızı büyük bir zevkle takip ediyorum. Gazeteler içinden vazgeçemeyeceğim bir tanesinin adı sorulsa, şüphesiz *İkdam* olduğunu söylerim..."

Bahriye ve Tophane nazırlarının da katıldığı baloda, İstanbul'un kalburüstü simaları boy gösteriyordu. Onların yanı sıra yabancı ülkelerin temsilcileri de geceye renk katıyordu.

Celile'nin bu önemli konuklar arasında söylediği sözler, Ahmet Cevdet'in hoşuna gitti. Güzel kadına teşekkür etti. Ayrıca bazı haberler de verdi.

"Bugün Boğaziçi'nde gerçekleşen kayık yarışları da çok renkliymiş. İzlemeye gelenler arasında bazı şehzadeler de varmış."

Halep'ten sonra İstanbul çok iyi gelmişti Celile'ye. Kentte yaşanmakta olan sevinç atmosferine ortak olmak, büyük ölçüde tatsız geçen Halep günlerini unutturmuş gibi görünüyordu.

---

30. Orduya yeni uçaklar almak için düzenlenen kampanya.

Güzel kadının verdiği haberlerden etkilendiğini gören Ahmet Cevdet Bey "25 Ağustos'ta Kız Mektebi muallimleri ile mezunlarının Kız Sınai Mektebi'nde bir konseri olacak, katılırsanız sevinç duyarlar" dedi son olarak.

Celile ilerleyen günlerde *İkdam* ve öteki gazetelerde bu konserin büyük beğeni topladığını okuyacaktı.

Bir özgürleşme hareketi olan meşrutiyetin, Türk kadınına, sosyalleşme yolunda önemli adımlar attırdığı anlaşılıyordu.

***

Celile, hürriyetin ilanıyla ilgili etkinliklerden bazılarına eşi olmadan da katıldı.

Onlardan biri de 7 Ağustos günü Tepebaşı Belediye Bahçesi'nde sahneye konulan *Besa*[31] *veyahut Ahdevefa* isimli oyundu. Şemseddin Sami tarafından kaleme alınan oyun günlerce kapalı gişe oynandı, büyük ses getirdi.

Celile'ye göre İstanbullular, oyunda geçen "besa" sözcüğünü, Osmanlı toplumunun yeni rejime ve ilkelerine sadakat yemini olarak algılamıştı.

Şemsettin Sami'nin Aristo'nun *Poetika*'sından esinlenerek 1875'te yazdığı eserin, bu özel dönemde, böylesine ses getirmiş olmasının başka ne nedeni olabilirdi ki?

1876 yılında, Gedikpaşa Tiyatrosu'nda birkaç kez sahne alan eserin, aradan yirmi sekiz yıl geçtikten sonra, bu kez günlerce kapalı gişe oynaması ve gazetelerde büyük yer işgal etmesinin bir tane nedeni olabilirdi: Osmanlı'da esen özgürleşme rüzgârları!

***

31. Besa: Arnavutça bir kelimedir ve "yemin" anlamına gelir.

Günler hızla akıyordu...

Celile 7 Eylül günü Münevver ve Nâzım'ı da alarak Tepebaşı Tiyatrosu'nda oynanan *Vatan* piyesini seyretmeye gitti. Oyun da seyirci de muazzamdı.

Sonradan, aynı piyesin Tophane Meydanı'nda askerler tarafından da oynandığını, bu oyunu Şehzade Abdürrahim Efendi'nin de izlediğini öğrendi.

Gazeteler konuya büyük önem vermiş, "Saray ilk kez halka karıştı" diye yorumlar yapmışlardı.

Bazı gazetelere göreyse, saray halkın hürriyet coşkusunu desteklemiş, bu yolla durumdan memnuniyetini ifade etmişti.

Celile, ülkesinin çağdaş medeniyet seviyesini yakalamak için yelken açmasından gayet memnundu. Halep'e, kayınpederine yazdığı mektubun bir yerinde, konuyla ilgili duygularını şöyle ifade edecekti:

"*Düşünebiliyor musunuz*, Şemsettin Sami'*nin eseri*, *sanat yoluyla da olsa geçmişi*, *yani saltanatı eleştiriyor*. *Saray ise durumdan memnun olduğunu gösteriyor*. *İnanılır gibi değil! Sizce de öyle değil mi?*"

***

Keşke hep böyle gidebilseydi.

Çok geçmeden, kentte ve ülkede esen mutluluk rüzgârları değişmeye, gökyüzünü karabulutlar kaplamaya başladı.

Yılın sonlarına doğru yaşanan bazı gelişmeler, Celile'nin hayal kırıklığına kapılmasına yol açacaktı.

Eski yasakçı zihniyet hortluyor gibiydi!

Mesela, aralık ayında Direklerarası'nda sahneye konulması planlanan *Sabah-ı Hürriyet* isimli oyun engellenmeye çalışılmıştı. Oyunun yasaklandığına dair emir gelince, oyuncular yürüyüşe geçmişlerdi. Sanatçılardan oluşan topluluk istibdadın geri geldiğini iddia ediyor, "Yaşasın hürriyet!" sloganları atıyordu.

Oyunun Kadıköy ve Beyoğlu'nda sahneye konulması da engellenmeye çalışılmış, tatsızlıklar meydana gelmişti. Ama oyuncular yılmamış, her iki semtte de oyunu oynamışlardı.

Celile gelişmeleri gazetelerden takip ediyordu. Favorisi olan *İkdam* ve *Servet-i Fünun* gibi gazeteler yasaklara tepki göstermiş, gericilerin yayın organı *Volkan* ise meseleyi "gençlerin aşırılığı" olarak değerlendirmişti.

Celile, *Volkan*'ın yazdıklarına inanamıyordu.

"Tiyatrolara lanet! Bu ne hürriyettir, ne uhuvvettir..."[32]

Celile 17 Aralık 1908 tarihli *Volkan* gazetesinin bu yazısını kayınpederi için hazırladığı zarfa koymak üzere kesti.

Ayrıca Fransızcaya da tercüme etti ve sevgili arkadaşı Marcel'e gönderdi.

"*Anlaşılan o ki sevgili Marcel, ülkemin hürriyete ulaşması hiç de kolay olmayacak... Daha yürümemiz gereken epey yol var...*"

---

32. Uhuvvet: Kardeşlik

On Sekiz

"Babamın Konya'ya tayini çıkmış" diyerek uzattı Hikmet elindeki mektubu eşine.

Celile şaşırdı. "İnsanı..." diye düşündü. "Hiçbir yerde birkaç yıldan fazla oturtmuyorlar."

Gerçekten de öyleydi. Mehmet Nâzım Paşa, altı yıl gibi kısa bir süre içinde Mersin, Diyarbakır, Halep ve şimdi de Konya'ya vali atanmıştı.

"Acaba neden böyle oldu?" diye sordu eşine.

"Kim bilir?" oldu aldığı cevap.

***

Aslında, olan şuydu:

Halep'in eşrafından bir aşiret reisi, çoluk çocuğu da toplayıp getirmesinde ısrar ederek, paşayı ziyafete davet etmişti. Paşa da bu daveti geri çevirememiş, Celile ile iki torununu alıp davete icabet etmişti.

Yenilmiş içilmiş, sonra da eve dönülmüştü.

Evde, oğlunun ceplerinin altınla dolu olduğunu gören Celile, durumdan derhal paşayı haberdar etmiş, altınları da önüne koymuştu.

Mehmet Nâzım Paşa küplere binmiş, aşiret reisini makamına davet etmiş, altınları önüne koyarak, "Al bu altınları. Rüşvet mi veriyorsun? Konuk çağırdın evine vardık. Bize de kendine de yakışır mı bu durum" diye sitem etmişti.

Buna karşılık aşiret reisi kendisine şu cevabı vermişti:

"Paşam telaşlanma. Sen zaten buradan gideceksin. Benim işlerim seninle bitmez. Bizim işimiz İstanbul'ladır. O altınları rüşvet diye vermedim. Çocuktur oynasın, eğlensin diye verdim. Telaşlanma."

Mehmet Nâzım Paşa bu laflar üzerine daha da kızmıştı.

"Biz oradan oraya sürgün ediliriz ama ne önümüzden ne de arkamızdan kendimize rüşvetçi vali dedirtmeyiz. Al şu altınları, çocuğun boğazına kaçar!"

Sonunda tam da aşiret reisinin dediği gibi olmuş, Celile, Hikmet ve çocuklar İstanbul'a döndükten kısa bir süre sonra, paşanın Halep günleri sona ermiş, defteri dürülmüştü.

***

Paşa Konya'ya ulaşır ulaşmaz, ilk iş olarak ailesine bir mektup yazıp "Beni ne zaman ziyaret edeceksiniz?" diye sordu. Özellikle küçük Nâzım burnunda tütüyordu.

Mektup okunurken küçük Nâzım havalara sıçrıyor, "Gidelim anne, gidelim" diye haykırıyordu.

Celile de özlemişti Mehmet Nâzım Paşa'yı. Ne sohbetler ederlerdi şimdi birlikte olsalar.

Hikmet'in gitmeye niyetli görünmemesi üzerine "O halde ben Samiye ve Nâzım'ı alır giderim" dedi Celile.

Dediğini yaptı.

***

İki Nâzım'ın kucaklaşmaları görülmeye değerdi.

Küçük Nâzım orta boylu, orta kilolu bir adam olan Mehmet Nâzım Paşa'nın gözüne epey uzamış göründü. Gözlerinin rengi de farklılaşmıştı.

Paşa, torununu uzun uzun inceledikten sonra, "Çok uzun boylu olacak bu çocuk, boyu senin tarafına çekmiş Celile" dedi.

Celile "Ama gözlerini sizden almış" diye cevapladı kayınpederini.

Her zaman olduğu gibi, karşılıklı olarak birbirlerini mutlu etmişlerdi.

Çaylar içilirken de "Bir şey söyleyeyim mi size" dedi Celile. "Aslında anavatanınıza dönmüş gibi oldunuz Konya'ya gelmekle. Padişahımız efendimize ne kadar teşekkür etseniz azdır."

Doğruydu. Mehmet Nâzım Paşa her ne kadar Üsküdar'da doğduysa da, babası hayata gözlerini Akşehir kaymakamlığı yaparken yummuştu. Bu toprakların hiç de yabancısı değildi.

***

Mehmet Nâzım Paşa, Konya'da zamanının büyük bir kısmını vilayet konağında geçiriyor, arada bir de asitaneyi[33] ziyaret ediyordu.

Konya'da bulunan Mevlevi külliyesi, oluşum, organizasyon ve misyon açısından Mevleviliğin asitanelerinden biri, hatta en önemlisi durumunda idi.

Zaman zaman torunu Nâzım'ı da yanında asitaneye götüren paşa, bir keresinde "Asitane ne demek biliyor musun Nâzım?" diye sordu.

---

33. Asitane: Farsçada eşik. Burada merkez anlamında kullanılıyor.

Alacağı cevap hoşuna gidecekti.

"Mevleviliğin Mekke'si!"

Gerçekten de öyleydi. "Padişahların, önderlerin, liderlerin dergâhı" demekti asitane. Kendi coğrafi sınırları içinde bir nevi, başkent anlamı taşırdı. Etrafta bulunan dergâhlar, tekkeler, zaviyeler hep bu merkeze bağlı çalışırdı.

Bu nedenle, Konya'da bulunan asitane kalabalık bir nüfusa sahipti. Küçük Nâzım işte bu merkezde gerçekleşen sufi toplantılarında kâh sağa sola koşturur, kâh bir köşeye ilişip konuşulanları dinlerdi.

***

Celile, her yere giderken olduğu gibi Konya'ya da bir kısım resim malzemesi getirmişti. Çalışmalarına burada da devam etti. Tek eksiği piyanosuydu.

Bu arada derya misali kayınpederi ile kâh sanat kah memleket meseleleri üzerine derinlemesine sohbetler de yaptı. Bu konuşmalarından birinde, Mehmet Nâzım Paşa şunları söylemişti:

"Bakma sen ortalığın sütliman gibi görünmesine Celile, görünenin tersine, diplerde bir gayya kuyusu kaynıyor. Zannetme ki meşrutiyet rejimi rahat bırakılsın. İşte şuraya yazıyorum, daha köprülerin altından çok sular akacak."

On Dokuz

Konya dönüşünde, İstanbul'u biraz da kayınpederinin sözlerinin ışığında değerlendirmeye çalıştı Celile.

Gazetelerin hepsi ayrı telden çalıyordu.

Ahmet Cevdet'in *İkdam*'ı hürriyetten yana duruyor ama İttihat ve Terakki'ye prim vermiyor gibiydi.

Rıfat Bey'in *Serbesti* gazetesi ise ülkeye hürriyeti getiren İttihat ve Terakki'ye verip veriştiriyordu.

Derviş Vahdeti'nin *Volkan* gazetesi tam taarruz halindeydi. Hürriyeti de onu getiren İttihat ve Terakki'yi de her gün yerin dibine sokuyor, haber ve yorumlarla insanları kışkırtıyordu.

İttihat ve Terakki'yi savunan neredeyse tek gazete, kendi kurdurduğu *Tanin*'di.

Celile'ye göre, Mehmet Nâzım Paşa geleceği okumuştu.

Gazeteler ve aydınlar hürriyete yeterince sahip çıkmadığı, hürriyet karşıtları açıktan açığa rejim düşmanlığı yapabildiği için, İstanbul gerildikçe geriliyordu.

İttihat ve Terakki'nin karşıtı olarak kurulmuş ve harekete geçmiş İttihad-ı Muhammediciler, köpeksiz köy bulmuş değneksiz geziyordu.

Derviş Vahdeti ve softa arkadaşları hop oturup hop kalkıyor, ortalığı kasıp kavuruyordu.

***

Her ne kadar tehlike altında değilse de Celile babasının başına kazayla da olsa kötü bir durumun gelmesinden endişe ediyordu. Bu nedenle, bir kulağı saraydaydı.

12 Nisan'ı 13 Nisan'a bağlayan gece feci gelişmeler olduğunu[34] haber alınca, sabahın körü filan olmasına aldırmadan arabacıyı çağırtmış, yalnız başına, kayınpederinin konağından babasınınkine doğru yola çıkmıştı.

Padişahın yaverliğini yaptığı için olup biten her şeyi anında duyan Hasan Enver Paşa'nın kızına çizdiği tablo gerçekten iç karartıcıydı.

Akşamüstü İstanbul'un kritik mevkilerinde görev yapan askerler subaylarına karşı ayaklanmış, din adamlarının peşine takılarak Heyet-i Mebusan'ın[35] önünde toplanmış, "ülkenin şeriatla yönetilmesi" isteklerini haykırmaya başlamışlardı.

Hüseyin Hilmi Paşa'nın başkanlığında toplanan hükümet mensupları, ayaklanmacılara karşı çıkmak şöyle dursun derhal uzlaşma yoluna gitmiş, tek tek istifalarını vermişlerdi. Bunun üzerine isyancılar yeni bir hükümet kurmuş ve İngilizlerden anında destek almışlardı.

Babasının anlattıkları Celile'nin şaşırmasına yol açmıştı.

"Bu kadar basit mi yani?" diye düşündü genç kadın.

23 Temmuz 1908'den 13 Nisan 1909'a kadar geçen dokuz aylık süre içinde özgürlükle yaşamış koca bir ülke, bir gecede yeniden istibdat rejimine mi dönmüş olacaktı?

O gün, gazeteleri okuyacak olan dünya kadar İstanbullu da tıpkı Celile gibi düşünecekti.

***

Sabah olup da her şey gün yüzüne çıkınca, gecenin fazlasıyla hareketli geçtiği anlaşılmıştı.

---

34. Ünlü 31 Mart Vakası. Hicreti, yani 622 yılını başlangıç kabul eden Rumi takvime göre, bu olay 31 Mart 1325'te gerçekleşti.
35. İkinci Meşrutiyet'in ilanından sonra, seçimle oluştu. İlk toplantısını 17 Aralık 1908'de yaptı.

İsyancıların, Adliye Nazırı Nâzım Paşa'yı, İttihatçı Ahmet Rıza, Lazkiye mebusu Arslan'ı da gazeteci Hüseyin Cahit sanarak linç etmeleri, İstanbulluları dehşete düşürmeye yetmiş de artmıştı bile.

12 Nisan'ı 13 Nisan'a bağlayan gece kenti kaplayan toz bulutu yatışınca, başka bilgiler de çıkacaktı ortaya.

Bu bilgelerden en önemlisi, eğitimi olmayan askerlere, toplumun alt kesimlerinden büyük destek gelmesi ve hepsini kışkırtanların ise yobaz din adamları olmasıydı.

Nasıl da örgütlenmişlerdi alttan alta!

"Anlaşılan..." diye düşündü Celile. "Kitleleri sokağa dökmek için dinin elden gittiğini söylemek yeterli oluyor..."

Babasının akşam yemeğine kalmasını istemesi üzerine kayınpederinin konağına dönmekte acele etmeyen Celile, akşamüstüne doğru, İttihat ve Terakki üyesi mebusların can güvenlikleri olmadığı için meclise gelmediklerini öğrendi.

Hasan Enver Paşa kızına, bu mebusların içinde İstanbul'u terk edenlerin olduğunu, ayaklanmanın sürdüğünü, İttihatçı olduğu bilinen subayların bulundukları yerlerde öldürüleceklerini de söyledi.

"Ne yani, iktidar yeniden ve kayıtsız şartsız Abdülhamit'in eline mi geçti?" diye sordu babasının bu sözleri üzerine Celile.

Alacağı cevap üzülmesine yol açacaktı.

"Ne bekliyordun ki? Ayaklanmayı başlatanlar, birkaç din istismarcısının peşine takılmış cahil insanlar. Bir planları ya da programları yok ki! Onlar sadece bir şeyin, yani meşrutiyetin olmamasını istiyorlar o kadar. Padişah efendimizin tüm tasarruflarına, kayıtsız şartsız razılar."

***

Celile, o tatsız 12 Nisan akşamında Hüseyin Cahit'in başına neler geldiğini ise, birkaç gün sonra eşi Hikmet'ten dinledi.

Azalmakla birlikte, ayaklanmanın tozu dumanı sürerken, Hikmet bir akşam eve telaş içinde geldi, "Biliyor musun, Hüseyin Cahit Bey de kaçmış!" dedi.

"Ne olmuş Hüseyin Cahit Bey'e?" diye sordu merak içinde Celile.

"Biliyorsun adam edebiyatçıydı, yazardı, çevirmendi, hocaydı... İttihat ve Terakkiciler eğer zorlamasaydı böyle devam eder giderdi. Onlar zorladığı için *Tanin* gazetesinin kurucuları içinde yer aldı. Yine onların zorlamasıyla milletvekili seçildi..."

Celile eşinin ses tonunda, bu işlere karışmadığı için şükrediyormuş gibi bir hava sezinledi. Canı sıkıldı. Son günlerde yine durmadan Hikmet'i evirip çevirmeye başlamıştı kafasında. İşle alakası olmadığı gibi, arada bir geceleri gelmiyor, neden gelmediğine dair izahat da vermiyordu.

"Neyse, neyse..." diye düşünerek aklındakileri bir kenara itti Celile. Kocasını dinlemeyi sürdürdü.

"Ayaklanmacılar matbaayı bastıklarında, tesadüfen orda bulunan Mehmet Arslan Bey'i, o zannedip öldürmüşlerdi. Bunu zaten biliyorduk. Hüseyin Cahit Bey'in zar zor Rus Elçiliği'ne sığındığından ve onların yardımıyla Romanya'ya kaçtığından ise haberimiz yoktu..."

Celile, eşinin anlattıklarının gerisini dinlemek istemedi.

İlk sayısı 1 Ağustos 1908'de yayımlanan çiçeği burnunda *Tanin*'in, yine çiçeği burnunda başyazarı Hüseyin Cahit Bey'i çok başarılı bulmuştu. Gazetecilikten değil de yazarlıktan, çevirmenlikten geldiği için olsa gerek, kalemi çok kuvvetliydi. Tevfik Fikret de aynı gazete için yazdığı halde, nedense Hüseyin Cahit Bey'in yazılarını daha çok sevmişti Celile...

Ama ne olmuştu sonunda?

Ne *Tanin* kalmıştı ortada ne de onun başyazarı Hüseyin Cahit...

Neler oluyordu sahi böyle?

Yirmi

Mehmet Nâzım Paşa, Üsküdar'daki konağın kapısından haber göndermeden girince herkes şaşırmıştı.

Önce Celile ardından Nâzım ve Samiye ile kucaklaşan paşa, koltuğuna kurulur kurulmaz "Şimdi de Selanik'e atandım" dedi.

Kuşkusuz, başka söyleyecekleri de vardı.

"Bir saniye bile oyalanmamam emredilmiş. İstanbul'da sadece bu gece kalabileceğim. Yarın saraya gitmem ve hemen ardından, kalkacak ilk vapura binmem gerekiyor..."

Celile'nin aklına ilk gelen, kayınpederinin ateş hattına, bir başka deyişle cehenneme gönderildiği oldu.

Paşa da iki torununun oynamak üzere odalarına çekilmesinden sonra, gelinine tam olarak bunu söyleyecekti...

"Padişahımız beni Selanik'e değil, iki ateşin arasına gönderiyor Celile. Bir tarafta ayaklanan Balkan halkları, öteki tarafta 12 Mart gecesinin rövanşını almaya hazırlandıklarından emin olduğum İttihat ve Terakki güçleri..."

***

Tahminleri doğruydu Mehmet Nâzım Paşa'nın.

İttihatçılar, tarihe 31 Mart Vakası olarak geçen ve 12 Mart gecesi gerçekleşen ayaklanmanın bastırılması için gözlerini saraya çevirmişlerdi. Abdülhamit'in, kardeş kanı dökmeme gerekçesini ileri sürerek askeri geri tutması üzerine, iş başa düştü demiş, İstanbul'a gönderilmek için, Selanik'te bir ordu tesis etmeye girişmişlerdi.

Hüseyin Hüsnü Paşa'nın komuta edeceği bu ordunun kurmay başkanlığını Kolağası Mustafa Kemal üstlenmişti. Ordunun çekirdeği, Selanik'teki devrime sadık Üçüncü Ordu birliklerinden oluşmuştu.

***

Paşa yol yorgunluğunu gün boyu odasında dinlenerek gidermeye çalışıp, akşam yemeğine oğlu, gelini ve iki torunuyla oturdu. Çocuklar karınlarını doyurup odalarına çekilince, paşanın nelerle karşılaşabileceğine dair bir konuşma başlattı Celile.

"Siz istirahata çekilince, burada ve orada neler olup bittiğini anlamak için babamı ziyarete gittim. Selanik'e tayin edildiğinizi biliyor. Nasıl bir tablo ile karşılaşabileceğinizi sordum. Pek parlak olmadığını söyledi. Galiba İttihatçılar bir ordu hazırlıyorlarmış."

"Böyle olacağı belliydi" dedi eşinin verdiği bilgi üzerine Hikmet. Babasının soran bakışları üzerine sözlerini sürdürdü.

"Gazetelerde bir suskunluk var. 13 Nisan'dan bu yana, İttihatçıların adı anılmıyor. Sanki İstanbul işgal edilmiş gibi bir hava esiyor. Saraydan da ses soluk çıkmıyor. Tabii ki isyancıların istekleri padişahın işine geliyor. Zaten bu nedenle, hiçbirine evlerine gitmeleri gerektiği, yaptıklarının doğru olmadığı söylenmedi. Öte yandan, İttihatçıların bu isyanı bastırmak üzere harekete geçeceklerinin de herkes farkında. Hasılı kelam, padişahtan sokaktaki insana kadar herkes kimin kazanacağını görmek istiyor."

Paşa, gelininin saraydan getirdiği haberler ve oğlunun gözlemlerini dikkatle dinledikten sonra, "Dua edelim de Selanik'te yapılan hazırlık her ne ise ben oraya varmadan tamamlansın" dedi.

Haklıydı. Selanik'e vali olarak atanmak, bugünkü koşullarda sarayı temsil etmek demekti. Çünkü halihazırda bir hükümet yoktu ve kendisinin tayinini emreden bizzat padişahın kendisiydi.

Eşi ve kayınpederi konuşmayı derinleştirirken, Celile "İki ucu pis bir değnek" diye düşündü.

***

Ertesi sabah saraya doğru yola çıkmadan önce, paşa, İstanbul'da olduğu bütün zamanlarda yaptığı gibi kahvesini gelininin atölyesinde içecekti.

Atölyeye girer girmez aklına, Celile'nin eve gelin geldiği ilk günlerde yaptığı kahramanlık geldi. Gayriihtiyari "Hafiyeler konağı bastıklarında, yasaklı olan *Vatan Kasidesi* ve öteki yazıları ele geçirselerdi, muhtelif valilikler yerine kim bilir hangi adalara sürgüne gönderilmiş olurdum?" diye düşündü. Yaşanan bu olaydan sonra Celile'nin "büyük bir kadın" olduğuna karar verdiğini hatırladı paşa.

Kayınpederi kapısını tıklatıp atölyesine girdiğinde Celile bir Fransız gazetesinden Pablo Picasso'nun *Demoiselles d'Avignon*[36] isimli resmini ve ilgili haberi kesiyordu. Kayınpederi "Sabah şeriflerin hayır olsun" deyip atölyenin yegâne koltuğuna oturunca, Celile kestiği kupürü uzattı ve "Lütfen okuyun ve resme de bakın, bakalım ne düşüneceksiniz?" dedi. Bu arada kendisi de koltuğun karşısındaki tabureye iliştı.

36. Avignon'lu Kadınlar

Paşa önce resme baktı, ardından yazıya yoğunlaştı. Okurken yüzüne bir tebessüm yerleşti. Bitirince başını kaldırdı ve "Doğru" dedi.

Celile'nin soran bakışlarıyla karşılaşınca, düşüncesini detaylandırdı.

"Bilinen bütün formları altüst ettiği, herkesi şaşkına çevirdiği doğru."

"Bu kadar mı?" diye sordu Celile.

"Bu resmi yapabilmek için dokuz ay uğraşmış olması, yüzlerce eskiz çizmesi dikkat çekici. Böyle olunca, gelişigüzel yapılmış bir çalışma olmadığı anlaşılıyor. Afrika sanatından etkilenmiş olduğuna özel vurgu yapılmış. En çok ilgimi çeken noktalardan biri de eleştirmenin Picasso'nun bu resmi Matisse'in *Le Bonheur de Vivre*[37] ile *Blue Nude*'una[38] bir karşı çıkış olarak değerlendirilmesi."

Kayınpederi düşüncelerini aktarırken Celile durmaksızın başını salladı, aynı fikirde olduğunu ifade etti. Onun da söyleyecekleri vardı.

"Bütün bu değerlendirmeler, resmi görme şansı edinmiş olan bir sanat eleştirmeninden geldi. Şu anda baktığımız siyah beyaz bir gazete fotoğrafı. Bu nedenle tam fikir vermiyor. Düşünsenize, resim sergilendiğinde kim bilir ne gürültüler kopacak. Merakla bekliyorum doğrusu neler olacağını."

---

37. Yaşam Sevinci
38. Mavi Nü

Yirmi Bir

Selanik'ten gelip kentin stratejik noktalarına yerleşen Hareket Ordusu faaliyetlerini sürdürürken, Celile babasını merak ederek Yıldız Sarayı'na gitmeye karar verdi.

Konağın emektar kâhyasının tedarik ettiği çift kürekli bir kayıkla Üsküdar'dan karşıya geçen genç kadın, sarayın etrafının sarılmış olduğunu fark etti. Böyle bir günde neden sokakta olduğunu soran yolları tutmuş askerlere, kim olduğunu ve nereye gittiğini dosdoğru söyledi.

Celile, nedense sokakta değil de saraya girince durumun vahametinin boyutunu fark etti. Ortada hizmet görecek kimse olmadığı gibi, haremağaları ve mabeyin görevlileri[39] de sırra kadem basmıştı. Babasının makamına ulaşmak için yürürken, koridorlardan birinde Şadiye Sultan'ı gördü. Önünde saygıyla eğildi.

Yaşı sadece on yedi olan sultanın bebekliğini, çocukluğunu bilirdi. Resme olan merakından haberdardı. Arada bir saraya uğradığında, çalışmalarına göz atardı.

"Nasılsınız sultanım?" diye sordu.

"Gördüğünüz gibi. Elektrik ve suyu kesmişler. Tam bir muhasara hayatı yaşıyoruz. Siz nasıl gelebildiniz buraya kuzum?"

Celile "Böyle bir durumla karşılaşacağımı zannetmiyordum" dedi samimiyetle.

Genç sultan, "Sultan babam mabeyin dairesinde, pederiniz de

---

39. Mabeyin: Sarayın özel kalem müdürlüğü.

orada. Ben de gidiyorum, isterseniz birlikte yürüyelim" deyince, Celile şaşırdı.

Padişahın yaverliğini yapan paşa babası hadi neyse de, koskoca Abdülhamit'in mabeyin dairesinde ne işi olabilirdi ki?

Celile ani bir kararla "Çok önemli bir konu üzerine çalışıyor olmalılar. Rahatsızlık vermeyeyim. Babamı kendi odasında beklemem daha doğru olur" dedi ve Şadiye Sultan'dan izin istedi.

***

İstanbul'un çok kritik günlerden geçtiğinin, Hareket Ordusu'nun kenti muhasara altına aldığının ve bunun sonunda korkunç gelişmelerin meydana gelebileceğinin tabii ki farkındaydı Celile. Yine de işlerin bu kadar ileriye gidebileceğini akıl edememişti.

O pencereden dışarıyı seyrederken, paşa hışımla girdi odaya.

"Ne oldu? Bir terslik mi var?" diye sordu kapıdan girer girmez.

"Hayır, sizi merak ettim" dedi biraz mahcup bir edayla Celile.

Paşa çok kızdı. Yine de sadece "Çıkılır mı böyle zamanlarda dışarıya kızım?" demekle yetindi.

Yorgundu. Koltuğuna oturdu ve eline az önce geçtiği belli olan kâğıt parçasını okudu.

Babasının oldum olası soluk olan benzi, Celile'ye, yazıyı okuduktan sonra iyice atmış gibi geldi.

"Ne yazıyor kâğıtta?" diye sordu gayriihtiyari.

"Padişahımız bile görmeden sen gör istersen" diyerek elindeki notu Celile'ye uzattı Hasan Enver Paşa. Bir de ilavede bulundu.

"Mahmut Şevket Paşa şimdi okuyacağın konuşmayı kendisini bekleyen birliklerin karşısında yapmış. Ardından Babıâli'ye doğru harekete geçmiş. Bir sonraki adres de burası olur herhalde."

Celile konuşma metnini dikkatle okudu. Şöyle konuşmuştu paşa kendisini dinleyen ve çoğunluğu askerlerden oluşan topluluğa:

"Arkadaşlar! Yüz binlerce şehidin kanı pahasına kazanılan meşrutiyetimizi mahvedip yerine istibdadı kurmak üzere İstanbul'da, o köhne Bizans'ın burcunda ikamet eden baykuş, insan kanı emmekten, öksüz yetimlere gözyaşı döktürmekten zevk alan haris, altı yüz senelik muhteşem muzaffer bir milletin tarihini, ecdadını, namusunu lekeleyen o insan kıyafetindeki canavar..."

"Vay vay vay!" dedi Celile, başını kaldırıp babasına bakarak. Sonra okumayı sürdürdü.

"İstanbul'da avcı taburlarını kandırmış, para mukabilinde namuslarını satan o alçaklar da emirlere itaat eden diğer askerleri zorla isyana iştirak ettirmiş, orada ne kadar hamiyetli kardeşler ne kadar genç mektepli subaylar varsa tamamını şehit ettirmiş..."

Celile bir kez daha başını kaldırıp babasına baktı, "Sultanımız henüz bu mektubu görmedi değil mi?" diye sordu.

Babası başını hayır anlamında sallayınca Celile çabucak ayağa kalktı, gerisini okumadan elindeki notu uzattı.

"Benimle birlikte gelin, sizi buradan çıkartayım diyeceğim ama nasıl olsa kabul etmeyeceksiniz. Lütfen kendinize dikkat ediniz. Ben de evime gideyim."

Celile babasıyla vedalaştıktan sonra, geldiği gibi Yıldız Sarayı'ndan çıktı. Sarayı çevirmiş olan askerler kim olduğunu ve nereye gittiğini sorunca, her şeyi olduğu gibi söyledi ve geldiği yoldan geriye, Üsküdar'daki konağa döndü.

***

Celile ertesi sabah, yani 24 Nisan'ın gazetelerini eline aldığında Topkapı, Edirnekapı, Sirkeci gibi noktalardan kente girmiş olan Hareket Ordusu'nun son olarak Yıldız Sarayı'nı da ele geçirdiğini okudu.

Bazı noktalarda küçük çaplı çatışmalar çıktıysa da, Hareket Ordusu mensupları Yıldız Sarayı'nda hiçbir direnişle karşılaşmamışlardı.

"Demek ki..." diye düşündü Celile. "Birkaç saat daha sarayda oyalansam, neler olduğunu kendi gözlerimle görebilecektim."

Gerçekten de öyleydi.

Hareket Ordusu 21 Nisan'da başlayan kenti ele geçirme harekâtını 24 Nisan'da Yıldız Sarayı'nda tamamlamıştı.

Kentte bulunan tüm kışlalar ve Harbiye Nezareti kontrol altına alınmış ve Yıldız Sarayı'nın işgalini müteakip sıkıyönetim ilan edilmişti.

Celile gazetelerden, yaşanan çatışmalarda Hareket Ordusu mensuplarından kırk dokuzunun hayatını kaybettiğini, seksen ikisinin de yaralandığını, isyancı birliklerin ölü sayısının iki yüz otuz, yaralı sayısının ise dört yüz yetmiş beş olduğunu öğrendi.

Yirmi İki

"Padişahın sürüldüğü kente vali ol ve aynı zamanda sürenlerden taraf da olma. Belanın katmerlisi!" diye yazdı Celile, kayınpederi ile ilgili olarak sevgili Marcel'ine.

Paris'te başlayan dostlukları önce İstanbul, ardından Selanik, sonra tekrar İstanbul, devamında Halep ve şimdi yine İstanbul'dan, mektuplarla ama hep sürmüştü.

Celile, sevgili Marcel'ine yazdığı mektuba son noktayı da koyduktan sonra zarfa yerleştirdi, adresini yazdı ve derhal gönderilmek kaydıyla kâhyaya verdi.

Paşanın yokluğunda, konağın asıl efendisi doğal olarak Celile oluyordu. Konak hizmetlileri kendi aralarında bu konuyu konuşurken "Hikmet Bey bir paşanın, öteki iki paşanın çocuğu, üstelik hanımın dedeleri bile paşa..." diyor, tabiri caizse hanımefendilerinin karşısında tir tir titriyorlardı.

Oysa, çalışanlara karşı hiç de sert değildi Celile. Sadece yüz göz olmuyor, gerektiğini düşündüğü hassas mesafeyi korumayı biliyordu, o kadar.

Yedi yaşını doldurmuş Nâzım ile yürümeye yeni başlamış Samiye'nin eğitimleri ile mümkün olduğunca kendi uğraşıyor, resim ya da piyano çalıştığı zamanlarda ise çocuklarıyla Fransız mürebbiyelerin ilgilenmesini sağlıyordu.

***

Celile, Üsküdar Kurşunlu Medrese Sokağı'nda bulunan konakta, büyük zamanını resme ayırıyor, kalan zamanında aktüaliteyi takip ediyordu.

Eşiyle aralarında geçen seyrek konuşmalar dışında, gelişmeleri iki kaynaktan takip ediyordu genç kadın. Birincisi günlük gazeteler, ikinci ve asıl hoşuna giden ise sevgili kardeşi Münevver'di.

Münevver de ablasıyla birlikte vakit geçirmeyi çok seviyor, onun yanında istediği gibi davranabildiği ve konuşabildiği için, her fırsatta ona kaçıyordu.

Celile, tuvalinin sağ yanından, konağın giriş kapısını görebiliyordu. Kapının önünde duran arabayı, görüş alanına girer girmez tanıdı. Münevver gelmişti yine ziyaretine. Fırçasını bırakıp önlüğünü çıkardı ve kardeşini kucaklamak için atölyesinden çıktı.

Münevver sanki acelesi varmış gibi lafı hemen babasından aldığı son bilgilere getirdi. Aktaracağı sözler arasında Celile'yi en çok ilgilendiren son söyledikleri oldu.

"Biliyor musun abla, babam geleceğimiz için çok kaygılanıyor."

Celile bu sözleri duyunca derhal "Nasıl yani?" diye sordu ve aldığı cevabı zihninin bir kenarına yazdı.

"Babama göre, kendimizi bir lokma ve bir hırkaya hazırlamalıymışız. Bolluk içinde geçen günler sona ermiş. Kendimizi birer paşa torunu, paşa çocuğu gibi görmekten vazgeçmeliymişiz."

Hasan Enver Paşa'nın ağzından çıkan kelimeler gerçekten de tam olarak böyleydi. Münevver ablasına, bir kelime eksik ya da fazla söylememişti.

Padişah Selanik'e sürgüne gönderilince, babasının bu durumdan alabildiğine etkileneceğini düşünmüştü Celile. Kendisine asıl ağır gelense, zamanında sahibi gibi davrandıkları İstanbul saraylarına, artık bir sığıntı gibi girip çıkacak olmalarıydı.

"Kim bilir..." dedi Münevver'e biraz kırık bir ses tonuyla Celile. "Belki de babamız saraya gitmez bile artık."

"Ben de öyle düşünüyorum" dedi aynı kırık ses tonuyla kardeşi.

İttihat ve Terakki Partisi'nin kontrolüne giren Osmanlı bürokrasisinde, Hasan Enver Paşa ve benzerlerinin barınamayacağı çoktan belli olmuştu.

İktidarın yeni sahipleriyle zamanında bir şekilde ilişki kurmamış bu zat-ı muhteremler, kısa bir süre sonra hizmetlerine ihtiyaç kalmadığı öne sürülerek emekli edilecek, devlet kasası tamtakır olduğu için, hak ettikleri emeklilik maaşlarını bile alamayacaklardı.

Celile ve Hikmet'in epeydir tahmin ettikleri, konuştukları konuydu bu.

Genç Münevver de yaşayarak görecekti acı gerçeği.

***

Celile ısrar edince, Münevver babasına verilmek üzere bir pusula yazmış, o geceyi Üsküdar'da Hikmet Nâzım Paşa Konağı'nda geçireceğini, ertesi gün ablasının kendisini geri göndereceğini bildirmişti.

Akşam yemeğini Hikmet, Celile, Münevver, Nâzım ve Samiye birlikte yediler.

İki çocuk mürebbiyelerine teslim edilip büyükler yalnız kalınca, Hikmet babasının mektubunu cebinden çıkarıp eşine uzattı.

Mehmet Nâzım Paşa mektubu Celile ve Hikmet'e hitaben yazmış, satırlarına "*Sevgili oğlum ve gelinim*" diyerek başlamıştı.

Aralara nükteler sıkıştırmış olsa da Mehmet Nâzım Paşa'nın çizdiği, esasen bir felaket tablosuydu.

Celile kayınpederinin nüktelerini yer yer tebessüm ile okuyacaksa da alttan alta fena halde üzülecekti.

Kayınpederi, mektubunda bir de nazire yapıyordu.

"İşin ilginç tarafı, padişahımızın şimdilerde Selanik'te köşkünde ikamet ettiği Bay Alatini, zamanında sarayın tütüncüsüydü. Dünyanın en güzel tütünlerini padişah ve saray çalışanları için toplar gönderirdi. Servetini ve köşkünü bu sayede yaptı. Devir değişti. Bay Alatini, bugün de köşkünün kapılarını açıp, sığınmasına izin vererek hizmet ediyor Zat-ı Şahane'ye. Tabii ki bila bedel."

İlerleyen paragraflarda, kendisinin, Alatini Köşkü'nde yakacak odun ya da kömür olmadığı için titreyen padişah ve ailesiyle, İttihat ve Terakki'nin Selanik'teki kurmayları arasında kalmaktan mustarip olduğunu da yazmıştı Mehmet Nâzım Paşa.

Mektubu, kardeşi de dinlesin diye yüksek sesle okuyan Celile'nin ela gözlerinden birer damla yaş yuvarlandı yanaklarına.

Hikmet ve Münevver duygulandılar.

"Aslında..." dedi Hikmet. "Bugün öyle bir şey öğrendim ki için asıl o zaman cız edecek Celile."

İki kadın, daha fazla ne olabilir ki dercesine baktılar Hikmet'e.

"Padişahın Alman bankasında beş milyon altını varmış. Altınları alabilmek için İttihat ve Terakki'den ricada bulunmuş. Onlar da altınların devletin malı olduğunu, halihazırda devlet kendileri tarafından yönetildiği için, bu meblağın derhal taraflarına verilmesini sağlayacak girişimlerde bulunmasını emretmişler. Padişah zor durumda kalmış. Bu isteği, ancak bazı şartları yerine getirilirse kabul edebileceğini söylemiş."

Hikmet sözlerini tamamlar tamamlamaz "Neymiş o şartlar?" diye sordu iki kız kardeş aynı anda.

"Aklımda kaldığı kadarıyla, öncelikle oğlunun tahsilinin devamını istemiş. Üç kızının evlenmek üzere Selanik'ten İstanbul'a gönderilmesini ikinci şart olarak ileri sürmüş. Ayrıca, Selanik'e kendisiyle gidenlere biraz daha hürriyet sağlanmasını talep etmiş. Ve bir de kendisine yetecek miktarda tahsisat ile, Alatini Köşkü'nün kendisi için satın alınmasını istemiş."

"Akıllıca" dedi Celile, eşinin verdiği bu bilgi üzerine.

Münevver'e göre de gayet mütevazı isteklerdi sıralananlar.

Celile "Demek ki..." diye düşündü. "İnsan en sıkışık olduğu durumlarda bile çocuklarının tahsili ve evlenmelerini düşünüyor. Bir de başını sokacak bir damının olmasını."

Yirmi Üç

"Yazıyor, Çırağan yangınının sabotaj olduğunu yazıyor!"

Sokak sokak dolaşıp avazı çıktığı kadar bağırarak nafakasını çıkartmaya çalışan gazeteci çocuğun seçtiği cümle kışkırtıcıydı.

Celile, sabah alışverişine giden kâhyanın gazetelerle geri dönmesini bekleyemedi. Gazeteci çocuğa pencereden seslendi, sonra bir koşu konağın kapısına gitti.

Yeni Tanin, o sabah "Çırağan Yanıyor!" manşetiyle çıkmıştı.

Bir gün önce, yani 19 Ocak'ta çıra gibi yanan Çırağan Sarayı'nın İttihat ve Terakki Fırkası'nın yayın organı *Yeni Tanin*'de nasıl yer aldığı kuşkusuz çok önemliydi.

Hava soğuk olmasa ya da üzerine kalın bir şey giymiş olsa, Celile gazeteyi hemen orada ayaküstü okuyup bitirebilirdi. Ama buna imkân yoktu.

Genç kadın, gazetesi elinde olmak üzere, konağın ahşap kapısından içeriye girdi ve hemen kapının yanında bulunan sandalyeye oturdu.

Celile yangınla ilgili yazı ve yorumları okudukça, *Yeni Tanin*'in daha çok sabotaj ihtimali üzerinde durduğunu hissetti.

Somut bir delil ileri sürmemekle birlikte, gazete, halkın görüşüne dayanarak "hareket-i irticaiye" tespitinde bulunuyordu.

Kimi görgü tanıklarına göre "irticacılar Çırağan Sarayı'nın kapısını kapamışlar, her tarafa gaz dökmüşler, milletvekilleriyle birlikte binayı ateşe vermişler"di.

İlerleyen satırlarda, gün boyu dolaşan bu söylentinin akşama doğru gerçek olmadığının ortaya çıktığı belirtiliyor, bu sözlere "gülmek mi ağlamak mı" gerektiğine dikkat çekiliyordu.

Celile yangınla ilgili her satırı okuduktan sonra, gazeteyi sandalyenin yanında bulunan sehpanın üzerine bıraktı, atölyesine geçti.

Öteki gazeteler gelinceye kadar, yangının kazayla mı yoksa sabotaj sonucu mu başladığı sorusu zihnini meşgul etti.

***

Günün ilerleyen saatlerinde *İkdam*, *Ümmet* ve öteki gazetelere de göz atma fırsatı bulan Celile, akşam yemeği için bir araya geldiklerinde eşine ilk soru olarak, yangında sabotaj ihtimali olup olmadığını sordu.

Hikmet'e göre sabotaj ihtimali yok denecek kadar azdı. Daha önemlisi, milletvekillerinin bundan böyle nerede çalışacağıydı.

Gerçekten de hayati önem taşıyordu bu soru ve cevabı.

Çünkü, Çırağan Sarayı, henüz çiçeği burnunda bir sultan olan Reşat ile meşrutiyetin bir numaralı temsilcisi sıfatını taşıyan meclis başkanı arasında yaşanan büyük itişmeler sonucunda elde edilmiş bir kazanımdı ve bu yapının bir benzerini bulmak hiç de kolay olmayacaktı.

Genç kadın, Boğaziçi'nin girişinde bir inci gibi parlayan Çırağan'ın, meclis binası olarak kullanılabileceğinin lafının edilmeye başlandığı ilk günden itibaren, milleti temsil eden heyete çok yakışacağını düşünmüştü.

***

Ablasıyla eniştesinin konuşması, genç Münevver'in yüksek sesle düşünmesine yol açtı.

"Babam saraydaki tüm eşyalarını eve taşıdı. Arada bir gidiyor ama hiçbir şey yapamadığını söyleyerek geriye dönüyor."

Doğruydu.

Padişah Abdülhamit Selanik'e sürgüne gönderilince, yerine Sultan Mehmet Reşat geçirilmiş ve eski padişahtan geride kalan her seviyedeki bürokrat da yenileriyle değiştirilmişti.

"Yapabileceği bir şey yok ki" dedi kardeşinin sözleri üzerine derin bir iç çekerek Celile.

Hikmet "Yeni dönem yeni kurallar ve yeni simalarla birlikte geldi" diyerek eşinin düşüncesini destekledi.

Az sonra, aklını epeydir kurcalayan bir meseleyi, baldızı Münevver'e sanki yeri gelmiş de soruyormuş gibi yöneltiverdi.

"Nasıl dolduruyor günlerini muhterem pederimiz?"

Münevver "Daha çok okuyor ve yazıyor" diye cevapladı eniştesini.

Celile, babasıyla ilgili bildiklerini eşiyle paylaşmaya tam da o anda karar verdi.

"Geçenlerde ziyaretine gittiğimde Havana notlarını bir araya getiriyordu. Anladığım kadarıyla kendisini tümüyle yazmaya verecek."

Hikmet, kayınpederinin Küba yolculuğunun nedenlerini ve nasıllarını gayet iyi biliyordu.

Kübalıların İspanyollara başkaldırdıkları dönemde, Hasan Enver Paşa eğitimini Paris'te tamamlamış, birçok dili konuşabilen genç bir adamdı. Ailesinin saraya olan yakınlığı nedeniyle, kesinlikle güvenilebilirdi.

Kübalıların bağımsızlıklarını kazanabilmek için İspanyollarla giriştikleri savaş padişahın ilgisini çekiyordu. Zat-ı Şahane, bu savaşın sunduğu deneyimden hareketle, Girit'teki isyana bir çözüm getirebileceğini düşünüyordu.

Hassas ve tehlikeli bu görev için, o zamanın genç Hasan Enver'i en uygun isim olmuştu.

Tüm Avrupa'nın ilgi alanı olan Küba gibi bir ülkenin, Osmanlı gibi bir imparatorluk için görmezden gelinmesi, düşünülemezdi bile. İngilizler de aynı dönemde adaya Winston Churchill'i göndermişlerdi. Bu genç adam sonradan, Büyük Britanya'nın en parlak devlet adamları arasında çok seçkin bir yer edinecekti.

Genç Hasan Enver, kendisine verilen görevi başarıyla icra etmiş, hatta bu uğurda ciddi şekilde yaralanmıştı. İstanbul'a geri döner dönmez padişah için bir rapor hazırlamış, yaptığı araştırma nedeniyle tebrik edilmiş, kendisine sarayda görev önerilmiş ve ödüllendirilmişti.

"Ve şimdi..." diye düşündü Celile. "Miadını doldurmuş bir sepet gibi, kapının önüne konuldu sevgili babacığım."

Hikmet, eşinin düşüncelerini okumuşçasına "Artık sarayda kararları padişah değil, Talat, Enver ve Cemal Paşalar veriyor" demiş, Celile'ye asıl kızılması gerekenlerin kimler olduğunu işaret etmişti.

Celile farklı görüşteydi.

"Gel biz buna İttihat ve Terakki zihniyeti diyelim. Çağdaşlaşma, gelişmiş Batı medeniyetine ayak uydurma anlamında söyledikleri ne kadar doğruysa, onu hayata geçiriş açısından o kadar yanlış bir siyasal çizgi şu İttihat ve Terakki."

Yemek masasında uzunca bir süre kimse konuşmadı.

Celile peçetesini katlayıp tabağının yanına koyarken "Eminim babam, enerjisinin bir kısmını da eğitime harcayacaktır. Sadece okumak ve yazmak onu kesmez" diyerek konuyu noktalamak istedi.

Ablasının bu sözleri, Münevver'in bir konuyu hatırlamasına yardımcı olmuştu. O da yerinden kalkarken "Erenköy civarında uygun bir arsa arıyor. Bir okul yaptırmak istiyormuş galiba" dedi.

Hikmet ve Celile bu sözler üzerine birbirlerine baktılar.

"İşte benim tanıdığım babam" dedi hemen Celile.

"Bravo" dedi şaşırarak Hikmet.

Ahbabım bu sözleri, Münevver'in bir [illegible] yardımcı olmuştu. O da yerinden kalkarak [illegible] [illegible]

Hikmet ve Celile bu sözler üzerine birbirlerine baktılar.

"İşte benim tanıdığım Behire!" dedi hemen Celile.

"Bravo!" dedi şaşırarak Hikmet.

[illegible]

Yirmi Dört

"Sevgili Marcel,

Biliyorum izliyorsundur ama anladığından şüpheliyim. Bu topraklarda ve bu kentte yaşamama rağmen, ben bile nabzını tutmakta zorlanırken, uzaktan bakan gözlerle burada neler olup bittiğini anlaman mucize olurdu.

Bir devrim olunca yeni bir dönem başlar değil mi Marcel? Yani, tıpkı sizin zamanınızda Fransa'da yaptığınız gibi..."

Celile, Marcel'e yazdığı mektubunda uzun uzun 31 Mart Vakası'nı ve gereksiz yere ölen insanlar için ne kadar üzüldüğünü anlattı.

O gün Celile'nin 31 Mart üzerine o kadar çok yazmasının bir nedeni vardı. Nâzım ve Samiye'yi Abide-i Hürriyet'in açılış törenine götürecekti.

Birkaç gündür evde sadece bu konu konuşuluyor, yolluk olarak neler alınacağı, nasıl kıyafetler giyileceği üzerine kafa yoruluyordu.

Celile mektubunu tamamlarken, mürebbiyeler çocukları hazırlamış, aileyi Üsküdar'a götürecek lando kapıda yerini almıştı.

Güzel kadın mektubuna son noktasını da koydu, zarfı kâhyaya teslim etti.

***

Celile, Nâzım ve Samiye'yi iki yanına oturttu ve hemen bir açıklamada bulundu.

"Uzun ve yorucu bir yolculuk olacak. Neyse ki çok sıcak bir gün değil. Hafif de olsa poyraz esiyor. Yoksa yanmıştık."

"Neden biz de Avrupa'da olduğu gibi otomobil kullanmıyoruz anne?" diye sordu atlar arabayı harekete geçirir geçirmez Nâzım.

Dokuz yaşını tamamlamak üzereydi ve Fransızca gazeteleri, dergileri son satırlarına kadar okuyordu.

Celile'nin dili "Sağ olsun padişahımız İkinci Abdülhamit'in vehmi yüzünden" demeye varmadı. Onun yerine "Henüz İstanbul'un yolları hazır değil" diye cevapladı oğlunun sorusunu.

Aslında İstanbul'a ilk otomobil 1895 yılında gelmiş, padişahın tepkisi üzerine geri gönderilmişti. Sonra 1904 yılında Reji İdaresi'nin[40] ısmarladığı otomobillerin gümrükten çıkması da sorun olmuş, duruma el koyan hükümet "İstanbul sokakları otomobil kullanmaya müsait değil" yorumunda bulunmuş, o parti otomobiller de geri gönderilmişti.

***

Celile, Nâzım ve Samiye'nin vapura kadar ve vapurdan sonra süregelen lando yolculuğu Şişli'de, Abide-i Hürriyet Tepesi'nde, aynı isimli anıtın önünde sona erdi.

Kalabalık çoktan toplanmış, şıkırtılı üniformaları içinde pırıltılı enstrümanlar çalan bando mızıka takımını dinliyordu.

Bando "Vicdanı muazzam olan Osmanlılarız biz" diyerek, *Neside-i Zafer Marşı*'na geçince, Nâzım annesinin elini bıraktı,

---

40. Osmanlı'nın dış borçlarına karşılık, imparatorluğun tütün ekimini ve işlenmesini düzenlemek üzere, Fransızlar tarafından kurulmuş olan tekel idaresi.

takımın karşısında yerini aldı ve ellerini de kullanarak marşı baştan sona onlarla birlikte söyledi.

Çocuğun bu davranışına bir tek annesi şaşırmamıştı. Çünkü son günlerde her gün ve sabahtan akşama kadar konağın her metrekaresinde bu marşı söylüyordu Nâzım. Nasıl olmuşsa olmuş, Leyla Saz Hanım'ın bestelediği bu hicazkâr marş, çocuğun aklında ilk duyduğu andan itibaren yer etmişti.

Marş bitince, Celile, Nâzım'ın elini tekrar yakaladı ve "Hadi dolaşalım bakalım nasıl bir anıt olmuş" dedi ve ekledi: "Samiye de ben de görmeyi çok arzu ediyoruz."

***

Üç yıl önce, 31 Mart Vakası'nda hayatını kaybeden üçü subay yetmiş bir asker için büyük bir tören düzenlenmiş, cenazeler Şişli'nin etrafa hâkim olan bu tepesine defnedilmişti.

Bir yıl sonra, 1909'da, mezarlığa bir anıt dikilmesine karar verilmiş, açılan yarışmada Kiryadiki Efendi, Vedat Bey, Kemaleddin Bey, Alexandre Vallury gibi dönemin önemli mimarlarının arasından Muzaffer Bey'in projesi sıyrılmış ve anıtı onun yapmasına karar verilmişti.

Pek çok geometrik şekil ile kurgulanan projenin en dikkat çekici yönü, anıtın altında yer alması planlanan üçgen[41] biçimli camiydi. Ayrıca, meşrutiyet yolunda şehit düşenlerin isimleri de anıta tek tek kazınacaktı.

İkinci Meşrutiyet'in birinci yıldönümünde temeli atılan

41. Üçgen, masonlar açısından özel önem taşıyan bir geometrik şekildir. İttihat ve Terakki'nin kurucuları ve mensupları arasında çok sayıda mason olduğu bilinir. 1903 yılında mason olan Talat Paşa, 1909 yılında resmen kurulan Hür ve Kabul Edilmiş Masonlar Büyük Locası'nın ilk Büyük Üstat'ı oldu. Kabri Abide-i Hürriyet'tedir.

anıt, iki sene içinde tamamlanmış ve tam da bugün görücüye çıkmıştı.

Nâzım annesinin elini çekiştirerek "Enver Paşa değil mi o?" diye sordu. Paşayı gazetelerde gördüğü resimlerinden tanıyordu.

Celile dikkatle baktı ve "Evet" diye cevapladı Nâzım'ı.

Bu esnada Enver Paşa platforma çıkmış, kalabalığa hitap etmeye başlamıştı.

***

Akşam yemeğinde, o gün başlarından geçenleri babasına büyük bir heyecanla aktarmış, "Ben de bandocu olacağım" demişti Nâzım.

Hikmet ve Celile birbirlerine bakmış, çocuğun üç gün önce de itfaiye eri olmaya karar verdiğini hatırlamışlardı.

"Artık bir karar ver Nâzım" dedi babası ve "İtfaiye eri mi olacaksın yoksa bandocu mu?" diye sordu.

Kafası karışan Nâzım çareyi "Bilmiyorum" demekte buldu.

Celile ve çocukların Abide-i Hürriyet macerası ile ilgili anlatacakları bir şey kalmayınca, Hikmet "Size bir iyi bir kötü haberim var önce hangisini vereyim?" diye sordu.

Her kafadan bir ses çıktığını görünce "Dedeniz bundan böyle burada bizimle oturacak. Bu iyi haber" dedi.

Nâzım "Hurrraaa!" diyerek ifade etti sevincini. Samiye el çırptı.

"Ya kötü haber?" dedi Celile.

Hikmet "Babam emekli oluyor" diye cevapladı eşini ve cebinden bir zarf çıkartıp uzattı.

Celile mektubu dikkatle okuduktan sonra "Anlaşılan babam bavullarını toplamaya başlamış bile" dedi.

Öyleydi. İttihat ve Terakki hükümeti, Selanik gibi önemli bir merkezi, doğal olarak Abdülhamit artığı değil, kendisine yakın bir isimle yönetmek isteyecekti.

Merkezi hükümet bu ismin kim olacağına henüz karar vermemişti ama dostları Mehmet Nâzım Paşa'ya el altından haber uçurmuş, gelişmelere karşı hazırlıklı olması için uyarmışlardı.

"Babam..." dedi Hikmet. "Yerine yeni biri gelip devir teslimi bir devlet adamına yakışır şekilde yapmadan katiyen geri dönmez. Bu da aylar alacaktır."

Küçük Nâzım "Hemen gelsin. Çok özledim" dedi. Samiye, her konuda olduğu gibi bu konuda da katıldı ağabeyine.

"Ben de çok sevinirim" dedi Celile.

Aklına Selanik, Halep ve Konya'da, kayınpederi ile birlikte geçirdiği zamanlar geldi.

"Yine de..." diye düşündü. "Hiç işsiz güçsüz zamanına rast gelmedim."

Sonra düşüncelerinden sıyrıldı.

"Yarın odasını gözden geçireyim. Değiştirilecek eşyaları tespit edeyim. Yenilerini aldırayım."

Yirmi Beş

Mehmet Nâzım Paşa konağa üç bavul eşya ile dönmüştü.

Celile "Arkadan mı gelecek yükler baba?" diye sordu kâhya kapıyı arkasından kapatırken.

"Hayır bu kadar. Giysilerimin neredeyse tamamını dağıttım. Bu bavulların içleri de yazı çizi malzemesiyle dolu."

Gelininin, neden böyle yaptığını soran bakışlarına karşılık şunları söyledi paşa:

"Artık emekli bir adamım Celile. Bütün hayatımı bu gerçeğe göre tanzim etmem gerekiyor. Sence de öyle değil mi?"

Biraz düşününce, Celile kayınpederini haklı buldu. Aynı kararı kısa bir süre önce babası da vermemiş miydi?

Düne kadar Osmanlı İmparatorluğu'na en üst düzeyde hizmet veren bu iki paşa, yaştan değilse de bir dönem sona erdiği için, bundan böyle hayatlarını başka bir şekilde yaşayacak, ihtiyaçlarını ve imkânlarını yeniden tanzim etmek zorunda kalacaklardı.

Güzel kadın, kendi babası değil de hocası Bay Zonaro örneğinden hareket ederek yeni dönem hakkındaki düşüncelerini kayınpederiyle paylaştı.

"Biliyorsunuz Bay Zonaro saray ressamıydı. Beşiktaş Akaretler'de bir ev tahsis etmişti padişahımız kendisine. Eşiyle orada yaşar, çalışırlardı. Uygun da bir maaş ödenirdi hazineden kendisine. Geçen gün ziyaretine gittim, şaşırdım kaldım."

Gelininin anlattıkları Mehmet Nâzım Paşa'nın ilgisini çekmişti. "Lütfen devam et" der gibi baktı.

"Geçen yılın ekim ayında unvanını elinden almışlar. Maaşını da kesmişler. Beş ay içinde evini boşaltması talimatını vermişler. Son gördüğümde, Bay ve Bayan Zonaro bavullarını toplamaya başlamıştı."[42]

***

Giderek havadan sudan bir sohbete dönüşen konuşmadan sonra paşa dinlenmek için odasına çıkmış, Nâzım ve Samiye de onun Selanik'ten getirdiği oyuncaklarla başka bir âleme geçiş yapmışlardı.

"Demek böyle" dedi Celile, eşinin elinde bir oraya bir buraya çevirdiği su bardağını alıp ortada duran sehpanın üzerine koyarken.

"Evet" dedi Hikmet ve "Bir varmış bir yokmuş misali" diyerek düşüncesine açıklık getirdi.

"Peki, şimdi ne olacak?" diye sordu Celile. Kafası karmakarışıktı.

"Bizim de yeni duruma göre davranmamız gerekecek herhalde" dedi ne yapılması gerektiğine dair hiçbir fikri yokmuş gibi Hikmet.

Kısa bir suskunluktan sonra "Meselenin en önemli bölümü de akçeli işler" diyerek bir ilavede bulundu ve lafını öylece ortada bıraktı.

Yine de anlamıştı Celile, eşinin demek istediğini.

İçinde oturdukları konak, o güne, o dakikaya kadar Mehmet Nâzım Paşa'nın gelirleriyle dönmüştü. Celile ve Hikmet neye kaç lira harcandığını bile bilmiyor, bunu kâhya ile paşa arasında bir mesele olarak görüyorlardı.

Hasan Enver Paşa'nın torunları ve kızı için gönderdiği hatırı

42. Fausto Zonaro ve eşi, 20 Mart 1910'da İstanbul'u terk edip İtalya'ya yerleşti.

sayılır harçlıkların arkasının kesileceğini tahmin etmek için de âlim olmak gerekmiyordu.

"Etrafa haber saldım, iş aradığımı söyledim" dedi Hikmet.

Celile gerçekten şaşırmıştı. Halep'ten döndüklerinden bu yana eşinin iş aradığını zannediyor, gecikmeyi de devletin yeniden yapılanıyor olmasına, Hikmet'in ailevi bağlar nedeniyle bir görev edinememesine bağlıyordu. Anlaşılan pek de öyle olmamıştı. Demek, Hikmet iş aramaya yeni başlayacaktı. Canı sıkıldıysa da hissettirmemeye çalıştı güzel kadın.

İçinden "Benim kocam da işte böyle bir adam" diye geçirdi.

***

Celile güne her zamanki gibi erken başlamış, sade kahvesini atölyesinde içmişti.

Üzerinde çalıştığı tabloya uzaktan bir göz atmak için geri çekildiğinde kapı tıklamış, genç kadın kapıyı kimin geldiğini tahmin ederek açmıştı.

Celile, üzerinde çalıştığı resimlere önceden bakılmasını sevmezse de bu kuralını Mehmet Nâzım Paşa için uygulamazdı. Hangi aşamada olursa olsun, paşanın çalışmalarını görmesinden mutluluk duyardı.

"Kahvaltı bile etmeden geçmişsin stüdyona, öyle dediler" diyerek attı kayınpederi adımını atölyeden içeriye.

Sonra ses yapmak istemiyormuş gibi ayaklarının ucuna usulca basarak ilerledi, tamamlanmaya çok az kalmış resmin karşısına geçti, uzun uzun baktı.

Celile önündeki sehpanın içinde duran vazo ve çiçekleri tuvale aktarmaya çalışıyordu.

Paşa resmi uzun uzun inceledikten sonra "Haddime düşmez ama..." der gibi bir edayla "Çok başarılı" dedi ve her zaman oturduğu hasır koltuğa geçti. Belli ki kahvesi atölyeye gelecekti.

Celile de ellerini temizleyerek kayınpederinin karşısındaki sandalyede yerini aldı.

"Nedense, dönüş yolculuğum esnasında şövalende fütürist bir çalışma görürüm diye düşünmüştüm" diyerek başlattı konuşmayı Mehmet Nâzım Paşa.

Celile "Birkaç çalışmam oldu ama ara verdim" diye cevapladı kayınpederini.

"Neden?" diye sordu paşa.

"Kafamı hazır hale getirmem gerektiğini düşündüm. Düşünceyi kabullenip kabullenmediğimi sorguluyorum. Akımın temsilcilerinin, Rembrand'ın, Goya'nın, Rodin'in eserlerinin kolaylıkla yıkılabileceğini söylemeleri hiç hoşuma gitmedi. Sanat eleştirisine karşı aldıkları tavrı da sevimsiz buldum. Düşünüyorum."

Bu söylediklerini paşanın zaten tahmin edeceğini akıl edince durakladı. Haklı çıkmıştı. Onun bıraktığı yerden, Mehmet Nâzım Paşa aynı fikri sürdürecekti.

"Özgün formları öne çıkartmalarını, hareket ve ışığın maddeyi eritmesini istemelerini teknik birer mesele olarak görüyorum da sanata dair bütün eski yaklaşımların terk edilmesini ben de akla yakın bulmuyorum. Göreceğiz, bakalım neler yapacaklar?"

"Bana göre..." dedi Celile. "İtalya'daki sanat hayatında sürmekte olan durgunluğu aşmayı arzulayan bir çaba olmaktan ileri gidemeyecekler."

Mehmet Nâzım Paşa başını salladı ve az önce hizmetçinin getirip sehpanın üzerine koyduğu kahvesinden bir yudum aldı.

Doğan aralıktan istifade eden Celile, konuyu değiştirmeye karar verdi.

"Dönmenize çok sevindim. Sizinle konuşmak güzel."

Yaşlı adam mutlu oldu.

"Sizlerle aynı çatı altında olmak, memlekete ve kendime dair bütün dertlerimi unutturdu. Selanik'te iyiden iyiye karalar bağlamıştım Celile. Bak, bu sabaha ne kadar güzel başladım."

Celile, Mehmet Nâzım Paşa'nın konuşkan gününde olduğunu fark etti.

"Ne olacak bu gidişin sonu baba?" diyerek, beynini epeydir kemiren soruyu sordu.

Paşa kahvesinden bir yudum daha aldı ve düşündü.

"Maalesef iyi olmayacak Celile. Ama bunun sorumlusu ne İttihat ve Terakki'nin kurmay kadrosu, ne de son yüz, yüz elli yıldır Osmanlı'yı kötü yönetenler. Dert daha derinlerde. İslam'ın çözülememiş, çözülsün diye uğraşılırken daha da çıkmaza sokulmuş düşünsel yapısı var ya Celile, meselelerimizin kaynağı tam da orası."

Celile şaşırdı. Paşa devam etti.

"Neden bizde bir Victor Hugo, bir Montesquieu, bir Jean-Jacques Rousseau yok diye hiç düşündün mü? Tamam Ziya Paşa, Namık Kemal, Mithat Paşa var ama tutuyorlar mı az önce adını saydıklarımın yerini, tutmuyorlar."

"Neden?" dedi Celile.

"Tutmuyorlar çünkü onlar Hugo'yu, Montesquieu'yü, Rousseau'yu Türkçeye tercüme ediyorlar o kadar. Sözünü ettiğimiz düşünürler Hıristiyan geleneğinin bir devamı. Gerilerinde kocaman bir Avrupa medeniyeti ve tarihi var."

Paşa, Celile'ye bir kez daha "Anlatabiliyor muyum?" der gibi baktı. Gelininin pür dikkat dinlediğini görünce kaldığı yerden devam etti.

"Bizim düşünsel arka yapımız Hıristiyanlarınkinden daha mı geri ya da sığ Celile? Hayır değil. Fazlası var, eksiği yok. Ama bir yol kazasına uğramış. Gelişmeden, ilerlemeden, aydınlanmadan yana olan yönü bir daha filiz vermemek üzere budanmış, buna karşılık dogmalardan, taassuptan, gericilikten yana olan yanı bir dinozor gibi büyümüş. Dert bu."

Celile gayet iyi anlamıştı kayınpederinin demek istediğini. Yine de "Peki ne olacak?" diyerek ısrar etti.

"İttihat ve Terakki, hortumu eksik kalmış, dişleri fazla büyümüş bir file aslan pençeleri takmaya çalışıyor. Elinden ancak bu kadarı geliyor. Az önce de söylediğim gibi, daha fazlasını yapamaz. Çünkü, üstüne oturması gereken düşünsel geleneğin iyi yönü hadım edilmiş durumda. O da çareyi, geleneği yok sayıp başka bir formu bünyeye uydurmakta arıyor. Sonunda ortaya, bir hilkat garibesi çıkacak. Osmanlı coğrafyası, yüz yıl, belki daha fazla sürecek sorunlar silsilesinin maalesef başlangıç noktasında. Senin, hatta benim bile şahit olacağımız kadar kısa sürede, hem son dönem padişahları hem de İttihat ve Terakki, hiç hak etmedikleri halde bu enkazın altında kalacaklar. Ve maalesef bugün yaşanan bu keşmekeşin ceremesini, Nâzım'dan başlamak üzere onlarca kuşak çekecek."

Kayınpederini dinlerken Celile'nin önce omuzları aşağı düştü, ardından kucağında olan elleri yana sarktı.

Yirmi Altı

Mehmet Nâzım Paşa, elini öpmek için hamle yapan Besim Ömer Paşa'ya[43] "O kadar da değil" dedi gülerek ve yanaklarından öptü.

Paşa bu sözleri, aralarındaki yaş farkının çok da fazla olmadığına dikkat çekmek için söylemişti.

"Doğru" dedi Besim Ömer Paşa. "Görünüşünüzden hareket edecek olursak, akran bile sayılabiliriz. Yirmi kadar yıl nedir ki?"

İki adam kahkahayı bastılar.

Celile, Hikmet, Nâzım ve Samiye'nin de kucaklaşmak için sırada beklediği Besim Amca konağın müdavimlerindendi. Ama bu gelişi, öncekilerden çok farklı bir anlam ifade ediyordu.

Konak halkının her birinin ayrı ayrı geçmiş olsun dileğinde bulunması, nüktedan adamı güldürdü.

"Aylardır kimi görsem önemli bir hastalık atlatmışım gibi davranıyor. Oysa sadece *Titanic*'ten kurtuldum."

Doğru söylüyordu. İki bin iki yüz yirmi üç yolcunun yakalamayı başardığı gemiyi kaçıran tek bilet sahibi olarak tarihe geçmişti.

Kucaklaşma faslı tamamlanıp koltuklara oturulunca, Mehmet Nâzım Paşa "Fransız gazeteleri dahil her kaynaktan okuduk maceranı, bir senden dinlemedik. Anlatsana şu işin aslını astarını bize Besim" dedi ve herkesi sükûnete davet etti.

---

43. Besim Ömer Akalın, tıp profesörüydü. Osmanlı'nın ilk doğum kliniğini açtı, doğum üzerine ilk çağdaş kitabı yayımladı. Tıp yayıncılığının babasıdır. Lakabı "ebelerin ebesi"dir. Ebelik, hemşirelik ve hastabakıcılık mesleklerinin gelişmesine büyük katkıları olmuştur.

Ömer Besim Paşa anlatırken, konak halkının beti benzi soldu.

"Gemi nisanın onunda,[44] öğlene doğru İngiltere'nin güneyindeki Southampton'dan ayrılıp, Avrupa kıtasından binecek yolcuları almak için Fransa'nın limanı Cherbourg'a gelecek, yine aynı gün İrlanda'nın güneyinde bulunan Queenstown'a dönecek ve oradan Amerika'ya doğru yola çıkacaktı. Ben gemiye Cherbourg'dan binecektim. Bin türlü aksilik oldu. Biliyorsunuz, Paris'ten trenle Cherbourg'a gitmek için aktarma yapmak gerekiyor. Önce Paris'ten yola çıkarken geç kaldım. Yine de şansımı denedim. Kan, ter ve heyecan içinde limana ulaştığımda, *Titanic*'in tam zamanında hareket ettiğini söylediler. Çok kızdım kendime."

Anlaşılan Ömer Besim Paşa gemiyi yakalamak için gerçekten de çok çaba göstermiş ve kaçırdığını öğrenince, bir hayli üzülmüştü. Peki sonra nasıl haberdar olmuştu *Titanic*'in okyanusta bir buzdağına çarparak battığından?

"Cherbourg'da gemiyi kaçırdığımı anlayınca, bol vaktimin olduğunu düşündüm. Öyle ya, Amerika'ya gidecek, orada birkaç hafta zaman geçirdikten sonra yeniden Paris'e dönecektim. Yaklaşık bir aylık yolculuk olacaktı. Onun yerine, çok sevdiğim Güney Fransa'yı birkaç haftalığına bir kez daha dolaşmaya karar verdim. O gece Cherbourg'da kaldım. Sabahleyin hiç oyalanmadan Montpelier'e doğru yola çıktım. Acı haberi de bu kentte, gazetelerden öğrendim. Etrafımdakilere *Titanic*'i kaçırdığımı, ölümden döndüğümü söyleyince inanmadılar. Biletimi hatıra olsun diye saklamış olmasam, gülüp geçeceklerdi."

Ömer Besim Paşa'nın anlattıklarını soluk kesen bir serüven gibi dinleyen Nâzım "Hepsi ölmedi ki gemidekilerin, siz belki de kurtulurdunuz" diye araya girdi.

---

44. *Titanic* 15 Nisan 1912'de battı. Kazada bin beş yüz on dört kişi öldü.

"Kim bilir..." dedi Nâzım'ın sözleri üzerine paşa. "Belki de kurtulurdum!"

***

Çocuklar yatırılıp sıra büyükler arasında muhabbete gelince, Mehmet Nâzım Paşa "Sana yapılana çok üzüldüm Besim" dedi.

Celile ve Hikmet gayet iyi biliyorlardı Ömer Besim Paşa'ya İttihat ve Terakki hükümetinin ne yaptığını. Onlar da babalarını tasdiklercesine başlarını salladılar.

Paşa teşekkür ettikten sonra "Hakları" dedi ve şöyle devam etti: "Hiç yakın durmadım ki onlara. İşime baktım. Benim işim, doktor adaylarına meslek öğretmek. Mesela, kadınların daha iyi nasıl doğurtulacağını göstermek. Bu işi yapan kaç tane insan var etrafta söyler misiniz? Herkes siyasetçi. Sen benim rütbemi paşalıktan albaylığa düşürmüşsün ne yazar? Üç kuruş daha az maaş alırım, o kadar."

Düşündüklerinin tümünü söylememişti Ömer Besim Paşa. Belli ki kızmıştı. Yine de çok konuşmak istemiyordu bu konuda.

"Ben de..." dedi soluklandıktan sonra. "Sizin Selanik'ten emekli edilmenize çok kızdım. Sizin yaşınızda ve meziyetlerinizde bir insanı, fikir birliği olmasa bile en azından merkeze çekmek daha doğru olmaz mıydı?"

Celile ve Hikmet de paşayla aynı fikirde olduklarını ifade ettiler.

Ömer Besim Paşa ile sohbet büyük İstanbul yangını da içinde olmak üzere neredeyse her konuda, gece yarısına kadar sürdü.

***

Misafirlerini uğurladıktan sonra Celile "Çok değerli bir adamdır şu Ömer Besim Paşa" dedi biraz duygulu bir ses tonuyla.

"Öyledir" diye cevapladı gelinini Mehmet Nâzım Paşa.

"Biliyorsun, babası da paşadır Ömer Besim'in. Sinop'ta valilik yapan Nardalı Ömer Şevki Paşa'nın oğludur. Annesi Afife Hanım ise Yaşar Paşa'nın kızıdır. Her ikisini de şahsen tanırım. Muhterem insanlardır. Besim, işte böyle bir ailenin devamı."

Bu tür sohbetlerde laf etmeyi çok sevmeyen Hikmet "Ayaklar baş oldu, başlar ayak!" diyerek hem eşinin hem de babasının takdirini kazandı.

"Gerçekten de öyle" dedi Celile.

Paşa da aynı fikirdeydi. O da görüşünü kinayeli bir şekilde ifade etti.

"Tek meziyeti Harbiye'yi bitirmek olanların dönemi hoş geldi, safa geldi!"

Yirmi Yedi

"Olacağı buydu!" dedi paşa elindeki gazeteyi masanın üzerine koyarken.

Celile gazeteleri henüz okumadığı için "Neden sinirlendin baba?" diye sordu.

"Gazetelere" dedi Mehmet Nâzım Paşa ve önündeki yığını gelinine doğru itti.

"Bak kızım, bu bir felaket! Gazeteci tayfasının anlamadığı da tam olarak bu. *Sabah*'a, *Tanin*'e, *İkdam*'a bakarsan, oh ne âlâ! Bir zil takıp oynamadıkları kalmış. Oysa, sadece Osmanlı'nın Osmanlı'ya propagandası bu. Aşırı kibirli davrandılar ve hâlâ da aynı yolda ilerliyorlar. Hükümeti tahrik ettiler, etmeyi sürdürüyorlar. Özellikle içinde bulunduğumuz son derece hassas günlerde, en son yapılmaları gerekeni yapıyorlar, farkında değiller."

Celile gazeteleri önüne çekip baktı. Kayınpederi haklıydı. Manşetler sanki ağız birliği etmiş gibiydi.

"Muharebe başladı, evvela Karadağ" demişti biri.

"Yaşasın harp!" demişti öteki.

"Hele şükür!" manşetiyle çıkmıştı üçüncüsü.

"Savaşın mutlaka kazanılacağını ve böylece işlerin yoluna gireceğini ima etmiş her üçü de" diye söylendi Celile.

"Ben de bunun için kızıyorum ya zaten" dedi paşa. Bir nefes aldı ve meselenin en can alıcı kısmına yoğunlaştı.

"Hariciye Nazırı Naradukyan Efendi Meclis'te 'Balkanlarda

savaş çıkma tehlikesi yoktur!' dedi diye, temmuzda, 1908 girişli askerler terhis edildi. Bunlara redif[45] birliklerinin de eklenmesiyle, evlerine gönderilen asker sayısı yetmiş beş bin etti. Sayıyı tekrarlıyorum: Yetmiş beş bin! Bunun adı, aymazlıktır! Tam da mart ayında, Bulgaristan ile Sırbistan arasında dostluk ittifakı kurulmuşken. Tam da Bulgaristan ile Karadağ ağustos ayında anlaşmışken... Bugün 8 Ekim 1912 ve Balkan Savaşı'nın birinci günü. Bak şuraya yazıyorum..."

Paşa konuşmasının bu noktasında durdu. İşaretparmağıyla masanın üzerine not alır gibi yaptı ve sözlerini şöyle sürdürdü.

"Bu tarih, Osmanlı'nın Balkanlarda hâkimiyetinin sona erdiği gündür."

Celile üzülmüştü.

"O kadar mı kötü baba?" dedi.

"O kadar kötü. Çünkü artık Balkanlarda, asker olarak da teçhizat olarak da üstünlük bizde değil onlarda."

Dahası da vardı! Paşa anlattıkça anlatıyordu.

"Sırbistan Almanya'dan ağır silahlar aldı. Bu silahların Selanik Limanı üzerinden geçirilmesine büyük bir aymazlıkla izin verdik. Sırbistan'ın bölge hareketlenince ne yapacağını ya göremedik ya da görmezlikten geldik. Bunun nedeni ne biliyor musun kızım?"

Celile bilmediğini söyledi. Paşa kaldığı yerden devam etti.

"Askerlik ve siyaset iç içe geçti. İttihat ve Terakki olsun Hürriyet ve İtilaf olsun, siyasetin göbeğinde subaylar, generaller var artık. Birbirleriyle ülkenin güvenliği hususunda konuşup kararlar üretmek yerine, sonu gelmez siyasal kavgalar yapıyorlar. Böyle olunca, göz göre göre yanlış kararlar alınıyor."

45. Askerlik görevini bitirdikten sonra yedeğe ayrılan er.

"Ve..." dedi Celile. "Tabii ki sadece Balkanlarda da savaşmıyoruz. Trablusgarp da dahil olmak üzere, savaşmadığımız yer kalmamış gibi."

Paşa, gelininin yaptığı bu katkı üzerine konuşmaya başladı bu kez...

***

"Sevgili Marcel,

Maalesef ülkem öteki bölgeler yetmiyormuş gibi Balkanlarda da savaşa girdi. Ne kadar süreceğini ve nasıl sonuçlanacağını bilmiyorum ama görünen o ki yine insanlar ölecek, tekrar ocaklara ateş düşecek..."

Celile mektubunda sadece savaştan söz etmedi. Nâzım için okul bakmaya başladıklarını da anlattı. Daha önemlisi, kendini yazdı.

Güzel kadının Marcel'e yazdığı mektuplar bir nevi iç dökme gibiydi. Ona yazarken, adeta kendisiyle konuşur gibi oluyordu.

Yeniyetme bir kız çocuğu olarak Paris'teyken uzunca bir süre arkadaşlık ettiği Marcel'den hiçbir şeyini saklamazdı Celile. Araya mesafeler girince, bu davranış mektuplarla devam etmişti. Uzaklarda da olsa, sevgili Marcel'i kendisi için hep bir ayna işlevi görmüştü ve görmeye devam ediyordu.

Yirmi Sekiz

"Ah sevgili Marcel,

Ne kadar yalnız hissettiğimi sana bir anlatabilsem. Şimdi bana, bir eş, iki çocuk, sayılan ve sevilen bir kayınpederle aynı çatının altında yaşayıp da nasıl yalnız hissettiğimi soracaksın, biliyorum.

Sevgili Marcel, kadını kadın yapan, onu tamam hale getiren erkektir. Bunu gayet iyi biliyorsun. Az konuşmadık bu konuyu seninle...

Elini tutan, yatağını paylaştığın, kalbini dolduran bir erkeğin yoksa, dünyanın en anlamlı ve büyük kalabalıklarının içinde de bulunsan, kendini bir türlü tamamlanmış hissetmezsin. Öyle değil mi?

Hikmet'in beni tamamlayan bir erkek olmadığını, olamayacağını ilk gece anladım Marcel. Ama iş işten geçmişti...

Şimdi bana, öyleyse neden hâlâ onunla birlikte olduğumu soracaksın, biliyorum. Ve ben de sana tıpkı Paris'te olduğu gibi, uzun uzun içinde yaşadığım toplumun kurallarından filan söz edeceğim...

Yok, yok hayır, öyle yapmayacağım bu kez sevgili Marcel. Sana hak vereceğim..."

Celile, sevgili Marcel'ine sayfalar dolusu yazdı.

Yazdıklarını tekrar okuyunca, geçen on yıl zarfında, evliliğine, eşine, kendisine ve ailesine olan bakışında büyük değişimler olduğunu hissetti.

İyi ki vardı Marcel.

İnsanı insan yapan ve adına "duygu" denilen "çok özel hal", konuşmadan, anlatmadan, iç dökmeden ortaya çıkmıyordu, berraklaşmıyordu, karara bağlanamıyordu.

"Belli ki..." diye düşündü Celile "Kendi kendime, alttan alta hep böyle düşünüyordum. Duygularımı berraklaştırabilmek ve düşünce haline dönüştürmek için zamana ihtiyacım varmış anlaşılan. Tabii ki bir de sevgili Marcel'e..."

Tekrar kalemine sarıldı mektubunu zarfa koymadan önce, *"Teşekkürler sevgili Marcel, beni dinlediğin için!"* yazdı imzasının altına.

***

Celile hemen o gece, Marcel'e yazdıklarından söz etti eşine.

Hikmet "Fol yok yumurta yok, nereden çıktı şimdi bu ayrılma meselesi?" diye sordu.

Celile çok kızdı!

"Bunca zamandır, ağzımla, yüzümle, kaşımla, gözümle her gün, her gece konuştum ama anlatamadım. Bundan sonra da anlatamam herhalde. Yarın, sessiz sedasız boşanalım. Olur mu?"

Hikmet "Olur!" diye cevapladı karısını ve arkasını döndü.

"Yarın erkenden, kadının karşısına oturalım o halde!"

***

Celile ile Hikmet'in boşanmış olduklarını, gelininin resimlerini toplamaya başlamasıyla fark etti Mehmet Nâzım Paşa. Çok kızdı.

"Dur, dur dur!" dedi gelinine.

"Sende biraz hatırım varsa dur Celile!"

Celile "Sizi dinliyorum efendim" diyerek, kayınpederinin atölyesini ziyaret ettiği zamanlarda oturduğu tabureye oturdu.

Paşa da karşısındaki hasır koltuğa yerleşti.

"Bir süre için toparlanma Celile" dedi yaşlı adam ve devam etti.

"Evlilik iki kişi arasında yapılmış bir sözleşmedir ama başka birçok insanı da ilgilendirir. Bir tarafında iki ailenin, öteki tarafında ortaya çıkmış çocukların da bulunduğu, çok yönlü bir müessesedir."

Derin bir nefes aldı paşa. Celile'nin kendisini gerçekten dinleyip dinlemediğini kontrol etti ve kaldığı yerden devam etti.

"Evli bir çift, bir gece konuşup, gidip kadının önüne oturup, birlikte olmaktan vazgeçtiklerini söyleyemez. Bu çocukça bir davranış olur."

"Yani Katolikler gibi bir kez evlenince hep evli mi kalınır?" diye tepki gösterdi Celile kayınpederinin bu sözlerine.

"Kesinlikle hayır!" dedi cevaben Mehmet Nâzım Paşa.

"Ama..." diye devam etti. "Ailenin öteki fertlerinin de göz önünde bulundurulması gerekir bu büyüklükte bir karar alınırken."

Celile can kulağıyla dinlemeyi sürdürdü kayınpederini. Paşa konuşmasına daha da güvenli devam etti.

"Şimdi sen ve ben mesela Celile, yahut Nâzım ile Samiye ve sen, ya da Hikmet ve baban, bunlar da taraf değiller mi ikinizin evliliğinde. Biraz da hepimizin birlikte düşünmemizi, ayrılma kararına varılacaksa, hepimizin içinin rahat olduğu bir yolun bulunmuş olmasını gerektirmez mi verilecek karar?"

Celile'nin gözlerinde huzursuz olduğuna dair işaretler gören Mehmet Nâzım Paşa devam etti.

"Ne olacak mesela Nâzım ve Samiye? Sen mi bakacaksın bundan sonra onlara yoksa Hikmet mi? Sen olmazsan senin, babaları olmazsa babalarının eksikliğini duymayacaklar mı? Ya da ben, seninle yaptığım şu sabah sohbetlerinin yerine ne koyacağım?"

Paşa uzun uzun konuştu...

Daha sonra kendi babasıyla da lafladı aynı konuda Celile...

En iyisi çocuklara bir şey hissettirmemek olacaktı...

Birkaç gün içinde, Celile ve Hikmet tekrar oturdular Üsküdar kadısının karşısına ve nikâhları yeniden kıyıldı.

Yirmi Dokuz

"Paşa haklı, Babıâli baskını, kesinlikle devlete ve hükümete karşı yapılmış bir darbedir! Ve bunun, İttihatçıların dillerinden düşürmedikleri 'hürriyet' ile bir alakası yoktur" demişti gelinine Mehmet Nâzım Paşa.

Celile, bir süredir Erenköy'deki evinden dışarıya çıkmayan babasını ziyaretten dönmüş, onun Babıâli baskını üzerine söylediklerini kayınpederine aktarmıştı.

Paşa, kahvesini bitirip çalışma masasından kalkmış, kesip sakladığı yakın tarihli gazete kupürlerinin yer aldığı klasörü kitaplığından alarak önüne açmıştı.

"Hükümetin uyguladığı politikaların yanlış olduğunu düşünüyorsan ve hürriyete sahiden inanıyorsan, seçimlere kadar insanlara derdini iyi anlatır, onlardan alacağın oyla iktidara gelirsin. Buna karşılık sen ne yapıyorsun?"

Paşa önüne açtığı klasöre bakarak olup biteni özetlemeye koyuldu. Altını çizdiği, işaretler koyduğu yerlere göz atıyor ve yorumlar yapıyordu.

"Neymiş, Yakup Cemil Efendi Serasker Nâzım Paşa'yı başından vurunca, Enver Bey de ona 'Cemil ne yaptın, buna gerek var mıydı?' diye bağırmış. Bu sırada yanlarına Talat Bey gelmiş ve o da gördüklerinden memnun olmamış. 'Arkadaşlar, böyle olmayacaktı, kavlimizde bu yoktu. Eğer böyle devam ederse ben bu işte yokum. Her şeyi bırakır giderim!' demiş. Yahu tiyatro mu bu?"

Mehmet Nâzım Paşa kupürleri çevirdikçe sakin mizacını terk ediyordu.

"Elinizde silahlarla Babıâli'yi basarsanız, olacağı budur! Aklı olan herkes, Yakup Cemil eşkıyası ile oraya gidilince bunların olacağını tahmin eder. Enver ve Talat'ın istediği Serasker Nâzım Paşa'nın ve Sadrazam Kâmil Paşa'nın devreden çıkartılmasıydı. Tam da istedikleri gibi oldu."

Celile, kayınpederinin bu sözleri üzerine, babasından duyduklarını hatırladı.

"Babam, Enver, Talat ve Cemal Beylerin kısa süre sonra Mahmut Şevket Paşa'yı da devre dışı bırakıp, iktidarı tümüyle kendi ellerine alacaklarını düşünüyor. Haklı olabilir mi?"

Gelininin bu sorusu, Mehmet Nâzım Paşa'nın uzunca bir süre düşünmesine yol açtı.

***

Zaman, Celile'nin babasını haklı çıkarttı.

Enver, Cemal ve Talat Beyler, bu kez de sadrazamlığa getirdikleri Mahmut Şevket Paşa'nın İttihat ve Terakki muhaliflerine karşı tavrını yeteri kadar sert bulmadılar.

11 Haziran 1913 günü, Sadrazam Mahmut Şevket Paşa'nın suikasta uğramasından sonra, yönetimi tümüyle ele geçirdiler. Devlet ve hükümet kadrolarında büyük bir kıyım gerçekleştirdiler.

***

Nâzım'ın odasında, yatağının başucunda, epeydir *Tasvir-i Efkâr*'ın 13 Nisan 1913 tarihli nüshasından kesilmiş bir haber asılı duruyordu.

Celile, yatılı okumaya başlayan oğlunun eve geleceği günlerde odasını kontrol ediyor, bu kupürü gördüğünde de gözyaşlarına zor hâkim olabiliyordu.

Nâzım'ın dönemin en etkili gazetesi olan Tasvir-i Efkâr'dan kesip başucuna yapıştırdığı bu kupürde "Balkan Harbi'ne gönüllü giden Galatasaray öğrencileri hakkında" bir yazı yer almıştı.

Gazete, savaşa katılan vatansever Galatasaraylıların hepsinin şehit olduğunu, daha çok yaşanan drama dikkat çekmek için yayımlamıştı.

Oysa Nâzım bu yazıyı, o yıl öğrencisi olduğu Galatasaraylı ağabeylerine dair bir kahramanlık öyküsü gibi değerlendirmiş, kupürü keserken annesine "Ben de onlar gibi şehit olacağım" demişti.

Celile pencerede oğlunun okuldan gelmesini beklerken, yazıyı duvarına yapıştırdığı gün onun "şehit olma"ya dair bu sözlerine ne kadar kızdığını hatırladı.

***

Nâzım okuldan dönmüş, aile akşam yemeği için masa etrafında toplanmıştı.

Mehmet Nâzım Paşa, gözü gibi sevdiği torununa mektebin nasıl gittiğini sorunca, Nâzım soruyu cevaplamak yerine bir şiir yazdığını, isterlerse kendilerine okuyabileceğini söylemişti.

Paşa "Pek tabii ki isteriz" diye cevaplamıştı torununu.

Küçük Nâzım pantolonunun cebinden dörde katlanmış bir defter yaprağı çıkartmış, itinayla açtıktan sonra şiirini okumaya koyulmuştu:

"Sisli bir sabahtı henüz
Etrafı bürümüştü bir duman
Uzaktan geldi bir ses ah aman aman!
Sen bu feryad-ı vatanı dinle işit
Dinle de vicdanına öyle hükmet
Vatanın parçalanmış bağrı
Bekliyor senden ümit."

Sofrada bir süre çıt çıkmamış, ardından paşa, torununa, şiirin isminin ne olacağını sormuştu, küçük Nâzım dedesini "Feryad-ı Vatan"[46] diye yanıtlamıştı.

46. Nâzım Hikmet ilk şiiri "Feryad-ı Vatan"ı 3 Temmuz 1913'te, düşman kuvvetlerinin Çatalca'ya kadar ilerlemesi üzerine yazdı.

HAKSIZ YERE MAHKÛM EDİLEN OĞLUM NÂZIM HİKMET *yazmış ama gerisini bir türlü getirememişti Celile.*

Münevver, gözyaşları sel olmuş akan ablasını elinden tutup bir koltuğa oturtmuş, teskin etmek için bir bardak su getirmişti.

"Ne geldi aklıma biliyor musun Münevver?" dedi içini çekerek yaşlı kadın.

Münevver can kulağıyla dinliyordu ablasını.

"Feryad-ı Vatan'ı okuduğu gün..."

Sustu, derin bir nefes aldı.

"Üsküdar'daki konakta okumuştu ilk şiirini. Mehmet Nâzım Paşa nasıl da gurur duymuştu torunuyla. Galatasaray Sultanisi'nde ilk yılıydı. Savaş bütün şiddetiyle sürüyordu..."

Münevver'in gözü saate gitmese, saatlerce anlatabilirdi o gün neler yaşandığını Celile.

Kardeşi saate bakınca toparlanmış, "Vakit kaybediyoruz değil mi?" diyerek ayağa kalkmıştı.

O tam da yerinden kalkarken, Oktay Rifat çalmıştı kapıyı.

Genç adam süratle merdivenleri çıkmış, "Hadi anne, teyze! Kapıda otomobil bekliyor. Acele edersek Harem'den Sirkeci'ye geçecek ilk arabalı vapuru yakalar, hava kararmadan istediğimizi yaparız" demişti.

Oktay'ı karşısında gören Celile heyecanlanmış, hazırlamakta olduğu pankartın başına geçmişti.

Önceki satırlara şöyle bir göz attıktan sonra süratle yazmıştı sonraki iki satırı yaşlı kadın.

AÇLIK GREVİNDEDİR. BEN DE ÖLMEK İSTİYORUM.

Teyzesi yazısını tamamlamaya çalışırken, Oktay telefon defterini çıkartarak birkaç arkadaşını daha aramıştı...

"Alo, ben Oktay... Evet, Oktay Rifat! Teyzem Celile Hanım, oğlu Nâzım Hikmet'in açlık greviyle ilgili bir nümayiş yapacak da... Galata Köprüsü'nün üstünde... Akşamüstü... Tamam. Anlaştık."

Otuz

Nâzım, Münevver teyzesinin bir oğlu olduğunu öğrenince havalara sıçramış, sevincini "Hurraaa!" diye naralar atarak göstermişti.

Sonra aile meclisi toplanmış, temmuzun sonunda Celile, Nâzım ve Samiye'nin Trabzon'a gitmesine karar verilmişti.

"Bebek de biraz ele gelir biz gidene kadar. Hiç olmazsa iki aylık olsun ki çocuklar zevkini çıkartabilsinler" demişti lafın bir yerinde Celile.

Bunun üzerine paşa, "Acaba ismini ne koydular?" diye sormuştu.

Bebeğin isminin ne olacağı Nâzım'ı da çok ilgilendirmişti.

Celile "Biliyorsunuz Samih Rifat Bey tıpkı babam gibi dilbilimcidir. Şairliği de vardır ama ihtisası dil üzerinedir. Kim bilir ne koyar çocuğun ismini" demişti.

Paşa "Hem Trabzon valisi hem de dilbilimci... Şu Osmanlı'da, devlet işlerinin yanına bir başka uğraşı koymamış bir Allahın kulunu görmedim" diyerek şaşkınlığını ifade etmişti.

Nedense, babasının bu sözleri üzerine Hikmet gülmüş, "Örneğin benim babam" demiş ve şöyle devam etmişti:

"Şair, edebiyatçı, yazar, eğitimci, Mevlevi dedesi..."

Eşinin bu sözleri Celile'yi kızdırdıysa da yorum yapmamayı seçmiş, paşa da oğlunun sözlerini duymazdan gelmeyi tercih etmişti.

"Ne muhteşem bir hoşgörü" diye düşünmüştü kayınpederinin bu davranışı üzerine Celile. Masadaki suskunluk hali uzayınca da

"Trabzon'a gidiş tarihi olarak temmuz sonunu seçtik ama inşallah bir engel çıkmaz" diyerek hem konuyu değiştirmiş, hem de yaşadıkları dönemin epey nazik olduğuna dikkat çekmişti.

***

Tam da Celile'nin düşündüğü gibi olmuştu!

Takvimler 28 Temmuz 1914'ü gösterdiğinde Birinci Dünya Savaşı patlak vermişti. Fransa, İngiltere ve Rusya ile muhtelif cephelerde savaşmakta olan Osmanlı İmparatorluğu, bu kez de kendisini adı konulmuş genel bir harbin içinde bulmuştu.

Bu büyük gelişme, Üsküdar'daki konakta yeni bir durum değerlendirmesini gerekli kılmıştı.

Paşa, çocuklarına, birikmiş tüm parasının tükenmiş olduğunu ve bir süredir emeklilik maaşı da alamadığını söylemişti.

Bu durumda, çok hizmetkâr gerektirdiği için, konağın satılması en doğrusu olacaktı.

Mehmet Nâzım Paşa'yı zor durumda bırakmış olduklarını fark eden Hikmet ve Celile de onun bu sözlerine "küçülmek gerektiğinde hemfikir olduklarını" söyleyerek katkı vermişlerdi.

Kısa bir istişareden sonra, Celile, Nâzım'ın okuluna yakın bir yerde bir kira evi bulmak için arayışa geçmiş, Hikmet de harıl harıl iş aramaya başlamıştı.

Bütün bu çalkantılı ortamda, Celile, eşinin Halep'ten döndüğünden bu yana hiçbir iş yapmadığını düşünmüş, sinirlenmiş ama kızgınlığını içine atmayı tercih etmişti.

***

Celile eşine fark ettirmeden hem kayınpederini hem de babasını devreye sokmuş, Hikmet'e bırakılsa ömür boyu sürecek kronik işsizlik hali, Matbuat Umum Müdürü olması sağlanarak aşılmıştı.

Hemen ardından, Celile, Hikmet ve çocuklar, Nişantaşı'nda iki katlı müstakil bir evde yaşamaya başlamışlardı.

"Sevgili Marcel,

Bu sana yeni evimden ilk mektubum.

Giriş katında biri yemek yediğimiz öteki oturduğumuz iki odası olan, üst katında üç yatak odası bulunan şirin bir evde, kira ödeyerek yaşamaya başladım.

Resim malzemem kutularda ve bavullarda. Şimdilik tabii. İlk fırsatta evin bir köşesini stüdyo olarak düzenleyeceğim.

Biliyorum, piyanomu nereye koyduğumu soracaksın. Onu, yeni evime getirmek istemedim Marcel.

Tıpkı senin gibi, eşim, kayınpederim ve çocuklarım da şaşırdılar bu kararımı duyunca. Pek çok nedenim olduğunu söyledim. İçlerinden en zararsız, kimseyi incitmeyecek üç tanesini seçiverdim.

Biliyor musun sevgili Marcel, bu benim Paris'te seninle paylaştığım daire dışında kira vererek oturduğum ilk evim. Kısmet (!) bugüneymiş.

Bu arada sana komik bir şey söyleyeceğim: Eşim ve ben, hayatımızda ilk kez önümüze kâğıt ve kalem koyarak bütçe yaptık. Aslında, daha çok nelerden vazgeçmemiz üzerine kurulu, pek de eğlenceli olmayan bir işmiş bütçe yapmak.

İtiraf etmeliyim ki hiç öğrenmemeyi tercih ederdim!

Nâzım'ın okul masrafının oturacağımız evin kirasından bile fazla olduğunu anlayınca, Hikmet de ben de şaşkına döndük. Eğitimin ne kadar pahalı bir iş olduğunun farkında olmadığımızı böylece öğrenmiş olduk.

Bilmiyorum daha önce yazdım mı? Nâzım, babası Hikmet'in de mezun olduğu Galatasaray'da eğitim görüyordu. Bütçemiz elvermediği için, şimdi semtimizin okulu olan Nişantaşı Sultanisi'ne devam ediyor.

Bir de tabii şu Allahın belası savaş çıktı başımıza Marcel!

Düşünebiliyor musun, sen ve ben, birbirine düşman, boğazlaşan iki ülkenin vatandaşlarıyız artık. İnanabiliyor musun bu duruma?

Ah Marcel, nasıl geldi insanlık bu duruma? Kim getirdi?

Yoksa hep böyleydi de ben mi farkında değildim?"

***

Celile uzun mektubunu zarfa koyduktan sonra çantasına yerleştirdi, postaya vermek üzere yanına aldı.

Paris'te geçirdiği öğrencilik yılları hariç, bir mektubunu postaya ilk kez kendisi verecekti.

Kapıdan çıkmadan önce portmantonun aynasında kendisine gülümsedi, "Her şeyin bir ilki var. Değil mi sevgili Celile?" dedi.

Otuz Bir

Hikmet "İstersen kabul ettiğimizi söyleyebilirsin" diyerek yükü Celile'nin sırtına yükledi ve evden ayrıldı.

Celile, maaşını babasının ödediği hizmetçisine kahvaltısını Nâzım'la birlikte edeceğini söyledi ve bir köşesini stüdyo haline getirdiği yatak odasının penceresinden, bir süre daha dışarıyı seyretti.

Arka bahçeye bakan pencereden görünen manzara hiç de hoş değildi.

Yoksa, ona mı öyle görünüyordu?

Yaprakları dökülmeye yüz tutmuş şu dut ve incir ağaçlarının, başka bir duygu durumunda gözüne daha hoş görünme ihtimali var mıydı?

"Neyse, neyse..." dedi ve kafasını toparlamış olarak aşağıya indi, kahvaltı masasına oturdu.

Oğlu Fransızca dersine yetişmek için aceleyle kahvaltısını ederken, Celile konuya girdi.

Nâzım dikkat kesildi. Babasının ve annesinin verecekleri önemli kararı epeydir bekliyordu.

"Kabul ediyoruz!" dedi kestirmeden giderek Celile.

Nâzım havalara sıçradı. Annesini defalarca öptü ve o gün evden, asker selamı vererek ayrıldı.

Tabii ki bu önemli meselenin bir başka boyutu daha vardı.

***

Celile ve Hikmet, çocuklarını da alarak dönemin Bahriye Nazırı[47] Cemal Paşa ve eşini ziyarete gideceklerdi.

Selanik günlerinden tanıdıkları ve sevdikleri biriydi son dönemin ünlü paşası Cemal Bey'in eşi Seniha Hanım. Sık olmasa da görüşürlerdi.

Bu arada, ne Seniha Hanım ne de Hikmet, Cemal Paşa'nın Celile'ye, özellikle de muhteşem ela gözlerine olan tutkusundan haberdarlardı.

Celile, paşanın ilgisinin kuşkusuz farkındaydı. Alttan alta hoşuna da gidiyordu bu ilgi. Adı konmadığı sürece, kendisi açısından hiçbir sorun olmadığını düşünüyordu.

Tabii ki hiçbir zaman umut da vermemişti Cemal Paşa'ya.

Acaba vermiş olsaydı neler olurdu? Celile epey düşünmüştü bu konu üzerine.

Mesela hem Cemal Paşa'nın hem de kendisinin aileleri yıkılır mıydı?

Bu iki ailenin enkazından yeni bir aile doğar mıydı?

Yoksa, Osmanlı'nın ünlü olmuş aşk skandallarına bir yenisi eklenir, geçer gider miydi?

Veya gizliden gizliye, kimseye hissettirilmeden yaşanır, biter (ya da devam eder) miydi?

Celile bütün bu soruların cevabını tabii ki bilemezdi.

Ama bilmek isterdi!

Maceracı, deli yanı ile sorumluluk sahibi bir kadın gibi dav-

---

47. Denizcilik Bakanı

ranmak zorunda olması arasında karar vermesi gerektiğinde, hep ikincisini tercih etmişti güzel kadın.

Bilemediği, arka tarafta faal halde bulunan volkanın günün birinde fena halde patlayacağı, maceracı, deli yanının açığa çıkacağıydı.

***

Esasen, Mehmet Nâzım Paşa'nın konağını sattığını, Celile ve Hikmet'in Nişantaşı'nda alelade bir eve taşındığını öğrenen Seniha Hanım, biraz da güç vermek için davet etmişti Celile ve ailesini yemeğe.

Celile ve Hikmet, Nâzım ve Samiye'yi de yanlarına alarak icabet etmişlerdi davete.

Güzel kadın, Cemal Paşa ile karşı karşıya geldiklerinde, gözleri arasında şimşeklerin çakacağını, gönülleri arasında bir gidiş geliş yaşanacağını tabii ki biliyordu. Seniha Hanım'ın çağrısını biraz da bu nedenle kabul etmişti.

En azından Celile açısından, çok uzun süredir fasılalarla da olsa oynanan sıradan bir oyundu bu. Sadece o kadar!

Muhtemelen o gün de öyle olacaktı.

Yenildi içildi, her şey ama her şey hakkında konuşuldu. Sonra sıra Nâzım'ın şiir okumasına geldi.

Nâzım büyük bir ciddiyetle ayağa kalktı, "Okuyacağım şiirin ismi *Oğlumun Denizci Olmasını İsterdim* efendim" diyerek, kısa bir süre önce yazdığı şiirini okumaya başladı:

"Deniz sonsuz bir kavga alanıdır.
Deniz kavgacıdır.

Oğlumun kavgacı olmasını isterdim.
En iyi, en temiz, denizde düşünülür.
İsterdim ki oğlum
Kavga'dan ayrılmadan
Kavga'nın içinde düşünen bir adam olsun.
Denizin gözü pektir.
Denizcinin de gözü pek
Denizle yüz be yüz dövüşülür.
İsterdim ki oğlum
Yüz be yüz dövüşmekten tat alsın.
Diyeceksiniz ki: 'İşte şimdi halt ettin!
Arkadan bıçak atmasını bilmeyenler
Bu kara toprak üstünde kendileri
Sırtlarında bıçak yiyerek devrilirler.'
İyi ya, işte ben de onun için
Oğlumun karada kancıkça dövüşen bir bücür değil
Denizde yüz be yüz dövüşen bir dev olmasını isterdim."

Cemal Paşa ve eşi Seniha Hanım şiiri çok beğenip Nâzım'ı alkışladılar, tebrik ettiler.

Tam da o anda, Bahriye Nazırı Cemal Paşa'nın aklına bu yetenekli genç adamın Heybeliada'da, Bahriye Mektebi'nde okuması geldi.

"Mademki denizi ve denizciliği bu kadar seviyorsun, gel o halde seni denizci yapalım."

Cemal Paşa'nın bu sözleri üzerine "Çok isterim!" dedi ve daha önce anne ve babasıyla bu konuda konuştuklarını, hatta izin bile aldığını söyledi Nâzım.

***

Sayılı günler çabuk geçti, Nâzım'ın Bahriye Mektebi'ne katılma günü geldi.

Celile, yanına Samiye'yi de alarak oğlunu Heybeliada'ya götürdü, öğretmenlerine teslim etti.

Genç kadın vapurla geriye dönerken, Nâzım'ı ve sürmekte olan savaşı düşündü.

Osmanlı'nın genel harbe katılmasının üzerinden bir yıla yakın zaman geçmişti. Savaşın daha ne kadar süreceğine dair hiç kimsenin bir fikri yoktu.

Az sonra Celile'nin aklına, askerliğini Çanakkale civarında sürdürmekte olan kardeşi Mehmet Ali geldi.

"Yetmiyormuş gibi..." diye düşündü güzel kadın. "Şimdi de canımın içini, kendi ellerimle Bahriye Mektebi'ne bırakmış olarak geri dönüyorum."

Otuz İki

"*İkdam*, ilk günden beri yalan söylüyor" dedi Celile.

Aynı anda, kayınpederinin az önce bir zarftan çıkararak okumasını sağladığı *İkdam* gazetesine ait kupürü sehpanın üzerine bıraktı.

İkdam, 4 Ocak 1915 tarihinde, tam da "Kafkasya başarımız sürüyor" başlığıyla çıkarken, Osmanlı ordusu yenilgi sonrası geri çekilme hazırlıkları yapıyordu.

"Hepimiz ordumuzun başarılı olduğunu zannederken, orada büyük bir hezimet yaşıyormuşuz" dedi üzüntü içinde Mehmet Nâzım Paşa.

Yaşlı adamın, Üsküdar'da bulunan mütevazı evindeydiler. Paşa bu küçük evde, her türlü işini gören kâhyasıyla yaşamaya alışıyordu.

Hikmet, Matbuat Umum Müdürlüğü'ne gelen 22 Eylül 1915 Salı günü gerçekleşmiş Meclisi Mebusan Zabıt Ceridesi'ni[48] okusun diye babasına getirmiş, can sıkıcı Sarıkamış konuşması da işte bu nedenle başlamıştı.

Mehmet Nâzım Paşa "Doksan bin askerin şehit olduğu bir muharebe milletten saklanabilir mi?" diye sordu Celile'ye ama cevap beklemeden sorusunu kendisi cevapladı.

"Demek, saklanabiliyormuş!"

---

48. Millet Meclisi tutanakları

Başka söyleyecekleri de vardı paşanın.

"Mecliste böyle konuşulup kayıtlara geçtiğine göre, Enver Paşa aradan neredeyse bir yıl geçmesine rağmen, Sarıkamış Harekâtı'nı bir sır perdesi arkasında tutması gerektiğini düşünüyor. Sonsuza kadar saklayabilecek mi peki bu büyük yenilgiyi?"

"Saklıyor işte! Dört aydır saklamış" diye cevapladı babasının bu sorusunu Hikmet. Ardından sözlerine açıklık getirdi.

"Bırak milleti, sadrazamın bile haberi yok neler olduğundan. Ortada gazete yok ki haberleri olsun. Var olanlar da sıkı denetim altında. Durum böyle olunca, siz ne söylerseniz, insanlar ona inanıyor."

Haklıydı Hikmet. İttihat ve Terakki, savaş aleyhinde yayın yapmaları ihtimaline karşılık bütün gazetelerin kapısına kilit vurmuş, geride sadece hükümetin resmi yayın organı olarak kabul gören *Tanin*'i bırakmıştı.

***

Paşa, gelini ve oğluyla memleket meselelerini konuşurken kapı çaldı. Gelen bahriyeli kıyafetleri içinde Nâzım'dı.

Kapıdan içeriye girer girmez selamını çakmış, şapkasını çıkarıp portmantoya asmak üzereyken annesi tarafından uyarılmıştı.

"Şapkanı çıkartmadan gir de paşa deden seni tam üniformanla görebilsin!"

Annesinin sözünü dinlemişti Nâzım. Salondan içeriye şapkası başında olmak üzere girmiş, dedesi ve babasına doğru sert bir asker selamı daha çakmıştı.

Torununu görünce içinden "Ocak 1902" diye geçirmişti Mehmet Nâzım Paşa. Sonra parmaklarını da kullanarak hesap yapmış,

"Neredeyse on üç yaşında ama on beş, hatta on altı gösteriyor" demiş ve nazar değmesin diye dilini ısırmış, tahtaya vurmuştu.

***

Epeydir, oğlunu asker kıyafetleri içinde gördüğü her an, Celile'nin gözleri doluyordu.

Nâzım dedesinin elini öperken annesini işaret ederek, "Beni gördüğü için değil, dayımı hatırladığı için ağlıyor" dedi.

Doğru söylüyordu genç adam, dayısı 25 Nisan'da Arıburnu Cephesi'nde şehit düşmüştü.

Nâzım bunun üzerine orada neler olduğuna merak sarmış, hocalarından birinden bazı bilgiler almıştı. Şimdi de bu bilgileri büyükleriyle paylaşmak istiyordu.

"Düşman ilk çıkartmayı, planladığı yere değil, akıntı nedeniyle bir buçuk mil kadar kuzeyde bulunan Arıburnu sahiline yapmış. Bizimkiler onları daha sahile varmadan fark etmişler. Çok düzensiz geliyorlarmış. Sahile bütün bölükleri birbirine karışmış olarak ulaşmışlar. Gözcü müfrezemiz derhal ateş açmış. Fena halde kayıp vermişler..."

Bırakılsa, Nâzım Arıburnu'nda neler yaşandığını daha da anlatacaktı ama babası araya girdi.

"Bu anlattıklarının anneni ne kadar üzdüğünün farkında değil misin?"

Babasının uyarısı üzerine öğrendiklerini kendine saklamaya karar veren Nâzım, bu kez dedesine dönmüş, "Yakışmış mı üniformam dede?" diye sormuştu.

"Ben de tam onu söyleyecektim, hani filinta[49] derler ya, tam da öyle olmuşsun Nâzım."

49. İnce, uzun, yakışıklı delikanlılar için kullanılır. Bir tüfek cinsidir.

"Beyaz bir sayfa açmak, içimdekini de boşa denir" diye söylendi paletine özenle seçtiği renkleri yerleştirirken.

Pablo Picasso'ya, Salvador Dali'ye, Claude Monet'ye ve Vincent van Gogh'a ilham veren Montmartre, bakalım onu da bağrına basacak, fena halde ihtiyaç duyduğu ilhamı bahşedecek miydi?

Celile pankartı tamamlayıp Oktay'a teslim etti.

Kendisi başörtüsünü bağlayıp bastonunu eline alırken, Oktay pankartı bagaja, portatif masanın yanına yerleştirdi.

Münevver, merdivenleri inerken yardımcı olmak için ablasının koluna girdi.

Eskinin o güçlü kuvvetli, yapılı kadını gitmiş, kadavraya dönmüş, iki büklüm bir Celile gelmişti. İçi acıdı Münevver'in.

Otomobil Harem istikametinde ilerlerken, Celile yanında oturan Münevver'e "İmza defterini unutmadın değil mi?" diye üçüncü kez sorunca, biraz yüksek tondan "Çantamda dedim ya abla!" cevabını aldı.

Sonra önde, şoförün yanında oturan Oktay'a "Portatif masayı koydun değil mi Oktay?" diye sordu Celile.

Az önce annesinin sert konuşmasına içerlemiş olan Oktay, "Koydum teyze. Merak etme!" dedi en yumuşak sesiyle.

***

Otomobil arabalı vapura girince, Oktay'ın teklifiyle çay salonuna geçildi.

Celile çay salonda bir grup bahriye öğrencisiyle karşılaşınca gözyaşlarına söz geçiremedi.

Münevver ve Oktay'ın ortasında oturuyor, "İşte böyleydi, tıpkı böyleydi..." deyip duruyordu ardı ardına.

Celile, oğlunun Bahriye Mektebi'ne ilk girdiği günlere geri dönmüştü.

"Mehmet Nâzım Paşa'nın evindeydik... Nâzım mektepten çıkıp doğru dedesinin evine gelmişti... Oktay görmeliydin o denizci üniformasının ne kadar yakışmış olduğunu Nâzım'ıma..."

Dedesinin torunundan gözlerini alamadığını, parmaklarını da kullanarak yaşını nasıl hesapladığını, sonra nazar değmesin diye tahtaya vurduğunu bile hatırladı Celile.

Münevver ablasının ağlamasını durdurmak için Oktay'a "Acaba gazeteci arkadaşların gelecekler mi Oktay?" diye sordu.

İşe yaramıştı Münevver'in taktiği.

Celile bakışlarını denizci çocuklardan Oktay'a çevirdi, "Gelirler değil mi Oktay?" dedi bastonuna dayanarak.

Otuz Üç

Celile, "*Kahve İçen Kadın* tabii ki ama sana söylemeyeceğim" diye geçirdi içinden.

Hikmet az önce "Sergiye hangi resimlerle katılacaksın?" diye sormuş, Celile, "Henüz bilmiyorum" diyerek geçiştirmişti kocasının sorusunu.

Tatil de olsa, Hikmet az sonra işlerini bahane ederek kendisini sokağa atacak, Celile de oğlu ve kızı ile keyif yapacaktı.

Bir aydır, ağustos ayında Galatasaray Sultanisi'nin salonunda açılacak sergiye hangi resim ya da resimlerle katılması gerektiği üzerine kafa yoruyordu güzel kadın.

İlk olarak bir ay kadar önce oğlunun, kızının ve eşinin olduğu bir aile meclisinde söz etmişti bu konudan. Sonra kendi dünyasına dalmıştı.

Eşinin arada bir sorduğu "Sergi için hazırlık yaptın mı? Hangi resimlerle katılacaksın?" gibi soruları ise, hep kulak ardı etmişti Celile.

Güzel kadın her geçen gün biraz daha uzaklaşıyordu Hikmet'ten.

Birkaç gün önce Parisli arkadaşına şöyle ifade etmişti duygularını:

"*Sevgili Marcel,*

Sakın bana yılan hikâyesine döndürdüğümü söyleme. Biliyorum öyle. Biriktikçe birikiyor.

Kim bilir, sonuçlarını nasıl verecek.

Konuşmam, anlatmam, tartışmam gereken dünya kadar mesele var Hikmet'le.

Biliyorum. Yapmadım, yapamadım, yapmak istemedim. Kimileri saygı, bağlılık, hoşgörü diye yorumlayabilir bu davranışı. Ama ben öyle düşünmüyorum.

Bugün rahatlıkla söyleyebilirim ki, geçen on dört yıl boyunca, arada dumanlar çıkartsam da, bir volkan gibi, daha çok biriktirmeyi tercih ettim.

Bir tanecik Marcel'ciğim, sonunda, ne kadar az birlikte olursam o kadar iyi olacağını düşünecek kadar ileriye götürdüm bu 'kötü anı koleksiyonculuğu'nu..."

Marcel'e yazdığı mektubuna "Neyse, neyse..." diyerek, o günlük nokta koydu Celile.

Yarım mektubu sonra devam etmek üzere çekmecesine yerleştirdi, aşağıya kahvaltıya indi.

Hizmetçisi çayını getirirken, Celile oğluna, "Söylesene Nâzım kuzum, hiç şiir yazdın mı son günlerde?" dedi.

Oğlunu konuşturmak için tek kelimenin yettiğini ve bunun da şiir olduğunu gayet iyi biliyordu Celile.

Annesinin sorusu üzerine Nâzım bir koşu odasına gitti, elinde bir dolu kâğıt ve bir defterle geri döndü.

***

Nâzım'ın şiirleriyle dolu yoğun bir pazar kahvaltısından sonra, kendisini stüdyo olarak da kullandığı yatak odasına attı Celile.

Eşi kahvaltıyı bile beklemeden çıkmış, kendisi de çocuklarına "Sergi için hazırlanmam gerekiyor" demişti.

Epey önce yapmış olduğu ve *Kahve İçen Kadın* adını koyduğu resmini boş bir şövalenin üzerine yerleştirdi, yatağının kenarına oturdu, bir sigara yaktı, gerilerden en gerilerden başladı düşünmeye.

Sarayın bahçesinde koşturmaları, Fausto Usta ile çalışmaları, Paris ve Roma anıları, Selanik, Halep ve Üsküdar günleri, birer yaprak gibi döküldü hayat ağacından.

Bir defterin içinde saklamak isteseydi, acaba hangilerini toplardı yere dökülmüş bu yaprakların?

Öyle dökülmüştü ki yapraklar, birkaçını kıpırdatmadan herhangi birine ulaşabilmek imkânsızdı. Biri olmadan ötekinin olmasının imkân ve ihtimali olmayacak şekilde, alt alta, üst üste, yan yana, kucak kucağa duruyorlardı.

Katılacağı sergi için tablolarını gözden geçirirken de aklına gelmişti, şu biri olmadan ötekinin de olamama hali.

"Mesela..." diye düşündü. "Hayatımda Selanik olmasa *Papatyalar*, Üsküdar olmasa *Vazoda Çiçekler* olabilir miydi? Ya da kardeş Münevver veya yeğen Hatif olmadan onlara ait tablolar?"

Sözgelimi Hikmet olmadan, dışarıdan sesleri gelen, canı gibi sevdiği Nâzım ve Samiye olabilir miydi?

Oturmakta olduğu yatağın kenarından kalktı. Çalışma masasının çekmecesini açtı ve Marcel'e yazmaya başlamış olduğu mektuba devam etti:

"Bir tanecik Marcel'im, sabahlara kadar uyuyamıyorum.

Beni tanıyorsun. Senin bildiğin ve sevdiğini düşündüğüm yanım, sever ya da sevmez, ister ya da istemez. Öyle değil mi? İdare-i maslahatçılık yapmam, biliyorsun.

Beni tarif ederken, sen söylemiştin bunları bana. Ama şimdi, tam da otuz altı yaşımda, başka bir kadın oldum Marcel. Artık eskisi gibi düşünmüyorum!

İstemediğim halde neden katlanayım bu hayata?

Öte yandan, biri Halep öteki Üsküdar'da yaşanan iki büyük krize rağmen devam etmeyi becerdim de, neden şimdilerde bastıramıyorum kızgınlığımı?

Eskiden arada bir açardım ama birkaç aydır hep açık 'kötü anılar koleksiyonu'mun kapağı.

Yoksa hep açıktı da farkında mı değildim?

Biriktirmekten söz ettim ya az önce, yoksa bu sürecin sonuna mı geldim sevgili Marcel?"

Mektubunu tamamlayan Celile bir zarfa koydu ve üzerine Marcel'in Paris'teki adresini yazdı.

Rahatlamış olarak sigara paketine uzandı, bir sigara yaktı ve *Kahve İçen Kadın*'a bakmaya başladı.

Celile az sonra bir nefes daha çekmek için parmaklarının arasındaki sigarasına baktığında, çoktan sönmüş, külünün kucağına düşmüş olduğunu fark etti.

Ayağa kalktı, atölye olarak da kullandığı yatak odasının kapısını açtı ve olanca gücüyle "Nâzım, Samiye" diye seslendi.

Çocukları gelince ikisini de ellerinden tutarak tablosunun önüne götürdü.

"Sergiye tek bir tablo ile katılmaya karar verdim çocuklar: *Kahve İçen Kadın*."

Otuz Dört

"Doğru mu kuzum bu?" dedi Celile, elindeki broşürden ilgili satırı göstererek Mihri'ye.

İstanbul'da, 1844'ten 1916'ya kadar doksan dört sergi açıldığını, bunlardan yetmişinin Pera'da gerçekleştiğini okumuş, şaşıp kalmıştı.

Kendisinden dört yaş daha genç olmakla birlikte sanatına hayran olduğu, İstanbul Kız Öğretmen Okulu resim öğretmeni ve ünlü ressam Mihri'yle, Pera Palas'ta çay içiyorlardı.

İkisi de Fausto Zonaro hocanın rahleyi tedrisinden geçmiş, bir ara yolları Paris'te de kesişmişti.

"Fazla gibi görünüyor değil mi? Ama doğru" diye cevapladı Mihri, Celile'yi.

Uzun uzun, ilk meşrutiyetten itibaren İstanbul'da köprülerin altından çok sular aktığını anlattı Mihri Hanım. Avrupalılaşma yolunda yapılan hamlelerden resim sanatının çok yararlandığı görüşündeydi.

O anlatırken, Celile, durmuş oturmuş gibi görünen Mihri'nin gençliğini düşündü. Çok âlemdi aslında arkadaşı. Aristokrat bir ailenin kızıydı, yurtiçinde ve yurtdışında çok iyi eğitim görmüştü ama bir o kadar da deliydi.

Celile onun, İtalyan sirkinde görüp âşık olduğu bir müzisyenin arkasından Roma'ya gidiş hikâyesini Paris'te bizzat kendisinden dinlemişti.

Ve yıllar sonra yolları yine kesişmişti Mihri'yle.

"Neden..." dedi Mihri elindeki broşürü işaret ederek. "Sadece bir tablo ile katıldın sergiye? Az değil mi?"

"Evet az ama güzel bulduğum resimlerimi hediye etmeden duramıyorum ki Mihri'ciğim."

Osmanlı'nın en ünlü iki kadın ressamı, ertesi gün açılışı yapılacak sergi için gereken son hazırlıkları da yapmış, yorgunluklarını Pera Palas'ta çay içerek gidermeye çalışıyorlardı.

***

"Şu gelen Kadri[50] değil mi?" diye sordu Mihri, kapıdan girmekte olan iki adamı işaret ederek.

Celile dönüp baktı. Kapıdan giren iki genç adam, masa bulmak için bakınıyorlardı.

Kadri de Celile'yi gördü ve arkadaşını olduğu yerde bırakıp, Celile'yle Mihri'nin oturmakta olduğu masaya yöneldi.

Selam vermek maksadıyla masaya uğramış olan Kadri'nin ortaya attığı bir laf uzayınca "Neden oturmuyorsun?" diye sormuştu Celile. Ardından "İstersen arkadaşını da davet edebilirsin" demişti.

Kapının girişinde çakılmış gibi duran genç adama gelmesini işaret etti Kadri. Sonra hanımlara dönüp, "Şahsen tanımıyorsanız, şair olduğunu da bilmiyorsunuzdur. Herkes onun hoca olduğunu sanıyor ama o gizli gizli yazan, üstelik gelecek vaat eden bir şair" diyerek, geçen süre içinde yanlarına yaklaşmış olan Yahya Kemal'i[51] iki hanıma takdim etti. Devamında, iki hanımın hem isimlerini hem de ressam olduklarını arkadaşına söyledi.

---

50. Yakup Kadri Karaosmanoğlu
51. Yahya Kemal Beyatlı

Dalgalı kumral saçlı ve güler yüzlü bir adamdı Kemal. Ceketinin cebinden *Peyam* gazetesi görünüyordu.

"*Peyam* mı okuyorsunuz?" diye sordu Celile.

"Evet ama aynı zamanda *Peyam*'a yazıyorum da" dedi genç adam.

"O zaman isminizi bilmem lazım. İyi bir okuyucusuyum Peyam'ın."

Kadri, arkadaşı ile Celile arasında geçen konuşmaya güldü.

"Gülme Kadri!" diye uyardı Kemal arkadaşını. Sonra hanımlara tekrar dönüp "Efendim" dedi ve kendisini şöyle tanıttı:

"Gizliden gizliye şiirler yazan, gerçek şair oluncaya kadar kendisini nesir ile oyalayan bir çaresizim. Eğer *Peyam* okuyorlarsa, hanımefendiler beni *Çamlar Altında Muhasebe* köşesinden bileceklerdir. Müstear ismim ile söyleyecek olursam Süleyman Nadi, aslen Yahya Kemal'im."

Kemal'in kendisini takdim ediş şekli hem Mihri'yi hem de Celile'yi güldürmüştü.

"Size bir şey söyleyeyim mi Kemal Bey" dedi Celile. "*Peyam*'da okumadığım birkaç köşeden biri varsa o da *Çamlar Altında Muhasebe*. Bilmem neden? Bundan sonra mutlaka dikkatle okuyacağım. Ama sizi Kadri Bey, yıllardır hayranlıkla takip ediyorum. Fecr-i Ati topluluğunun en iyi kalemlerinden biri olduğunuzu..."

Kadri, Celile'nin kendisiyle dalga geçmeye başladığını fark etmişti.

"Yapma Celile!" dedi gülerek.

"Tamam ama vallahi ve billahi *Nirvana*'ya[52] bayıldım Kadri. Tamam biraz Henrik Ibsen kokuyor ama olsun."

---

52. Yakup Kadri Karaosmanoğlu'nun ilk oyunu. 1909 yılında *Resimli Kitap* dergisinde yayımlandı.

Celile Kadri'yle konuşurken, Kemal masanın üzerinde durmakta olan sergi broşürünü aldı ve dikkatle inceledi. Az sonra da arkadaşına yönelik olarak "Yarın Celile ve Mihri Hanımların sergi açılışları varmış, biliyor muydun?" diye sordu.

Kadri en hınzır halini takınarak "Biliyordum ve gelmeye kalkışırsın diye senden gizliyordum" dedi.

Celile ve Mihri güldüler.

Arkadaşının suratının asıldığını fark eden Kadri "Şaka birader, şaka" dedi.

"Haberim yoktu. Ama eminim bu iki nazik hanımefendi, şu dakika itibariyle bizi sergilerine davet edeceklerdir."

***

Serginin açılış töreni göz kamaştırıcıydı. İstanbul'un yerli ve yabancı resim tutkunları, ağustos sıcağına aldırmaksızın, ağız birliği etmişçesine sergide buluşmuşlardı.

Kadri ve Kemal de bu kalabalığın içindeydi.

Kemal, bir gün önce Pera Palas'tan çıktıkları anda Kadri'yi baskı altına almış, Celile'ye dair aklına gelen her soruyu sormuş ve ayrılma vakti geldiğinde de "Galiba âşık oluyorum kardeşim. Ve ilacım da anlaşılan senin ellerinde" demişti.

Birkaç dakika içinde, Kadri'nin adeta boynunun borcu haline gelmişti, çok değer verdiği Kemal ile sevdiği ve saydığı Celile'yi en azından bir kez daha bir araya getirmek. Temkinli adam uzun uzun düşündü ve sonunda kararını verdi.

"Seninle serginin açılışına gelirim Kemal ama bir adım ötesi bile olmaz. Bilmende yarar var ki mutlu bir evliliği olan, iki çocuğunu yetiştirmeye çalışan seçkin bir hanımefendidir Celile.

Lütfen, yanlış kabul edilecek bir davranışta bulunma. Yoksa beni gerçekten çok zor durumda bırakmış olursun."

Sevgili arkadaşı Kadri'nin bu sözlerine alınmakla birlikte "O halde gitmeyelim açılışa" diyemedi Kemal. "En azından..." diye düşündü. "Son bir kez daha görmüş olurum Celile'yi."

Kemal ve Kadri resimleri tek tek inceleyerek ulaşmışlardı Celile'nin *Kahve İçen Kadın* isimli tablosunun karşısına.

Celile de işte tam orada, karşılarındaydı.

İki arkadaş daha Celile'ye selam verir vermez, Kadri, "Şurada bir dostumu gördüm. Bana birkaç dakika izin verebilir misiniz lütfen?" diyerek uzaklaştı.

Otuz Beş

"Aynı zamanda Darülfünun'da[53] Medeniyet Tarihi dersleri veriyorum" dedi vapurun sancak kıç altı küpeştesine dayanmış olarak Kemal.

Karşısında Celile vardı. Günbatımını seyretmek için seçmişlerdi vapurun bu noktasını. Celile, Büyükada'ya arkadaşı Şefika'yı ziyarete gidiyordu.

Kemal, bir gün önce sergi açılışında, Kadri'nin birkaç dakikalığına ortadan kaybolmasından istifade etmiş, Celile'ye ilgisini belli etmiş, bir daha kendisini ne zaman ve nasıl görebileceğini sormuştu.

Celile "Yarın akşamüstü Büyükada'ya arkadaşımı ziyarete gidiyorum, birkaç gün orada kalacağım, eğer çok istiyorsanız gidiş yolculuğumda bana refakat edebilirsiniz" deyivermişti.

Soluğu kesilmiş de olsa "Kaç vapurunda olacaksınız?" diye sormayı akıl etmişti Kemal.

***

Vapur Büyükada İskelesi'ne ulaşana kadar günbatımını izlemişler, bu arada dünya kadar konudan bahsetmişlerdi. Ama her yolculuğun bir sonu vardı.

---

53. Üniversite

Güzel kadın, kendisinden epey genç olduğunu düşündüğü ama kaç yaşında olduğunu bir türlü soramadığı delikanlıya "Eşlik ettiğiniz için teşekkür ederim. Hoşça kalın Kemal Bey" dedi.

"Bir daha görüşmek istemez misiniz benimle?" diye sordu genç adam veda sözcüklerini sıralamadan önce.

"Şefika Hanım ve eşi Tahsin Nahid[54] Bey'in evinde, bugünkü de dahil olmak üzere, üç gece geçireceğim. İsterseniz, geriye dönüş vapurumda da bana eşlik edebilirsiniz."

Kadri'nin kafasında bir şimşek çaktı Celile'nin bu sözleri üzerine.

"Yazar Tahsin Nahid Bey mi?"

Cevap "evet" olunca çok sevindi ama fark ettirmedi genç adam.

"Hanımefendi" dedi hemen yanlarında durdukları mekânı işaret ederek. "Üç gün sonra, şu gördüğünüz kahvede, sabahtan akşama kadar sizi bekliyor olacağım. Gönlünüz hangi vapurla dönmek isterse onu teşrif edebilirsiniz."

Celile gülümsedi Kemal'in bu sözleri üzerine. Saat kulesi istikametinde yürüdü.

***

"Kader ağlarını örüyor, denir ya azizim tıpkı öyle..." dedi karşısındaki adama Kemal.

Büyükada'ya birlikte geldiği güzel kadının arkasından uzunca bir süre bakmış, o gözden kaybolunca, soluğu Savoy Otel'de almıştı. Bu otelin tanınmış simalarından biriydi. Lobide bulunanlarla selamlaştıktan sonra bir masaya oturmuş ve altı satırlık şu notu kaleme almıştı:

---

54. Hukukçu, şair ve oyun yazarı. Hayatının büyük bir kısmını Büyükada'da geçirdiği için Adalar Şairi olarak tanınır. Fecr-i Ati akımının üyesiydi. Mina Urgan'ın babasıdır.

"Aziz Dostum Nahid,

Seninle mutlaka ve çok acele görüşmem gerekiyor.

Şu anda Savoy Otel'deyim. Mümkünse hemen gel.

Bu notu sana yazdığımı Şefika dahil olmak üzere kimse (ama hiç kimse) bilmesin.

Seni bekliyorum. Peşin teşekkürlerimle.

Kemal."

Otel için çalışan çocuklardan birinin eline önce dolgunca bir bahşiş sıkıştırmış, sonra yazdığı notu vermiş ve "Tahsin Nahid Bey'in bizzat kendisine vereceksin. Evde yoksa eşine hiçbir şey söylemeyecek, notla beraber geri döneceksin" demişti.

Gelecek olan haberi otelin kapısında beklemişti. Ayaklarını sürüyerek yürüyen çocuğa "Koşsana!" diye seslenmiş, notun sahibine iletildiğine dair haberi alınca rahatlamıştı.

Az sonra arkadaşı belirmişti heyecan içinde karşısında.

On metre öteden "Ne oldu Kemal? Ters bir durum mu var?" diye bağırmıştı Tahsin Nahid, Kemal'i kapıda kendisini bekler görünce.

Kemal "Ayaküstü konuşulacak bir konu değil. Rica ederim içeriye geçelim" demiş, arkadaşına lobide bir yer göstermişti.

Yan yana oturuyorlardı ve şair, kaderin ağlarını ördüğüne dair, o tumturaklı cümlesini kurmuş bulunuyordu.

Bir faciayla karşı karşıya olmadığını anlayınca rahatlamıştı Tahsin Nahid. Gülümseyerek "İstersen baştan başlayalım ve sen bana ne olup bittiğini en açık biçimiyle anlat Kemal" diyerek, dinleme pozisyonuna geçmişti.

***

Sabahı iple çekti Kemal.

İki akşamdır Savoy Otel'de kalıyor, arada bir gizli olarak Tahsin Nahid'le buluşup gelişmeleri izliyordu.

Tahsin Nahid hemen o gece, Savoy Otel buluşmasından birkaç saat sonra, Şefika'ya durumu ayrıntılarıyla anlatmış, "Kemal yardımımızı rica ediyor" demişti.

Bir yıl önce vefat etmiş olan, çevresinde modern görüşleriyle tanınan Cemal Bey'in kızıydı Şefika. Babası tarafından Viyana'ya eğitime gönderilmişti. Ailesi Büyükada'nın ilk Türk sakinleriydi. Böyle olunca, Tahsin Nahid pek de zora girmeden iletmişti Yahya Kemal'in yardım isteğini eşine.

Şefika önce şaşırmış, sonra, "Kocaman iki insan. Celile ne istediğine yahut istemediğine karar verecek yaşta. O zaman istediğini yapalım Kemal Bey'in" diyerek cevaplamıştı kocasını.

***

Celile, Şefika ve birkaç hanım daha eşeklerin üzerinde, erkekler yürüyerek tırmandılar adanın tepesine. Senede en az birkaç kez tekrarladıkları Viranbağ pikniğini gerçekleştireceklerdi.

Yiyeceklerin bir kısmı evde hazırlanmıştı. Etler, çay ve kahve için ise etraftan çalı çırpı ve odun toplanacaktı.

"Ben de birkaç şişe rakı ve şarap alır, sizden evvel orada olurum" demişti Kemal.

Biraz da bu nedenle, Şefika, "Orada bir arkadaşımız daha katılacak bize, içkileri o getirecek" demişti Celile'ye.

Celile'nin aklına "Kim?" diye sormak gelmemişti bile.

Otuz Altı

İstanbul'a doğru birlikte yolculuk edeceği kadını kaçırma endişesiyle, sandalyesini neredeyse yolun ortasına çekmiş olarak bekliyordu genç adam.

"Aşkolsun" dedi onu görür görmez sitemkâr bir ses tonuyla Celile.

Kastettiği aşikârdı. Pazar günü Viranbağ'da yapılan pikniğe kendisini davet ettirmiş olmasına karşılık söylüyordu bu sözleri Kemal'e.

Genç adamın savunması hazırdı.

"Emin olun, sizden ayrıldıktan sonra aklıma geldi Büyükada'da kalmak. Yoksa söylemez miydim?"

Sesi günah çıkartır gibi çıkmıştı şairin. Bu haliyle çok şirin görünmüştü Celile'ye.

Sonra, Tahsin Nahid'i ve Şefika'yı çok iyi tanıdığını, yazlıkçı da olsa adalı sayılacağını, bütün bu sebepler bir araya gelince, pikniğe katılmasının hiç de yadırgatıcı karşılanmaması gerektiğini eklemişti sözlerine.

Öyleydi. İki yıldır, zaman zaman yazlarını Savoy Otel'de geçiriyordu Yahya Kemal. Bir süredir, yakın arkadaşı Kadri'yi de Büyükada'da birlikte bir ev kiralamaya ikna etmeye çalışıyordu. Daha önce Ziya Bey'in[55] başının etini yemiş ve üstadı, ailesiyle birlikte Büyükada'da yaşar hale getirmişti.

55. Ziya Gökalp

Bütün bu lafları ettikten sonra "Siz Büyükadalı olmayı hiç düşünmediniz mi Celile Hanım?" diye sordu Kemal.

Bu kez düşünmeye "bismillah" çekerek başladı Celile.

Bir adaya geliş yolculuğu, karşılıklı olarak neredeyse tek kelime edilmeden, sadece gözlerle konuşarak geçen bir Viranbağ pikniği ve henüz yarısı bile tamamlanmamış adadan dönüş yolculuğu...

Ne kadar hızlı gidiyordu bu Kemal Bey de böyle!

Öte yandan, ne kötülük olabilirdi ki bu sorunun arkasında? Genç adamın sorusunu, içinde özel bir ima yokmuş kabul edip cevapladı.

"Hayır, adalı olmayı hiç düşünmedim. Sık gelir giderim. Şefika başta olmak üzere dünya kadar arkadaşım var Büyükada'da. Bir evin eksikliğini hiç hissetmedim doğrusunu söylemek gerekirse."

Derken, kaptan vapurun boğuk düdüğünü öttürdü...

Celile ve Kemal yine açık ama bu kez iskele tarafına oturdular geminin.

Uzun uzun Marmara Denizi'nin incisi Adalar'dan, Adalar'ın tarihinden, coğrafyasından, köklü ailelerinden, ünlü evlerinden konuştular.

İstanbul'a vardıklarında, zamanın ne kadar çabuk geçmiş olduğuna şaşırdı Celile.

"Demek..." diye düşündü. "Hayat bazen bu kadar güzel olabiliyor, zaman bu kadar kolay akabiliyormuş."

Aklına Hikmet'le geçirmekte olduğu zor dönem geldi.

Esasen, evlendikleri günden bu yana, bir kere bile, bugün Kemal'le konuştukları gibi konuşmuş değillerdi.

"Ya da..." diye düşündü Celile çok da haksızlık etmemek için Hikmet'e. "Sayıları, hatırlanmayacak kadar azdı."

***

Sonraki günlerde, Celile ile Kemal birbirlerine alabildiğine bağlanacak, yan yana olmadan, en azından birbirlerini düşünmeden bir dakika bile geçiremeyeceklerdi.

***

"Bu mektubu postaya verdikten sonra, Büyükada'ya ev bakmaya gideceğim sevgili Marcel."

Mektubunda, Paris'te yaşayan arkadaşı Marcel'e, uzun uzun Kemal'i anlattı Celile.

Nasıl karşılaştıkları, serginin açılışında neler olduğu, Büyükada vapurunda buluşmaları, Viranbağ pikniği ve Büyükada'dan birlikte dönüşlerinin neredeyse her anını yazdı.

Ne gizliden yazan bir şair olduğunu, ne *Peyam*'da yazdığı yazılarda kullandığı dili bırakmıştı Kemal'e dair yazmadık.

İlgisini çekmeyi başarmış olan genç adamın, Doğu ve Batı kültürüne, özellikle de Fransızlarınkine ne kadar hâkim olduğunu anlata anlata bitirememişti.

Ve şimdi de önce postaneye uğrayıp sevgili Marcel'ine yazdığı bu mektubunu gönderecek, ardından Büyükada'ya ev aramaya gidecekti.

Otuz Yedi

Her şey bir aydan bile kısa süre içinde gelişmişti.

Celile ve Kemal Büyükada'ya birkaç kez daha birlikte gidip gelmiş, Şefika ve Tahsin Nahid'in evinde ahbaplık etmiş, Büyükada'nın orman yollarında ayak izlerini bırakmış, Dilburnu'ndan güneşin batışını seyretmişlerdi.

Biraz da şair ile geçirdiği bu günlerin etkisiyle, Celile eşini karşısına almış, boşanmaları gerektiğini söylemişti.

Hikmet gülmüştü bu kez karısına.

Sonra, "Bak Celile, bu üçüncü olacak! Bir kere Halep'te, sonra az zaman önce Üsküdar'da... Yetmedi mi Allah aşkına?" diye serzenişte bulunmuştu.

"Bu son!" demişti eşinin kendisini hafife alan davranışına karşılık Celile ve "Yarından tezi yok, boşanma işlemlerini başlatalım" diyerek kestirip atmıştı.

Bu durumda, Hikmet'e düşen bir avukat bulmak olmuştu.

Ve işte şimdi, Büyükada'ya bir ev kiralamaya gidiyordu Celile.

Mümkünse, sonbaharı kapısını kendisinin açıp kapatacağı, kendine ait bir evde karşılamak istiyordu.

***

Şefika, tam da ihtiyaç duyduğu bu süre zarfında, büyük ilgi gösterdi Celile'ye.

Onunla birlikte adanın altını üstüne getirdi ve ev bulabilmesi için yardımda bulundu.

İki arkadaş, evin döşenmesi için de birlikte çaba sarf ettiler.

Şefika atmaya kıyamadığı anne ve baba yadigârı eşyalarının bir kısmını tavan arasından indirtip, seve seve Celile'nin küçük evine taşıttı.

İğneden ipliğe, tencereden tavaya, yataktan yorgana, sandalyeden masaya ve daha neye ihtiyacı varsa, Şefika'nın evinden tedarik etti Celile.

"Üstelik..." dedi arkadaşına. "Hepsi büyük bir zevkle seçilmiş, zamanında anneciğini ve babacığını mutlu etmiş eşyalar. Belki eşyalarla birlikte, onların mutluluğu biraz bana da sirayet eder, uğurlu gelir."

***

Perdeleri takıldıktan sonra, haftanın en azından birkaç gününü Büyükada'daki kendi evinde geçirmeye başladı Celile.

Bu arada Samiye ve Nâzım'ı yeni sosyal durumuna alıştırması da gerekiyordu.

Planı, Heybeliada'da yatılı okuyan Nâzım'ın hafta sonlarında Büyükada'ya gelmesiydi.

Samiye ise babasıyla Nişantaşı'nda kalacak, kendisi onu görmek için haftada birkaç kez İstanbul'a gidecekti.

***

Büyükada'da yaşayacağı evi adam ettikten sonra, içinde bulunduğu yeni durumla ilgili olarak, kendi anne ve babasından önce Hikmet'in babası Mehmet Nâzım Paşa'yı ziyaret etti Celile.

Paşa, daha Celile konuşmaya başlarken anladı, kayınpeder ve gelin olarak son kez konuştuklarını.

Celile, "Benim için ne kadar önemli olduğunuzu bildiğinizden eminim" dedi kalkmadan önce.

Paşa da ona, "Sen de benim için çok önemlisin Celile, biliyorum söylememe bile gerek yok" diye karşılık verdi.

"Göreceksiniz" dedi Celile. "Hikmet'le fiziken yollarımızı ayırdıktan sonra, sizi eskisinden de fazla ziyaret edeceğim. Bazen Nâzım ve Samiye ile, bazen de yalnız."

Mehmet Nâzım Paşa, karşısındaki kadının samimiyetinden de sözünü tutacağından da emindi.

Otuz Sekiz

"Yollarda kalan gözlerimin nurunu yordum
Kimdir o, nasıldır diye rüzgârlara sordum
Hülyamı tutan bir büyü var onda diyordum
Gördüm: Dişi bir parsın ela gözleri vardı."

Kemal'in sabahleyin gitmeden evvel katlayıp masanın üzerine koyduğu şiirin ilk dörtlüğünü tekrar okudu Celile.

Üşenmedi, kalkıp aynanın karşısına dikildi. İyice yaklaştı. Özellikle, gözlerine ve ta içine baktı.

O güne kadar çok iltifat almıştı ama "bir parsın ela gözleri"ne sahip olduğunu ilk kez Kemal'den duymuştu Celile.

"Tabii ki ancak bir şair, o da çok âşık olmak kaydıyla becerebilir bu benzetmeyi" diye düşündü ve aynadaki aksine gülümsedi.

Güzeldi. Hatta geçen pek çok yıldan bile daha güzeldi.

Zaten bakımlı bir kadındı Celile. Koca evinde geçen on dört yıl süresince hiç ihmal etmemişti kendisini. Ama farklı bir hal almıştı geçen şu birkaç ay içinde.

"Aşk olmalı, güzelliğin öteki adı" diye söylendi gözlerine, gözlerinin tam içine bakarak.

Nerede, kiminle karşılaşsa hep aynı lafı duyuyordu birkaç aydır Celile. Herkes, ne kadar güzel olduğundan dem vuruyordu.

"O sizin gördüğünüz güzellikten de öte, adı da aşk" diyemiyordu dilinin ucuna kadar gelse bile.

Kapıya vurulmasa, acaba aynanın karşısında daha ne kadar durur, güzelliği üzerine ne müddet düşünürdü?

Koşarak gitti, kapıyı açtı. Oğlu, arkaya doğru ittirdiği şapkası ve siyah denizci elbiseleriyle sarıldı boynuna.

***

Haftalık tatillerini artık Büyükada'da annesinin evinde geçiriyordu Nâzım.

Şöyle vermişti annesi evdeki zelzeleye dair haberi oğluna ve kızına:

"Bu kış Nâzım ile ben Heybeliada'ya yakın olduğu için Büyükada'da olacağız. Samiye sen de okulun Nişantaşı'nda olduğu için daha çok zamanını babanla geçireceksin."

Ve öyle de olmuştu. Eylül ayında okulların açılmasıyla birlikte Bahriye Mektebi'nin ikinci sınıfına geçmişti Nâzım. Boyu daha da uzamış, çocukluktan delikanlılığa doğru epey yol almıştı.

"Bugün..." dedi heyecan içinde çantasını fırlatıp ceketinden kurtulmaya çalışırken. "Yahya Kemal Bey şiirlerimden birini okumak istedi. Ben de yakınımda olduğu için Samiye'nin kedisine yazdığım şiirimi gösterdim."

Celile başının döndüğünü hissetti. Bir yer bulup oturması gerektiğini düşündü.

"Hatırlıyorsun anne o şiirimi değil mi?"

"Evet, evet" dedi Celile. Derhal "Peki ne dedi hocan?" diye sordu.

"Uyuz kedi için bile bu kadar güzel bir şiir yazdıysam, bende umut var demekmiş. Biliyor musun, özel olarak ilgilenecekmiş benimle."

Celile şaşırır gibi olduysa da toparladı.

"İlginç, hoş, ne güzel" filan gibi lafları art arda sıraladıktan sonra, "Birkaç gün sonra okuluna gelip hocalarınla konuşmam gerekiyor. Tanışmamı sağlarsan, ben de fikrini almış olurum" dedi ve konuyu kapattı.

***

Sürmekte olan harp nedeniyle çarşı pazarda pek bir şey bulunmuyor, bulunanlar da aşırı pahalıya satılıyordu.

Celile babasından aldığı harçlığın bir kısmı ile iki aylık kirasını ödemiş, artakalanını önüne koyup, oğlunun geleceği günleri hariç tutarak sıkı bir bütçe yapmıştı.

Masaya bir tepsi köfte ve patates gelince, delikanlı havalara uçmuş, kollarını sıvayıp yemeğin neredeyse hepsini bitirmişti.

"Ne yiyorsunuz okulda?" diye sormuştu, Nâzım'ı aç kurt gibi görünce Celile.

"Nohut pilav ya da kuru fasulye pilav. Bir de hoşaf."

Annesinin yüzünü buruşturduğunu görünce, "Buna da şükür" demişti Nâzım ve okulda öğrendiklerini annesiyle paylaşmıştı.

"Sait Halim Paşa sağlığı bozulunca istifa etmiş. Yerine Talat Paşa sadrazam olmuş. Enver Paşa ile iaşe konusunda çatışmaya girmişler. Biri meseleyi askerin çözmesinin daha iyi olacağını, öteki bunun sivillerin işi olduğunu savunuyormuş. Anne, sence iaşe işini siviller mi yoksa askerler mi daha iyi yapar?"

Celile oğlunun sorusuna cevap vermek yerine "Ne günlerden geçiyoruz ya Rabbi!" diye düşünmüş, konuyu değiştirmek için "Sana derslerinde yardımcı olmamı ister misin?" diye sormuştu.

Otuz Dokuz

"Sevgili Marcel,

İnanmayacaksın ama ben yine de anlatacağım. Geçen gün Nişantaşı'na Samiye'yi görmeye gittim. Bir pastanede oturduk. Bana, babasının 'o hanım'la evlenip evlenmeyeceğini sordu. Hep birlikte tiyatroya gitmişlermiş. Dayanamadım Hikmet'i ofisinde ziyaret ettim ve 'o hanım'ın kim olduğunu sordum. Bana, büyük bir pişkinlikle Madam Seferiadis olduğunu söylemez mi..."

Celile çok kızgındı. Hikmet'e ateş püskürüyordu mektubunda.

"Bir erkek, eşinden ayrıldıktan birkaç gün sonra, beraber olduğu kadını kızıyla tanıştırmaz. Eğer tanıştırıyorsa, meselenin mutlaka evveliyatı var demektir. Kulağıma bazı dedikodular gelmişti ama ihtimal vermiyordum. Açık açık sordum, ne süredir birlikte olduklarını. 'Epeydir' demez mi! Anlayacağın sevgili Marcel, Hikmet büyük bir pişkinlikle ve yüzüme karşı ihanet etmiş olduğunu itiraf etti. Aslına bakacak olursan, evliliğimize ve bana olan ilgisindeki azalmanın benden değil, sosyetenin ünlü simalarından Madam Seferiadis'ten kaynaklandığını öğrenmek içimi rahatlattı. Çünkü epeydir, sevmediğim halde onunla birlikte olduğum için vicdan azabı çekiyordum. Böylece ruhum huzura kavuşmuş oldu."

Mektubunda ve düşüncelerinde, sadece Hikmet'le ve evliliğiyle de hesaplaşmıyordu Celile. Fırsattan istifade, babasıyla olan eski bir hesabı da görüyordu.

Annesi dişli bir kadın olmasa, babasının yaptığını sineye çekse ve padişahla konuşmasa, Hasan Enver Paşa da aynı yolun yolcusu olacaktı.

Burnuna pis kokular gelince Leyla Hanım hemen padişahı ziyaret etmiş ve yardım talep etmişti. Padişah tarafından kulağı çekilince, Hasan Enver Paşa çaresiz kalıp, gereğini yapmıştı.

***

Sevgilisi kapıyı çalınca, işte tam da bu nedenle "Sen onlardan biri değilsin değil mi?" diye çıktı karşısına Celile.

Neye uğradığını şaşırmıştı şair. En iyisi dinlemek olacaktı.

Celile sevgilisinin önüne bir bardak çay bile koymadan, önce eski eşi Hikmet ile ilgili yeni öğrendiği, sonra babası ile ilgili öteden beri bildiği her şeyi bir bir sayıp döktü.

Bütün bu bilgilere, düşüncelerini eklemeyi de ihmal etmedi güzel kadın.

Alı al, moru mor olmuştu nefes bile almadan konuşmaktan. Ve derhal, bir kez daha sormuştu Kemal'e "Sen de onlardan biri değilsin değil mi?" diye.

Ne diyeceğini bilemedi sevgilisinin bu sorusu üzerine genç adam.

Eski de olsa eşi ve kendisine can vermiş olduğu için babası hakkında konuşmasının, yorum yapmasının doğru olmayacağını söyleyerek, yan yola saptı.

Sevgilisini daha fazla zorlamamak için, kendi açısından çok hassas olan bu konuyu daha fazla uzatmadı Celile.

"Beğendin mi yeni masa örtümüzü? Kendi elimle diktim. Böyle bir ev için, daha ağırının uygun kaçmayacağını düşündüm."

"Doğrusu, minik bir oda ve orta büyüklükte bir salondan ibaret bir ev için daha ihtişamlısı fazla gelirdi" diyerek destekledi Celile'nin düşüncesini Kemal.

Sonra birlikte, Celile'nin mutfakta hazır tuttuğu yemekleri ve rakıyı sofraya taşıdılar.

İlk kadehten sonra, Kemal çantasından kendisinin de yazdığı *Yeni Mecmua*'yı katlanmış bir şekilde çıkarttı.

Celile, "Hâlâ Servilerde Ağlıyorlar mı?" isimli şiiri basılmış görünce çok şaşırdı. Bir hafta kadar önce, oğlunun yazdığı bu şiiri Kemal'e değerlendirsin diye vermişti ve şiir şimdi bir dergi sayfasını süslüyordu.

***

"Sen..." dedi Celile. "Bir vapur önce git Heybeli'ye. Aynı vapurdan inmemiz doğru olmaz."

Celile Nâzım'ın okuluna gidecek, hocalarıyla görüşecekti o gün. Tabii ki o hocaların en başında da Yahya Kemal geliyordu.

Nâzım, okulun kapısında karşıladı annesini. Heyecan içindeydi.

"Önceliği tarih ve edebiyat derslerime giren Yahya Kemal Efendi'ye verelim mi anne?" diye sordu.

Gerekçesi de vardı.

"Benimle çok ilgileniyor. Gazetede bir şiirimi yayımlatmış. Şiiri kendisine sen ulaştırmışsın galiba. Servilerle ilgili olan var ya hani, işte o. Hocam, istersem şiiri elden geçirip *Ümid* dergisinde de yayımlatabileceğimi söyledi."

Nâzım'ın sözleri Celile'yi hem sevindirdi hem de tedirgin

etti. "İnşallah" diye düşündü. "Kaş yapayım derken göz çıkartmamışımdır."

***

Uzunca bir konuşmanın ve Nâzım ile ilgili duyduğu güzel sözlerin ardından oğlunun yanında Yahya Kemal'e özel dersler verip vermediğini sordu Celile.

Bu konuyu daha önce ne Nâzım ne de Kemal ile konuşmuştu. İki erkek şaşırınca, "Evimiz Büyükada'da. Heybeli'ye çok yakınız. Müsait olduğunuz zamanları söylersiniz, sizi bekleriz" dedi.

Bu ısrar üzerine Kemal "Neden olmasın? Nâzım'ın istikbal vaat eden bir şair olduğunu düşündüğüme göre, ona yardımcı olmak da boynumun borcu olmalı" diye cevapladı güzel kadını.

Nâzım utanmasa havalara uçabilirdi.

İki erkek ve bir kadına dair üçgen, böylece kurulmuş oldu!

***

Programı belli olmuştu Celile'nin.

Kemal'in geleceği günlerde onun için hazırlıklar yapıyor, onun İstanbul'da derslerinin olduğu zamanlarda ise ya eski kayınpederi Mehmet Nâzım Paşa'yı ya da babası Hasan Enver Paşa'yı ziyaret ediyordu.

Oğlunun evci çıktığı hafta sonlarında mutlaka Büyükada'da oluyor, ona sevdiği yemekleri yapıyordu. O günlerden birinde, ana oğul birlikte Yahya Kemal'i ağırlıyor, şiir çalışıp, sohbetler ediyorlardı.

Kemal, Büyükada'daki günlerinin çoğunu Savoy Otel'de değil Celile'nin evinde geçirir olmuştu.

Peki, acaba bu sükûn ortamı daha ne kadar sürecekti?

Kırk

Mondros Mütarekesi[56] imzalanmış, Osmanlı'nın geleceği belli olmaya başlamıştı. Antlaşmaya göre stratejik noktalar işgal edilecek, ordu terhis edilecek, donanma ve cephaneler galip devletlere teslim edilecekti.

Bu yeni dönem, İstanbul'da herkesin şapkasını önüne koyarak düşünmesine yol açacaktı.

"Anlaşılan kartlar yeniden dağıtılacak" dedi Mehmet Nâzım Paşa gelinine. Ve kendisiyle ilgili önemli bir gelişmeden söz etti.

"Sait Molla[57] ziyaretime geldi. Biliyorsun, bir sürü görevinin yanı sıra *İstanbul* gazetesinin de sahibi. Önce Fransızlardan sonra Amerikalılardan bahsetti. Birini çok köhne, ötekini ise yeni buluyormuş. İngilizlere yaslanmanın en iyisi olacağı kanaatinde."

Celile'nin canı sıkıldı, "Neden? Kendi kararlarımızı kendimiz veremeyecek ya da kendi ayaklarımız üzerinde duramayacak kadar âciz miyiz?" diye sordu kayınpederi daha lafını bitirmeden.

Mehmet Nâzım Paşa gelinini "Maalesef öyle olduğunu düşünüyorum Celile" diye yanıtladı.

---

56. Limni Adası'nın Mondros Limanı'nda, *Agamemnon* isimli zırhlı gemide, 30 Ekim 1918'de imzalandı.

57. Osmanlı'nın son dönem devlet adamlarından. Şûra-i Devlet üyeliği ve Adalet Bakanlığı Müsteşarlığı görevlerinde bulundu. Genç Türkiye Cumhuriyeti onu İngiliz ajanı olmakla suçladı.

Paşaya göre, İstanbul'da olsun Anadolu'da olsun büyük bir yoksulluk ve moral bozukluğu hâkimdi. Bazı subayların kanlarının son damlasına kadar çarpışmayı düşünmelerinin, ülkenin daha fazla acı çekmesinden başka işe yaramayacağı kanaatindeydi.

Celile düşününce paşaya hak verdi. Neredeyse kaçarak geldikleri Selanik günlerini hatırladı. O günden bugüne, hep bir savaşın içindeydi Osmanlı. Kendi gücüyle becerebilecek olsaydı, çoktan çıkardı bu kaosun içinden. Olmamış, olamamıştı. Bu düşüncesini paşayla paylaştı.

"Senin sözünü ettiğin süre on yıl bile değil Celile" dedi paşa.

Ona göre, Osmanlı neredeyse yarım yüzyıldır kıran kırana bir savaşın içinde bulunuyordu ve maalesef bu yolda tüm gücünü harcamıştı. Bundan sonrası için kaderine razı olmasından başka çaresi yoktu.

"Peki" dedi Celile. "Neler söyledi başka Sait Molla?"

Duyacakları hiç hoşuna gitmeyecekti.

"İngilizlerin elini kuvvetlendirmeye katkıda bulunmak için, İngiliz Muhipleri[58] Cemiyeti'nin kuruluşunu gerçekleştirmek üzereymiş. Benim de kendisine yardımcı olmamı istedi."

Celile şaşırmıştı. "Ne cevap verdiniz?" diye sordu.

"Kabul ettim" dedi paşa. Başka söyleyecekleri de vardı. "Eğer zaman yaratabilirsen, senin de bize yardım etmeni isteyeceğim Celile."

Genç kadın biraz düşündü ve "Karar verebilmem için bana zaman verin lütfen" dedi.

***

58. Dost, seven, sevgi besleyen

Celile o günkü gazetelere göz atınca "Yine Mondros Mütarekesi tartışılmış" diye düşündü.

Refii Cevat'ın *Alemdar*, Ali Kemal'in *Peyam-ı Sabah*, Sait Molla'nın *İstanbul*, Mehmet Asım ve Ahmet Emin'in *Vakit* gazeteleri, ağız birliği etmişçesine aynı lafları ediyor, mütarekenin memlekete hayır getireceğini dillendiriyorlardı.

Bunlara karşılık *Minber* "Bir devletin küçülmüş bile olsa, her durumda, bir siyasi mevcudiyet ve milli birlik muhafaza ederek böyle bir badireden kurtulabilmiş olması en büyük siyasi başarı sayılmalıdır" yazıyordu.

Celile, *Minber* gazetesinin Mustafa Kemal Paşa ve onun gibi düşünen kimi asker ve aydınların görüşlerini dile getirdiğini gayet iyi biliyordu.

"Bunlara kalırsa..." diye düşündü. "Savaş hiçbir zaman bitmeyecek. Sükûn asla sağlanmayacak."

Biraz da bu nedenle, eski kayınpederinin İngiliz muhibbi olma teklifini kabul etmeye karar verdi.

Hemen o günden itibaren İngiliz Muhipleri Cemiyeti'ne katılacak, İngiliz mandası için elinden geldiğince çaba gösterecekti.

Kırk Bir

Henüz haberi olmamakla birlikte, Bahriye Mektebi, içine Nâzım'ı da alan bir dedikoduyla çalkalanıyordu.

Durum kulağına bir öğretmen arkadaşı tarafından fısıldanınca, Yahya Kemal çareyi birkaç gün okula gitmemekte buldu.

Şair, ara vermesinin hiçbir işe yaramadığını, verdiği aradan sonra okula gider gitmez öğrenecekti.

Mektebin haşarı öğrencilerinden Necip Fazıl,[59] o kapıdan girer girmez ayağa kalkmış, "Kibrit suyu içerek intihar ettiğinizi duyduk, bu duruma çok üzüldük" demiş, hocasının aşk acısı çektiğinin okulda bilindiğini alaycı bir şekilde dile getirmişti.

Disipliniyle ünlü Bahriye Mektebi için kabul edilemez bir durumdu Necip Fazıl'ın yaptığı. Cezasını adı "kodes" olan tahta bir dolaba kilitlenerek çekecekti.

Daha önemlisi ise, Kemal'in önceki günlerden de fazla paniğe kapılmış olmasıydı.

***

Kemal, kendisini karşılamaya gelmiş olan Celile'ye, daha vapurdan iner inmez ve panik içinde Bahriye Mektebi'nde neler olduğunu anlattı.

Alabildiğine soğuk bir kasım günüydü...

---

59. Necip Fazıl Kısakürek

İlişkilerinin Nâzım'ın kulağına da gitmiş olabileceğinden fena halde korkmuştu şair.

Celile, "Bir sıcakta oturalım" dediyse de dinletemedi. Şair bir adım bile atmıyor, "Ne yapacağız Celile?" diye tekrarlayıp duruyordu.

Celile ne kadar cesur, boyun eğmez, aldırmazsa, Kemal o kadar korkak, derhal yelkenleri suya indiren, çevrenin ne dediğini fazlasıyla önemseyen bir kişiliğe sahipti.

"Büyütme Kemal" dedi bir kez daha Celile. Kemal teskin olacak gibi görünmüyordu.

"İşin kötüsü, hafta sonu yaklaşıyor ve Nâzım'a ders vereceğim gün de geliyor" diyordu tir tir titreyerek Kemal.

Çok uğraştıysa da Kemal'i teskin etmekte muvaffak olamadı Celile. Çareyi "Sen sakinleşene kadar ben babamı ziyaret edeyim" diyerek, kalkmaya hazırlanan vapura doğru yürümekte buldu.

Kemal olduğu yerde çakılıp kalmış, sevgilisinin gidişini bir kopuş gibi algılamıştı.

Şehir hatları vapurunun uzaklaşışını, uzunca bir süre acı içinde izledi. Soğuk iliklerine işleyip titremeye başlayınca, her zaman oturduğu denize nazır çayhaneye gitti. Hep oturduğu masaya çantasını koydu, kalemini ve şiirlerini yazdığı defteri çıkarttı.

Önce başlığı yazdı: *Sessiz Gemi.*

Arkası sel gibi gelecekti:

"Artık demir alma günü gelmişse zamandan
Meçhule giden bir gemi kalkar bu limandan
Hiç yolcusu yokmuş gibi sessizce alır yol
Sallanmaz o kalkışta ne mendil ne de bir kol.

Rıhtımda kalanlar bu seyahatten elemli
Günlerce siyah ufka bakar gözleri nemli
Biçare gönüller! Ne giden son gemidir bu!
Hicranlı hayatın ne de son matemidir bu!

Dünyada sevilmiş ve seven nafile bekler
Bilmez ki giden sevgililer dönmeyecekler.
Birçok gidenin her biri memnun ki yerinden
Birçok seneler geçti, dönen yok seferinden."

***

Yahya Kemal Büyükada'da *Sessiz Gemi*'yi yazmaya çalışırken, Celile de vapurda kaleme ve kâğıda sarılacak, canı arkadaşına, içinde bulunduğu ruh halini ve sevgilisi ile ilgili neler düşündüğünü anlatacaktı.

"*Sevgili Marcel,*

Nasıl olacak da olacak bilmiyorum! Kemal ürkek. Bana soracak olursan, bir güvercinin yüreği bile onunkinden büyüktür. Belki de o dokunaklı şiirlerinin ardında yatan neden bu..."

Celile, sevgili Marcel'ine yazdığı mektupta, uzun uzun dert yandı şairinden.

Ne kadar yakınırsa yakınsın, her satırında aşk okunuyordu mektubunun.

Şair şanslıydı. Şiirinde yazdığı gibi olmayacak, sevilmiş ve seven nafile beklemeyecekti.

***

Celile, Kadıköy İskelesi'nde vapurdan iner inmez baktı Büyükada vapurunun dönüş saatine.

Hemen o gün dönecekti geriye.

Yine de kayınpederini ziyaret edip, katılmış olduğu cemiyet ile ilgili neler yaptığını anlatacak ve başka neler yapabileceğini konuşacak kadar vakti vardı.

Mehmet Nâzım Paşa da özlemişti gelinini.

Celile, eski kayınpederiyle İngiliz Muhipleri Cemiyeti'yle ilgili işleri yeteri kadar konuştuktan sonra gazetelere daldı. Paşayı ziyaretlerinde, savaş koşulları ne kadar elveriyorsa o kadar düzenli gelen Fransız gazetelerine göz atmayı gelenek haline getirmişti.

"Okudunuz mu Mata Hari'nin[60] hikâyesini?" diye sordu bir gazete haberi ilgisini çekince.

"Okudum" diye cevapladı gelinin sorusunu Mehmet Nâzım Paşa ve kadın casusun cesaretine hayran kaldığını söyledi.

"Yazıyı okurken, aklıma senin konağı hafiyeler bastığında yaptıkların geldi Celile" dedi sonra.

Celile, hafiyelerin bir karış üstüne kurşun sıktığı güne geri döndü.

Sahi, ne çok gelişme olmuştu o günden bu yana!

Selanik'e gitmişler, Nâzım doğmuş, İstanbul'a dönmüşler, Halep'te iki yıl geçirmişler, yeniden İstanbul'a demir atmışlar, Konya'da paşayı, Trabzon'da sevgili Münevver'i ziyaret etmişlerdi.

"Ve daha neler neler!" dedi içinden.

Celile düşüncelerinden sıyrılıp, Almanlar için casusluk yapan dansöz kadınla ilgili yazıyı okumayı sürdürünce, Mata Hari'nin Hint dilinde "Şafağın Gözbebeği" anlamına geldiğini öğrenmişti.

---

60. Birinci Dünya Savaşı'nda, Almanlar hesabına casusluk yapan ünlü Hollandalı casus Margaretha Geertruida Zelle.

"Demek ki..." dedi yazıyı okurken bir ara Celile. "Herkes Mata Hari'yi bir dansöz zannederken, o savaşın en dişli casuslarından biriymiş."

Celile, Mata Hari'nin hikâyesini okurken adeta kendinden geçmişti. Her satırdan sonra, yüksek sesle "Vay vay vay!" diyordu.

Fransız, İngiliz ve Ruslardan topladığı çok gizli bilgileri, kızına yazdığı mektupların arasına sıkıştırarak Almanlara ulaştıran Mata Hari, Madrid yolculuğundan edindiği bilgeleri elçilik kanalıyla ve telgrafla göndermeye kalkınca yakalanmış, yaptığı iş karşılığında aldığı on beş bin İspanyol pezosu tutarındaki çekin kaynağını açıklayamayınca suçlu bulunmuştu.

Hakkında kurşuna dizilme kararı verildiğinde ise "Ne kazanacak Fransızlar beni yok edince? Savaşı mı?" diyerek durumu hafife almıştı Mata Hari.

Casusluk tarihine adını altın harflerle yazdıran kadın, kurşuna dizilirken gözlerinin bağlanmasına da karşı çıkarak, müthiş bir cesaret ve soğukkanlılık örneği verecekti.

Celile, Mata Hari ile ilgili düşüncelerini kayınpederine söyleyince, "Eminim, gerekmiş olsa sen daha iyisini ve fazlasını yapardın" dedi paşa.

"Demek ki..." dedi vaziyeti okurken bir ara Celile. "Herkes Mata Hari'yi bir dansöz zannederken, o savaşın en dişli casuslarından biriymiş."

Celile, Mata Hari'nin hikâyesini okurken adeta kendinden geçmişti. Her satırdan sonra, yüksek sesle "Vay vay vay!" diyordu.

Fransız, İngiliz ve Ruslardan topladığı çok gizli bilgileri, kısa yazdığı mektupların arasına sıkıştırarak Almanlara iletirken Mata Hari, Madrid yolculuğundan edindiği bilgileri elçilik kanalıyla ve telgrafla göndermeye kalkınca yakalanmış, yapılan iş karşılığında aldığı on beş bin İspanyol pezosu tutarındaki çekin kaynağını açıklayamayınca suçlu bulunmuştu.

Hakkında kurşuna dizilme kararı verildiğinde ise "Ne kazanacak Fransızlar beni yok edince? Savaşı mı?" diyerek duruşmadan dışarı alınmıştı Mata Hari.

Casusluk tarihine adını altın harflerle yazdıran kadın, kurşuna dizilirken gözlerinin bağlanmasına dahi izin vermeyerek, müthiş bir cesaret ve soğukkanlılık örneği verecekti.

Celile, Mata Hari ile ilgili düşüncelerini kaydettiğini söyleyince, "Zamanında gerekmiş olsa sen daha iyisini ve fazlasını yapardın," dedi paşa.

Kırk İki

Evet, dünyada sevilmiş ve seven nafile beklemeyecek, giden sevgili hemen o gece geri dönecekti.

***

Celile Kadıköy'den vapura, akşam gazetelerini alarak bindi.

Anlaşılan Mondros Mütarekesi sonuçlarını veriyordu...

İki hafta kadar önce İttihat ve Terakki kendini lağvetmiş, Enver, Talat ve Cemal Paşaların yurtdışına çıktıklarına dair bir haber ortalığı kasıp kavurmuştu.

Celile, Boğaziçi'nin girişine yayılmış yabancı bandıralı savaş gemilerini içi burkularak seyretti.

Gazetelere göre, işgal kuvvetlerinin donanması elli beş parçadan oluşuyordu ve karaya üç bin beş yüz civarında asker çıkartacaklardı.

Bir gazete, dört yüz atmış beş yıllık başkente, yabancı askerlerin ilk kez ayak basacağını yazmıştı.

"Ne kötü günler ya Rabbim" diye düşündü Celile.

Yeni hükümetin Ahmet İzzet Paşa tarafından birkaç gün içinde kurulacağı da gazete haberleri arasındaydı.

"Demek ki..." diye düşündü Celile. "İşgal kuvvetleri kendileriyle çalışacak bir kukla hükümet kurmak istiyorlar."

Doğruydu.

Kurulan kukla Ahmet İzzet Paşa hükümetinin yapacağı ilk iş "işgalin geçici olduğunu" açıklamak olacaktı.

Yeni hükümete göre işgal, padişahlığı ve halifeliği korumak ve güçlendirmek için gerçekleşmişti. İşgal kuvvetleri İstanbul'u, sadece ve sadece, azınlıklara yönelik bir katliam başlarsa Türklerden alacaktı. Ve bundan böyle, ülkenin her yerinde, herkes, padişahlık makamının İstanbul'dan vereceği kararlara uymak zorundaydı.

Celile, Büyükada'ya karamsar bir ruh haliyle indi. Savoy Otel'e gitti ve vapurda yazmış olduğu pusulayı Yahya Kemal Beyefendi'ye verilmek üzere resepsiyona bıraktı.

Şair, bir saat kadar sonra banyosunu yapmış ve güzel kokular sürünmüş olarak ela gözlü parsın kapısında olacaktı.

Gece boyu, sevgilisinin kollarında "Sensiz ne yapardım Celile ben?" diye inledi şair.

Yaşamakta olduğu muhteşem hazzın ve büyük aşkını kaybetmeye dair korkunun doruklarına, defalarca tırmandı.

Celile ve Kemal, sabah kahvaltısında, Nâzım'a karşı hiçbir dedikodudan haberleri yokmuş gibi davranmayı karara bağladılar ve hafta sonunu beklemeye koyuldular.

***

Günlerden pazardı.

Anne ve oğul kendi işleriyle meşgul olurlarken kapı çaldı. İkisi de kimin geldiğini biliyordu.

Yahya Kemal, Nâzım'a şiir çalıştırmak için güler yüzle girdi kapıdan içeri.

Nedense keyfi yoktu delikanlının. Hocasının sorduklarına yarım ağızla cevap veriyor, her zaman çok istekli olduğu şiir çalışmasına bugün pek ilgi göstermiyordu.

Kemal ve Celile, çocuğun kulağına okulda bir şeyler fısıldanmış olacağını tahmin ettiler.

Bir ara Nâzım dışarıya çıkınca, Kemal gitmesi gerektiğini işaret etti sevgilisine. Az sonra da izin isteyip çıktı.

Celile "Ne bu halin!" diye çıkıştı Nâzım'a.

Nâzım "Ne olduğunu sen gayet iyi biliyorsun!" diye payladı annesini.

Bu arada şair vapurun yolunu tutmuştu. Soğuğun tesiriyle ellerini cebine sokunca, bir kâğıda temas etti. Çıkarttı. Dörde katlanmış pusulayı okuyunca, başından aşağı kaynar sular dökülmüş gibi hissetti. Şöyle yazmıştı Nâzım:

"Muallimim olarak girdiğiniz bu eve, babam olarak giremeyeceksiniz."

Genç Nâzım notla yetinmemiş, altına imzasını da koymuştu.

Kemal, neye uğradığını şaşırmış olarak bindi vapura. Boşa koyuyor dolmuyor, doluya koyuyor almıyordu.

Birkaç gün sonra Celile'ye notu gösterip "Ne yapacağız?" diye sordu. Sevgilisinin kendisi kadar endişelenmediğini görünce şaşırdı.

Celile "Çocuk işte" diye geçiştirmeye çalıştı Nâzım'ın yazdığı pusulayı.

Kemal'e göre ise, Nâzım on altı yaşında, genç bir adamdı.

Kırk Üç

Deliler gibi ağlamak geldi Celile'nin içinden. Ama beceremedi.

Şefika'nın hizmetçisi "Hanımım, bize kadar gelseniz çok iyi olacak. Bey çok hasta" demişti küt diye.

"Ne dedin, ne dedin?" diye sormuştu Celile şaşkınlık içinde.

"Bey dün İstanbul'da rahatsızlanmış. Eve zor getirmişler. Doktor çağırdık ama durumu değişmedi. Hanımım iyi değil" demiş, başlamıştı ağlamaya hizmetçi kadın.

Celile zor da olsa meseleyi anlamış, soluğu birkaç sokak ötesinde oturan Şefika'nın konağında almıştı.

Sevgili arkadaşı, dört yaşındaki kızı Mina'ya[61] sarılmış olarak kocasının yatağına bakıyor ve durmaksızın gözyaşı döküyordu.

Şefika'yı teskin etmeye çalışırken, neler olduğunu anlamıştı Celile.

Tahsin Nahid, yazdığı *Rakibe* adlı oyunun Darülbedayi'deki[62] provaları sırasında rahatsızlanmıştı. Arkadaşları da ilk vapurla hastayı Büyükada'ya nakletmişlerdi.

İçin için "Büyük bir hastaneye götürmek varken neden getirmişler ki Büyükada'ya?" diye düşünse de hiç ses etmemişti Celile.

***

---

61. Mina Urgan, akademisyen, çevirmen ve yazar

62. 1914'te İstanbul Belediyesi'nin açtığı konservatuvar. Sonradan okul olmaktan çıkıp tiyatro topluluğuna dönüştü. Bugün, İstanbul Şehir Tiyatroları adıyla perdelerini açmayı sürdürüyor.

Tahsin Nahid, aile doktorunun tüm çabalarına karşın, Büyükada'ya nakledildikten iki gün sonra hayatını kaybetti.

Salonunda, odalarında, bahçesinde durmaksızın edebiyat konuşulan, şiirler okunan, projeler geliştirilen konağın her bir köşesine acı hâkimdi şimdi.

Sanat camiasından haberi olan herkes gelmişti Büyükada'ya. Tiyatrocusu, şairi, romancısı... Hasılı kelam, mürekkep yalamış kim varsa, uzak filan aldırmamış akın etmişti Büyükada'ya.

İnsan kafası bu ya, "Biraz da hava uygun olduğu için olsa gerek" diye düşünmüştü gelenlerin fazlalığını görünce Celile.

Sonradan fikrini değiştirmiş, dostlarının Tahsin Nahid'i gerçekten de çok sevdiklerinde karar kılmıştı.

Hafızalara kazınacak türden bir cenaze töreni tertiplemişti ailesi ve dostları Tahsin Nahid için.

Sanatçının tabutu Büyükada'nın çamlarla bezeli mezarlığına taşınırken, Celile etraftaki konuşmalara kulak misafiri olmuştu.

Tiyatrocular birbirleriyle "Mutlaka oynamalıyız *Rakibe*'yi, hem de muhteşem bir oyun çıkartmalıyız"[63] diye konuşuyorlardı.

"Biliyorsun..." demişti Celile'ye bir konuşmalarında Tahsin Nahid. "Kistemaeckers ve Delard'ın *La Rivale* adlı oyunu üzerinde çalışıyorum. İsmini *Rakibe* koydum. Uygun mu sence?"

Celile, çok uygun olduğunu söylemişti canı arkadaşına.

"Ne üretken bir adamdı ya Rabbim" diye düşündü, Şefika'nın elini tutmuş olarak Tahsin Nahid'in tabutunun peşi sıra yürürken güzel kadın.

Arkasında onlarca oyun, uyarlama, dünya kadar şiir bırakan ve yaşamaya devam etse daha nicelerine imza atacak kalibrede bir sanatçıydı sevgili dostu.

---

63. Darülbedayi'li tiyatrocular, 12 Mayıs'ta vefat eden Tahsin Nahid'in *Rakibe* isimli uyarlamasını 16 Haziran 1919'da sahnelediler. Oyun izleyicilerden tam not aldı.

Celile'nin aklına, Tahsin Nahid'in ardından üzüldüğü kadar, daha önce sadece minicik bir bebekken kaybettiği İbrahim Ali'si için üzüldüğü geldi.

***

Tahsin Nahid'in cenaze törenine Kemal ve Kadri'nin yanı sıra Büyükada'da yaşamakta olan Ziya Bey de katılmıştı.

Tören sonrası sanatçılar bir kahvede oturmuş hayatını çok genç yaşta kaybeden Tahsin Nahid'in sanatı üzerine konuşmuşlardı.

Kemal, Tahsin Nahid'in ilk şiirlerini Selanik'te, *Çocuk Bahçesi* isimli dergide yayımladığını söylemişti. Sonradan bazı şiirleri *Hale*, *Muhit*, *Resimli Kitap* gibi dergilerde de basılmıştı.

Kadri, *Aşiyan*'da yayımlanan "Ben ve Ruh-ı Mağdur"u hatırladı.

Ziya Bey'in aklına ise *Şiirlerim* için yazdığı "Serab-ı Müstakbel ve Yaz Gecesi" geldi.

Celile "Ben onun aşk üzerine yazdığı şiirleri severim" dedi ve örnek olarak "Adalar" ile "Kamer ve Zühre"yi verdi.

Gerçekten de Tahsin Nahid'in en çok ses getiren şiirleri Celile'nin sözünü ettikleri olmuştu.

Kemal bir ara "Ahmet Haşim'den etkilenmişti" dedi ve "oyun yazarlığının nereden çıktığını anlamadığını" söyledi.

Celile "Söylemeseydi de olurdu şimdi bu sözleri" diye iç geçirdi.

Kadri lafı toparlayıp "Son şiirlerini *Şair* ile *Nedim* mecmuaları için yazdı. Ondan sonra tiyatroya yöneldi" dedi.

Tiyatroculardan biri Kadri'nin bıraktığı yerden devam etti.

"Tiyatroya başlangıcı Ruhsan Nevvare ile yazdığı *Aşkımız* isimli oyunla yaptı. Ama bu oyun oynanmadı ve basılmadı. Ruhsan Hanım'la ayrıca yine oynanmayan ve basılmayan *Sanatkârlar* isimli bir çalışması daha vardı. İkili son olarak *Jöntürk*[64] adlı oyun üzerinde de çalışmıştı."

Bu sözler herkesin hafızasını tazeledi. Akıllara, *Jöntürk*'ün Ferah Tiyatrosu'nda sahnelendiği zaman büyük sükse yaptığı geldi.

64. Oyunda, İkinci Meşrutiyet'in ilanının ardından, o günlerin coşkusuyla, rüşvete batmış istibdadın eleştirisi yapılmıştı. Oyun kitap olarak 2013 Ocak'ında, Bordo Siyah yayınevi tarafından yayımlandı.

Kırk Dört

Celile evlenme planları yapadursun, Yahya Kemal arkadaşı Yakup Kadri'ye çaresiz olduğundan, korkularından, endişelerinden söz etmeye başlamıştı.

Bu konuşmalardan birinde "Bu kadar dile düşmüş bir kadınla hayatımı birleştirmem yakışık alır mı? Ne der sonra herkes benim için?" demişti.

Ayrıca, Celile'nin alıştığı lüks hayatı sağlayamayacağından da korkuyordu şair.

Kendi başına kaldığı zamanlarda sürdürdüğü "özgürlük hali"nin sona ereceğinin kâbusu da basıyordu üzerine zaman zaman. Böylesi bir zapturapt durumuyla, şairliğini bağdaştıramayacağından çekiniyordu.

***

Kimseye sözünü etmese de başka bir dertle daha boğuşuyordu Kemal.

Birkaç gün önce kapısını Teşkilat-ı Mahsusa mensubu olduğunu söyleyen hafiye kılıklı bir adam çalmış, uzun uzun Celile ve ailesiyle ilgili bilgiler vermişti.

Belli ki birileri ayağını denk almasını istiyorlardı!

Adamın anlattıklarına göre, Mehmet Nâzım Paşa İngiliz Muhipleri Cemiyeti'nin Sait Molla'dan sonra gelen en ağır topuydu. Celile, çalışmalarında bu vatan haini adama yardımcı oluyordu.

Teşkilat, İngilizlerden gelen parayla yiyecek içecek, kılık kıyafet satın alıyor, bunları yoksul semtlerde dağıtıyor, işgalciliğe soyunmuş olan bu ülkenin propagandasını yapıyordu.

Hafiyeye göre, Celile ve İngiliz mandası için çaba gösteren öteki vatan hainleri, milletin direnme gücünü düşürüyor, savaşma azmini kırıyordu.

Teşkilat-ı Mahsusa hafiyesi, konuşmasının bir noktasında lafı genç Mehmet Nâzım'a da getirmiş, "Delikanlının *Alemdar* gazetesinde şiirler yazıyor olması da bu ailenin tümüyle Milli Mücadele'ye karşı olduğunu gösterir" demişti.

Kemal içten içe "Bu kadar da olmaz!" diye düşündüyse de hafiyeye "Kendisini tanırım, benden şiir dersleri alıyor. Temin ederim ki gerçek bir vatanseverdir" dememiş, diyememişti.

Şair, esrarengiz misafirini yolcu ettikten sonra, uzun uzun ne yapacağını düşünmüştü.

Kendisi için tehlike, belli ki geliyorum diyordu.

***

Nâzım haziran ayında yirmi altı öğrencinin içinden sekizinci olarak mezun olmuştu. Karnesini alır almaz, annesiyle birlikte iki dedesini de ziyarete gitmişti.

Mehmet Nâzım Paşa karneye şöyle bir göz attıktan sonra, "Zeki ama orta derecede çalışkan olduğundan söz ediliyor, sen de aynı fikirde misin?" diye sormuştu torununa.

"Hiç ders çalışmadan mezun olduğuma göre, haklı olmalılar" diye cevaplamıştı dedesini Nâzım.

"Peki şimdi ne olacak?" diye sormuştu Mehmet Nâzım Paşa,

geleceğe dair planlarını merak ederek Nâzım'a. Alacağı cevap hoşuna gidecekti.

"Okul gemisi olan *Hamidiye*'de güverte stajyer subayı olarak görev yapacağım."

Rotası çizilmiş gibi görünüyordu Nâzım'ın. Tabii her şey yolunda giderse.

***

Celile ile görüşmeyi sürdürüyordu Kemal.

Zihnini kemiren tüm olumsuzluklara rağmen, sevgilisiyle arasına zaman ve mesafe girdiğinde karalar bağlıyor, yeniden bir araya geldiklerinde, özlemini büyük sevişmelerle gideriyordu.

Şairin Büyükada'da kalıp, aşkının şehre indiği günlerden biriydi...

Yahya Kemal can dostu Yakup Kadri'ye, o gün girdiği kıskançlık krizini ve ardından yaptıklarını birkaç gün sonra şöyle anlatacaktı:

"Kış için Nişantaşı'nda bir daire kiralamıştı. Bu evi ikimiz için dayayıp döşeyeceğinden söz ediyordu. Ev için uğraşmaya gitmişti. Ben Büyükada'daydım. Savoy'un lobisinde otururken, arka tarafımda Berlin büyükelçimizin İstanbul'da büyük bir davet vereceğine dair konuşmalar duydum. Kulak kabartınca, davet sahibinin Celile'nin akrabası olan Hakkı Paşa olduğunu anladım. Paşanın ne kadar çapkın bir adam olduğunu biliyordum. Müthiş bir acıyla sarsıldım. İskeleye koştum. Son vapur gitmişti. Berbat bir hava vardı. Sandalcılar karşıya geçirmeye yanaşmadılar. Çok para teklif edince, biri kabul etti. Yolu yarılamamıştık ki lodos şiddetini iyice artırdı. Sandalcı küfür etmeye başladı. Ölümü kıl payı atlatıp Maltepe'ye ulaştık. Araba aradım, bulamadım. Tren yoluna çıktım ve Bostancı'ya kadar koştum. Kan ter içinde kalmıştım. Karakola gittim ve hastamın olduğunu söyledim, bir araba bulmalarını rica ettim. Buldular. Üsküdar'dan bir kayıkla Beşiktaş'a geçtim. Ve oradan, doğru Nişantaşı. Celile'nin oturduğu apartmanın kapıcısını kaldırdım, evde olup olmadığını sordum. Evde olduğunu söyledi. İnanmadım. Çıkıp bakmasını istedim. Hizmetçiye sormuş evde olup olmadığını. Evdeymiş. Apartmanın karşısındaki meyhanede sabaha kadar içtim. Sabahleyin, toz toprak içinde dairesine çıktım. Sarmaş dolaş olduk."

***

Kemal, kendisine ulaşmak için gece boyu çektiği ıstırabı tabii ki Celile'ye de anlatmıştı. Bu da güzel kadının kanatlanmasına yol açmıştı.

"*Âşık olmayan biri, hiç şairimin o akşam benim için yaptıklarını yapar mıydı sevgili Marcel?*" diye sormuştu canı arkadaşına bir mektubunda.

Kuşkusuz yapmazdı. Öte yandan, bir başka krizin kapıda olduğunun farkında değildi Celile.

Bu nedenle olsa gerek, ertesi gün kalemi kâğıdı alıp şairine bir mektup yazdı.

"*Ruhum, iki gözüm. Nerelerdesin? Göreceğim geldi.*

Bugün pazar. Belki gelirsin diye üç vapurunu pencerede bekledim. Gelmedin, mahzun oldum.

Verdiğin konferansa gelemedim. Kalabalıktan memnun olmazsın diye düşündüm.

Fakat, aklım hep sende. Seni çok göreceğim geldi.

Beni neden aramadın? Sana gücendim canımın içi, pek göreceğim geldi seni.

Ben, salı gününden beri evdeyim. Dikiş dikiyorum. Evimiz için çalışıyorum.

Sen ne yapıyorsun? Benim artık tahammüle, sabra mecalim kalmadı. Nikâh için annem seni görmek istiyor. Behice Hanım'a gidecek, seni bulduracak. Sen arandığında evde bulunursun zannediyor. Bize sen gel. Mektubumu alır almaz gel. Benim nikâh muamelem oldu. Şimdi senin şeri bir menin yoktur diye bir kâğıt alman istenirmiş. Annem sana söyler.

Bir kere nikâh olsa, bize misafir gelirsin, oturur konuşuruz. Odamız sımsıcak. Soğuklar oldukça hep seni düşünüyorum. Sana arzu ettiğim gibi bir yuvayı ne zaman yapacağım?

Canımın içi, seni pek göreceğim geldi. Hemen gel.

Binlerce güzel gözlerinden öperim. Karıcığın Celile."

***

Sevgilisinin mektubu ne kadar içtense, o kadar korkutmuştu şairi. Nikâh masasına oturmak üzere olmak tedirginliğini hâd safhaya getirmişti.

Önce Bahriye Mektebi'ndeki işini kaybetmişti Celile'yle yaşadığı aşk yüzünden, ardından oğlundan bir dayak yemediği kalmıştı.

Hele ki Teşkilat-ı Mahsusa hafiyesi tarafından kulağının çekilmiş olması, tir tir titretmişti şairi.

"En iyi ihtimalle..." diye düşündü. "Sadece İstanbul Darülfünunu'ndaki hocalığımı kaybederim. Kim bilir ayrıca neler neler olur."

Düşündükçe soğuk terler dökmeye başlamıştı Yahya Kemal. Kendisini de içlerine katarak yazdığı "Mohaç Türküsü" kahramanlarından eser kalmamıştı ortada.

Ne kadar kahraman bir kişiliğe sahip olduğunu şöyle anlatmıştı o şiirinde Yahya Kemal:

"Bizdik o hücumun bütün aşkıyla kanatlı
Bizdik o sabah ilk atılan safta yüz atlı."

Belki "bütün aşkıyla kanatlı"ydı ama tehlikeleri göze alarak mahmuzlarına yüklenen ve savaşa "ilk atılan safta yüz atlı" kadar cesur değildi.

Şairin koşullara ama daha çok da "parsın ela gözlerine sahip" sevgilisine yenilmiş olduğunu kabul etmesinden başka çaresi kalmamıştı.

Ayaklarının ucuna basarak uzaklaşma, büyük aşkına elveda deme zamanı gelmişti de geçiyordu.

Masasına oturdu, ve başlığını sonradan "Özlenen" koyacağı bir şiirle, Celile'yle olan aşkına son verdi:

"Gönlümle oturdum da hüzünlendim o yerde
Sen nerdesin, ey sevgili, yaz günleri nerde!
Dağlar ağarırken konuşmuştuk tepelerde
Sen nerde o fecrin ağaran dağları nerde!

Akşam, güneş artık deniz ufkunda silindi
Hülya gibi yalnız gezinenler köye indi
Ben kaldım, uzaklarda günün sesleri dindi
Gönlümle, hayalet gibi, ben kaldım o yerde."

Arabalı vapur Sirkeci'ye yanaşırken, Celile deniz subayı olacak öğrencileri izlemeyi sürdürüyordu.

Genç bahriyeliler, Büyükada günlerine geri götürmüştü Celile'yi.

Kemal ile Nâzım'ın bir araya geldikleri, kendisinin sofralar kurduğu şiir dolu günlerdi bunlar.

Ve o güzel günler, oğlunun yazıp Kemal'in cebine koyduğu meşhur pusula ile son bulmuştu.

Nâzım'la ilgili olarak "Nasıl da bıçak gibi kesip atmıştı Kemal'le olan ilişkisini?" dedi kendi kendine Celile.

Böyle bir adamdı işte oğlu. Yedisinde neyse yetmişinde de öyleydi.

Ne çok benzetirdi Nâzım'ın bütün huylarını kendisininkilere Celile.

Yeri gelir, diplomasi filan düşünmez, dank diye söylerdi söylenmesi gerekeni.

"Bülbülün çilesi, dili belası" dedi kol kola girmiş vapurun demir merdivenlerinden inerken kardeşine.

"Doğru" diye cevapladı ablasını her zamanki sükûnetiyle Münevver. Az sonra gerçekleştirecekleri protestoyu düşünüyor, ablasının neler yapacağını önceden kestirmeye çalışıyordu.

***

Açlık grevindeydi Nâzım.

Yüksek perdeden yazdıklarının ceremesini, yirmi sekiz yıl dört ay hapis yatarak ödemek zorundaydı.

Son ziyaretinde "Artık takatim kalmadı Celile" demişti anneciğine.

Ve bu cümleden sonra da, gelmişti açlık grevi!

Açlık grevinde dokuzuncu gün, bu sabahla birlikte başlamıştı.

Yanında kardeşi Münevver ve yeğeni Oktay olmak üzere, bastonuna dayanarak ve can havliyle atmıştı kendisini sokağa Celile!

Galata Köprüsü'nün üzerinde, elinde pankartla bas bas bağıracak, insanlardan kuracağı masanın üzerindeki defteri imzalamalarını isteyecekti.

"Bakalım neler olacak?" dedi kol kola yürüdüğü Münevver'e.

"Bakalım abla" diye cevapladı kardeşi Celile'yi.

Kırk Beş

"Ve perde kapandı sevgili Marcel! Ne kadarından ben sorumluyum bu bitişin, inan bilmiyorum. Anlatamayacağım kadar kötü birkaç gün geçirdim. Sonunda, üzerime düşen sorumluluğu fazlasıyla yerine getirdiğime karar vermiş olarak, oyunu bitirdim, perdeyi indirdim..."

Celile, Kemal ile olan aşkının bittiğini kabul eder etmez Sirkeci Garı'na koştu ve dönüşü olmayan bir Paris bileti aldı.

Bileti elinde olmak üzere annesini, babasını, kayınpederini ziyaret etti. Oğluyla son kez buluştu.

"Biliyorsun, baban Hamburg'da ve ben de Paris'e gidiyorum. Keşke birimizden birimiz burada, seninle birlikte olabilseydik. Ama maalesef olamıyor. Nedenlerini gayet iyi biliyorsun. Senden rica ediyorum, paşa dedeni üzme ve *Hamidiye*'deki stajını aksatma."

***

Yolcu etmeye kimse gelmesin diye biletinin gün ve saatini söylememişti Celile.

Bavulunu taşıyan hamaldan bir dakika beklemesini istedi ve gazete bayiinden o günün gazetelerini aldı.

Aslında, Türkiye'yi Türkiye'de bırakmak, Paris'e gidip yeni bir sayfa açmak, epeydir ihmal ettiği resim çalışmalarına geri dönmekti kararı.

Bu nedenle, tomarı çantasına tıkıştırırken "Son gazeteler" diye söylendi.

Zaten sevgili Marcel'i de yalnız bırakmazdı kendisini. Birkaç gün gezer, bünyesini Paris'in havasına alıştırır alıştırmaz, bulacağı bir dairede resim yapmaya yeniden merhaba derdi.

Tam da bu duygularla trene bindi. Bavulu minik yatağının üzerine konulurken, aklına Nâzım'la Halep'e gidişi ve ailece Halep'ten dönüşleri geldi.

Canı sıkılmıştı. Gazetelerin de içinde bulunduğu el çantasını alıp, trenin restoran vagonuna geçti. Bir kahve söyledi, gazetelerini açtı.

Anadolu'da savaşı sürdüren milli kuvvetler ile İstanbul'da bulunan hükümet arasında kıran kırana bir mücadelenin devam ettiği belli oluyordu.

Şimdi de ülkenin her yerinden, Sadrazam Ferit Paşa'nın istifasının şart olduğuna dair naralar yükseliyordu.

Çok kısa bir süre içinde, Ahmet İzzet Paşa ve Tevfik Paşa kabineleri eskitilmiş, Damat Ferit Paşa'nın kurduğu da, dokunulsa yıkılacak hale gelmişti.

Kâzım Paşa,[65] harbiye nazırını "askeri yazışmalarda şifre kullanılmasına dair" aldığı son karardan vazgeçmeye çağırıyordu.

20. Kolordu Kumandanı Ali Fuat Paşa da aynı fikirdeydi ve emir kaldırılmazsa, bütün postaneleri işgal edeceğini açıklamıştı.

Bir gün önce Askeri Şûra üyelerinin toptan istifa ettikleri haberi yayılmış, bugün ise haberin yalan olduğu ortaya çıkmıştı.

---

65. Kâzım Karabekir,

Yetmiyormuş gibi, İstanbul dört yüz binden fazla göçmen ve üç bin beş yüz yabancı askeri "ağırlamak" zorunda kalmıştı. Caddelere bakıldığında, tekmil Balkan halkları ve Avrupa askerleri İstanbul'a hücum etmiş gibi görünüyordu.

"En iyisi..." diye düşündü Paris treni yola koyulurken Celile. "Bu gazetelerin tümünü çöpe atmak."

Öte yandan tüm sevdikleri bu ülkede, geride bırakmakta olduğu sevgili şehri İstanbul'daydı.

***

Belgrad, Budapeşte, Viyana, Münih ve nihayetinde Paris.

Uzun ve zahmetli yolculuğun tesellisi, Marcel'in Paris Garı'nda, Celile'nin trenini bekliyor oluşuydu.

Celile, bir telgrafla, treninin hangi gün ve saat kaçta İstanbul'dan ayrılacağını, Paris'e aşağı yukarı saat kaçta ulaşacağını bildirmişti.

İki arkadaş yirmi yıla yakın bir süredir görüşmedikten sonra yine bir araya gelmişlerdi işte. Karşılıklı gönderilmiş fotoğrafların aldatıcılığı da böylece ortaya çıkmış oldu.

"Fotoğraflarından çok daha güzelsin!" dedi şaşkınlık içinde Marcel.

"Sen de öyle" diye cevapladı Celile arkadaşını.

İlerleyen dakikalarda ve günlerde de aynı beyaz yalanlar havalarda uçuşacaktı.

Jöntürk sevgilisinden ayrıldıktan sonra birkaç uzun süreli arkadaşı daha olmuştu Marcel'in ve sonunda evlenmişti. İki çocuğu ve kocasıyla, durmuş ve oturmuş, kendisine sorulacak olursa mutlu bir hayat sürüyordu, eskinin uçarı Marcel'i.

Celile, "Evine gelmesem de olur Marcel" dedi arkadaşını rahatlatmak için.

"Hayır olmaz" diye cevapladı Fransız kadın sevgili arkadaşını.

"Ama..." dedi Celile. "Hemen yarın benim için bir yer bulacağız! Anlaştık mı?"

Marcel, sevgili arkadaşının acelesi olduğunu sanmıştı. Belli ki kendisini yeniden resme vermek, böylelikle acılarını geride bırakmak istiyordu.

Oysa, Celile farklı düşünmüştü. Marcel'le kucaklaştığı anda, mektuplarını ona değil de kendi kendine göndermek üzere kaleme almış olduğunu hissetmişti.

"Demek..." diye düşündü Celile. "Bir nevi iç dökmeymiş bütün yazdıklarım."

***

Sabah kahvesinden bir yudum bile almadan "Montmartre'a gitmek istiyorum sevgili Marcel" dedi Celile.

"Biliyorum ve birlikte gideceğiz şekerim" diye cevapladı Marcel arkadaşını.

Marcel gibi bir kadının, Celile'nin yüzüne bakıp da acı çektiğini anlamaması mümkün değildi.

"Acısıyla mücadele etmek, dindirmek, üstesinden gelmek için zamana ihtiyacı var. Bir de tabii, kendi kendiyle konuşabileceği bir mekâna" diye düşündü Marcel.

O da tıpkı Celile gibi "Benimle değil, kendi kendisiyle konuşuyormuş mektuplarında" diye düşünmüştü daha kucaklaşır kucaklaşmaz.

Aslında epeydir hissediyordu bunu Marcel. Her aldığı mektupta, "İnsan nasıl bulur da yazar bu kadar lafı?" diye düşünüyor, Celile'nin yazdıklarına karşılık kendisinin anlatacağı ne az meselesi olduğuna şaşıp kalıyordu.

Ortadaydı işte nedeni! Kalp çarpıntıları içinde yaşayan, dünya tatlısı "deli" bir kadınla karşı karşıyaydı.

Marcel "Celile'nin Celile'yle baş başa kalmaktan başka ihtiyacı yok" diye düşündü son olarak.

***

Tepeye doğru attıkları her adımda, muhteşem Paris manzarası ayaklarının altına daha fazla seriliyordu.

Sacre-Çoeur Bazilikası'nı sanki ilk kez görüyormuş gibi, hayranlıkla seyretti Celile.

İki arkadaş, ayaklarına karasular ininceye kadar, Celile'ye yaşayabileceği ve resim yapabileceği bir daire aradılar. Ünlü kabare Moulin Rouge'un önünden birkaç kez geçtiler.

Sonunda, penceresinden Paris'in harita gibi göründüğü, Eyfel'in biblo gibi durduğu şık bir dairede karar kıldılar.

Şimdi geriye dönüp, Celile'nin devasa bavulunu alıp gelmeleri gerekiyordu ki, Marcel "Yarın!" diyerek kestirip attı.

Yıllardır anlatıp durduğu Celile'sinin, kendileriyle bir şişe şarabı paylaşmadan çekip gitmesini, ne eşine ne de çocuklarına anlatabilirdi yoksa!

***

Celile birkaç gün içinde tüm eksiklerini giderdi. Yaşanabilir hale gelmiş evi ve çalışılabilir duruma ulaşmış atölyesinde, şövalesine ilk tuvalini yerleştirdi.

"Beyaz bir sayfa açmak, işte tam da buna denir" diye söylendi paletine özenle seçtiği renkleri yerleştirirken.

Pablo Picasso'ya, Salvador Dali'ye, Claude Monet'ye ve Vincent van Gogh'a ilham veren Montmartre, bakalım onu da bağrına basacak, fena halde ihtiyaç duyduğu ilhamı bahşedecek miydi?

Kırk Altı

Sevgili oğlu bazen cevap vermese ya da minicik bir şiirle yetinse de, Celile Nâzım'a yazmayı sürdürüyordu.

Şanslı günündeydi güzel kadın. Nâzım'ın mektubunu tam da sokağa çıkarken, postacının elinden almıştı.

Planında olmasa da bir kahve içmeye karar verdi. En yakın kahveye girdi, sigarasını yaktı, pek de sevmeden kullandığı gözlüklerini taktı ve oğluna kavuştu.

"İstanbul bildiğin gibi. *Anlayacağın, Doğu Cephesi'nde yeni bir gelişme yok. Güzel kentimiz halen düşman çizmesi altında...*"

Nâzım, Türkiye'nin özellikle İstanbul'un içler acısı halini tarif ettikten sonra, bir de küçük şiir eklemişti mektubuna:

"Rüyaya daldıran şarabın sun
Önümde gönlümle gelirken dize
Şu yanan alnıma bir kere dokun
Azize, gözleri nurdan Azize!"

"Âşık" diye düşündü Celile. Yaşı henüz on yedi olan oğlu, belli ki gönül sancısı çekiyordu. Şimdi, Nâzım'ın yanında olmayı ne çok isterdi.

Ela gözlü pars, geriye doğru düşününce, Nâzım'ın bir yıl kadar önce yaşadığı ilk aşk acısını hatırladı.

Ünlü bir valinin kızı olan Sabiha'ya da tıpkı böyle âşık olmuştu oğlu. Celile, oğlunun aşkını o dönem daha çok kalem ve kâğıt vasıtasıyla yaşadığını hatırladı. Bulduğu her sayfanın, bulamazsa kumsalın üzerine gür kirpikli, kalkık burunlu Sabiha'nın resmini çizerdi Nâzım.

O günlere dönünce, oğlunun bu küçükhanım için yazdığı şiirin adını hatırladı. "Gözleri Siyah Kadın"dı. Hafızasını zorlasa da bir tek satır bile hatırlayamadı oğlunun şiirinden.

***

Bazen Kemal'le ayrılmasının yegâne sebebi gibi görse de, çekmekte olduğu derin aşk acısının sorumluluğunu tümüyle oğluna yüklemeye hiçbir zaman gönlü razı olmadı Celile'nin.

Bu konuda kararını çoktan vermiş, faturayı, yüreği bir güvercininkinden bile küçük olan şaire kesmişti.

"Belki de sevmedi beni" diye düşündü oğlunun mektubunu katlayıp, kahvesinden bir yudum, sigarasından bir nefes daha alırken.

"Belli ki, yaşı şu anda sadece on yedi olan Nâzım'ın Azize'yi sevdiği gibi sevmedi beni" diye iç geçirdi sigarasını kül tablasına bastırırken.

"O sadece kendini sevdi" diye söylendi, yeni bir sigara yakarken.

Soğumuş kahvesinden bir yudum daha alırken fikrini değiştirdi.

"Hayır" dedi. "Kemal beni sevmedi, kendinin bana âşık olmuş halini sevdi."

***

İlerleyen dakika, saat ve günlerde, şair için kafa patlatmak yerine oğlunu düşünmeyi tercih edecekti Celile.

Sahi, neyin nesi, kimin fesiydi bu Azize?

Kayınpederinden gelen mektup, Azize'nin sırrını çözmesine yardımcı olacaktı.

Mehmet Nâzım Paşa, "*Laf aramızda*" diye yazmıştı. "*Senin mahdum, geçmişte kalan Sabiha'dan sonra şu aralar da kalbini ünlü doktor Mahmut Ata'nın baldızı olan Azize'ye kaptırmış vaziyette.*"

***

Issız Paris günlerinde, Celile'nin mektubunu gözlediği sevdiklerinden biri de Münevver'di.

Sevgili kardeşi beş yıldır Trabzon'da yaşıyordu.

Dört yıl kadar önce, Samiye ve Nâzım'ı da alarak Trabzon'a gitmiş, kardeşini görmüştü Celile.

Yeğeni dünya güzeli Oktay'ı ne çok sevmişti, çocuklarıyla birlikte.

Aksatmadan yazıyordu sağ olsun Münevver.

"*Ablacığım, kan ağlıyoruz desem yeri. Biliyorsun Samih Rifat sadece Trabzon valisi değil. Aynı zamanda bir şair. Senin de gayet iyi bildiğin gibi, şairler için böylesi dönemler daha yakıcı...*"

"Bazı şairler için öyle" diye söylendi Celile.

Münevver'in mektubundan anladığı kadarıyla, Anadolu kaynıyordu.

İstanbul'dan olsun öteki kentlerden olsun vatanseverler işgale karşı koymak için harekete geçmenin yollarını arıyorlardı.

Kardeşi mektubunda çok açık yazmasa da, kapsamlı bir direnişin eli kulağında görünüyordu.

Fransız gazeteleri ise Osmanlı'nın işgaline dair, daha çok İngilizlerden dert yanıyordu. Aynı cenahta bulunmuş, harbi muzaffer bir şekilde tamamlamış olsalar da, mesele avdan pay almaya gelince, iki avcının arası açılmış gibi görünüyordu.

***

Paris'te yayımlanan gazeteler İngilizlerin İstanbul'da uyguladıkları politikaların kabul edilemez olduğunun altını çiziyordu.

Celile, işgalci Fransız subaylarının İstanbul'da İngilizlerden daha rahat edeceğini düşünüyordu. İngilizcenin neredeyse hiç konuşulmadığı vatanında Fransızca, özellikle aydınlar arasında sanki ikinci bir dil gibi kullanılıyordu.

Celile, Fransız gazetelerinden birinde İngiliz işgal kuvvetlerinin komutanının Cadde-i Kebir'deki fotoğrafını görünce "Eyvah!" demişti. Atının üzerinde azametli bir şekilde gösteriş yapan bu kumandan, belli ki Türkleri hiç tanımıyordu.

"Yok yok..." diye düşündü. "Benim bildiğim Türkler, bunu onur meselesi yaparlar ve uzun süre katlanamazlar. İngilizler mutlaka daha akıllı, daha mantıklı davranmak zorundalar."

Haksız değildi Celile.

***

Babasından ve kayınpederinden aldığı mektuplardan ise, Anadolu'da bir milli mücadele evresinin elinin kulağında olduğunu hissetti Celile.

Mehmet Nâzım Paşa, "Böylesi bir durum, mutlaka felaketle sonuçlanır" diye yazmıştı.

Paşaya göre, zaten yoksulluk ve açlıkla karşı karşıya olan Osmanlı, böylesi bir durumda iyice dibe vurur, bir daha asla ayağa kalkamazdı.

Daha çok da bu nedenle, galip devletlerden en kabul edilebileni olan İngiltere'nin mandası altında bir hayat sürülmesi için elinden gelen bütün çabayı gösteriyordu yaşlı adam.

"Yaşayacağız ve göreceğiz" diye düşündü Celile.

Kırk Yedi

Fransız gazeteleri İzmir'in Yunanlılar tarafından işgal edildiği haberini sayfalarına taşıyınca, Celile çok etkilendi.

Nedense, İstanbul'un işgalini es geçmiş olduğunu düşündü.

Hafızasını yoklayıp, Büyükada'ya Kemal'le buluşmaya giderken gördüğü işgal kuvvetlerinin donanmasını hatırladı.

O anda, bu gemilerin ne anlama geldiğini tam olarak idrak edememiş olduğunu, kendi kendine de olsa itiraf etti.

Hasılı kelam, kocaman bir İstanbul'un işgali meselesi "aşk"ına kurban gitmişti Celile'nin!

Aslında, İstanbul'un işgali en az İzmir'in işgali kadar, hatta daha da önemliydi. Çünkü payitahttı söz konusu olan.

"Belli ki, kafamı toplamaya yeni başlıyorum" diye düşündü güzel kadın.

Osmanlı'nın büyük harpten yenik çıktığını, İstanbul'un tam da bu nedenle işgal kuvvetlerinin kontrolüne girmiş olduğunu resmen atlamıştı paşa torunu, paşa kızı, paşa gelini Celile.

"Köy yanarken, deli saçını tararmış" diye söylendi ve önündeki Fransız gazetelerini eliyle kenara itti.

***

O istemiş olmasa da kayınpederi bazı gazetelerden önemli gördüğü yorum ve haberleri, bazen yanlarına notlar da düşerek yollamayı sürdürüyordu.

"Değerli Celile, sana bu zarfta gönderdiğim kupürleri okuyunca, savaştan yenik çıkmış da olsa, Osmanlı'nın bundan sonrası için vereceği kararın çok önemli olacağını anlayacaksın. Gönderdiğim kupürleri dikkatle oku ve ne düşündüğünü lütfen bana yaz..."

Anlaşılan Mehmet Nâzım Paşa, daha önce birlikte durdukları yerin, yani İngiliz Muhipliği'nin halen doğru yer olup olmadığını bir kez de onun ağzından duymak istiyordu.

Celile kayınpederinin gönderdiği kupürlere dalınca, milli direniş hareketinin etkinliğini iyice artırmakta olduğunu anlamıştı.

Halide Edip, Yunus Nadi gibi ünlü isimler daha önce Wilson Prensipleri Cemiyeti adı altında Amerikancı bir davranış içindeyken saflarını değiştirmişlerdi.

Yüksek Şûra üyesi olan Sait Molla'nın başını çektiği İngiliz Muhipleri Cemiyeti ise gücünü ve etkinliğini artıramasa da varlığını sürdürüyor gibi görünüyordu.

Yayımlamakta olduğu *Yeni İstanbul* gazetesinde yazdığı "İngiltere ve Biz" başlıklı seri makalelerinde Sait Molla, "Milletimizin büyük çoğunluğu Amerika'dan haberdar değil. Buna mukabil hepimiz İngilizlerin asaletini biliyoruz" diyerek, toplumu İngilizlerin mandasına ikna etmeye çalışıyordu.

Aynı gazetede Refii Cevat da açıkça "İngilizleri İstiyoruz!" başlıklı bir yazı yazmış, "İngiltere ile hareket ederek, asri düşünce ile mücehhez bir Türkiye olalım" demişti.

Eski kayınpederinin siyasal öngörülerinin isabetli olduğunu tecrübeleriyle biliyordu Celile. Tam da onun tahmin ettiği gibi çıkmış, Amerikan mandası ihtimali daha ilk günlerde tasfiye olmuştu.

Milli Mücadelecilerin başarı şanslarının ne kadar olduğu konusunda ise, anlaşılan Mehmet Nâzım Paşa daha önce bulunduğu noktada değildi.

Celile uzunca bir mektupla, düşüncelerini Mehmet Nâzım Paşa'ya bildirdi.

***

Celile arada bir Marcel ile de buluşuyor, onunla birlikte Paris'i dolaşıyordu.

Bu buluşmalarından birinde, bir kafede otururlarken, yandaki masada iki Türk gencinin Türkiye'ye gidiş planı yaptıklarına kulak misafiri oldu. Gençlerin niyeti, gerçekleşmesi muhtemel Milli Mücadele'de, özellikle de şu Fransız züppeleriyle göğüs göğüse çarpışmaktı.

Türk gençler, Marcel ve Celile'nin Fransızca konuşuyor oldukları için Türkçe anlamayacaklarını düşünmüş, konuşmalarını anadillerinde gönüllerince sürdürmüşlerdi.

Celile, arka masada laflamakta olan oğlu yaşındaki genç adamların Mustafa Kemal Paşa'nın Samsun'dan başlattığı direniş harekâtını çok önemsediklerini hissetti.

Gençler, önlerine koydukları bir gazete kupüründen, Amasya Genelgesi'nin maddelerini tek tek okuyor, üzerinde tartışıyorlardı.

Celile dayanamadı, arkasını döndü ve Türkçe olarak "Acaba okuduğunuz yazıya ben de göz atabilir miyim?" diye sordu.

İki genç "Siz Türk müydünüz?" diyerek ifade ettiler şaşkınlıklarını. Biri, konuşmalarına sonra da devam edebileceklerini söyleyerek, masanın üzerindeki yazıyı Celile'ye uzattı.

Celile, aldığı yazıyı arada bir Marcel'e de tercüme ederek okumaya girişti.

22 Haziran 1919 tarihini taşıyan Amasya Genelgesi'ne göre, vatanın bütünlüğü ve ulusun bağımsızlığı tehlikedeydi ve İstan-

bul hükümeti, sorumluluklarını yerine getirmiyordu. Bu nedenle Sivas'ta milli bir kongre toplanacak, işgal kuvvetlerinin ülkeden atılması yolunda çaba gösterilecekti. Amasya Genelgesi, parti anlaşmazlıkları dikkate alınmadan, vilayet ve kazalardan, halkın güvenini kazanmış üçer kişinin süratle Sivas'a gönderilmesini istiyordu. Temsilcilerin seçimi Müdafaa-i Hukuk[66] ve Redd-i İlhak[67] cemiyetleri tarafından yapılacaktı. Bu arada, silah altındaki askeri ve milli örgütler asla dağıtılmayacak, tersine, işgale karşı yurt savunmasına girişmek üzere hazırlıklar yapacaklardı.

"Vay vay vay!" dedi Celile genelgeyi okuyup yer yer Marcel'e de çevirirken.

"Anlaşılan..." diye düşündü. "Memleketimin çekeceği acı, daha bir hayli devam edecek."

Aldığı yazıyı arka masada konuşmalarını sürdüren gençlere verirken, tekrar her ikisinin de oğluyla aşağı yukarı aynı yaşlarda olduğunu düşündü Celile.

66. İzmir'in işgali üzerine (15 Mayıs 1919) yurt sathında çeşitli kent ve kasabalarda oluşturulan, Milli Mücadele'den yana cemiyetler.

67. İzmir'in işgalinden hemen sonra, bölgede direniş hareketi başlatan cemiyetler.

Kırk Sekiz

Celile, ilki 23 Mayıs'ta gerçekleşen ve seri halinde süren Sultanahmet Mitingleri'nden birinde 1920'nin 13 Ocak'ında gerçekleşeceğini öğrenince "mutlaka ülkesine dönmesi gerektiğini" düşündü.

Marcel'ine haberi, Noel yemeği esnasında "Bavullumu toplamaya başladım" diyerek verdi.

Paris'te verimli bir dönem geçirdiği kanaatindeydi. Aşk acısını geride bırakmıştı. Kemal'li günlerine kurban ettiği resim çalışmalarına Montmartre'da dört elle sarılmış, hoşuna giden tablolar yapmış, gelişimini sağlamak için birkaç derse katılmıştı.

Şimdi geri dönmeli, epeydir ihmal ettiği Nâzım'ına ve işgal kuvvetlerinin çizmesi altında da olsa güzel kenti İstanbul'una kavuşmalıydı.

***

Penceresinden son bir kez kuşbakışı görünen Paris'e baktı. Marcel'in de yardımıyla, bavulunu ve özenle ambalajladığı tablolarını trene naklettirdi.

Tren kalkmadan önce sevgili Marcel'ine uzun uzun sarıldı Celile. "Yazacaksın bana değil mi?" diye sordu.

Tekerlekler demir yolun üzerinde dönmeye başlayınca, İstanbul'a vardığında ilk işinin Marcel'e yazmak olacağını düşündü.

Gençlik yıllarında dert ortağı, sırdaşı olan sevgili Marcel'i, zaman içinde bir anlamda içsesi halini almıştı. Onsuz olamayacağının gayet iyi farkındaydı Celile.

***

"*Sevgili Marcel,*

Paris'ten İstanbul'a dönünce, gözüme her şey eskisinden farklı göründü. Muhtemelen oraya gelirken de tablo aynıydı ama bana ne farklı görünmüştü, anlatamam. Demek istediğim sevgili Marcel, geri döndüğüm kent belki aynı ama bakan gözler değişti..."

Celile'nin Paris'teki arkadaşına anlatacağı en önemli konuysa katıldığı Sultanahmet Mitingi olacaktı.

"*Marcel'ciğim, benim katıldığım, Sultanahmet Mitingileri'nin dördüncüsüymüş. Ertesi gün gazeteler iki yüz bin kişinin toplanmış olduğunu yazdı. Doğrudur. Fazlası vardır eksiği yoktur. Kürsüye çıkan hatipler, topluluğa, kanlarının son damlasına kadar savaşma yolunda yeminler ettirdi...*"

Aynen Celile'nin anlattığı gibi olmuştu.

İzmir'in işgalinden hemen sonra, direniş örgütleri tarafından düzenlenen mitingler sayesinde, insanlar İstanbul'dan Anadolu'ya geçiyor, Mustafa Kemal Paşa önderliğinde başlatılan Milli Mücadele'ye omuz veriyorlardı.

Onlar gibi düşünüyor olmasa da, Celile katıldığı mitingden etkilenmişti. Hemen ertesi gün soluğu eski kayınpederinin evinde aldı.

"Biz İngiliz Muhipleri Cemiyeti için çalışmayı sürdürelim diyoruz ama galiba millet farklı düşünüyor" diyerek başlattı konuşmasını.

Paris'ten döner dönmez kayınpederiyle birlikte çalışmaya yeniden başlamıştı. İngilizler adına yoksul muhitlerde kumanyalar dağıtmaya devam ediyor, bu ülkenin propagandasını yapıyordu.

Ama acaba, doğru bir iş miydi yaptığı?

Mehmet Nâzım Paşa, Celile'nin kafasının karışmış olduğunu görünce "Biz haklıyız Celile" dedi. Başka söyleyecekleri de vardı paşanın.

"Halide Edip, Yunus Nadi filan Amerikan mandasının olmayacağını görünce yön değiştirip Milli Mücadelecilerin yanında yer aldılar. Böyle olacağı en baştan belliydi. Hamdullah Suphi, Mehmet Emin gibileri ise baştan beri, savaşarak düşmanı ülke sathında yenme derdindeydiler. Olabileceğine zerre kadar ihtimal versem, niye onların yanında yer almayayım? Ama umut yok Celile! Öyleyse ne manası var bunca insanın kanının dökülmesinin?"

***

Celile açısından bir önemli mesele de İbrahim Bey'in kendisine evlenme teklif etmiş olmasıydı.

Kaymakam olarak görevli İbrahim Bey, Paris'ten İstanbul'a döner dönmez karşısına çıkmış ve "evet" demesi halinde nikâh masasına oturmaya hazır olduğunu söylemişti.

Güzel kadın ne yapacağını şaşırmış durumdaydı. Yeni bir ev kurmanın zorlukları ortadaydı ve kararını verdi. İbrahim Bey ile yıldırım nikâhı kıydırdı.

Ne yazık ki bu macerası beklediğinden çok daha kısa sürecek, birkaç hafta içinde bavulunu kaptığı gibi Kaymakam İbrahim Bey'e "Hadi bana Allahaısmarladık!" diyecekti.

Nedense, başta Nâzım olmak üzere, aile efradından hiç ama hiç kimse şaşırmamıştı Celile'nin yıldırım nikâhı ile evlenmesine ve yıldırım süratiyle ayrılmasına.

Bir tek Marcel şaşırmıştı ne yaptığını öğrenince.

"*Neden Celile?*" demişti mektubunda. "*Neden yaptın bunu?*"

Sevgili Marcel'inden gelen bu soru üzerine "Neyse ki laf anlatmaya değer biri var" diye düşünmüştü Celile.

"*Öncelikle teşekkür ederim bana 'Neden?' diye sorduğun için sevgili Marcel. Ailemden hiç kimse bu soruyu sormadı çünkü. Onun yerine, neredeyse herkes saçmaladığımı, daha fazla saçmalamamamı söyledi. Hepsi, fikir birliği yapmış gibi, akli melekelerimi tümüyle yitirmiş olduğum görüşünde...*"

Kırk Dokuz

Kayınpederini ziyaret edip, açacağı kişisel serginin haberini vermek istedi Celile.

Mehmet Nâzım Paşa da onu bekliyordu. Celile sergisine dair tek kelime etmeden, paşa konuşmaya başladı. Belli ki birine içini dökmeye çok ihtiyacı vardı.

"Seksen yaşında bir adamdan, sokak sokak dolaşıp halkı İngilizleri sevmeye teşvik etmesini istiyorlar. Nasıl yaparım bunu Celile? Sizin çevreniz geniştir diye tutturmuş gidiyorlar. Dün Sait Molla yine geldi. Lisanı münasip ile, kendisinin benden yirmi yaş genç olduğunu anlatmaya çalıştım. Nafile."

Celile, kayınpederinin meseleye yaklaşış biçiminden iyice yaşlanmış olduğunu hissetti. Kendi babası ve kayınpederi arasında yirmi yaşa yakın fark olmasına rağmen, geçen zamanlarda, tersine kayınpederi gözüne sanki hep daha genç gibi görünmüştü.

Anlaşılan, artık pek öyle değildi!

Celile aniden, kayınpederini korumaya alması gerektiğini düşündü.

"Babam, kendisine bu tür tekliflerle gelindiğinde gayet soğuk davrandığını, ununu eleyip eleğini duvara astığını söylüyormuş. Acaba siz de öyle mi yapsanız?"

"Doğrusunu yapıyormuş paşa" dedi kayınpederi. Sakinleşmiş gibi görünüyordu.

Böyle olunca, sıra Celile'nin neler yapmakta olduğuna geldi.

"Biliyorsunuz, Paris'te epey çalışma fırsatım oldu. Hem kişisel sergi açacak hem de bazı karma sergilere katılacak kadar resim yaptım. Öncelikle kendi adıma bir sergi açacağım. Size davetiyesini getirdim. Katılırsanız çok memnun olurum. Bu serginin ardından da karma sergilere katılacağım."

Paşa, Celile'nin Yahya Kemal ile yaşadığı aşkın ve ardı sıra gelen yıkımın gayet iyi farkındaydı. Kızı gibi sevdiği eski gelininin zihnini toparlamış olmasına sevindi. Celile'nin, hayata dair beyaz bir sayfa açmış olduğu her halinden belli oluyordu.

"Anlaşılan..." diye düşündü. "Kızımız kendini yeniden bulmaya başlıyor."

Kaymakam İbrahim Bey ile yaptığı o saçma sapan ve sadece birkaç hafta süren evliliği ise, çoktan yok saymıştı Mehmet Nâzım Paşa.

***

Celile, birkaç arkadaşının yardımıyla, Cadde-i Kebir'de, zaman zaman resim sergilerinin de açıldığı bir çiçekçi dükkânında resimlerini sergiledi.

Arkadaşlarının, aile dostlarının, aydınların, sanatçıların, gazetecilerin yoğun ilgi gösterdikleri sergide, parsın ela gözleri Kemal'i beyhude yere aradı.

Celile'ye göre, şair, hiç olmazsa bir buket çiçek ya da bir telgrafla tebrik etmeliydi kendisini.

"Medeniyeti dilinden düşürmeyen bir gayrı medeni" diye yâd etti eski sevgilisini.

Sattığı birkaç tablo ile maddi durumunu kısmen de olsa düzeltti. Bazı tablolarını da sıkça yaptığı gibi dostlarına hediye etti.

Hamamda çıplak çizimlerini verirken "Yatak odanıza değil, salonunuza asınız lütfen!" diyerek uyarmıştı tablosunu sattığı ya da hediye ettiği kimseleri.

"Kulak misafiri oldum, resimlerinizi verirken hep salona asmalarını rica ediyorsunuz. Neden?" diye soran bir gazeteciyi şöyle cevapladı ayaküstü Celile:

"Sadece nü olanlarla ilgili uyarıda bulunuyorum. Çünkü, evlerine ziyarete gittiğimde, nülerimi salonda görmüyorum. Nereye astıklarını sorunca hepsinin cevabı aynı oluyor: Yatak odası. Hepsinin gerekçesi de aynı: Ayıp. Sizce, bir hamam tablosu giyinik çizilebilir mi? Resmin ayıbı olmaz beyefendi. Üzerine konuştuğumuz konu sanat. Sizce de öyle değil mi?"

Celile çok başarılı bir kişisel sergiyi geride bırakmış, açılacak birkaç karma sergiye de hangi resimleriyle katılacağına karar vermişti.

Şimdi sırada yeniden çalışmak, resim yapmak vardı.

***

Paris dönüşü, yakınlarının evlerinde biraz zaman geçirdikten sonra, geçici olarak kendisine bir daire kiraladı. Bir odasını atölye olarak kullandığı minik dairesinde huzurlu bir hayat sürdürmek istiyordu.

Ne yazık ki İstanbul işgal kuvvetlerinin çizmesi altında inim inim inliyordu.

Tüm işgal kuvvetleri ama özellikle de Fransızlar, yapmadıkları rezilliği bırakmıyor, kent halkını canından bezdiriyordu.

Alt rütbeliler parasını ödeyerek buldukları orospularla, üst rütbeliler ise yollarına kırmızı halılar serilerek davet edildikleri evlerde günlerini gün ediyordu.

Ne hikmetse mutlaka naralar atarak sözde sabahlara kadar eğleniyor, esasen taşkınlık yapıyorlardı.

Celile, karşı dairesinde gerçekleşen böylesi bir eğlenceye büyük tepki gösterdi.

Mutfağından aldığı kepçe ve tavayla balkona fırladı, avazı çıktığı kadar bağırdı ve muhteşem Fransızcasıyla, işgalci askerleri yerin dibine soktu.

Bu arada tanıdığı tüm ünlü Fransızların soyuna sopuna dair sövüp saymayı da ihmal etmedi.

Halkın pencerelerden ve sokaktan destek verdikleri Celile'nin tutuklanıp götürüleceğine kesin gözüyle bakılırken, Fransız askerler suspus olmuş, pencerelerini kapatıp sessizliğe gömülmüşlerdi.

Elli

Kayınpederi ve oğlunu ziyarete gittiğinde, birkaç gece önce, Fransız askerlerine karşı gerçekleştirdiği protesto eylemini biraz da iftiharla anlattı Celile.

Mehmet Nâzım Paşa ve delikanlı Nâzım, onun anlattıklarını dinlerken korkuya kapıldılar.

Daha sonra yemek masasına geçildiğinde, az önce annesinin anlattıkları üzerine uzunca düşünmüş olarak "Peki bütün o küfürleri ederken, aklına hiç mi gelmedi İngiliz muhibbi olduğun?" dedi Nâzım. Bir de sorusu vardı.

"Sence, onların yaptıklarına benzer hareketleri, kentin başka bölgelerinde de sevgili İngilizlerin yapmıyor mu?"

Celile, oğlunun eleştirisinin çok ağır olduğunu düşündü.

Gülümsedi ve "Haklısın geldi" dedi.

Az sonra bu kabul de içine sinmedi.

"Ama ikisi farklı şeyler."

"Nesi başka? Neyse şu fark, izah et de ben de anlayayım" dedi annesinin bu sözleri üzerine Nâzım.

Celile oğlunun iyice büyümüş olduğunu, aklını, bilgiden de istifade ederek kullanmaya başladığını ilk kez hissetti.

"Ben ve deden, bu ülkenin çektiği ıstırap sona ersin istiyoruz. Bu nedenle savaştan yana değil, barıştan yana olan politikaya destek veriyoruz."

Nâzım kızdı. Yüzünün ifadesini önce üzgün, sonra komik olanla değiştirdi.

"Düşman çizmesi altında bir barış!"

Celile biraz da söyleyecek laf bulamadığı için, konuşmaya devam etmedi.

Nâzım kaldığı yerden devam etti.

"Bakınız validem, siz zannediyorsunuz ki İngilizler bu ülkeye hâkim olduğunda her yer gül bahçesi olacak. Görmüyor musunuz Hindistan'da ve öteki egemen oldukları ülkelerde yaptıklarını? Tamam, egemen oldukları toprakların büyük bir kısmını kaybetmiş olabilirler ama sömürgeci emelleri sürüyor. Benim ülkemin insanları, ancak kendi bayraklarının altında, kendileriyle ilgili kararları bizzat kendileri verdiklerinde mutlu olabilirler. Demek istediğim, bağımsızlıkları uğruna canlarını vermekten imtina etmezler. Bunu seve seve yaparlar."

Mehmet Nâzım Paşa ve Celile, genç Nâzım'ın Anadolu'da direniş gösteren kuvvetler ve onlara destek verenler gibi konuşmaya başladığını düşünüp birbirlerine baktılar.

Başka söyleyecekleri de vardı delikanlının.

"Bana kalırsa, bundan böyle bu toprakların kaderini belirleyecek olan, İstanbul'daki kuklalar değil, Ankara'da toplanan milletvekillerinin arasından seçilecek hükümet olacaktır."

Dedesi ve annesi söylediklerine itiraz etseler de genç Nâzım aldırmadı.

***

Delikanlı odasına çekilince "Dilerim, Nâzım sonu hiç hayırlı olmayacak bu dava için kendini ateşe atmaz" dedi Mehmet Nâzım Paşa.

"Atar!" diye cevapladı eski kayınpederini Celile.

Oğlunu tanıyordu. Küçük Nâzım'ın, düşman askerleri

Çatalca'ya kadar ilerleyince yazdığı "Feryad-ı Vatan" şiirini, Abide-i Hürriyet'te bandonun çaldığı "Neside-i Zafer" marşını söyleyişini, Çanakkale'de şehit olan Galatasaray Sultanisi öğrencileri ile ilgili gazete kupürünü yatağının başucuna asışını ve "Ben de bir gün onlar gibi şehit olacağım!" deyişini hatırladı.

Sonra, Nâzım'ın neler yapabileceğine dair gözünün önünden bir film şeridi gibi geçen bu önemli ipuçlarını Mehmet Nâzım Paşa ile paylaştı.

Paşanın gözleri doldu. "En azından yüz yıldır, bu toprakların gençleri, aydınları ülkeleri için kendilerini feda ediyor. Dilerim yüz yıl daha sürmesin" dedi.

Celile, kayınpederinin yorulmuş olduğunu düşündü.

"Müsaadenizle gitmek istiyorum. Önce Nâzım'la vedalaşacağım..."

***

Celile kapısını çalarak Nâzım'ın odasına girdi. Delikanlı masasında çalışıyordu. Odada bulunan tek koltuğa oturan Celile, oğlunun kendisiyle ilgilenmemesi üzerine "Saçmalama Nâzım!" dedi sert bir eda ile.

Nâzım sandalyesini annesine çevirdi. Biraz düşündükten sonra İngiliz muhipliği meselesinin kendisini rahatsız ettiğini, ailesinin bu işin içinde olmasının onurunu fena halde kırdığını söyledi ve vatanseverlikten dem vurdu.

Buna karşılık Celile, "Bazen..." dedi. "Vatanseverlik insanları pisi pisine ölüme göndermemek için onurundan fedakârlık etmektir."

Nâzım'ın gözleri çakmak gibi parladı. "Hayır" dedi. "Bu senin söylediğine, dilim varmıyor ama vatan hainliği denir."

Celile kızmıştı. "Peki" dedi. "Nedir vatanseverlik? Bir tarifini yapar mısın bana?"

Nâzım ayağa kalktı. Belli ki uzun konuşacaktı.

"Bir dretnot[68] düşün. Sancak tarafından torpil almış, yana doğru yatmakta. Batmamasının tek yolu var, iskele tarafındaki bölmeye de su dolmasını sağlamak. Mürettebat yapılması gerekenin farkında. Ama bu bölmenin kapısı bozuk. Dışarıdan kapanmıyor. Tek çıkar yol, içeriye girip kapıyı arkadan sürgülemek. Bir genç Türk zabiti bunu yaptı biliyor musun? İleriye atıldı, su doldurulması gereken bölmeye girdi ve kapıyı 'Vatan sağ olsun!' diyerek sürgüledi."

Genç Nâzım, kendisini dehşet içinde dinleyen annesine uzun uzun baktı, sonra "Vatanseverlik işte bu demek! Ah bir fırsatını bulabilsem!" dedi.

Celile oğlunun ne demek istediğini de nasıl bir ruh hali içinde bulunduğunu da gayet iyi anlamıştı. Gözyaşları içinde ayağa kalktı, odadan çıktı.

Merdivenleri inerken, "En kötüsü de..." diye söylendi. "Anlattığı anekdot nedeniyle ağladığımı düşünecek olması. Halbuki ben onun geleceğinden endişe ettiğim için ağlıyorum."

---

68. Üç yüz beş milimetrelik on ana batarya, tek ve çift namlulu beş taret ve yirmi dört adet küçük topla donatılmış savaş gemisi.

Arabalı vapur Sirkeci İskelesi'ne yanaşırken, bir ceylan gibi karaya sıçrayan denizciyi oğluna benzetti Celile.

Nâzım'ı da işte tam böyleydi.

Yeniyetme bir gençken, vapurdan karaya ilk atlayan olmak çok hoşuna giderdi delikanlısının.

Bahriyeliler grup halinde gemiden uzaklaşırken, Celile yeğeninin otomobili getirmek üzere gitmesini fırsat bildi, kardeşinin kolunu sıktı.

"Bak sana ne anlatacağım."

Münevver, ablasını can kulağıyla dinlemeye başladı.

Yaşlı kadın, Mehmet Nâzım Paşa'nın evinde, Nâzım'dan dinlediği "dretnota dair anekdot"u kardeşine nakletti.

Ardından derin bir nefes aldı, "Öyle ya da böyle, belliydi oğlumun günün birinde kendini bu vatan için feda edeceği Münevver" dedi.

Münevver, Celile'nin yarasını kanırtmamak için, "Hepimiz biliyorduk böyle olacağını abla" demedi. Başını sallamakla yetindi.

Ablasına hangi durumda nasıl davranılması gerektiğini gayet iyi bilen Münevver, Oktay'ın otomobille yaklaşmasını fırsat bilerek, "Geliyor!' dedi. Koluna girdiği bir eli bastonlu Celile'yi, otomobilin duracağı noktaya doğru yürüttü.

Celile ve Münevver otomobile binince Oktay, "Büyük an yaklaşıyor teyze!" dedi heyecanlı bir ses tonuyla ve "Hazır mısın?" diye sordu.

"Hazırım!" diye cevapladı yeğeninin sorusunu yaşlı kadın.

"Hem de dünden hazırım! Kaç gündür düşünüyorum biliyor musun Galata Köprüsü'nün üzerine çıkıp bas bas bağırmayı Oktay!"

Oktay başını önüne eğdi. Oğlu açlık grevinde olan, bir başka deyişle her geçen dakika canının ölüme yaklaştığını düşünen bir annenin içdünyasında neler olup bittiğini hissetmeye çalıştı.

Genç adam, aklına gelenleri dile getirmedi. Yangına körükle gitmenin bir manası olmayacağının farkındaydı.

"Gazetecilere, düşündüklerini bir disiplin içinde, olabildiğince sakin anlatmalısın teyze. Unutma ki yarın bütün gazetelerde, az sonra senin ağzından çıkan cümleler yer alacak. Söylemen gerekenleri bir kere daha tekrarlamamızı ister misin?"

Celile, "Siz masayı kurun, imza defterine sahip çıkın. Pankartı ben elime alacağım ve önce kendi düşüncelerimi bir güzel söyleyeceğim. Sonra da gazetecilerin sorularına cevap vereceğim. Hiç merak etme çocuğum" dedi ve kestirip attı konuşmayı.

Oktay ve Münevver, onun bu işin üstesinden alnının akıyla geleceğine bir kez daha kanaat getirdiler.

Elli Bir

Celile babasının evine girerken, Tarık Mümtaz[69] çıkıyordu.

Sayılı gün çabuk geçmiş, ev sahibi kirayı istemek için kapıya dayanmıştı. Celile bu tür durumlarda hep yaptığı gibi "Lanet olsun!" diyerek babasının evinin yolunu tutmuştu.

Laf nasıl olsa dönüp dolaşıp para meselesine gelir, babası parasız olduğunu anlayınca çantasına bir zarf içinde uygun bir miktar bırakırdı.

"Keşke..." diye düşündü Celile. "Daha fazla resim satabilseydim de mevzu açıldığında paramın olduğunu söyleyebilseydim."

Bu sefer öyle olmayacaktı. Hasan Enver Paşa kızına, "Satın almak için Kadıköy'de küçük bir ev bul kendine. Kira köşelerinde daha fazla sürünme" demiş, bulduğu evi kendisinin de görmek istediğini, pazarlığı bizzat yapacağını ilave etmişti.

Çok sevindiyse de belli etmedi Celile. "Ne lüzumu var?" filan da demedi.

Sevincini ve utancını maskelemek için, "Ben girerken genç bir adam çıkıyordu. Kimdi o?" diye sordu.

Hasan Enver Paşa, "Tarık Mümtaz. Tanıdığını zannetmiyorum. Damat Ferit Paşa'nın yaveri" diye cevapladı kızını.

---

69. Kanun çıkınca, soyadı Göztepe oldu. Asker kökenlidir. Osmanlı'nın son döneminde, dokuz ayrı Harbiye nazırına yaverlik yaptı. Mütareke döneminde ise Damat Ferit Paşa'nın yaveri oldu. Yurtdışına sürülen yüz ellilikler listesinde yer aldı. Pek çok gazete ve dergi yayımladı, kitap yazdı.

Damat Ferit'in adını duyunca Celile merakına yenik düştü ve "Önemli bir durum mu var?" diye sordu babasına.

Paşa derin bir oh çekti.

"Yok canım" demediğine göre, anlaşılan anlatacaktı.

"Genç bir adam Tarık Mümtaz ama Damat Ferit Paşa'ya, sadrazam olduğu günlerden bu yana yaverlik yapıyor. Bir ara *Ümid* dergisini yayımladı ve yazılar da yazdı. Oradan tanışıyoruz. Benden de yazı isterdi. Birkaç konuda fikrimi almak için gelmiş."

Babasının böyle bir durum için oh çekmeyeceğini bilirdi Celile. Yaşlı adamın canını sıkan daha önemli meseleler olmalıydı.

"Bak Celile, şimdi anlatacaklarım çok gizli. Bir tek sen bileceksin. Kimseye anlatmayacağından emin olmasam söylemem."

Bu sözleri söyledikten sonra bir de "Anlaşıldı mı?" der gibi baktı kızına.

"Birkaç gün önce, saltanat şûrası Yıldız Sarayı'nda tam kadro toplanmış. Şûrayı Padişah Vahdettin bizzat açmış. İlk sözü Damat Ferit almış ve Paris yakınında bulunan Sevr'de yapılacak antlaşmayla, İstanbul ve küçük bir toprak parçasının bize kalacağını, geri kalan her yerin Fransa, İngiltere, İtalya ve Yunanistan arasında paylaşılacağını söylemiş. İmzalarsak iyi kötü bir toprak parçasına sahip olacağımıza, aksi takdirde dünya haritasından silineceğimize özel olarak vurgu yapmış. Bunun üzerine padişah ayağa kalkmış ve antlaşmayı imzalamaktan yana olanların ayağa kalkmasını rica etmiş. Bir tek topçu Ferik Rıza Paşa ayağa kalkmamış."

Hasan Enver Paşa, Tarık Mümtaz'dan edindiği bu önemli bilgiyi Celile'ye titrek bir ses tonuyla anlatmıştı. Yaşlı adam, sözlerini neredeyse ağlayacak gibi tamamlamıştı.

Babasını dinlerken, omuzlarının düştüğünü hissetti Celile ve ancak epey bir süre sonra, "Koskoca bir imparatorluktan küçücük bir şehre..." diyebildi. Kelimeler boğazına düğümlendi.

Bırakın birkaç yıl öncesini, birkaç ay öncesine, hatta az önce kapıdan içeriye girene kadar, bir tahmin olarak söyleseler, "Saçmalamayın!" der güler geçerdi az önce duyduklarına Celile.

"Emin miyiz böyle olacağından?" diye sordu aklı karışmış olarak.

Hasan Enver Paşa güçbela evet dedi.

"Antlaşmayı imzalamaya gidecek heyet bile belli olmuş. Bugün yarın yola çıkacaklarmış."

"Peki" dedi Celile. "Anadolu'da savaşmakta olan güçler ne diyecekler bu antlaşmaya?"

Deneyimli devlet adamı Hasan Enver Paşa, belli ki meselenin bu boyutunu da düşünmüştü.

"Şiddetle protesto eder, savaşın dozunu daha da artırırlar. Aslında, böylelikle toplum nezdinde güçleri daha da artmış olacak. Şimdiye kadar, toplumun en azından bir kısmı, padişahın ya da İstanbul hükümetinin bir bildiğinin olabileceğini düşünüyordu. Şimdiden itibaren, İstanbul'un tek bildiğinin teslim olmak olduğu anlaşılmış olacak. Dolayısıyla, ülkeyi kurtarabilecek tek gücün Ankara'da hükümet kurmuş güçler olduğu düşünülecek."

***

11 Ağustos 1920'de yayımlanan gazeteler, Sevr Antlaşması'nın imzalandığını bildiriyordu.

Celile, 10 Ağustos'ta imzalanmış olan antlaşmanın koşullarını okuyunca, babasından öğrendikleriyle yüzde yüz örtüştüğünü gördü, uzun uzun ağladı.

Elli İki

Birkaç gün sonra kayınpederini ziyarete gidince ilk iş olarak "Nâzım odasında mı?" diye sordu Celile.

Mehmet Nâzım Paşa şaşırdı ve "Sende değil miydi?" diyerek, sorusuna soruyla karşılık verdi.

"Yooo" dedi Celile.

"Acaba Hasan Enver Paşa'nın evinde olabilir mi?" demek geldi aklına yaşlı adamın.

Kayınpederinin bu sorusu üzerine, "Bir hafta önce ondaydım. Nâzım'ın epeydir kendisini ziyaret etmediğini söyledi. Ona mı gitti acaba?" diye yüksek sesle düşündü, biraz telaşa kapılarak Celile.

"Neyse, neyse..." dedi sonra. "Siz endişe etmeyin, biraz sonra kalkar babama gidip bakarım, size de bir haber gönderirim."

Celile, kayınpederi ile aklında Nâzım olmak üzere, biraz havadan sudan, daha çok da Sevr Antlaşması üzerine konuştu. Ziyaretini kısa tutup, tekrar yola koyuldu.

Maalesef, Nâzım babasının evinde de değildi ve epeydir uğramamıştı.

"Hikmet de Türkiye'de olmadığına göre..." diye düşündü. "Arkadaşlarını bulup sormaktan başka çarem yok!"

Aklına ilk gelen tabii ki Vâ Nû[70] oldu.

---

70. Vâlâ Nureddin: Gazeteci, yazar. Galatasaray Sultanisi yıllarından itibaren Nâzım Hikmet'in arkadaşı.

Bir gün Vâ Nû'ların evinin önünden geçerlerken Nâzım göstermişti "İşte şu dökük evde de Vâ Nû'nun ailesi oturuyor" diye.

Annesinin şaşırdığını görünce "Vâ Nû'lar Selanik göçmeni. Babası ölmüş. Dedesi emekli. Annesi ve teyzesi güçbela döndürüyorlarmış evi. On küsur nüfus gördüğün şuncacık evde yaşıyorlarmış. Evin bakımsız oluşunun nedeni, paralarının olmaması" demişti çok üzgün bir ses tonuyla Nâzım.

Celile Vâ Nû'ların kapısını çalarken, bin bir çeşit duygu durumuyla halleşti.

Derken kapı açıldı, orta yaş sınırında ama nine gibi duran bir kadın, karşısında Celile gibi alımlı, bakımlı bir kadını görünce epeyce şaşırmış olarak "Buyurun efendim?" dedi.

"Şey..." dedi Celile. "Ben oğlunuz Vâlâ'nın arkadaşı Nâzım'ın annesiyim."

Kadıncağız anlamıştı ziyaretçisinin geliş nedenini.

"İçeriye buyurmaz mısınız?"

Celile iskarpinlerini girişte çıkarttı, önüne konulan Mahmutpaşa işi ucuz terlikleri ayağına geçirdi ve ev sahibesinin gösterdiği yönde ilerledi.

Kendisinin de parasızlıkla boğuştuğunu ama gerçekten yoksulluk çekilen evleri savaşın bir başka perişan ettiğini bir kez daha ve kendi gözleriyle gördü.

"Biliyorum" dedi Vâ Nû'nun annesi. "Sizin yaramazın size söylemeden gittiğini."

Celile şaşırdı. Kadın kaldığı yerden devam etti.

"İkisi birlikte gittiler. Anadolu'ya, savaşan kuvvetlere destek olmak için geçtiler. Nâzım size söyleyemediği için eniştesinin hediye ettiği bir dürbünü satmış, cebine birkaç kuruş koymuş. Vâ Nû'ya da biz üç beş kuruş verdik."

Vâlâ'nın annesi anlatmayı sürdürüyordu ama Celile kopup

gitmişti konuşmadan. "Demek..." diye düşündü. "Nâzım sonunda kafasına koyduğunu yaptı."

***

Sonraki günlerde Celile hep Nâzım ile yattı, Nâzım ile kalktı. Oğlunun akıbetinin ne olduğunu merak etmeden geçirdiği tek bir dakika bile yoktu.

Ta ki, ilk mektup eline ulaşıncaya kadar!

"Sevgili anneciğim,

Öncelikle, İstanbul'dan izninizi almadan ayrıldığım için özür dilerim. Karşı çıkacaktınız ama ben yine de yapacaktım. Sizi üzmemin manası yok diye düşündüm..."

Nâzım mektubunda, önce İnebolu ve ardından Zonguldak'ta karaya çıkışlarını anlatıyor, ardından bir de güzel haber veriyordu.

"Zonguldak'tan Ankara'ya bizim için bir yazı yazıldı. Bugün cevap aldık. Ankara hükümeti bize kendilerine katılabilmemiz için yol parası göndermiş. Bizim gibi başka şairler de vardı ama onlar kabul edilmemişler. Vâ Nû ve benim kabul edilmemde Doktor Adnan Bey ile Halide Edip Hanımefendi önemli rol oynamış. Kendileri, beni şahsen çok sevimli bulduklarını bile söylemişler. Yarın Vâ Nû ile birlikte Ankara'ya doğru yola çıkacağız."

Oğlunun yeni yazdığı birkaç şiirle de süslediği bu mektup, Celile'yi önce havalara uçuracak, sonra uzun uzun düşündürecekti.

Anlaşılan, Ankara'nın sevk ve idaresinde süren Kurtuluş

Savaşı'na fedai olarak katılmak için bile dünya kadar inceleme-den geçmek gerekiyordu.

"Tabii ki öyle olacak" diye düşündü Celile. "Osmanlı'nın ye-tiştirdiği en değerli kurmay subaylarının önderlik yaptığı bir ölüm kalım savaşında, her aklına esen bildiği gibi davranacak değil ya!"

Tam da Celile'nin düşündüğü gibiydi. Mustafa Kemal ve ar-kadaşları, yürüttükleri ölüm kalım savaşının, gerek meclis düze-yinde gerekse cephede sabotajlara uğrayabileceğini öngörüyor, önlemlerini ona göre geliştiriyor, "uygun görmedikleri" insanlarla yollarını en baştan ayrı tutuyorlardı.

Milli kuvvetlerin henüz oluşmaya başladığı günlerde Ameri-kan mandasını savunsa da, Halide Edip'in özellikle Sultanahmet Mitingleri'nde gösterdiği yararlılık, belli ki Ankara'dakilerin üze-rinde iyi tesir yapmıştı.

"Mesela..." diye düşündü Celile. "Ben gitmeye kalksaydım, ka-pıdan çevirirlerdi. İngiliz muhipliği yaptım diye."

Aynen öyle olurdu!

Belki kendisi farkında değildi ama Nâzım'ın, Mehmet Nâzım Paşa'nın torunu ve Celile'nin oğlu olmasına karşın Zonguldak'tan geri gönderilmemesinin asıl nedeni, son zamanlarda yayımladığı "vatan ve millet"e dair kahramanlık şiirleriydi.

Celile, içinde oğlunun şiiri olduğu için epeydir komodinin üze-rinde tuttuğu bir dergiyi eline aldı. Nâzım'ın, Yunan ordusunun yurt-tan atılmasıyla ilgili şiirinden bir bölümü gözleri yaşararak okudu:

"(...) Her sıyrılışında palası kınından
Eğilip dörtnala giden atından
Boşluğa bir kafa yuvarlanıyordu.
Önünde kaçarken bu kahpe ordu
Ala boyuyordu mor cepkenini..."

Elli Üç

"Sevgili Marcel,

Bir insanın öteki insanın etini yediğine inanabilir misin? Gazeteler böyle yazıyor, çok güvenilir kaynaklar teyit ediyor. Eski adıyla Rusya, yeni adıyla Sovyet Sosyalist Cumhuriyetleri Birliği'nde, altı milyondan fazla insanın açlıktan öldüğü söyleniyor. İstanbul sokaklarında adım başı Rus mülteciye rastlanıyor. Tüm zenginliğini ülkelerinde bırakmış aristokrat aile mensupları, bir lokma ekmek için lokantalarda bulaşıkçılık yapıyor..."

Rusya'da yaşananlar çok etkilemişti Celile'yi. Karşılaştığı insanlarla hep bu konuyu konuşuyor, Marcel'e yazdığı mektupta da bundan söz ediyordu.

Kimi yorumcular, Rusya'nın başına gelenlerin kapitalizm ile sosyalizm arasında yaşanan savaş nedeniyle olduğunu yazıyordu.

"Ne yani?" diye düşünüyordu bu tür haberleri okuduğunda acı içinde Celile. "İnsanlar insanları açlıkla mı terbiye ediyor?"

Aklında bu tür sorularla çaldı o gün kayınpederinin kapısını. Düşüncelerini olduğu gibi ona da söyledi. Yaşlı adam da okumuştu aynı yorumları.

"Dünya yıkılıyor ve yeniden kurulacak" dedi Mehmet Nâzım Paşa.

Sahip olunan topraklar göz önünde bulundurulacak olursa, üç beş yıl öncesine kadar dünyanın en büyük birkaç ülkesinden ilk ikisi olan Osmanlı ve Rusya'da, insanlar, bundan böyle, başka bir şekilde yaşayacak ve yönetilecekti.

"Çekilen büyük sancıların, yaşanan büyük acıların nedeni tam olarak bu" dedi paşa.

"Bu arada tabii ki çok da büyük dramlar yaşanacak, büyük tecrübelerden geçilecek..."

Kayınpederinin sözlerinin arkasındaki manayı algılamaya çalıştı Celile.

"Özel olarak bir şey mi söylemeye çalışıyorsunuz?"

"Evet Celile. Bir tarafta az önce senin dillendirdiğin sıradan insanların dramları, öte tarafta dünyanın kaderine oynamış ailelerin, mesela Romanovların, Osmanoğullarının..."

Kayınpederi biraz da tedirginlik içinde susunca Celile "Lütfen devam eder misiniz?" dedi.

"1917'de, hatırlayacaksın İkinci Nikola kardeşi Mihail lehine tahttan çekilmiş kardeşi de bunu reddetmişti. Tahtta kalan Nikola Romanov ve ailesinin bütün üyeleri 1918'de kurşuna dizildiler. Tamam, bugün Osmanoğulları İstanbul'da, İngilizlerin koruması altında. Peki ya gün gelir İngilizler çekilip giderse?"

Celile, kayınpederinin bu sözleri üzerine dehşete kapıldı. Meseleye bu boyutuyla hiç yaklaşmamıştı. Ayrıca, Mehmet Nâzım Paşa bu tür lafları durup dururken edecek türde biri değildi. Belli ki bazı duyumları vardı.

"Yani siz şimdi, milli kuvvetlerin kazanma, İstanbul'u dahi teslim alma ihtimalinden mi söz ediyorsunuz? Ve böylesi bir durumda padişah ve ailesinin kurşuna dizilebileceğini mi ima ediyorsunuz?"

Celile'nin bir anda altı milyondan fazla insanın açlıktan öldüğünü unuttuğunu düşündü paşa. Acı bir tebessümle bunu gelinine de söyledi.

Ela gözlü parsın yüzüne gölge düştü. Derin düşüncelere daldı.

***

Celile evin içinde bir süre dolaştıktan, oğlunun paşa dedesi ile kaldığı zamanlarda yattığı odayı ziyaret ettikten sonra yeniden çalışma odasına döndü.

Dünya kadar gazete ve dergi arasında kaybolmuş Mehmet Nâzım Paşa'ya "Biraz evvel söylediklerinizden, sarayın içinden bazı bilgiler almış olduğunuzu hissettim. Doğru mu?" diye sordu.

Paşa "Evet" dedi.

Celile bakmaya devam edince, Mehmet Nâzım Paşa az önce bıraktığı yerden devam etti.

"Milli kuvvetlerin Anadolu'da sistemli bir şekilde hareket etmesi, sarayda endişe ile karşılanıyor. Çünkü Sevr'de yapılmış antlaşma manasızlaşmış durumda. İngiliz, Fransız her kim olursa olsun, karşısında asıl güç gibi gördüğü padişah ve sarayın, kendileri olmasa İstanbul'da bile hükmünün geçmeyeceğinin farkında. Kendileri de burada aynı gücü sonsuza kadar tutamayacaklarına göre..."

Celile, "Gün gelir de İngiliz ve Fransızlar, Mustafa Kemal ve arkadaşlarıyla anlaşmak zorunda kalırlarsa mı demek istiyorsunuz?" diye girdi araya.

"Evet. Böyle bir durumla karşı karşıya kalınırsa, hangisi daha doğru olur? Romanovlar gibi kurşuna dizilmeleri mi yoksa bir ülkeye sığınıp canlarını kurtarmaları mı?"

"Vay vay vay!" dedi Celile ve ekledi: "Demek bu noktaya kadar geldik!"

Evet, bu noktaya kadar gelinmişti. Yıldız Sarayı'nda, hem

padişahın katıldığı toplantılarda hem de özel konuşmalarda, bir sonraki adımın ne olması gerektiği konuşuluyordu.

Celile, kayınpedererininkinden çıkıp kendi evine gidene kadar, hep aynı konuyu düşündü.

Sevr'den önce alınan kararların ve imzalanan antlaşmanın bir hükmü kalmadığına göre, acaba padişahın bir sonraki adımı ne olacaktı?

Elli Dört

"Gözünü sevdiğimin Osmanlı bürokrasisi" diye söylendi Celile, elinde sarı bir zarf olmak üzere evinin kapısını kapatırken.

Az önce kapıyı biri subay iki asker çalmış, "Hikmet oğlu Nâzım bu evde mi yaşıyor?" diye sormuşlardı.

Celile "Hayır, niye sordunuz?" deyince, "Bizde kayıtlı olan adresine gittiğimizde, o ikametgâhın dedesi Mehmet Nâzım Paşa'nın evi olduğunu öğrendik. Ondan da sizin adresinizi aldık. Kendisine bir tebligatımız var" cevabını almıştı.

Hikmet oğlu Nâzım'ın annesi olduğunu ama kendisinin nerede olduğunu bilmediğini söyleyince, subay elindeki sarı zarfı işaret ederek, "Ona ulaştırılması gerekiyor ama isterseniz siz de teslim alabilirsiniz" demişti gülümseyerek.

Celile bu gülümsemeyi nasıl yorumlaması gerektiğine karar verememiş, merakına yenik düşüp, "Acaba içinde ne yazdığını biliyor musunuz?" diye sormuştu.

Genç subay "Evet ama söyleme yetkisine sahip değilim" deyince, Celile'nin içine bir ateş düşmüştü.

Acaba Nâzım'ın başına bir iş mi gelmişti?

Genç adam, güzel kadının telaşa kapıldığını görünce, "Telaşlanacak kadar kötü bir durum değil, emin olunuz lütfen" diyerek toparlanmasına yardımcı olmuştu.

Subayın yardımıyla aklı başına gelmişti Celile'nin. Başına bir iş gelmiş birinin, bizzat kendisine tebligat mı gönderilirdi Allah aşkına!

Dayanamamış, uzanıp sarı zarfı almış, kendisine uzatılan defterde, subayın gösterdiği yere "Aldım" yazıp, yanındaki boşluğa imzasını atmıştı.

Genç subay Celile'yi sert bir şekilde selamlarken o çoktan sarı zarfı açmış, içindeki tebligatı okumaya girişmişti.

"1902 Selanik doğumlu Hikmet oğlu Nâzım, aşırıya kaçan halleri bulunduğundan askeriyeden ihraç edilmiştir..."

***

Elinde mektup olmak üzere tuvalinden epey uzaktaki hasır sandalyesine otururken, "Hep aşırıdır Nâzım'ım" diye düşündü Celile. Nedense aklına Kemal'li günleri geldi.

Çok önce, Kemal'in cebine "Muallimim olarak girdiğiniz bu eve, babam olarak giremeyeceksiniz" notunu koyduğu gün anlamalıydı, yakışıklısının boyun eğen değil, başkaldıran bir adam olacağını.

Derinlere dalınca, "Aslında, tıpkı benim gibi" diye düşündü ela gözlü pars. Kendisi de hiç boyun eğen olmamıştı.

"Eh!" dedi kendi kendine. "Bir dişi parsın ela gözlerine sahip olmak da bunu gerektirmez mi zaten?"

İyiden iyiye eski günlere dalıp gitmişti Celile...

Kemal'le Pera Palas'ta karşılaşmaları, sergide buluşmaları, vapurla Büyükada'ya gidişleri, adanın tepesinde gerçekleşen piknik, İstanbul'da yaşanan birkaç küçük kaçamak ve iyiden iyiye Büyükadalı günler...

O küçük ev dile gelmeli ve anlatmalıydı Kemal'le olan sevişmelerini, birlikte, uykusuz geçirdikleri onca geceyi, sonra şairinin ayaklarının ucuna basarak evden uzaklaşmalarını...

"Ne olurdu sanki biraz da yürekli olabilseydi?" diyerek kalktı Celile oturmakta olduğu hasır sandalyeden.

Tuvalinin başına geçip palet ve fırçasını eline almak yerine, gerilerde oyalanmayı tercih etti güzel kadın.

Evlenmelerine doğru, geriye gün sayarken, nasıl da ürkek, korkak görünmeye başlamıştı gözüne Kemal.

Büyük bir aşkla okunan şiirler, "İşte arkanda duracak adam" dedirten güven verici sözler gitmiş, onların yerini göz göze gelmekten bile kaçınan zavallı, sünepe bir adam almıştı.

"Yok, yok..." diye düşündü Celile. "Sadece on altı yaşındaki bir çocuğun yazdığı mektuptan korkularak verilecek kararlar, girilecek ruh halleri değildi elbette bunlar."

Şimdi ne çok isterdi şairi karşısına alıp "Neden?" diye tek kelimelik bir soru sormayı.

Tabii ki yapmaz, yapamazdı bunu!

Deliler gibi âşık olduğu günlerde bile tenezzül etmediği o "Neden?" sorusunu, aradan bunca zaman geçtikten sonra hiç mi hiç soramazdı.

Aşkı küllenmiş, geride kalmış hatta zaman içinde nefret halini almış bir kadın olarak, hırsla bir tur attı atölyesinin içinde.

Kızgınlığının tepe yaptığı noktada "Kemal gibi değil, Nâzım gibi olmak lazım bu hayatta!" diye söylendi.

Oğlunun, aşklarını hesapsız kitapsız, adam gibi yaşayacağından gayet emindi Celile.

Elindeki tebligatı yeniden sarı zarfın içine koydu, ilk gördüğünde Nâzım'a vermek üzere, bu tür evrakları sakladığı kapaklı bir dosyanın içine yerleştirdi, bir sigara yaktı.

Tam da o anda, acaba bir haber var mı diye, Vâlâların evine bir daha uğramaya karar verdi.

O gün için yaptığı tüm planlardan vazgeçti, alelacele evden çıktı.

***

Hislerinde yanılmamıştı.

Nâzım'dan gelmesini umut ettiği mektup Vâ Nû'nun annesinin elinde kendisini bekliyordu.

Nâzım ve Vâlâ'nın önce İnebolu oradan Zonguldak'a gittiklerini zaten biliyordu.

Oğlu ve arkadaşı, bu ilde bir süre oyalandıktan sonra üç gün yürüyerek Kastamonu'ya varmışlardı. Kastamonu'da duraklamışlardı, çünkü hava iyice bozmuş diz boyu kar yağmıştı.

Nâzım mektubunu 20 Ocak 1921'de Kastamonu'dan yazmış, Vâlâ ile aynı zarfa koymuş ve arkadaşının evine göndermişti.

Celile, Nâzım'ın satırlarında Ankara'ya bir an önce ulaşmak için büyük heyecan duyduğunu hissetti. Nâzım durmadan, kendilerine Matbuat Müdürlüğü'nde teklif edilen işten söz ediyor, bu görevi yerine getirirken zorluk çekmeyeceğinden, çünkü yazmayı zaten çok sevdiğinden dem vuruyordu.

"Ne zaman büyüdü de hangi ara yazar oldu?" diye düşündü.

Güzel kadının aklına, oğlunun henüz Bahriye Mektebi'nde öğrenciyken yazdığı şiirler ve bunları Kemal vasıtasıyla çeşitli dergilere gönderdiği geldi. Anlaşılan o şiirleri ve sonra yazdıklarını beğenenler olmuş, Nâzım'ının önünde, yazmaya dair bir yol açılmıştı.

Nâzım uzun mektubunda, Spartaküsçülerden ve başka siyasal akımlardan, sınıf meselesinden, emperyalizmden de söz ediyordu.

Belli ki oğlu kendisi gibi savaşa katılmak için Anadolu'ya doğru yola çıkmış muhtelif görüşlerden insanlarla karşılaşıyor, yol boyu onlarla konuştukça fikirlerinden etkileniyordu.

Celile mektubu birkaç kez okuduktan sonra Vâlâ'nın annesine teşekkür etti ve aldığı haberi paylaşmak için Mehmet Nâzım Paşa'nın evinin yolunu tuttu. Sonra da babasına gidecekti.

Elli Beş

İlk kez o gün, Mr. Bennett ile konuşurlarken düşündü padişahın ülkeyi terk edebileceğini Celile.

Bennett, İngiliz istihbarat servisinin İstanbul'da yüzbaşı rütbesiyle görev yapan subayıydı ve henüz yirmi beş yaşındaydı.

O günlerde John Godolphin Bennett'i nasıl tarif edeceği sorulsa, iki kelimeyle cevap verir ve "Kafası karmakarışık'" derdi Celile.

Hoş, onunla ilgili olarak sonraki yıllarda da böyle düşünecekti ya.

***

Kayınpederinin evinde Mevlevilik üzerine sohbet edilip, tekke musikisi üzerine çalışmalar yapılırken karşılaşırlardı arada bir Mr. Bennet ile.

Böyle zamanlarda, ülkesinin geleceğinin bir İngiliz'in gözüyle nasıl göründüğünü anlamak için kulak verirdi genç adamın sözlerine.

Hiç ama hiç akıllı uslu biri gibi görünmemişti kendisine John Godolphin Bennett. Askerdi ama daha çok matematik ve teknolojinin gelişimi ile ilgileniyordu. Bir de tabii ruhani ve manevi konulara çok merakı vardı. Kafasının önemli bir bölümünü, ruhani psikoloji ile bozduğu söylense yeriydi.

Nedeni belliydi bu özel durumun: Georgi Gürcüyev.[71]

Mehmet Nâzım Paşa'nın evine, genellikle kendisinden otuz yaş kadar büyük Gürcüyev'le birlikte gelirdi Mr. Bennett.

Gürcüyev Kafkasya'da doğmuş, Kars'ta büyümüş, birçok dili olduğu gibi Türkçeyi de iyi konuşan bir adamdı.

Mehmet Nâzım Paşa'ya Hindistan, Tibet, Orta Asya ve Mısır'da, öğrenerek geçen yirmi yılıyla ilgili bilgiler verirdi. Bedenini, duygularını ve zihnini kontrol etmeyi hep bu gezilerinde öğrendiğini söylerdi.

Paşayla konuşmalarında, Mr. Bennett, Gürcüyev'in bizzat kendisinin geliştirdiği bir teknikten de söz ederdi sık sık. Bu teknikle, insanların tam bilinç seviyesine yükselmesinin mümkün olacağını savunur, arkadaşından, düşüncelerini paşa ile paylaşmasını isterdi.

Gürcüyev konuşmak istemese de Mr. Bennett onu bu konuda konuşmaya teşvik etmeye çalışır, bir Mevlevi dedesi olan Mehmet Nâzım Paşa'nın, görüşlerini geliştirmek yolunda kendisine yardımcı olacağından dem vururdu.

***

Celile, giderek John demeye başladığı Mr. Bennett'in, kayınpederinin evine yaptığı ziyaretlerin ne kadarının ruhani konularla ilgili olduğunu henüz çözememişti. İngiliz Muhipleri Cemiyeti için mi, yoksa istihbarat toplamak amacıyla mı geldiğini de kestiremiyordu.

---

71. Düşünceleri altmış yıldır tartışılıyor. Bilim insanları, Gürcüyev'in bir akademisyen mi yoksa şarlatan mı olduğu konusunda henüz fikir birliğine varabilmiş değiller.

Celile, "Eğer..." diyordu kayınpederine konuklarını yolcu ettikten sonra. "Onlar bizim ağzımızdan laf almaya çalışıyorlarsa, bizim de onların bilgilerine ulaşmaya hakkımız olmalı. Öyle değil mi?"

Söylediği gibi de davranıyor, her ziyaretinde John Bennett'in ağzını yokluyordu.

O gün gerçekleşen konuşmalarında John, "Sarayla yazışma halindeyiz, onlar bizden güvenli bir tahliye istiyorlar, biz onlardan bunun kendi istekleriyle gerçekleşeceğine dair bir yazı" talep ediyoruz demişti.

Celile, "Neden böyle bir yazı istiyorsunuz?" diye sorunca, John, "Öteki türlü kaçırdığımız bile söylenebilir. Hükümetimiz, Vahdettin'in ülkesini kendi isteğiyle terk ettiğine dair bir yazı almamızı şart koşuyor. Biz de bunu kendilerine böylece ilettik" demişti.

Konukları gittikten sonra, Celile, John'dan öğrendiği bu bilgiyi Mehmet Nâzım Paşa ile paylaşmış, "Padişah kısa bir süre sonra bir İngiliz gemisiyle ülkeyi terk ederse hiç şaşırmayalım" demişti.

***

Çok geçmeden, takvimler 18 Kasım 1922'yi gösterirken, gazeteler topluca aynı haberi yayımladı:

"Padişah Vahdettin 17 Kasım sabahı *Malaya* isimli savaş gemisiyle yurdu terk etmiştir!"

Böyle olacağını bilse de padişahın İstanbul'u terk etmek zorunda kalması Celile'yi üzdü. Gazeteleri okuyunca üzerine bir ağırlık çöktüğünü hissetti. İçinden resim yapmak gelmedi. Bir sigara yaktı, dert ortağı Marcel'ine yazmaya koyuldu:

"Sevgili Marcel,

Dünyanın en büyük imparatorluklarından birinin maliki, yetmiş iki buçuk milletten milyonlarca insanın padişahı, İslam âleminin halifesi olacaksın ama tahtını, tacını, sarayını, insanlarını, daha da önemlisi altı yüz yıllık tarihini geride bırakıp, bir gemiye binecek ve uzaklaşacaksın..."

Elli Altı

Ankara hükümeti tarafından hilafetin resmen kaldırılması[72] ve ardından padişahın İstanbul'u terk etmesiyle birlikte, Osmanlı tarihinde bir dönem kapanıyor, yeni bir dönem açılıyordu.

Celile geleceğin ne getireceğini tam olarak tahmin edemiyor, cenaze gibi yaşamaktansa ölmenin hayırlı olacağına her geçen gün biraz daha fazla ikna olmaya başlıyordu.

Kısa bir süre sonra, ela gözlü pars, genç Nâzım gibi düşünür oldu.

Anadolu'dan gelen haberler hiç de fena değildi. İki yüz yetmiş bin civarında insanın silah altına alındığı ve büyük bir taarruz için geriye doğru sayılmaya başlandığı söyleniyordu.

Celile de zaten, İstanbul'da bulunan işgal kuvvetlerinin, ilk günlerde sahip oldukları özgüvenin yerini korkuya bıraktığını fark ediyordu.

1918'den 1922'ye kadar, dolu dolu geçen dört yıllık süre içinde, Anadolu kuvvetleri psikolojik ve fiziksel üstünlüğü ele geçirmiş gibi görünüyordu.

"Aslında..." diye düşünüyordu güzel kadın. "Bugün İstanbul halkı hep birlikte sokağa çıksa ve defolun diye bir bağırsa, hepsi kaçacak delik arar. Fransız'ı da İngiliz'i de Yunan'ı da ardına bakmadan kaçar gider..."

***

72. 3 Mart 1924'te Ankara, halifeliğin kaldırıldığını ilan etti.

Bütün bu altüst oluşun ortasında bir de kendisi vardı.

Celile, 1902'den 1922'ye kadar geçen yirmi yıllık süre içinde dünyanın bir ucundan ötekine defalarca savrulmuş, iki evlilik ve bir de büyük aşk yaşamıştı.

"Birini kaybetmiş olsam da üç çocuk" diye söylendi, yapmakta olduğu resme geriye doğru çekilip şöyle bir göz atarken Celile.

Paletine biraz daha sarı alırken "Bir evlilik demek daha doğru olur" diye görüşünde değişiklik yaptı.

"Aslına bakılacak olursa, hiç evlilik de diyebiliriz ya" diyerek düşüncesini tekrar değiştirdi.

Evlendiği gün anlamıştı, Hikmet'le gerçekleşen beraberliğinin kâğıt üzerinde kalacağını.

İstanbul sosyetesinin en gözde genç kızıydı evlendiğinde. İstanbul, Paris ve Roma üçgeninde, Avrupa'nın en ünlü ailelerinin standartlarına göre eğitim almış, tam da bu eğitime uygun bir hayat sürmüştü.

Gittiği tüm davetlerde gözler mutlaka onu arar, dünya etrafında dönerdi.

Yıldızının en parlak olduğu dönemde evet demişti Hikmet'in ailesinden gelen evlilik teklifine ela gözlü pars.

Genç, yakışıklı, iyi aile mensubu Hikmet'in, estirdiği rüzgâra kapılmış olduğunu zannetmişti.

Zaman içinde, yapmış olduğu evliliğin ailelerin bir kararı olduğunu fark etti.

"Bilemezdim!" diye düşündü. Çok kızdı kendisine.

Elindeki palet ile fırçayı masanın üzerine koydu. Bir sigara yaktı ve hasır sandalyesine oturdu.

Sonradan neler neler söylenmişti kulağına Hikmet'le ilgili. Evlilik hayatına noktayı koyduktan sonra, ne çok uçarılık hikâyesi anlatmıştı dostları, eski eşiyle ilgili.

Ve son olarak, kendisinin ortaya çıkarttığı Madam Seferadis'le ilgili olan...

Hikmet'ten Kemal'e atladı, ela gözlü parsın ele avuca sığmayan, zaman zaman kendi kendine bile itaat etmeyen beyni.

Çok ama çok sevdiğini itiraf etti önce kendine. Sonra, "Ama..." diye düzeltti görüşünü. "Sadece başlarda."

Celile epeydir Kemal'le olan ilişkisinin büyük bir talihsizlik olduğunu düşünüyordu.

Hikmet'li günlerin sonlarına, kendisini çok yalnız hissettiği günlerin en başına rastlamasaydı, acaba kabul eder miydi şairi dünyasına?

"Katiyen!" diyerek hırsla ayağa kalktı. Sigarasını kül tablasında parçaladı, palet ve fırçasını masanın üzerinden alıp tuvaline, bitmeye yaklaşmış resme yaklaştı.

"Okuma yazması olan, Paris, İstanbul görmüş bir köylüydü o kadar" diye düşündü Yahya Kemal için.

Öteden beri, ince, fedakâr, kahraman insanların sadece ama sadece görmüş geçirmiş çevrelerden çıktığına inanırdı Celile.

O elit çemberi bir şekilde kırıp içine sızmış olanlar, zaman içinde bir yerde mutlaka sihri bozar, gerçek kimliklerini ortaya koyarlardı.

Yahya Kemal'le ilişkisinde, şairin başına gelen de işte tam olarak buydu.

Oysa, Hikmet için böyle bir yakıştırmayı asla yapamazdı güzel kadın. Çocuklarının babası en başta neyse, aynı çatı altında nefes aldıkları son güne kadar hiç değişmemişti.

Beğensin ya da beğenmesin, sevsin ya da sevmesin, Hikmet'in duruşuna saygı duyabileceğini ama Kemal'inkini asla affetmeyeceğini düşündü Celile.

"Birinde riya var çünkü!" diye söylendi.

Şairin nüfuzdan, şan, şöhret peşinde koşmaktan başka bir hedefi olmadığından, sadece ve sadece kendisi için yaşadığından adı gibi emindi. Bugüne kadar hayatını bir başkasıyla paylaşmamış olması da bunun bir göstergesi değil miydi?

Oysa Hikmet'in, "kendine ait bir hayat" kurmaya kuşaklar boyunca hiç ama hiç ihtiyacı olmamıştı! Zaten vardı.

Elli Yedi

Münevver "Bir ortadan kayboldum, neler neler yaptın abla" dedi, henüz sekiz yaşında olan Oktay'ı, teyzesinin resim malzemeleriyle oynamaktan bilmem kaçıncı kez men ederken.

Oysa Celile, dünya güzeli yeğeni için masanın üzerine küçük bir tuval yerleştirmiş, üzerinde boyalar olan bir palet ile muhtelif fırçalar hazırlamıştı daha onlar gelmeden.

Böylece kendisi kardeşiyle konuşurken, çocuk da güzel vakit geçirmiş olacaktı.

"Onun için hazırladım bütün o malzemeyi Münevver, rahat bırak çocuğu" dedikten sonra "Lütfen devam et kaldığın yerden" diye dürtükledi bir kez daha kardeşini.

"Ben her şeyi anlattım abla. Samim elinden geldiği kadar milli kuvvetleri destekliyor. Bu arada, eli kulağında olan kurtuluşa kadar, Trabzon'u ayaklarının üzerinde tutmaya çabalıyor. Gördüğün gibi ben de Oktay ile boğuşuyorum. Haberler sende. Mektuplardan izleyebildiğim, zaman zaman kendim de tanık olduğum kadarıyla, roman gibi bir yirmi yıl geçirdin."

Celile kardeşinin "roman gibi" tabirini sevdiyse de kendisiyle ilgili konuşmaya yanaşmadı.

Bunun üzerine Münevver nokta atışları yapmaya başladı.

"Anladım, Nâzım Ankara'da Matbuat Müdürlüğü için çalışıyor. Peki Samiye nasıl?"

Münevver Samiye'nin sözünü edince, Celile'nin gözleri parladı. Hikmet Hamburg Konsolosluğu'na atanınca Samiye de onunla birlikte gitmişti. Tatlılar tatlısı kızı, kendisine yazdığı son mektubunda, akıbetlerinin yeni dönemin siyasal durumuna bağlı olacağını yazmıştı.

Aslında sadece Samiye'nin değil, tüm ülkenin kaderi, yaklaşmakta olan kıyametin ardından, tozlar yatışınca ortaya çıkacak yeni tabloya bağlı olacaktı.

***

Celile son günlerde kiminle karşılaşsa Mudanya'da gerçekleşen mütareke[73] üzerine konuşuyor olduğunu fark etti.

Anadolu'da olduğu gibi İstanbul'da da, İzmir'in kurtuluşu büyük bir sevinçle karşılanmış, üzerinden bir ay bile geçmeden başlayan Mudanya görüşmeleri ise herkesin umuda kapılmasına yol açmıştı.

Sevgili kardeşi Münevver İstanbul'da olduğu için, babasının evine yaptığı ziyaretleri artırmıştı Celile.

Babası da havalarda uçuyordu tabii gelişmelerle ilgili olarak. Mudanya'da gerçekleşen bırakışmayı "muhteşem bir başarı" olarak nitelemişti son görüşmelerinde yaşlı adam ve şöyle bir yorumda bulunmuştu:

"Önce Büyük Taarruz, ardından İzmir'de kazanılan muhteşem zafer...[74] Mudanya görüşmeleri, özellikle de itilaf devletleri tarafından teklif edilmiş olduğu için, bence adım adım mükemmel bir sona yaklaşıyor Ankara hükümeti..."

Bu cümlelerden sonra, söylediklerini dikkatle dinleyen kızlarına sanki teyit ister gibi "Siz öyle düşünmüyor musunuz?" diye sormuştu Hasan Enver Paşa.

---

73. Mudanya Mütarekesi 14 Ekim 1922 gecesi yürürlüğe girdi.
74. 9 Eylül 1922

Tünelin ucundan ışığın görünmesi, belli ki heyecanlandırmıştı eski devlet adamını.

Celile ve Münevver tam fikirlerini söyleyecekken, onların cevabını beklemeden konuşmasını sürdürdü Hasan Enver Paşa.

"Şimdi, sıkı diplomasi zamanı. Masaya oturmayı isteyenler işgalciler olduğuna göre, bizimkiler işi ağırdan alırlar diye düşünüyorum. Cephede kan dökerek, can vererek kazandıkları zaferi masada alacaklarıyla taçlandırmak isteyeceklerdir."

Paşa heyecan içinde bir konudan ötekine atlıyor, düşüncelerini Celile ve Münevver ile paylaşmayı sürdürüyordu.

"Size bir şey söyleyeyim mi? Ankara hükümeti gökten zembille inmedi. Şu anda bir bozkırda ikamet ediyor da olsa, derme çatma bir çatının altında da bulunsa, oradakiler Osmanlı'nın en değerli devlet adamları. Askeriyle, siviliyle, zor yetişir bir aydın zümre var şimdi o çorak topraklarda. Bakmayın siz saraylarda, şatafatlı üniformalarla dolanıyor olmamalarına. Her birinin beyni tarih bilinci, hepsinin yüreği vatan sevgisiyle dolu. Bundan emin olun. Bu nedenle, ben geleceğe umutla bakıyorum."

***

Mudanya'da anlaşma koşulları üzerine tartışmalar sürerken, tüm İstanbullular gibi Celile de sabahları ilk iş olarak gazete almaya koşuyordu.

Tükenmeden almak istediği gazetelerin başında ise *Hâkimiyet-i Milliye* ve *Sabah* gazeteleri geliyordu.

Bu iki gazetenin muhabirleri görüşmeleri yerinde izliyor, günü gününe gazetelerine bildiriyorlardı.

Gazetelerin başlıkları alabildiğine kışkırtıcıydı: Zaferden Zafere, Büyük Müjde, Mudanya Zaferi, Türkiye Yeni Baştan Doğdu...

Celile, değer verdiği gazetecilerden Abdullah Zühdü'nün *Sabah* gazetesinde "Büyük Müjde" başlığı ile yayımladığı makalesini dikkatle okudu.

Abdullah Zühdü ustalıkla kaleme aldığı yazısında, Mustafa Kemal Paşa'nın sözlerini de aktarmıştı:

"Bizi isteklerimizden men edecek ortada bir mâni kalmamıştır!"

Ve tüm ülkenin merakla beklediği haber sonunda geldi!

Celile gazetelerini açıp da Mudanya Mütarekesi'nin imzalandığını okuyunca, havalara uçtu. Tıpkı gazetelerin söylediği gibi, Türkiye, Mudanya'da yeniden doğmuştu.

Güzel kadın, o sevinçle Mehmet Nâzım Paşa'nın evinin yolunu tuttu.

Elli Sekiz

Yaşlı adam, gelininin kapıdan içeriye o günün gazetelerini sallayarak girmesine çok da sevinmiş gibi görünmedi.

Celile sıkıntısının nedenini sorgulayınca, yaşlı adam, "Geleceğime, geleceğimize dair endişeler!" dedi oflayarak.

"Nasıl yani?" diye sordu Celile.

"Biliyorsun, savaş iyiden iyiye işgalcilerin aleyhine dönünce, Sait Molla ve bir dünya insan kuyruklarını kıstırıp İngiliz Elçiliği'ne sığındı. Hepsine özel pasaportlar verildi ve daha Mudanya görüşmeleri başlamadan ülkeyi terk etmeleri sağlandı."

Celile, paşanın ne demek istediğini anlamıştı. Bu konuyu daha önce de konuşmuşlardı. İngilizlerin Sait Molla'ya koruma sağlamaları anlaşılır bir durumdu. Oysa paşa ve kendisi, o kadar da büyük bir tehlike altında sayılmazdı. Özellikle de son dönemde Sait Molla'ya iyiden iyiye sırt çevirmiş olmaları, ellerini kuvvetlendirmiş olmalıydı.

Sait Molla ve daha birçok İngiliz mandası taraftarı, sahada çalışmayı milli kuvvetler Anadolu içlerinde ilerlerken bile sürdürmüşlerdi. Buna karşılık paşa ve Celile, Ankara'da yeni bir hükümetin oluşmasıyla birlikte bu faaliyetlerine çeşitli gerekçeler ileri sürerek son vermişlerdi.

Özellikle Celile, Paris dönüşünde muhiplik işiyle neredeyse hiç ilgilenmemişti.

Paşa ise, seksen yaşını devirmekte olduğunu söyleyerek, Sait Molla ve ötekilere tam zamanında kapıyı göstermişti.

"Endişelenmemize gerek olmadığını düşünüyorum" dedi kayınpederini düşmüş olduğu sıkıntıdan kurtarmak için ela gözlü pars.

"Ben de öyle düşünüyorum ama yine de belli olmaz" dedi deneyimli devlet adamı. Nedenleri vardı!

"Bu tür durumlar büyük altüst oluş halleridir. İnsanlar bazen kafaları almadığından, kimi zamanlar ise eski hesapları görmek için bu tür durumları fırsat bilirler. Ülkenin idaresini ele almak üzere olanlardan hiçbiriyle hiçbir zaman bir husumetimiz olmadı ama yine de belli olmaz."

Celile, görüşlerine çok değer verdiği kayınpederinin bu sözlerini yabana atmaması gerektiğini düşündü.

Yeni dönem başladığında, kuşkusuz eski defterler karıştırılacak ve insanlar "dost" ve "düşman" olmak üzere ikiye ayrılacaklardı.

Tıpkı Mehmet Nâzım Paşa gibi, kendisinin, yeni muktedirlerin "dost" listesinde bulunmayacağından emindi Celile. Peki, acaba "düşman" listesinde olacak mıydı?

Yaşayacak ve görecekti.

***

Mudanya Mütarekesi'nden tam bir ay sonra, gazeteler Lozan Konferansı'na[75] giden heyeti yayımladıklarında ela gözlü pars beyninden vurulmuşa döndü.

Ne işi vardı o lüzumsuz adamın böylesine önemli bir konferansta!

---

75. Görüşmeler 11 Kasım 1922'de başladı ve sekiz ay sürdü. Anlaşma 6 Ağustos 1924'te yürürlüğe girdi.

Yahya Kemal'di tabii ki cinlerini tepesine çıkartan o isim. Nasıl olmuşsa olmuş, Kemal yine dört ayağının üzerine düşmüştü.

Celile listeyi dikkatle inceleyince, Yahya Kemal'in delege olmadığını, sadece Basın Danışmanı sıfatı ile toplantıya katıldığını anladı. Biraz sakinleşir gibi olduysa da "Bu şeref bile fazla böyle bir adama" diye söylendi.

"Sevgili Marcel,

Ülkemin ve tabii benim kalbim, sana beş yüz kilometre kadar uzakta, Lozan'da atıyor. Bizimkiler masaya kayıtsız şartsız bağımsızlık talebiyle oturdular. Kendisini tanımam ama ortak tanıdıklarımız, bizi temsil eden heyetin başındaki isim olan İsmet Paşa'yı, kolay geri adım atmayacak bir kişilik olarak tarif ediyor.

Sana bir şey söyleyeyim mi Marcel, bu heyette Yahya Kemal'in de bulunuyor olması fena halde canımı sıkıyor. Koca bir savaş süresince, memleket meselelerine dair birkaç şiir yazdı o kadar. Nasıl olduysa oldu, rüzgâr yine ondan yöne esti..."

Celile kaleme aldığı uzun mektubunda, eski aşkı Kemal'le ilgili içini uzun uzun döktü. Kimi zaman esti gürledi, kimi zaman yağmur misali ağladı.

Mektubuna son noktayı koyduğunda, kendisini rahatlamış hissetti. Önemli olan da buydu zaten.

***

Mudanya'da savaşa nokta konulmuş olması, Celile'nin Nâzım açısından da yüreğine su serpmişti.

"Savaş bittiğine göre..." diye düşünüyordu Celile. "Gittiği Rusya'dan İstanbul'a dönecektir."

Nâzım son mektubunu, Mudanya Mütarekesi'nden önce yazmış, Vâlâ ile birlikte Bolu'ya öğretmen olarak atandığını, kendisinin Türkçe, arkadaşının ise Fransızca öğreteceğini bildirmişti.

Aynı mektubunda Vâ Nû ve kendisinin Mustafa Kemal Paşa'ya takdim edildiğini de anlatmıştı Nâzım.

Paşa, istikbal vaat eden bu iki genç şairi karşısına almış, "Bazı genç şairler modern olsun diye mevzusuz şiirler yazma yoluna sapıyorlar. Size tavsiye ederim gayeli şiirler yazınız" diye tembihte bulunmuştu.

Nâzım, "Ne yazık ki..." diye yazmıştı mektubunda. "Birkaç adam geldi, önemli bir şeyler söylediler ve paşayı alıp götürdüler. Konuşmamız öylece kaldı."

Ela gözlü parsın sevgili oğlu bir daha mektup göndermemiş, ortak tanıdıkları vasıtasıyla, eğitim için Sovyetler Birliği'ne geçeceğine dair haberler iletmişti.

Elli Dokuz

İstanbul artık eski İstanbul değildi. Ne işgalden öncesi, ne de işgalin ilk günleri gibi görünmekteydi. Başka bir çehreye bürünmüştü.

Dünya güzeli kent, Mudanya Mütarekesi'nden sonra bayrak denizi halini almış, Lozan'ı iple çeker olmuştu.

İşgal kuvvetleri henüz kentteydi ama ayakaltında görünmemeye özen gösteriyordu.

***

Mudanya'dan gelen mutlu haberlerin üzerinden henüz üç ay geçmeden, Lozan Konferansı'na gün sayılırken, gazetelerde çok güzel bir haber yer aldı.

Esasen, Celile bu haberi epeydir bekliyordu. Çünkü bir süre önce gazetelerde bir ilan yayımlanmış, Halide Edip'in romanı *Ateşten Gömlek*'in[76] filme çekileceğinden söz edilerek, Kezban rolünü oynayacak bir Türk hanım arandığı bildirilmişti.

"Acaba..." diye düşünmüştü bu ilanı gördüğünde Celile. "Filmi ne zaman seyredebileceğiz ve romanı kadar başarılı olacak mı?"

Celile, 1922'nin Haziran ve Ağustos ayları arasında, *İkdam* gazetesinde tefrika edilirken gözyaşlarına boğularak okumuştu

---

76. Eser birkaç yıl içinde muhtelif dünya dillerine tercüme edildi. Çevrildiği ülkelerin edebiyat dergilerinde, hakkında övücü yazılar yazıldı.

Ateşten Gömlek'i. Ela gözlü pars, Halide Edip'in savaş koşullarında kaleme aldığı bu romanıyla Milli Mücadele'ye büyük bir güç verdiğinin gayet iyi farkındaydı.

Halide Edip'in giriş yazısında, romanın isim babasının Yakup Kadri olduğunu söylemesi, Celile'yi Kadri'li ve Kemal'li Büyükada günlerine geri götürmüştü.

Gazetelerin yazdığına göre, filmi Muhsin Ertuğrul yönetecek, Ayşe rolünü Bedia Muvahhit oynayacaktı. Kezban rolünü kimin oynayacağı ise açılan müsabaka sonucunda belli olacaktı.

O dönemde Türk ve Müslüman kadınların oyunculuk yapması yasaksa da özel bir dönemden geçiliyordu ve bu özel dönem, kendi kurallarını kendisi koymaya başlamıştı.

Gazetelere verilen ilandan birkaç gün sonra, Kezban rolünü Münire Eyüp isimli bir hanımın oynayacağı açıklanmıştı.

"Demek ki, Halide Edip'in istediği oldu" diye düşünmüştü Celile bu haberi okuyunca.

Kısa sürede Milli Mücadele'nin en önemli isimlerinden biri halini alan ünlü kadın romancı, Türk kahramanların Rum ya da Ermeni sanatçılar tarafından oynanmasına karşı ayak diremiş, sonuç da almıştı.

Celile, *Ateşten Gömlek*'in sinema afişinde, Kezban'ı oynayacak sanatçının adının Neyyire Neyir olduğunu görünce "Neden Münire Eyüp değil?" diye şaşırdı. Sonra, yönetmenin sanatçı adayının ismini değiştirdiğini akıl etti. Gerçekten de bir sanatçı ismi olarak Neyyire Neyir kulağa Münire Eyüp'ten daha hoş geliyordu.

Şimdi sıra filmi seyretmekteydi.

***

Celile filmin oynayacağı tarihi not defterine kaydettikten sonra babasının evine Münevver'i görmeye gitmiş, "Sinemaya gidelim mi?" diye sormuştu.

Münevver ablasının bu teklifi üzerine deliye dönmüş, "Oktay'a nasıl olsa bakılır!" diyerek ablasıyla yola koyulmuştu.

Filmin ilk gösterimi Beyoğlu'nda, Palas Sineması'nda, son derece manalı bir günde yapılacaktı.[77] Sinemanın önü tıklım tıklımdı. İki kardeş, iki bölüm halinde gösterilecek film için ikişer bilet aldılar.

Az sonra Palas Sineması'nın gongu çaldı ve film başladı...

İki kardeş filmi soluksuz seyrettiler.

Tıpkı romanda olduğu gibi, film İzmirli Ayşe etrafında dönüyordu. Milli Mücadele'nin konu edildiği filmde, kahramanların tümü, üzerlerinde birer ateşten gömlek taşıyorlardı. Ayşe karakterinde bu gömlek İzmir'in kurtuluşuyken, Peyami ve İhsan'da Ayşe'ye duyulan aşktı.

Roman, Peyami'nin hatıra defterine yazdıklarından ibaretti. Buna karşın, genç adam kendisinden ziyade öteki kahramanların hayatlarını anlatmayı tercih etmişti.

Uçarı bir kişilikten vatanseverliğe geçişini gayet iyi ifade etmişti Peyami hatıra defterinde. Bacaklarını kaybetmiş olmasına rağmen, bu genç kahraman, Ayşe ve İzmir için savaşmaktan asla vazgeçmemişti.

Celile ve Münevver sinemadan çıkarlarken, tıpkı öteki seyirciler gibi, gözyaşları görünmesin diye özel bir çaba içine girdiler.

Münevver, "Ne iyi yaptık da geldik abla" dedi içini çekerek.

Celile de aynı fikirdeydi. "Bravo Halide Edip ve Muhsin Ertuğrul'a" dedi.

---

77. 23 Nisan 1923

İki kardeş, bu roman ve filmle birlikte, Milli Mücadele'nin tarihe kazınmış olduğunu düşünmüşlerdi.

***

Yine de işgal kuvvetleri taslarını tarakları toplayıp henüz İstanbul'u terk etmiş değillerdi.

Barış antlaşmasının şartları uygulanıyor, devir teslime dair protokol aksatılmadan çalıştırılıyordu.

Eğer bir pürüz çıkmazsa, işgalciler İstanbul'u 2 Ekim 1923 günü, Dolmabahçe'de gerçekleşecek bir askeri törenle terk edeceklerdi.[78]

Büyük zaferin kazanılmasını sağlayan Ankara, eski başkent İstanbul ve tüm Türkiye bu önemli günü iple çekiyordu.

78. 4 Ekim'de, Dolmabahçe Sarayı önünde düzenlenen törenle, işgal kuvvetlerinin son birliği İstanbul'dan ayrıldı. Türk askerinin kente giriş tarihi 6 Ekim'dir.

Altmış

"İstanbul'da yaşayan sivil ve asker tüm aydınlar, Mustafa Kemal Paşa'nın yabancı basına verdiği demeci[79] *konuşuyor sevgili Marcel. Ülkemde uygulanacak siyasal sistem için 'cumhuriyet' demiş Paşa verdiği bir beyanatta..."*

Tam da Celile'nin söylediği gibi olmuş, Paşa'nın verdiği bu demeç gündeme bomba gibi düşmüştü.

İkdam gazetesinin muhabiri Mecdi Bey,[80] Alfred Lazar'la röportaj gerçekleşirken odada bulunan Hamdullah Suphi'den[81] Mustafa Kemal Paşa'nın sözlerini yazılmamak kaydıyla öğrenmiş, sonra sözünü tutmayıp gazetesine bildirmişti.

Esasen bu konu bazı gazetelerde epeydir tartışılmaktaydı ama "cumhuriyet" sözcüğünün Paşa'nın ağzından çıkmış olması çok ayrı bir önem taşıyordu.

Sözgelimi *Vatan* gazetesinde Ahmed Emin[82] cumhuriyet idaresinin kurulacağını, bu yönetim biçiminin en iyi idare sistemlerinden biri olduğunu söylüyor, "Maatteessüf bu müzakereler kapalı kapılar arkasında cereyan ediyor" diyordu.

---

79. Söz konusu demeç, 22 Eylül 1923'te *Wiener Neues Freie Presse* muhabiri Alfred Lazar'a verildi.

80. Mecdi Sayman

81. Hamdullah Suphi Tanrıöver

82. Ahmet Emin Yalman

Böyle olunca, İstanbul'da herkesin ağzında bir "cumhuriyet" lafıdır gidiyordu.

***

Sonunda beklenen oldu, 29 Ekim 1923'te cumhuriyet ilan edildi. Osmanlı İmparatorluğu tarih sahnesinden çekildi ve yerini genç Türkiye Cumhuriyeti'ne bıraktı.

Celile yanına Münevver ve minik Oktay'ı da alarak, Topkapı Sarayı'nın önünden başlayacağı söylenen töreni izlemeye gitti.

Küçük Oktay en çok izcilerden[83] hoşlanmıştı. Muhteşem üniformalarının içinde takımlar halinde dizilmiş kız ve erkek izciler, önde bayrakları ve flamaları olmak üzere oymak beyleri Sami Bey'in komutasıyla yürüyüşe geçmişlerdi. Borazan takımının eşliğinde büyük bir disiplin içinde hareket eden genç izcilerden etkilenen Oktay "Ben de izci olacağım" diye tutturmuştu.

Oktay'ın isteği üzerine izcilerin peşine takılan Celile ve Münevver, Gülhane üzerinden Sirkeci yoluyla Babıâli ve Müdafaa-i Hukuk önüne kadar geldiler.

İstanbul valisinin günün anlam ve önemine dair yaptığı güzel konuşmadan sonra öğrenciler, işçiler ve izciler neşe içinde dağıldılar.

"Anlaşılan..." dedi tören alanından ayrılırlarken kardeşine Celile. "Cumhuriyetle birlikte pek çok şey de değişecek..."

Öyle de olacaktı!

***

---

83. Çocuk ve gençlere doğada yaşamanın prensiplerini öğreten ve bu arada "iyi insan" olmanın ipuçlarını veren izcilik, genç Türkiye Cumhuriyeti'nin Osmanlı'dan devraldığı kurumların en önemlilerinden biridir. İngiltere'de 1907, Osmanlı'da 1912'de kurulmuştur.

Sözgelimi, birkaç ay sonra Celile sevgili oğlu Nâzım'a kavuşacaktı.

"Biliyor musun anne..." diyordu daha kapıdan girer girmez çantasını açarken Nâzım. "İlk şiir kitabım *28 Kanunisani*[84] Rusça olarak yayımlandı ve derhal sahnelendi!"

Kocaman, heybetli bir adam olmuştu annesinin görmediği süre içinde Nâzım. Celile, oğlunun yirmi iki yaşında bir delikanlı olduğuna inanamıyordu.

Nâzım'ın uzattığı, ismi dahil olmak üzere bir tek satırını bile anlamadığı kitabı elinde evirip çevirdikten sonra "Neden 28 Kanunisani?" diye sordu cahilliğimi bağışla der gibi Celile.

Nâzım, "Çünkü..." dedi üzgün bir ses tonuyla. "Mustafa Suphi ve on dört yoldaşımızın Karadeniz'de katledildikleri tarihtir 28 Kanunisani."

Celile şaşırdı, "Anlaşılan önemli bir olayı kaçırmışım" diye düşündü.

Güzel kadının imdadına Nâzım yetişti.

"Burada yayımlanan gazeteler yazmazlar tabii böyle önemli olayları. Senin şu Ankara hükümetin var ya anne, işte onların kararıyla boğduruldu Karadeniz'i geçerek Sovyetler Birliği'ne gitmeye çalışırken Mustafa Suphi ve on dört komünist yoldaş."

Annesinin bakışlarındaki şaşkınlığın sürdüğünü gören Nâzım ayağa kalktı ve "28 Kanunisani" ismini verdiği şiirini okumaya başladı:

"ta ata aa ta ta ha ta tta ta
tarih
sınıfların
mücadelesidir
1921

---

84. Nâzım Hikmet bu kitabını 1923'te Moskova'da yazdı.

kanunisani 28
karadeniz
burjuvazi
biz
on beş kasap çengelinde sallanan
on beş kesik baş yoldaş
bunların sen
isimlerini aklında tutma
fakat
28 kanunisaniyi unutma!
siyah gece
beyaz kar
rüzgâr
rüzgâr.
trabzondan bir motor açılıyor
sa-hil-de-ka-la-ba-lık!
motoru taşlıyorlar
son perdeye başlıyorlar!
burjuva kemal'in omuzuna binmiş
kemal kumandanın kordonuna
kumandan kâhyanın cebine inmiş
kâhya adamlarının donuna
uluyorlar..."

Celile şiirin gerisini dinleyemedi. "Dur bir dakika! Gerisini sonra okursun" dedi ve afallayan oğluna "Kim bu Burjuva Kemal Allah aşkına?" diye sordu.

Nâzım gülümsedi ve önce "Ne var bunda anlamayacak?" der gibi baktı, ardından "Sence kim anne?" diye sordu.

Celile "Eyvah!" dedi içinden.

Altmış Bir

Celile, korkarak yaşamaya başlamıştı...

Canı gibi sevdiği oğlu Nâzım İstanbul'da hemen iş bulmuş, *Aydınlık* dergisinde çalışmaya başlamıştı.

Normal koşullarda, oğlunun iş bulmuş olmasına sevinmesi gerekiyorsa da pek sevinemedi Celile.

Çünkü bu derginin Türkiye Sosyalist İşçi Köylü Partisi'nin yayın organı ve çevresinde toplananların da Türkiye'de oturtulmaya çalışılan yeni düzene karşı olduklarının gayet iyi farkındaydı.

Daha çok Sovyetler Birliği gibi bir düzen kurulmasını hedefleyenler ile ülkeyi muasır medeniyetler düzeyine taşımaya çalışanlar arasında büyük bir mücadele olacağı gün gibi aşikârdı.

Ve Celile'nin yirmi iki yaşındaki oğlu Nâzım, çıkacak olan kavgada tarafını çoktan seçmiş bulunuyordu.

***

Nâzım, babası ve babasının yeni eşiyle birlikte Bahariye'de yaşamaya başlasa da, çok yakında oturmakta olan annesini de sık sık ziyaret ediyordu.

Celile, bu ziyaretlerden birinde, oğlunu zar zor karşısına oturtmuş, resmini yapmaya koyulmuştu.

Ve tam da o esnada pat diye sordu "Sevgilin var mı?" diye.

Nâzım önce derin düşüncelere daldı, sonra "Moskova'da evlendim anne!" dedi.

Celile çok şaşırdı. "Ne dedin sen?" dedi. Sonra toparlandı, elindeki fırçayı ve paleti masanın üzerine koydu, bir sandalye alıp oğlunun karşısına oturdu.

"Anlatır mısın lütfen baştan başlayarak?"

"Aslında anlatacak çok şey yok anne, istersen birkaç gün sonra geliriz, tanışırsın. Babam ve halam gördü. Senin de onlar gibi suratın asılmasın da!"

Ela gözlü pars ne diyeceğini bilemedi. Suspus oldu.

Bu esnada Nâzım cebinden bir fotoğraf çıkartıp uzattı. Gözlerine inanamadı Celile.

Tabii ki "Özel olarak aransa bulunamayacak kadar çirkin bir kız bu" demedi oğluna.

Düşündü, taşındı...

Memnuniyetsizliği yüzüne yansımış olsa gerek, "Beğenmedin değil mi anne?" diye sordu Nâzım.

"Gözleri çok mu küçük ne..." diyebildi sadece Celile ve fotoğrafı oğluna iade etti.

Fırçasını ve paletini tekrar eline aldı, yeterince sakinleştiğine karar verince "Nasıl oldu, kim bu küçükhanım?" diye sordu.

"Uzun hikâye..." dedi Nâzım. Oturduğu sandalyeden kalktı, "Resme sonra devam etsen olur mu?" dedi ve gitmek için izin istedi.

***

Celile, ilerleyen günlerde Nâzım'ın evlendiği çirkin ötesi küçükhanımla zamanında yan yana apartmanlarda oturduklarını öğrendi.

Eniştesi milletvekili olan Nüzhet, ailesinin işi gereği Moskova'da bulunmuş, bu arada Nâzım ile de arkadaş olup evlenmişti.

Ela gözlü pars, kendisi açıncaya kadar bu konuyu oğluyla bir daha konuşmadı.

Birkaç ay kadar sonra Nâzım kendi isteğiyle annesinin karşısına oturdu ve portresine devam etmesini istedi.

Celile, tamamlanmayı bekleyen tuvali dayalı olduğu yerden aldı, şövalesinin üzerine yerleştirdi.

O resim üzerinde çalışırken, oğlu "Mavi gözlü dev" dedi ve gözyaşları içinde, şiirini ezberinden okumaya başladı:

"O mavi gözlü bir devdi.
Minnacık bir kadın sevdi.
Kadının hayali minnacık bir evdi
bahçesinde ebruliii
hanımeli
açan bir ev.

(...)

Rahata acıktı kadın
yoruldu devin büyük yolunda.
Ve elveda! deyip mavi gözlü deve
girdi zengin bir cücenin kolunda
bahçesinde ebruliiii
hanımeli
açan eve..."

Ela gözlü pars, oğlunun ıstırap içinde okuduğu şiiri dikkatle dinlemiş ve Nâzım'ının, küçük gözlü ve enikonu çirkin olduğunu düşündüğü Nüzhet'le yolunu ayırdığını anlamıştı.

Tek kelime etmeden, resmini yapmayı sürdürdü.

Aşkın, terk etmenin ve terk edilmenin yalnız başına yaşandığını, ondan daha iyi kim bilebilirdi!

Altmış İki

Celile gürültülü bir şekilde çalınan kapısını açınca, karşısında üç polis memuru gördü.

"Hayırdır inşallah" dedi kendisine en yakın duran memura.

"Nâzım Bey evde mi?"

"Hayır" diyerek cevapladı soruyu soran polis memurunu Celile. İlaveten, oğlunun arada bir kendisini ziyarete geldiğini, esasen babası ile birlikte oturduğunu söyledi.

Polis memuru "Biliyoruz efendim" dedi ve şu an itibariyle kendisini ziyaret ediyor olup olmadığını sordu.

"Hayır" dedi ve içeriye girip aramalarında, kendisi açısından hiçbir sakınca bulunmadığını söyledi.

Polisler içeriye girerken "Nâzım evde olsaydı, dünya yıkılsa giremezdiniz bu kapıdan" diye düşündü ela gözlü pars.

Polisler evin içini ararken "Ne ile suçlanmaktadır, öğrenebilir miyim acaba?" diye sordu.

"Komünistlik!" diye cevap verdi bir polis.

Ötekisi "*Aydınlık* dergisinde yazdıkları" diye ilave etti.

Üçüncüsü "İşçileri bir ihtilal için harekete geçirmeye çalışmak" dedi.

Mesele anlaşılmıştı.

Polisler gittikten sonra, kafasını toparlayıp ne yapabileceğini düşündü Celile. Aklına Vâlâ Nurettin'in ailesinin yaşadığı eve gitmek geldi.

Vâ Nû'nun annesi çok mutluydu, oğlu iki işte birden çalışıyor, eve ayda yetmiş küsur lira para getiriyordu. *Vakit* gazetesine girmişti. Oradan otuz lira alıyordu. Bir de çeviriler yapıyordu ve kırk küsur lira gelir de buradan elde ediyordu.

Konuşkan bir kadın olan Vâ Nû'nun annesi, oğlunun hangi günler hangi saatlerde nerede bulunabileceğini de söyledi.

***

Vâ Nû karşısında Nâzım'ın annesini görünce şaşırdı. Nâzım'ı epeydir görmemişti. Sinir içinde, "Böyle olacağı belliydi!" dedi.

Celile "Nasıl yani?" diye sorunca, genç adam düşüncelerini ardı ardına sıraladı.

"Aydınlıkçılar, önce İzmir İktisat Kongresi'nde dile getirdikleri öneriler, sonra 1 Mayıs bildirisinde kullandıkları ifadeler nedeniyle kara listeye alındı. Lozan üzerine yaptıkları yayın iyi karşılansa da, Lenin için hazırladıkları özel sayı, hükümetin iyice canını sıktı. Yirmisi tutuklandı. Yakalanmış olsaydı, belli ki Nâzım da onların arasında olacaktı."

Celile, "Peki nerededir şimdi?" diye sordu.

Arkadaşının nerede olduğunu bilmiyordu Vâlâ.

İlerleyen günlerde, *Aydınlık*'tan Şefik Hüsnü ve on iki arkadaşının İstiklal Mahkemeleri'nde yargılandığını ve ağır hapis cezalarına çarptırıldığını öğrenecekti Celile.

Birkaç ay sonra, oğlundan haber aldı. Nâzım yeniden Moskova'daydı.

***

"Evet sevgili Marcel, başım önce babam Hasan Enver Paşa ile dertteydi... Yok Küba'ya gidişi, yok Osmanlı-Yunan Harbi için ortadan kayboluşu, yok İngilizlerin ünlü Boxer Harbi nedeniyle Uygur ellerine seyahati... O yerleşti, bu sefer ben seferi oldum. Diyar diyar dolaştım biliyorsun... Yetmedi acıların en beteri olan aşk acısını çektim... Ve şimdi de, oğlum Nâzım'ı yüreğim ağzımda izliyorum... Dertlerin mi beni bulma istidadı var yoksa ben mi bir tuhafım da gidip dertlere kapılanıyorum... Ah bir bilebilsem sevgili Marcel."

Aslında çok da haksız sayılmazdı ela gözlü pars.

Garip bir yüzyılda, birkaç muhteşem ailenin içine doğmuş, bir başka sıra dışı aileye gelin gitmişti. Bu özel durumun getirileri olduğu kadar götürüleri de olacaktı.

İmparatorlukların birbiri ardına çöktüğü, ulus devletlerin aralıksız boy verdiği bir dönemin tam ortasında, bu büyük çalkantılara yön vermek durumunda kalan çok sayıda ailenin ve insanın kesişme noktasında bulunmak, işte tam da bu anlama geliyordu.

"Hiç olmazsa Münevver'im burada benimle olsaydı" diye düşündü güzel kadın.

Oysa, acele olarak Ankara'ya taşınmak zorunda kalmıştı kardeşi.

Cumhuriyet kuruluyordu ve Münevver'in eşi Samih Rifat gibi iyi eğitim görmüş aydınlara, yeni devletin merkezinde büyük ihtiyaç vardı.

Celile kardeşinden aldığı mektupların ilkinde, eşinin Dahiliye Müsteşarlığı'nda değerlendirildiğini öğrendi.

Münevver sonraki mektuplarından birinde Samih Rifat'ın Maarif Vekâleti Müsteşarı olduğunu yazdı. Ayrıca, ilerleyen dönemlerde eşinin milletvekilliğine getirileceğini umut ettiğini de satır aralarında hissettirdi.

Sonraki günlerde, kardeşi aklına geldiğinde, "Hiç olmazsa birimiz, rüzgâra karşı efelenmenin doğru olmadığını fark edenlerin yanında yer tutabilmeyi akıl edebildik" diye düşündü Celile.

Otomobil köprüye doğru dönerken, Celile eliyle ileriyi işaret edip "Hatırlıyor musun ilk Tayyare Piyangosu bileti aldığımız günü?" diye sordu kardeşine.

Münevver başını ablasının işaret ettiği yöne çevirince Tayyare Piyangosu satan seyyar bayii gördü.

"Hani" dedi. "Sizin telaşınız vardı. Ankara'ya taşınmak üzere olduğunuz günlerdi. Hatırladın mı?"

"1926'nın başıydı" diye cevapladı Münevver ablasını.

Mustafa Kemal Paşa "İstikbal göklerdedir!" deyince kollar sıvanmış, Osmanlı zamanında Donanma Cemiyeti Piyangosu'nun benzeri bir organizasyon yapılmasına karar verilmişti.[85]

Otomobil köprünün tam orta yerinde durunca, Celile ve Münevver konuşmayı kestiler. Şimdi ne vakti ne de sırasıydı Tayyare Piyangosu üzerine konuşmanın.

Önce Oktay indi. Etrafa bakındı. Henüz gelen giden yoktu. Saatini kontrol etti. Pencereden içeriye başını uzattı, "Vaktinden biraz önce geldik, acelemiz yok!" diyerek hanımları uyardı.

Celile heyecanlı bir ses tonuyla, "İnmeyelim mi yani biz şimdi otomobilden?" diye sordu.

---

85. Bu organizasyonun başına, Osmanlı zamanındaki deneyimi göz önünde bulundurularak, Selanik Bankası'nın eski müdürü Edward Mizraki getirildi.

"On dakika sonra iner, masayı kurar defteri açarız" diye cevapladı teyzesini Oktay.

Lafını etmiyordu ama teyzesi gazetecilere söyleyeceklerini söylemeden, fotoğraflar çekilmeden polis tarafından derdest edilirse, yapacakları eylemin hiçbir anlamı kalmazdı.

"Gazetecilerden biri bile polisin kulağına fısıldamış olsa, ne gösteri kalır ne imza defteri" diye düşündü Oktay.

Ayrıca, Celile'nin yapacağı nümayişten Piraye'ye de söz etmiş, eşiyle ilgili böyle bir girişimin olacağını öğrenen kadın "Ben de geleyim öyleyse" demişti.

Piraye'nin gelmeme ya da gelememe ihtimalini göz önünde bulundurup, bu durumdan teyzesine söz etmemişti Oktay. Gözleriyle Piraye ve gazetecileri ararken "Ben size otomobilden inmeniz gereken zamanı söyleyeceğim teyze!" dedi tekrar saatine bakıp.

İşte Piraye görünmüştü zaten. Belli ki Tünel'le Karaköy'e inmiş, köprüyü gören bir yerde oyalanmış, otomobili görünce kendilerine doğru yürümeye başlamıştı.

Oktay köprünün Eminönü istikametine döndü tekrar. Boynunda fotoğraf makinesi asılı birkaç muhabirin gelmekte olduğunu fark etti. Piraye için özel bir davranışta bulunmasına gerek olmadığını düşünüp, gazetecilere doğru hareketlendi.

Altmış Üç

"Üç ay önce Münevver'le aldığımız piyangoya bir şey çıkmadı. Arızanın hangimizde olduğunu anlamak için bugün yalnız başıma aldım. Ankara'ya mektup yazıp, bir tane de kendisinin almasını söyledim. Eğer ona çıkıp bana çıkmazsa uğursuzluk bende, bana çıkar ona çıkmazsa uğursuzluk onda demektir..."

Celile, çay içmek için uğradığı Mehmet Nâzım Paşa'yı o gün çok neşesiz gördü.

"Dışarısı soğuk" dedi az önce yapmış olduğu gevezeliğe bir cevap alamayınca.

Yaşlı adam sadece evet demekle yetindi.

En kısa zamanda Hikmet'e ulaşmalı, paşanın durumuyla ilgili bilgi vermeliydi.

Tanıdığı akıllı bilgili adam gitmiş, yerini her lafa baş sallayan, keyfi kaçık, yorgun bir ihtiyar almıştı.

Eski kayınpederinin evinden çıkınca, gözyaşlarına engel olmaktan vazgeçti Celile.

Üsküdar'daki konağa gelin gittiği günleri, Selanik'te sanat ve özellikle resim üzerine yaptıkları konuşmaları, Halep'te acısıyla tatlısıyla paylaştıkları hayatı ve yeniden Üsküdar'da buluşmalarını hatırladı.

Koca adam, Osmanlı'nın en zor zamanlarında Mersin'den Selanik'e, Konya'dan Halep'e devlet hizmetinde bulunmuş, sonunda minicik bir ev köşesinde, emekli maaşını bile alamadan yaşamaya çalışır hale gelmişti.

Yol boyu, kime nasıl ve neden kızması gerektiğine karar veremedi Celile.

Öte yandan, yaşlı adamın yurtdışına sürgün edilen yüz elli kişiden biri olmadığına da seviniyordu.

İngiliz Muhipleri Cemiyeti'nde, adı Sait Molla'dan hemen sonra gelen birinin, halen bu topraklar üzerinde nefes alıp veriyor olabilmesi bile şans sayılmalıydı.

***

Celile, eski eşinin evinin kapısına kadar nasıl geldiğini hatırlayamadı.

Anlaşılan yol boyu Mehmet Nâzım Paşa üzerine düşünmüş, bu nedenle de zamanın nasıl geçtiğini anlamamıştı.

Kapıyı Hikmet'in yeni eşi açmış, kendisini salona buyur ettikten sonra, kocasını çağırmak üzere çalışma odasına gitmişti.

Az sonra da Hikmet görünmüştü kapıda.

"Çok zamanını almak istemiyorum" diye başladı söze Celile.

Az önce paşayı ziyaret ettiğini, gördüğü tablodan pek de memnun kalmadığını söyledi ve derhal kalktı.

Gerisi Hikmet'in bileceği işti.

***

Paşanın ölüm haberini yanında çalışan emektar getirdi Celile'ye.

Hikmet kendisinden hemen sonra babasının evine gitmiş, hastayı ve emektarı Bahariye'deki eve nakletmişti.

Sonrasında, iki hafta kadar yaşamıştı paşa. Cenazesi ertesi gün Caferağa Camii'nden kalkacaktı.

***

"Musalla taşının önündeysen, hüzün olacak..." diye düşünmeye çalıştı Celile.

Etrafa bakındığında, avluda bulunanların neredeyse hepsinin Osmanlı artığı olduğunu gördü.

"Hepimiz, herkes Osmanlı artığı ama..." diye söylendi. "Sadece hanedana sahip çıkmış olanlar bu muameleyi görüyor."

Bu cenaze töreni de işaret ediyordu ki, yeni yeşerenden yana tavır almış olanları ikbalin, çatırdayarak yıkılan muhteşem ağaca dayanak olmayı seçenleri ise horlanmanın beklediği bir dönemden geçilecekti.

Mehmet Nâzım Paşa'nın cenazesine, yeni kurulan devleti temsilen bir tek katılımın bile olmaması, bunun en önemli göstergesiydi.

Etraftakilerin hepsi, zamanında paşayla dostluk etmiş, devlet yönetiminden el etek çekmiş ya da çektirilmiş olanlardı.

Cenaze namazı kılınıp tabut omuzlanınca, Celile, "Ona dair dünya kadar hatıra, kurulmuş binlerce cümle, söylenmiş milyonlarca kelime, hepsi yok olmak üzere" dedi kendi kendine.

Ela gözlü pars, yaşadığı evlere ve özellikle de kendisine ait atölyelere akseden Hikmet Nâzım Paşa'nın sesini çok özleyeceğini düşündü. Bundan böyle, bir yanı eksik kalacaktı.

"Demek böyle oluyormuş, bizi tanıyan her insanın dünyadan çekilmesiyle, biraz daha azalıyormuşuz" diye iç geçirdi.

Mehmet Nâzım Paşa'nın mezar taşında yazan, önceden üzerine hiç düşünmediği 1840-1926 rakamları, o anda Celile'ye çok şey ifade etti.

Öncelikle, kendisinin henüz kırk altı yıl yaşamış olduğu geldi aklına.

Ardından, paşayla aralarında kırk yaş olduğu.

"Dilerim..." diye düşündü. "Bu koşullarda, bu hayatı, kırk yıl daha sürüklemek zorunda kalmam."

Altmış Dört

"Sevgili Marcel,

Dün akşam, oturduğum eve birkaç sokak ötede inşa edilen Süreyya Operası'nın açılış törenindeydim. Neler oldu neler! Eski kocam operanın müdürü, eski sevgilim ise en itibar gören davetlilerden biri olunca, gerisini var sen hayal et..."

Tam da güzel kadının tarif ettiği gibi olmuştu.

Hasan Enver Paşa kızına "Süreyya Operası'nın açılışında bana eşlik eder misin?" diye sormuş, o da hayır diyememişti.

Operayı bir hayır işi olarak inşa ettiren Süreyya Paşa[86] babasının iyi tanıdığı eski bir askerdi. Yeni döneme işadamı olarak başlamayı uygun görmüştü ve aynı zamanda çiçeği burnunda bir milletvekiliydi. Haliç'te kurduğu fabrikalardan kazandığı bol parayı hayır işlerine, özellikle de kenti güzelleştirmeye harcamayı seviyordu.

Açılış töreni gerçekten görkemliydi. İstanbul'un kısmen eski, çoğunlukla yeni sosyetesinin yanı sıra, edebiyatçılar, sanatçılar, müzisyenler hep oradaydı.

Ela gözlü pars, babasının kolunda ışıklar saçarak girdi kokteyl salonuna. Tabiatıyla tüm gözler ona çevrildi ve derhal fısıldaşmalar başladı.

---

86. Süreyya İlmen

Güzel kadın, insanların birbirleriyle neler konuşuyor olduğunu önce eski eşi Hikmet'i, ardından da Yakup Kadri'yle karşılıklı duran Yahya Kemal'i görünce anladı.

Neyse ki babası Süreyya Paşa ile sohbeti koyultmuştu.

"Efendim..." demişti paşa. "Şehrin kültür hayatına önem vermek lazım. Çağdaş uygarlık seviyesini ancak böyle yakalayabiliriz. Bu binada müzik, tiyatro, sinema olsun istedim..."

Hasan Enver Paşa da karşılık olarak "Paris'in Champs Elysee Tiyatrosu'nun fuayesini hatırlattı bana. Çok şık olmuş" diyerek tebrik etti eski asker yeni işadamı, milletvekili ve tabii ki hayırsever dostunu.

Süreyya Paşa, Champs Elysee benzetmesine "Esinlendik efendim" diye karşılık verdi ve sözlerini şöyle sürdürdü:

"İç kısımlarda da Alman tiyatrolarından esintiler taşıyor binamız. Mimarlarla bu konuları uzun uzun araştırdık ve tartıştık tahmin edebileceğiniz gibi. Yine de çok eksiğimiz var paşam. Sahne kısmını henüz tamamlayamadık. Bu nedenle bu akşam bir opera yerine film gösterimi yapacağız."

Hasan Enver Paşa ve Celile o gece Süreyya Operası'nda ilk sesli film olan *Broadway Melodisi*'ni izlediler. İlerleyen günlerde aynı filmi Kadıköylüler de seyredecekti.

Hikmet'in babasına ve kendisine hoş geldiniz demesine karşın Yahya Kemal'in başını döndürüp bir kez bile bakmaması, çileden çıkarttı ela gözlü parsı.

Gece boyunca kendi kendine "Vahşi bu adam!" diye söylenip durdu.

***

Celile, sevgili Marcel'ine olduğu gibi Münevver'ine de yazıyordu sık sık. Münevver de ablasını ihmal etmiyor, her fırsat bulduğunda kaleme kâğıda sarılıyordu.

"Sevgili ablacığım, ne diyorsun şu güzellik yarışması hakkında? Cumhuriyet gazetesinde fotoğrafları yayımlanan güzel adaylarının hepsine dikkatle baktım. Senin yarı yaşından bile küçük olmalarına rağmen, hiçbiri güzellikte eline su dökemez. Hele ki onların yaşındaki haline..."

Celile, kardeşinden gelen mektubu okurken epeyce güldü, arada bir aynanın karşısına geçip kendisine baktığı bile oldu. Yetmedi eski fotoğraf albümünü çıkarttı, yirmili yaşlardaki fotoğraflarını güzel adaylarının yanlarına koydu, ciddiyetle karşılaştırdı.

Münevver haklı mıydı ne?

Cumhuriyet gazetesi yarışmayı 6 Şubat'ta anons etmiş, ilk seçimleri fotoğraflara bakarak halkın yapacağını yazmıştı. Katılım 21 Haziran'a kadar sürmüş, bu zaman zarfında yüz yirmi beş adayın fotoğrafları yayımlanmıştı.

21 Haziran tarihli gazete, birinci sırayı Mualla Suzan'ın, ikinci sırayı ise Feriha Tevfik'in aldığını, dört yüzün üzerinde oy alan kırk sekiz adayın seçici kurulun önüne çıkacağını yazmıştı.

Bütün Türkiye gibi Münevver de o günü beklemekte, mektuplarında da konuya değinmekteydi.

"Sevgili ablacığım, okudun mu seçiciler heyetinin kimlerden teşekkül ettiğini? Çok güldüm vallahi... En çok da Nâzım'ın arkadaşı Vâlâ Nurettin'in seçiciler kurulunda olmasına şaşırdım. Dünkü çocuk değil mi Allah aşkına o? Ne anlarmış güzelden çirkinden?"

Celile kardeşinin mektubunu gülerek ve yer yer hak vererek okudu. Abdülhak Hamit, Halit Ziya, Peyami Safa, Cenap Şehabettin, Hüseyin Rahmi gibi edebiyatçıların isminin de bulunduğu listede, tek eksiğin Yahya Kemal olduğunu yazdı kardeşine.

Ayrıca, "*Esasen...*" diye yazdı Münevver'e. "*Üstat güzelden anlar! Hata etmişler onu da jüriye koymamakla.*"

Günler günleri kovalamış, yarışma *Cumhuriyet* gazetesinin üst katında gerçekleşmişti. Güzeller podyum olarak tasarlanmış geniş bir sehpanın üzerinde arz-ı endam etmiş, Hicran Hanım birinci seçilmişti.

Birkaç gün sonra, Hicran Hanım'ın evlendiği ortaya çıkmış, birinciliği iptal edilmişti.

Yarışma tekrarlandı. Bu kez yarışmayı Feriha Tevfik kazandı ve Türkiye'nin ilk güzellik kraliçesi oldu.

"*Dediğim gibi ablacığım*" diye yazdı Münevver Celile'ye. "*Feriha Tevfik senin yanında ne ki!*"

Altmış Beş

1926'da Cumhuriyet kutlamaları şerefine çıkartılan af yasasının kendisini de kapsadığını anlayınca, hemen başvurmuştu Türkiye Büyükelçiliği'ne Nâzım.

Ama evdeki hesap çarşıya uymamış, bir buçuk yıl beklemek zorunda kalmıştı.

Hakkında açılmış dünya kadar dava, bir sürü mahkûmiyet kararı vardı.

Bu arada Bakû'da *Güneşi İçenlerin Türküsü* adını verdiği şiir kitabını yayımlatmıştı.

Büyükelçiliğin kendisini yok saydığını anlayınca, sahte pasaport hazırlatmış, el altından da annesine *"Girişim problemli olabilir, bana göz kulak olun!"* mesajı göndermişti.

Celile sağdan soldan sordurunca, oğlunun önce Hopa'da bekletildiğini, sonra yargılanmak üzere Rize'ye gönderildiğini öğrendi.

Nâzım'ın işlediği suçlara, sınırı izinsiz, üstelik sahte pasaportlarla geçmek de eklenmişti.

O Rize'ye gönderilene kadar, pasaportsuz sınır geçme cezası olan üç ay doldu.

Öteki suçları olmasa, salıverilmesi gerekiyordu Nâzım'ın. Ama hâkimler genç komünistin evveliyatından tabii ki haberdardı.

Mevcutlu olarak ve kelepçe takılarak Ankara'ya gönderildi. Hâkimler İstanbul mahkemelerinin yetkili olduğunu düşündü ve

İstanbul'a sevk etti. İstanbul hâkimleri ise kendilerindeki dosyaları da yanına katıp geriye, Ankara'ya postaladılar.

Celile bütün bu seyahatler esnasında çekilmiş kelepçeli Nâzım fotoğraflarını gördükçe hop oturup hop kalkıyor, her fırsatta oğluna uygulananın işkence olduğunu söylüyordu.

Neyse ki en azından basın Nâzım'dan yanaydı. Gazeteler, şaire yapılanların yakışık almadığını yazıyordu.

Takvimler 23 Aralık 1928'i gösterdiğinde, yani af çıktıktan iki yıl sonra, Nâzım 26 affından yararlanarak serbest kaldı.

Oğlunun kaybedilmiş iki yılını unuttu Celile. Havalara uçtu!

Öte yandan, "Acaba..." diye de düşünüyordu güzel kadın. "Ne kadar sürecek bu mutluluğum?"

***

"Kötüye doğru gidiş başlamışsa, önü alınamıyor" diye düşündü Celile.

Haklıydı. Maalesef dertlerin art arda gelmek gibi bir âdeti vardı.

Şimdi de babası Hasan Enver Paşa rahatsızlanmıştı.

"Sevgili Marcel,

Bazı insanlara hasta olmak yakışmıyor. Mesela Mehmet Nâzım Paşa'ya yakışmamıştı. Babama da hiç yakışmadı. Bir yerde fillerin nasıl öldüklerine dair bir yazı okumuştum. Ölüm saatinin geldiğini anlayınca sürüsünden uzaklaşır, tek başına ölürmüş fil. Eminim düşkünlüğünü kimsecikler görmesin diye yapıyordur böyle. Ne yazık ki insanların becerebileceği bir davranış değil bu. Bana soracak olursan, özellikle büyük yaşamış insanlar, tıpkı filler gibi ölmeli.

Kont Konstantin Borzecki Paşa'nın[87] *oğlu ol, Paris'te muhteşem bir eğitim gör, gel Ludwig Karl Friedrich Detroit'in*[88] *kızıyla evlen, gencecik bir adamken Küba'dan Uygur diyarına kadar birbirinden önemli görevler al, ardından padişaha bir kol boyu uzaklıkta bir ömür geçir ve sıradan bir insan gibi öl! Olacak iş mi bu sevgili Marcel?"*

Celile, hastalığı boyunca babasına yakın ilgi gösterdi. Erenköy'deki evinin penceresinden, sağlığında kurmuş olduğu okulu seyreden babasıyla, geçmişe dair uzun sohbetler yaptı.

"Ölüm anına kadar kalemi ve kâğıdı önündeydi" diyecekti cenaze töreni için İstanbul'a gelmiş olan kardeşi Münevver'e ve ekleyecekti: "Biliyor musun kuşum, Celal Nuri'nin yayımladığı *Edebiyat-ı Umumiye Mecmuası*'na bir makale yazmaya çalışırken kaybettik babamızı."

Yine mezarlıkta, mermer taşın üzerinde bu kez 1857-1929 tarihlerini görünce, yeniden hesap yapacaktı Celile.

Bu hesaba göre, doğumu babası yirmi üç yaşındayken gerçekleşmişti.

Sadece yetmiş iki yıl yaşamış olan Hasan Enver Paşa'nın erken ölmesine, üzülsün mü sevinsin mi bilemedi.

Tam kırk dokuz yaşındaydı ve eğer babasının yaşında vefat edecekse, yirmi üç yılı kalmıştı.

Kayınpederi Mehmet Nâzım Paşa'nın cenaze töreninde düşündüğünden farklı olarak, bu kez "Yirmi üç yıl nedir ki?" diye iç geçirdi. "Göz açıp kapatıncaya kadar geçer."

---

87. Mustafa Celaleddin Paşa
88. Mehmet Ali Paşa

Altmış Altı

Ela gözlü pars, yeterince çalıştığına kanaat getirince atölyesini düzenledi, ellerini temizledi, çalışma kıyafetini çıkarttı ve dinlenmek üzere salona geçti.

Resimli Ay dergisini eline alıp gözlüklerini takınca, yine sinirlendi. Başlıkları okuyabiliyor ama metinlerde zorlanıyordu. Gözlüğünü burnunun üzerinde aşağı indirdi, yukarı kaldırdı olmadı.

"Göremiyorum" diye söylendi. Derhal bir göz doktoruna gitmesi, gözlüğüne yeni camlar taktırması gerekiyordu.

Doktoru, "Hayli ilerlemiş numaralarınız" dedi kontrolleri yapınca.

Celile'nin uzattığı reçete ile çerçeveleri karşılaştıran gözlükçü de "Yeni camlarınızı bu çerçeveye uyduramayız hanımefendi. Rahatsızlığınız iyice ilerlemiş" dedi.

"Neyse ne!" diye cevapladı gözlükçüyü biraz da kızarak Celile. Yeni bir gözlük seçti, yeni camları takılıncaya kadar bekledi. Gözlükçü gözlükleri burnuna oturtmaya çalışırken acı gerçekle kucaklaştı.

"Yahu resmen şişe dibi bunlar!"

Duymadı bile gözlükçünün "Ama rahatlıkla okuyabileceksiniz" sözlerini.

Söylenerek evine ulaştı. Heyecan içinde *Resimli Ay*'ı tekrar eline aldı. Okuyabiliyordu.

Her zaman yaptığı gibi, oğlunun yazısını en sona bıraktı. Zekeriya'nın[89] yazısıyla başladı dergiyi okumaya.

Şahsen tanırdı Zekeriya'yı. Selanik'te İttihat ve Terakki'nin yayın organı *Rumeli*'de yazdığı zamanlardan beri takip eder ve beğenirdi. Sonradan *Yeni Felsefe*'de, *Tasvir-i Efkâr*'da da okumuştu yazılarını.

Zekeriya'nın Sabiha ile evlendikleri gün geldi aklına. Galiba 1915'ti. Şehzadebaşı'nda, Suphi Paşa Konağı'nda yapılan törene davetli olarak katılmıştı.

"Ne çabuk geçmiş zaman" diye söylendi.

***

Sıra oğlunun yazısını okumaya gelmişti:

"Putları Yıkıyoruz!"[90]

"Yazının başlığında bile meymenet yok. Bakalım bu kez başını hangi suretle belaya sokacak küçük bey?" diye düşündü Celile.

Nâzım yazısında Abdülhak Hamit'i yerin dibine sokmuş, "Hamit Bey kuvvetli bir Osmanlı şairidir, işte o kadar... Kafalarımıza zorla dikilen putları yıkalım" demişti.

Celile okumayı bitirince "Hamit Bey kuvvetli bir cumhuriyet dönemi şairi değildir demeye getirmiş vesselam! Velev ki öyle olsun bu böyle söylenir mi?" diye düşündü.

Söylenmezdi ama bu da Nâzım'dı işte!

***

---

89. Zekeriya Sertel

90. Nâzım Hikmet "Putları Yıkıyoruz!" hareketini bir dizi yazıyla 1929 yılında Resimli Ay dergisinde başlattı. Hedefinde, koruma kalkanı giydirilmiş olduğunu düşündüğü Abdülhak Hamit, Mehmet Emin (Yurdakul,) Ahmet Haşim, Yahya Kemal, Yakup Kadri gibi ünlü isimler vardı.

Celile *Resimli Ay*'da yayımlanacak olan "Putları Yıkıyoruz!" başlıklı yazı dizisinin ikinci ve üçüncü bölümlerini de merakla beklemiş, her defasında koltuğuna yeni gözlükleri gözünde olmak üzere oturmuştu.

"Bakalım bu kez neler yumurtlamış Nâzım Efendi?" diyerek okumuştu oğlunun yazılarını.

"Mehmet Emin Bey'in şairliği bile bir göz aldanmasıyken, milli şairlik sıfatı bilgisizliğin aldanmasından başka bir şey değildir" yazmıştı oğlu, dizinin ikinci bölümünde.

Celile korkarak "Vay vay vay..." diye söylendi.

Korkulması da gerekiyordu!

Nâzım'ın *Resimli Ay*'da "Putları Yıkıyoruz!" genel başlığı altında çok ağır yüklendiği kim varsa, hepsi arkasını Ankara'ya dayamış yazarlardı. Dünya kadar gazete, dergi etkileri altındaydı. Hasılı kelam, oğlu yine Don Kişot misali atılmıştı ileri. Böylesi bir kavgadan ün almış olarak çıkabilirdi belki ama kazanma ihtimali yoktu.

Allah muhafaza, mesele dönüp dolaşıp "komünistliğe" bile gelebilirdi.

Tam da öyle oldu!

Celile "Şimdi siz isteğiniz kadar, bunun komünistlikle ilgisi olmadığını, eski ve yeni mücadelesi olduğunu söyleyerek savunun kendinizi" diye düşündü.

Oğlunun da onun gibi düşünenlerin de başına bin türlü çorap örüleceğini adı gibi biliyordu.

***

Nâzım'ın yazılarına en büyük tepki, zaman içinde Mustafa Kemal Paşa'nın en yakın adamlarından biri halini almış olan Yakup

Kadri'den geldi. *Milliyet* gazetesine verdiği bir mülakatta "Bu avarelerin başı üstünde acayip, müthiş ve uğultulu bir cinnet havası esiyor" demişti.

Sonra *İkdam*'da açık seçik Nâzım'ı tarif etmişti Yakup Kadri.

"Bazıları ipten ve kazıktan kurtulmuş kaşarlı sabıkalılardır. Bunların içinde öyleleri vardır ki, daha yirmi beş yaşına basmadan hayatlarının en güzel çağını zindan köşelerinde çürütmüşlerdir... Anadolu harbi sırasında düşmana karşı çıkmaktan ürkerek Maarif Vekâleti'ni dolandıran ve çaldıkları para ile Karadeniz'i aşıp Bolşeviklere iltihak eden iki vatansızdan biri..."

"Eyvah eyvah!" dedi Celile. Yazının devamında edilen "köpekliğe, kuduzluğa" dair sözleri, tanıdığı oğlu katiyen cevapsız bırakmazdı.

Tam da beklediği gibi oldu. Nâzım, *Resimli Ay*'da "Cevap" ismini verdiği şiirini yayımladı.

Şiirin bir bölümünde "Behey kara maça bey!" diye sesleniyordu Yakup Kadri'ye ve şöyle devam ediyordu:

"(...) Halka ahmak diyen sensin
Halkın soyulmuş derisinden
Sırtına frak giyen sensin.
Yala bal tutan beş parmağını
Beş çürük muz gibi
Homurdanarak dolaş besili bir domuz gibi..."

"Yok yok!" diye düşündü Celile. "Bu iş şirazesinden çıktı. Sonu mutlaka kötü olacak."

Kendisinin müdahale etmesinin hiçbir işe yaramayacağını bildiği için, Vâlâ Nurettin'le konuşmaya karar verdi.

Vâlâ'yı bulan Celile, daha isteğini söylemeden, Nâzım'ın kendisiyle arkadaşlığı kesmiş olduğunu öğrendi.

"Neden?" diye sordu Celile.

"Çünkü, kendisini 'egemen kadrolar' adını koyduğu kimselerle konuşturmaya çalıştığım için bana kızıyor. Amacımın onu komünist arkadaşlarından uzaklaştırmak olduğunu düşünüyor. Egemenlerle kanlı bıçaklı düşmanmış belki ama benimle artık düşman bile değilmiş."

Celile "Ah be oğlum!" diye söylenerek ayrıldı Vâ Nû'nun ofisinden.

Altmış Yedi

Piraye'ye atölyesini ve eski çalışmalarını gösterirken, Celile'nin gözünde, oğlunun, ilk eşi Nüzhet'le çektirdiği fotoğraf canlandı.

"Başını gözünü yarmak var ya!" diye düşündü. "İşte benim oğlum."

En az Nüzhet kadar çirkindi Celile'ye göre Piraye.

İkinci kez Rusya'ya gittiğinde tanışıp evlendiği, Türkiye'ye geri döneceği için boşandığı Dr. Lena da acaba Nüzhet ve Piraye gibi çirkin miydi?

"Kim bilir, Rus olduğu için, belki o daha güzeldi" diye düşünerek geçti, yanında Piraye olmak üzere salona.

"Bak anne..." dedi salonda Nâzım. "Başkalarından duymadan ben söyleyeyim, Piraye dul ve iki çocuğu var."

Celile, oğlunun Piraye'nin yanında yaptığı bu densizliğe can havliyle "Bana ne bunlardan Nâzım?" diye karşılık verdi.

"Siz anlaştıktan sonra kime ne? Öyle değil mi?" diye söylenerek mutfağa geçti.

"Yok yok..." diye düşündü çaydanlığı ocağın üstüne oturturken. "Bu ailede bir tuhaflık olduğu kesin."

Öyle ya, Hikmet ayrı telden çalmıştı kendisi ayrı...

Böyle davranıyor olması, Nâzım'ın genetik kodlarının bir gereğiydi sanki.

***

Oğluna "Sesini Kaybeden Şehir" isimli şiiri için de dava açılınca "Yok artık!" diyecekti Celile.

Tabii ki okumuştu şiiri. Çok da beğenmişti.

Sadece "Bay Ford'un adı geçmese de olabilir miydi acaba?" diye düşündüğünü hatırladı. Böyle olunca da şiirin anlamının kalmayacağına karar vermişti.

Ama, memleketin savcıları kendisi gibi düşünmemişlerdi.

Neyse ki korktuğu başına gelmedi Celile'nin. Oğlu Yargıtay'da aklandı.

Sonraki günler, aylar ve yıllarda, Nâzım ne yazsa, hakkında dava açılacaktı.

"835 satır", "Jokond ile Si-Ya-u", "Varan 2", kısacası bütün şiirleri yüzünden mahkemelik oldu şair.

Celile'nin birini bile atlamadığı mahkemelerinde, açılan tüm davalardan aklandı.

***

O akşam İstanbul Şehir Tiyatrosu'nun Tepebaşı Sahnesi'ne[91] gidecekti ela gözlü pars.

Kadıköy İskelesi'nde buluşacaktı çocuklarıyla.

Nasıl olmuşsa olmuş, Nâzım ve Samiye, Erenköy'de kiraladıkları bir konakta, eşleriyle birlikte oturmaya karar vermişlerdi.

Nâzım ne kadar sorun çıkarttıysa, Samiye tersine o kadar uyumlu bir çocuk olmuştu.

91. 1930'lu yıllarda İstanbul Şehir Tiyatrosu'nun üç sahnesi vardı. Tepebaşı Tiyatrosu'nda dram ve komedi, Fransız Tiyatrosu'nda operet, Asri Sinema'da ise çocuk tiyatroları sahne alıyordu.

Sözgelimi, Seyda[92] ile evliliğini de tereyağından kıl çeker gibi gerçekleştirmişti güzel kızı.

Celile iskelede düşüncelerini temize çekerken, çocukları Nâzım ve Samiye, yanlarında eşleri Piraye ve Seyda ile çıkageldiler.

Yol boyu "Bakalım beğenecek misiniz?" dedi başka bir şey demedi Nâzım. Belli ki içi kıpır kıpırdı.

Çünkü, sahneye koyulacak oyun onun yazdığı *Kafatası*'ydı ve ilk kez o akşam oynanacaktı.

Erken gitmelerine rağmen salonun hıncahınç dolu olmasından etkilendi, sevindi genç şair.

Çocuklarıyla birlikte en önde oturdu ela gözlü pars.

Ve, perde açıldı!

Kimler rol almamıştı ki piyeste!

Muhsin Ertuğrul, Doktor Dalbanezo'yu canlandırıyor, başrol oynuyordu.

Sahneye girip çıkan bütün oyuncuları tanıyordu Celile.

Galip, Talat, Hüseyin, Behzat, Hazım...

En çok da Neyire Neyir'in iyi bir oyuncu olma yolunda hızla ilerlemesine sevindi.

Anlaşılan Neyire Neyir, Halide Edip'in yazdığı *Ateşten Gömlek*'le giriş yaptığı sanat dünyasında, emin adımlarla ilerliyordu.

Nâzım'ın oyunu Dolaryanda'da geçiyordu ve bismillah başlar başlamaz "Dolaryanda post müttehit gazeteler tröstü" diyerek yumruğu indiriyordu...

Her şeyin, hatta şairin sanatının bile satılık olduğundan söz etmişti oyununda Nâzım.

---

92. Seyda Yaltırım, Münevver Hanım'ın ilk eşi Kadir Bey'den olmuştu. Çocuk babası ile birlikte büyüse de anne tarafıyla alakasını kesmemişti.

Toplu bir cinnet halinden söz ediliyordu *Kafatası*'nda.

Celile, oyunu seyrettiği kadar oğlunu da izledi. Onunla gerçekten iftihar ediyordu.

Bir de attığı her adım tehlikeli, ettiği her laf yumruk gibi olmasaydı.

Oyun sona erince, oyuncular Nâzım'ı da aralarına çağırmışlar, sevgili oğlu tüm heybetiyle doldurmuştu sahneyi.

Ela gözlü pars, bol bol alkışladı Nâzım'ını.

Altmış Sekiz

"Ölüm döşeğinde yattığını öğrenince, Nâzım'la birlikte gittik ziyarete..." demiş, sonraki gelişmeleri bir bir anlatmıştı Piraye.

Gelininin anlattığına göre, Hikmet'in başını bekleyenlerden biri de patronu Süreyya Paşa'ydı.

"Bu durumda..." diye düşündü Celile. "Ölümünden kendini sorumlu tutmuş olmalı paşa hazretleri."

Bir süre önce Hikmet'i Kadıköy'de köpek ısırmış, Süreyya Paşa'nın çabasıyla kendisine kuduz aşısı yapılmıştı.

Birkaç gün önce ise, başka bir yaralanmadan dolayı tetanos aşısı yapılmıştı hastaya.

Terslik bu ya, iki aşı uyuşmamış, Hikmet ağır hastalanmış ve kısa bir süre içinde de Hakk'ın rahmetine kavuşmuştu.

***

Nâzım caminin avlusunda dört dönüyor, Hikmet Bey'in başına gelenlerden Süreyya Paşa'yı sorumlu tutuyordu.

"Anne" dedi bir ara Celile'nin kulağına. "Babam ölüm döşeğinde yatarken, adam para hesabı soruyordu. Düşünebiliyor musun?"

Celile zor sakinleştirdi oğlunu. "Eğer..." dedi. "Bir hesabın varsa, cami avlusunda değil, sonra görürsün."

"Keşke demez olsaydım" diye düşünecekti ilerleyen günlerde cami avlusunda oğluna ettiği bu laf aklına geldikçe.

En iyi bildiği yoldan, kalemini kullanarak yapmıştı hesaplaşmayı Süreyya Paşa ile Nâzım. "Hiciv Vadisinde Bir Tecrübe-i Kalemiye" isimli şiirini kaleme almıştı.

Şiirin bir yerinde şöyle diyordu şair:

"(...) Ve dünyaya yummadan evvel
ışıklı çocuk gözlerini
siz onun yanındaydınız.
Son beş papelin hesabını vermeden ölmesin diye
kalbinin atışını saydınız..."

Bu kadarla kalsa belki dava açmazdı Süreyya Paşa ama ne babasının hırsızlığı ne kendisinin uğursuzluğu bırakılmayınca, hop oturmuş hop kalkmış, derhal dava açmıştı.

Sonuç olarak, bir yıl hapis, iki yüz lira para cezasına çarptırtmıştı yazdığı şiir nedeniyle Süreyya Paşa Nâzım'ı.

Ela gözlü pars, kahrolmuştu yine!

***

Oysa daha ne kadar geçmişti ki sevgili kardeşinin "Ablacığım, haberi benden al istedim. Samih, Türk Dil Kurumu'na başkan oldu..." diye yazdığı mektubun üzerinden.

Celile, sevgili kardeşi Münevver'in mektubunu sevinerek okumuştu.

Birkaç akşam önce oğlunun oyununu izleyince, "Kimimiz muhalif, kimimiz iktidar ama mutlaka önemli işlere imza atarak..." diye düşünmüştü.

Sahiden de öyleydi.

Kocaman ve etkili birkaç ailenin kesişme noktasındaydı Celile.

Osmanlı İmparatorluğu zamanı ya da Türkiye Cumhuriyeti dönemi fark etmiyor, ailesinin mensupları farklı görüşlerden de olsalar, daima ülkenin etkin roller üslenen bireyleri oluyorlardı.

"Tek nedeni var bunun, o da iyi eğitim" dedi tuvalinin başına geçerken ela gözlü pars.

İyi aile iyi eğitim sağlıyor, bu da sonucunu iyi iş olarak veriyordu.

Oğlunun kaleme aldığı "Gece Gelen Telgraf" isimli şiir de buna bir örnek değil miydi?

***

Oysa, "Gece Gelen Telgraf" da başını ağrıtacaktı Celile'nin. Kötü haberi alınca zihnini zorladı. Elli üç yaşına gelmiş olmaktan mı yoksa ıvır zıvırla doldurduğu için mi bilinmez, ancak küçücük bir bölüm hatırlayabildi şiirden:

"Bakıyorum
gece gelen
telgrafa.
O mükemmel bir kafa
mükemmel bir yürek
yumruklarıyla erkek
gözleriyle çocuktu.
Hudutsuz ve allahsız bir baştı o.
Yoldaştı o..."

"Böyle bir şeydi işte" diye söylendi Celile. "Peki" dedi sonra. "Hangi kafa bu şiirden dolayı bir şaire altı ay üç gün hapis cezası verir?"

Vermişti işte!

Neyse ki 1933 yılıydı ve Cumhuriyet'in onuncu yılı kutlanacak, bu nedenle çıkacak af yasasından yararlanacaktı Nâzım.

***

Sevgili Marcel,

Sana epeydir yazamadım... Geçen süre zarfında iyi gelişmeler de olmadı değil. Sevinerek söylemeliyim ki artık benim de bir oy hakkım var. Bundan sonra ülkemde seçim yapıldığında, ben de sandık başına gidecek, erkekler gibi oy kullanacağım. En azından bu açıdan, Türkiye, Fransa'yı geride bırakmış durumda sevgili Marcel.

Kaldı ki, artık bir soyadına da sahibim Marcel'ciğim. Hükümet her ailenin bir soyadının olması gerektiğini ilan edince, kalemi kâğıdı alıp soyadımın ne olacağı üzerine düşünmeye başladım. Neler geldi aklıma neler.

Sevgili Marcel, kendimle ilgili epeydir 'uğur' meselesi üzerinde duruyorum. Enikonu, üzerimde bir 'uğursuzluk' olduğunu düşünüyorum. Bu nedenle, soyadım bari 'uğur, uğurlu' filan gibi bir şey olsun istedim. Olmadı. Çünkü benden önce davrananlar olmuş, uğur'a dair her şeyi tüketmişler. Ama yılmadım! Aklıma 'uğuraldım' geldi ve kimsenin alıp almadığını sordum. Almamış. Derhal kararımı verdim ve soyadım Uğuraldım oldu.

Dilerim, soyadım ile birlikte talihim de değişir. Kim bilir, belki de 'Uğuraldım' bana uğur getirir.

Bu arada, Münevverler Yalnızgil soyadını aldı. Nâzım ise babasının ismi olan Hikmet'i soyadı gibi kullanıyor. Henüz gidip kendisine bir soyadı seçmiş değil.

Hasılı kelam sevgili Marcel, bundan sonra bana yazacağın mektupların zarfına, ismimin yanına bir de Uğuraldım ekleyeceksin..."

Altmış Dokuz

Arkasına ilk kez soyadını kullanarak Celile Uğuraldım yazdığı zarfı postaya verdikten sonra, Kadıköy çarşısında, evlenmek üzere olan oğluna ve müstakbel gelinine hediye aradı Celile.

Geçen iki yılını hapiste geçirmiş bir oğul ile günlerini onun yolunu gözleyerek tüketen bir geline ne hediye alınabilirdi?

Anacaddede *Kleopatra* filminin afişini görünce "En iyisi ikisini sinemaya götüreyim" diye düşündü Celile.

Ve düşündüğü gibi de yaptı!

Piraye ve Nâzım düğün yapmamış, resmi nikâhla yetinmişlerdi. Bu arada bir soyadı almak zorunda kaldığı için, oğlu kendisine "Ran"ı seçmişti.

Üçü, yağmurlu bir şubat günü tuttular İpek Sineması'nın yolunu.

Nâzım "Amerika'da geçen yıl gösterime girmişti. Bir yıl gecikmeyle seyredeceğiz *Kleopatra*'yı. Bakalım Claudette Colbert hakkını verebilmiş mi dünya güzeli kadının?" dedi.

Piraye sanki kıskançlık ediyormuş gibi "Ben en çok Julius Caesar rolünü oynayan Warren William'ı merak ediyorum" diye cevapladı eşini.

Nâzım en hin haliyle "Marcus Antonius rolünde Henry Wilcoxon da Celile'nin olsun o halde" dedi.

"Hah, tam buldun. Şu halime bir baksana oğlum, nineye döndüm" diye cevapladı Nâzım'ı.

"Anacığım" diyerek elini annesinin omzuna attı şair. "Elli beş yaşında olup da otuz beşinde bile göstermeyen sen mi söylüyorsun bunu?"

Ela gözlü pars gülümsedi.

***

Sinema çıkışı İnci'nin minik salonunda profiterol yediler.

Üçü de beğenmişti filmi.

Celile "Muhteşemdi dekorlar" dedi ve devam etti. "Marcel'in kesip gönderdiği bir dergi yazısında okudum, Hans Dreier tasarlamış hepsini. O zengin, göz alıcı kostümler ise Travis Banton'un eseriymiş."

"Böyle olunca da gelsin Oscar ödülleri" dedi Nâzım annesinin sözleri üzerine.

Piraye de katıldı konuşmaya.

"En iyi film, en iyi kurgu, en iyi ses, en iyi yardımcı yönetmen gibi dallarda aday gösterildi ama sadece en iyi sinematografi Oscar'ını alabildi. Ben de en çok film için yapılan müziği beğendim."

***

Geriye dönerlerken, Celile oğluna durmaksızın "Beladan uzak dur artık!" diye nasihat vermeye çalıştı.

Nâzım da durmadan "Olur, merak etme!" diye cevapladı annesini.

Nedense Celile ikna olmadı.

İki yıla yakın bir zamanı hapiste geçiren sanki kendisi değilmiş gibi konuşuyordu Nâzım.

Tünel'e yaklaşırlarken karşıdan gelen iki adama selam verdi oğlu. Nedense adamlar sadece bakmakla yetindiler. Duraklamak şöyle dursun, selamını bile almadılar Nâzım'ın.

Şair kızdı. "Görüyor musunuz" dedi annesine ve eşine. "Selamımı bile almıyor artık eski dostlarım. Vebalıdan kaçarmış gibi kaçıyorlar benden."

Celile üzüldü. Ülkenin en ünlü şairlerinden biri olan oğlunun içinde bulunduğu durum, zor ve ötesiydi.

Bir zamanlar âşık olduğu şair Yahya Kemal, o zamanlar oğlunun yarısı kadar bile ünlü değildi ama insanlar bırak selamını almayı, selam verme kuyruğuna giriyorlardı önünde.

"Hangisi bilmem ama birisi doğru yapmamış ve yapmıyor demek ki" diye düşündü.

"Kokmazdı, bulaşmazdı" dedi kendi kendine, Yahya Kemal ile ilgili muhasebeye girişince Celile.

Oysa Nâzım öyle miydi?

Satırlarında bir kelimeye bile yer vermiyordu, kokmayan ve bulaşmayan sevgili oğlu.

"İnşallah korktuğum gibi olmaz" diye düşünerek seyretti şehir hatları vapurunun arka güvertesinden, tarihi yarımadayı.

Yetmiş

Celile, Vâ Nû'nun *Haber* gazetesinde yazdığı yazıyı dikkatle okudu.

Oğlu kızgınlığını sürdürse de, kendisi Vâlâ'nın Berlin Olimpiyat Oyunları'na dair izlenimlerini günü gününe takip ediyordu.

Vâ Nû o günkü yazısında "Almanlar tam bir çıkmazdalar. Ya spor ya da ırkçılık teorilerinde hata var!" diyerek, zencilerin beyazlara karşı sağladıkları üstünlüğü, Hitler'in nasıl izah edeceğini sorguluyordu.

Celile, gazetenin ilgili bölümünü karşısında oturan kardeşine de okudu ve "Doğru değil mi ama Münevver?" diye sordu. Alacağı cevap hoşuna gidecekti.

"Jesse Owens dört altın madalya alıp, Alman atletler arkasından nal topluyorsa, demek ki zenciler düşük bir ırk filan değil."

O yıl, yani 1936'da, bir dünya savaşının daha ayak sesleri duyulurken, dünyanın gündeminde yine, stadyumu kızgınlıkla terk eden Adolf Hitler vardı.

***

"Aaa Vâlâ sen Almanya'da değil miydin?" dedi Celile kapıyı açıp da karşısında Vâ Nû'yu görünce.

Vâ Nû, ev sahibesinin ikram ettiği çayı yudumlarken sadede geldi.

"Biraz evvel Nâzım'ın Taksim'de tutuklandığını öğrendim. Size haber vermem gerektiğini düşündüm. Piraye'nin de haberi yoktur herhalde. Biraz sonra gidip ona da söyleyeceğim."

Celile "İşte yine!" dedi gayriihtiyari.

Vâ Nû anlatmayı sürdürdü:

"Nâzım birileriyle buluşmak için Taksim'deki kahveye gitmiş. Beklediği kimseler gelmeyince de şapkasını gazetesini alıp çıkmış. Sokakta tutuklamışlar. Sansaryan Hanı'na götürmüşler. Avukatıyla konuştum, Nâzım'la birlikte on iki kişi daha varmış tutuklu olan. Yarın gazetelerde okuyunca heyecanlanmayın diye haber vermeye geldim."

Vâ Nû Nâzım'la ilgili haberin detaylarını anlatırken, Celile, oğlunun kendisini bu kadar seven bir arkadaşıyla yollarını ayırmış olmasına içten içen kızdı.

"Kimlermiş ötekiler?" diye sordu merak içinde.

Vâ Nû not defterini çıkarttı ve "Bildiklerim Hikmet Kıvılcımlı, Tornacı Emin Şekun" dedi.

Celile her iki ismi de duymuştu. Nâzım daha önce de yargılanmıştı Kıvılcımlı ve Şekun ile.

Vâ Nû'ya göre, bu tutuklamanın öncekilerle bir alakası yoktu.

"Bu, Türkiye Komünist Partisi davası değil. Nâzım'ın başkanlığında Endüstri Dokuma Cemiyeti diye bir gizli komünist örgüt kurdukları, bildiri dağıttıkları ileri sürülüyor..."

Ertesi günkü gazeteler, Nâzım'ın tüm suçlamaları reddettiğini yazacaktı.

***

Yine aynı günkü gazetede, dünyaca ünlü şair Garcia Lorca'nın İspanya'da kurşuna dizildiğini okudu Celile.

Ne çok severdi Nâzım Lorca'yı.

Belli ki, İspanya'da yaşanan baskıcı hayata karşı giriştiği mücadele nedeniyle katledilmişti Lorca.

Celile bir keresinde, Nâzım'ın Lorca ile Yahya Kemal'i karşılaştırdığını hatırladı.

Hükümetin Yahya Kemal Beyatlı'yı büyükelçi olarak Madrid'e yollayıp hazretin İspanya üzerine döktürdüğü yıllardı.

Şair bu güzel ülkenin hakkını vermiş, "Endülüs'te Raks"ı yazmıştı.

Nâzım sinirlenmişti eski hocasının şiirini okuyunca. Hırsını da şairin bir zamanlar sevgilisi olan annesinden çıkartmıştı.

"Garcia Lorca, İspanya'nın ama asıl Endülüs'ün çocuğudur validem. Biz Türklerin aklına, Endülüs denildiğinde nedense hep Araplar gelir. Bu nedenle, senin şairin Yahya Kemal Efendi de Endülüs'ü görünce derhal kaleme kâğıda sarılır, 'zil, şal ve gül'den söz eder. Sözüm ona, Endülüs'te 'raks'ı tarif edecek ya hazret! Ama öyle değildir kazın ayağı. O toprağın aydın çocuğu Garcia, ziline, şalına, gülüne değil, Çingeneliğine vurgu yapar Flamenko'nun. Endülüs toplumunun duyarlılığını, Çingene halkının acısını, ezilmişliğini, feryadını dile getirir şiirlerinde..."

Sanki yanındaymış ve tekrarlıyormuş gibi hatırladı Celile oğlunun sözlerini.

"Ne yazık" diye söylendi. "Oğlum hapiste. Yine yargılanmayı bekliyor. Lorca ise, kendisini İspanya'nın sahibi zanneden bir grup eşkıyanın tüfeklerinin önünde can verdi. Düşünen, aydın insanların kaderi midir örselenmek, horlanmak, aşağılanmak?"

Aklını epeydir kurcalayan bu soruyu "Galiba öyle" diye cevapladı Celile.

***

Heyecan içinde açtı sevgili Marcel'inin gönderdiği mektubun zarfını.

Her zamanki gibi uzunca bir mektup ve beraberinde bir sürü gazete, dergi kupürü göndermişti Marcel.

Celile önce mektubu okudu, sonra bir dergi sayfasından kesilmiş Picasso'nun *La Guernica* isimli tablosuna baktı uzun uzun.

Kahroldu.

Alman uçakları Guernica kasabasını bombalamış, İspanyol ressam Picasso da vatanına olan borcunu, kasabanın adını verdiği tablosuyla ödemeye çalışmıştı.

***

Gecenin bir yarısında kapısı çalınınca, heyecan içinde açtı Celile. Gelen bir postacıydı ve elinde bir telgraf vardı.

"Acaba Nâzım'la ilgili mi?" diye düşünerek aceleyle açtı telgrafı:

"Samih Rifat'ı kaybettik. Cenazesi öbür gün. Kardeşin Münevver."

Kapıyı kapattıktan sonra, postacıya teşekkür etmeyi unuttuğu geldi aklına...

Mutlaka gitmesi gerekiyordu cenaze törenine. Böylesi bir günde, kardeşini yalnız bırakamazdı.

Hemen çantasını hazırladı, hiç uyumadan sabahın ilk ışıklarını bekledi.

Yol boyu Münevver'ini düşündü ela gözlü pars.

Birlikte, saray bahçelerinde koştururken geçen çocuklukları... Münevver'in on beş yaşında evlendirilişi, Seyda'ya hamile kalışı, eşinin kıskançlığı nedeniyle baba evine dönüşü... Selanik'te Nâzım'ı ilk kucağına alışı... Üsküdar'daki konakta, mutlaka gülecek bir şey bularak geçirdikleri günler... Sonra kardeşçiğinin Samih Rifat'la yaptığı mutlu evlilik... Trabzon günleri... Oktay'ın doğuşu...

"Of be Münevver!" diye söylendi otobüsü Ankara istikametinde doludizgin giderken. "Tam da mutluluğu yakalamıştın, olacak iş miydi bu?"

Celile otomobilin içinden, kendilerine doğru yaklaşmakta olan Piraye'yi görünce, acı çekenin sadece kendisi olmadığını düşündü.

Aslında, kendisi ve Piraye'den de ibaret değildi ki acı çekenler.

Ne çok insan kahrolmuştu şu baskıcı rejimler yüzünden.

Oğlunun mücadelesi de işte tam buna karşıydı.

İnsanlar acı çekmesin, gözyaşı dökmesin diye mücadele ediyordu Nâzım!

Tıpkı Picasso, Lorca ve ötekiler gibi.

Pablo Picasso'nun adı geçtiğinde gözlerinin parlamasının, Garcia Lorca için "O benim kardeşim" demesinin ardındaki neden, daha iyi bir dünyaya duyduğu özlem değil miydi?

Almanya'da, İtalya'da, İspanya'da devlet eliyle gerçekleşen zulme karşı çıktığı gibi, kendi ülkesinde de, insanlık onuru için direnmişti ve direnmeyi sürdürüyordu Nâzım.

Onlarca yıl hapiste yatmasının ve ölümüne kadar dört duvar arkasında tutulmaya çalışılmasının nedeni açık seçik ortadaydı.

Oktay gazetecilerin ellerini sıkıp kendisinin de içinde bulunduğu otomobili işaret ederken, Celile'nin aklına Nâzım'ın Lorca ile ilgili yazdığı "Karanlıkta Kar Yağıyor" isimli şiiri geldi:

"(...) Karanlıkta kar yağıyor
Sen Madrid kapısındasın.
Karşında en güzel şeylerimizi
Ümidi, hasreti, hürriyeti
Ve çocukları öldüren bir ordu..."

Ne yazık şimdi de oğlu, Lorca'nın akıbetine uğratılmaya çalışılıyor, ümidi, hasreti hürriyeti ayaklar altına alınıyordu.

Tıpkı İspanya'da olduğu gibi, kendi ülkesinde, kendi çocuğu, göz göre göre ölüme terk ediliyordu.

Eğer derhal, hemen o anda bir çözüm bulunamazsa, bir hastane köşesinde ölüme koşuyordu sevgili oğlu.

Bütün bu düşüncelerin içinde, Oktay'ın "Benim işaretimi bekleyin!" uyarısını unuttu yaşlı kadın.

Gözlüklerinin yerli yerinde olup olmadıklarını kontrol etti ve bastonuna dayanarak otomobilden indi.

Yetmiş

Celile, oğlunun yeni yayımlanan kitabı *Simavne Kadısı Oğlu Şeyh Bedreddin Destanı* ile koltuğa oturdu.

İlk sayfalarda, okuyacağı destanın Şeyh Bedreddin, Börklüce Mustafa ve Torlak Kemal ile ilgili olduğunu anladı. Bir sigara yaktı ve çayını tazeledi.

Bir daha, kitabın arka kapağını kapatana değin ne sigara yakacak ne de çay içecekti.

"Tek kelimeyle, muhteşem" diye düşündü ela gözlü pars.

Geriye döndü, köşesini kıvırarak işaret koyduğu sayfayı buldu:

"(...)Yağmur çiseliyor.
Serez çarşısı dilsiz
Serez çarşısı kör.
Havada konuşmamanın, görmemenin kahrolası hüznü
Ve Serez çarşısı kapatmış elleriyle yüzünü.
Yağmur çiseliyor..."

Tekrar tekrar okudu bu bölümü Celile.

Kitabı yanındaki masanın üzerine, az önce okuduğu altı satırını ezberlemiş olarak bıraktı.

Aç ve yorgun olarak atölyesine geçti, şövalesinin üzerine bir tuval yerleştirdi, paletine sadece siyah ve beyaz renkleri aldı...

***

Oğlunun kitabı *Şeyh Bedreddin Destanı* üzerine, siyah, beyaz ve grilerle günlerce boğuştu Celile.

İyiden iyiye bunalınca, hava almak için Kadıköy'e indi. Sonra bir vapurla Karaköy'e geçti.

Her yer süslenmişti. Galata Köprüsü'nün üzeri ve tüm anacaddeler Türk ve İngiliz bayraklarıyla bezenmiş, taklarla donatılmıştı. Yollar tertemizdi.

Konuşmalara kulak verince, Haydarpaşa'dan Kuzguncuk'a, Kumkapı'dan Beşiktaş'a tüm sahil şeridinin ışıklandırılmış olduğunu duydu.

"Anlaşılan..." diye düşündü. "Büyük Britanya Kralı Edward'ın ve Atatürk'ün nezdinde, İngiltere ve Türkiye geçmişi unutmaya çalışıyor."

Doğruydu ama ötesi vardı.

Avrupa'da dengeler değişmeye başlamış, faşist İtalya'nın saldırgan davranışlarının arkasında Doğu Akdeniz'i kontrol altına alma isteğinin olduğu anlaşılmıştı.

İngiltere, çözümü genç Türkiye Cumhuriyeti ile dost olmakta arıyordu.

Celile, Kral Edward'ın İstanbul'a geleceği günü aklına yazdı. 4 Eylül günü mutlaka sokaklarda olacaktı.

***

Tüm İstanbullularla birlikte Celile o gün sokağa çıktı.

Kadıköy'den Karaköy'e geçerken, Moda açıklarında *Yavuz* ve *Hamidiye* savaş gemilerini gördü.

Tam da haber verildiği gibi, kralın yatı *Nahlin* saat 10.00'da demirledi Dolmabahçe Sarayı'nın önüne.

Ertesi günkü gazetelerde nelerin olup bittiğini ayrıntılarıyla okuyacaktı Celile.

Saat 12.15'te Tophane Rıhtımı'na ayak basmıştı kral. Atatürk konuğunu rıhtımda karşılamış, Fransızca "Hoş geldiniz majeste" demişti.

Kuvvetli bir hava vardı, deniz dalgalıydı. Kral, bindiği motor sallandığı için kıyıya tutunarak çıkmış, sonra da bir mendille elini silmek istemişti.

Atatürk o anda "Vatanımın toprağı temizdir. O elinizi kirletmez!" demiş ve kralı silmeye çalıştığı elinden tutuvermişti.

Celile, gazetelerin bu fotoğrafın altına "Birleşen eller: Türk-İngiliz ilişkilerinde yeni dönem" yazdıklarını görünce "Düşündüğüm gibi" dedi kendi kendine.

Muhabirlerin verdikleri bilgilere göre, daha sonra Atatürk konuğunu sağına almış, rıhtımda bekleyen üstü açık otomobil ile Dolmabahçe, Akaretler, Nişantaşı, Taksim'i geride bırakarak, İngiliz Büyükelçiliği'ne kadar götürmüştü.

Aynı akşam fener alayı düzenlenmiş, denizde gerçekleşen alayın başını *Kalamış* vapuru çekmişti. Vapurda bulunan bandonun çaldığı marşla, çok sayıda motor ve gemi de harekete geçmiş, özel olarak ışıklandırılmış dubaların etrafında inanılmaz güzellikte görüntüler oluşmuştu.

Celile sonraki günlerde Kral Edward'ın bu karşılamaya, Atatürk'ü Dolmabahçe Sarayı'nda ziyaret ederek karşılık verdiğini okumuştu.

Bu ziyaret çok değil yirmi sene kadar önce yapılsa, muhtemelen babasıyla birlikte kendisi de orada olacaktı.

"Nereden nereye!" diye düşündü gayriihtiyari ela gözlü pars.

Yetmiş Bir

Gazetelerden Türkiye Büyük Millet Meclisi'nde af görüşmelerinin yapılacağını öğrenince, soluğu Ankara'da aldı Celile.

Her zaman olduğu gibi, kardeşi Münevver'in evinde kalacaktı. Eşi Samih Rifat'ı kaybetmiş olsa da henüz evini bırakıp İstanbul'a dönmeye hazır değildi Münevver.

***

"Acaba gidip yüz yüze konuşsan daha iyi olmaz mı abla?" diye sordu Celile'ye bir punduna getirince Münevver.

"Katiyen yapmam ve yapamam bunu" diye cevapladı kardeşini Celile.

Elindeki kâğıdı kalemi bıraktı ve geçmişe doğru bir seyahate çıktı.

Yakup'un yanında Pera Palas'ta görüşü... Sergisinin açılışında birkaç dakikaya sığdırdıkları konuşma... Büyükada vapurundan günbatımı seyirleri... Tahsin Nahid ve Şefika'lı ada günleri... Nâzım'la şiir çalışmaları... Nâzım'sız uzun sevişmeler... Korkaklığı, korkaklığı, korkaklığı...

"Yok yok" dedi Celile. "Katiyen yapmam ve yapamam bunu!" diye tekrar etti.

Kalemi yeniden eline aldı ve kâğıdı önüne çekti.[93]

"Yahya Kemal Beyefendi, size maziden bir ses sesleniyor. Oğlum Nâzım Hikmet..."

Ela gözlü pars, zaman zaman düşüncelere dalarak yazdı eski sevgilisine.

Bir ara başını kaldırdı, "Hiç umudum yok ama" dedi, sözleri boğazında düğümlendi.

Münevver bekledi...

"Biliyorsun be Münevver, adam el kadar çocukken Nâzım'dan korktu. Hakkında şiirler döktürdüğü ela gözlü parsıyla, millet ne der kaygısına kapıldığı için evlenmedi..."

Sözlerini tamamlamadı Celile. Münevver anlamıştı ablasının ne demek istediğini.

***

"*Hürmetlerimi sunarım*" diyerek mektubunu tamamladı ve altını "*Enver Paşa kızı Celile*" diye imzaladı.

Bir kere okuduktan sonra, önemli noktaları Münevver'le de paylaştı.

Cumhuriyetin on beşinci yılı için, Meclis, kapsamlı bir af kanunu üzerinde çalışacaktı. Kendisi de oğlunun bu aftan yararlanmasını sağlamak üzere Ankara'daydı zaten. Meclis'e dilekçe vermiş, milletvekillerine dağıtılmak üzere bir de broşür hazırlamıştı. Yahya Kemal Beyefendi'den de bu konuda yardım istiyordu.

Celile mektubuna, Atatürk'ün siyasi mahkûmların tümünün

93. Celile Hanım, Yahya Kemal Beyatlı'ya, Nâzım Hikmet'in affıyla ilgili, biri 7 Haziran 1938 ve ikincisi 13 Haziran 1938 tarihli olmak üzere iki mektup yazdı.

salıverilmesini istediğini yazmıştı. Öte yandan, ucu askere dokunan suçların affedilmesinin doğru olmayacağından söz edildiğini duyduğunu da belirtmişti.

Mektupta esas olarak, Çerkez Ethem, casuslar, vatan hainleri affedilirken oğlunun hapisliğinin sürmesinin adaletsizlik olacağına vurgu yapıyordu.

Yahya Kemal'in gönlünü okşamak üzere "*Natuksunuz, sözleriniz tesirlidir!*" bile demişti.

Bu önemli noktaları yüksek sesle okuduktan sonra, bir kere de kendisi okusun diye mektubu kardeşine uzattı.

***

Münevver mektubu okurken o bir sigara yakıp koltuğa geçti, arkasına yaslandı.

Şimdi yine geçmiş günlerdeydi...

Kemal ile birlikte güzel günler geçirmek için kiraladığı Büyükada'daki nohut oda bakla sofalı küçük eve gitmişti...

"Beğendin mi masa örtüsünü? Kendi elimle diktim. Böyle bir ev için daha ağır bir perdenin doğru olmayacağını düşündüm" demişti Celile.

"Doğrusu, minik bir oda ve orta büyüklükte salondan ibaret bir ev için daha ihtişamlısı fazla gelirdi" diyerek desteklemişti Celile'nin düşüncesini Kemal.

Sonra birlikte, Celile'nin mutfakta hazır tuttuğu yemekleri ve rakıyı sofraya taşımışlardı...

Şiir okumuştu Kemal ela gözlü parsına.

Uzun uzun sevişmişlerdi...

***

Celile "Abla!" diye bağıran Münevver'in sesiyle döndü gerçek dünyaya.

"Kusura bakma" dedi ablasının korktuğunu görünce Münevver. "Belki yirmi kez seslendim. Duymayınca bağırmak zorunda kaldım. Mektup çok etkili olmuş, diyecektim."

İki kardeş, Yahya Kemal'e verilmek üzere Meclis Kalemi'ne bırakacakları mektubu bir kenara koydular.

***

"Başka kimlerle konuşursak etkili olur?" diye sordu, elinde milletvekillerinin listesi olmak üzere Münevver.

"Şahsen tanışıklığımız olanların altını çizelim. Bulabildiklerimize derdimizi tek tek anlatmaya çalışalım ve hazırladığımız broşürü verelim. Tanımadıklarımız için de Meclis Kalemi'ne üzerlerine isimleri iliştirilmiş broşürler bırakalım.

Yetmiş İki

Yine Ankara'daydı Celile.

Bir ara "Ne dersin abla, payitahta kesin dönüş zamanım gelmedi mi sence?" diye sordu Münevver.

Gelmişti hatta geçiyordu ama "Ne yapman gerektiğini, beyninle bulmaya çalışma. Bırak kalbin söylesin!" diye cevapladı kardeşini ela gözlü pars.

***

Gözlüğünü gözüne iyice oturtup, az önce tamamlamış olduğu mektubu bir kez daha okudu.

Özellikle de şu satırlarda yoğunlaştı:

"Gazi'miz,

Samih Rifat'ın eşi Münevver hemşirem ile size iki defa geldik...

Sizin çok merhametli olduğunuzu söylüyorlar. Affı hususinizi istiyoruz. Yarattığınız Türk lisanının kıymetli bir hizmetkârı olan Nâzım'ı bağışlayın...

(...)

Enver Paşa Kızı Celile."[94]

---

94. Celile'nin bu mektubu 18 Ağustos 1938 tarihini taşıyor.

Mektubunu bir kez de Münevver'e okudu.

Kardeşi de onunla aynı fikirdeydi. Bir anne olarak, yarar olabilecek her sözü söylemişti Celile.

***

Nâzım, bu kez de "orduyu ve donanmayı isyana teşvik etmek suçundan" yirmi sekiz yıl dört ay ceza almıştı.

Çok kızmıştı başına açtığı bu bela nedeniyle oğluna Celile.

Kendisi için de fena halde üzülüyordu. Elli sekiz yaşına gelmiş bir kadının uğraşacağı işler değildi bunlar!

Öte yandan, anne kalbi taşıyordu ve "mutlaka bir şeyler yapması gerektiğini" düşünüyordu.

İkinci gelişiydi Ankara'ya.

İlkinde, yine kardeşiyle birlikte Cumhurbaşkanlığı makamına gitmiş, Atatürk'ü bizzat ziyaret etmeye çalışmış, ne yazık ki görüşme imkânı bulamamıştı.

Ali Fuat Paşa da dahil olmak üzere tanıdığı kim varsa araya koyarak oğlunu zindandan çıkartmak için çaba sarf etmiş, netice alamayınca soluğu Bursa Hapishanesi'nde almış, oğluna Ata'ya hitaben bir mektup yazdırmıştı.

Oğluna yazdırdığı mektubun kopyasını önüne tekrar koydu Celile ve "Acaba başka nasıl yazılabilirdi?" diye düşünerek bir daha okudu.

Şöyle demişti Nâzım Ata'ya mektubunda;

"Cumhur Reisi Atatürk'ün Yüksek Katına,

Türk ordusunu 'isyana teşvik' ettiğim 'iddiasıyla' on beş yıl ağır hapis cezası giydim. Şimdi de Türk donanmasını 'isyana teşvik etmekle' töhmetlendiriliyorum.

Türk inkılabına ve senin başına and ederim ki suçsuzum.
Askeri isyana teşvik etmedim.
Kör değilim ve senin yaptığın her ileri dev hamlesini anlayabilen bir kafam, yurdumu seven bir yüreğim var.
Askeri isyana teşvik etmedim.
Yurdumun ve inkılapçı senin karşında alnım aktır.
(...)
Seni bir an kendimle meşgul ettimse, alnıma vurulmak istenen bu 'inkilab askerini isyana teşvik' damgasının ancak senin ellerinle silinebileceğine inandığımdandır.
Başvurabileceğim en inkılapçı baş sensin.
Kemalizmden ve senden adalet istiyorum.
Türk inkılabına ve senin başına and ederim ki suçsuzum."[95]

***

Celile, mektubun öteki önemli bölümlerini de okudu kardeşine.

"Allah aşkına, daha ne desin bu çocuk Münevver!" dedi biraz kızgın bir edayla.

Münevver de ablasıyla aynı fikirdeydi. İyi bir mektup olmuştu Nâzım'ın yazdığı.

Az sonra, iki kardeş kol kola girip Cumhurbaşkanlığı'nın yolunu tuttular.

Yol boyu, Nâzım'ın mektubunun ve az önce kendisinin kaleme aldığı yazının yeterince doyurucu olduğunu konuştular.

Ayrıca, müteveffa Samih Rifat Bey'in eşi olarak Münevver, Ali Fuat Paşa, tanıdıkları daha kim varsa yapılabilecek her şeyi yapmıştı.

95. Nâzım'ın daktilo ile yazıp eli ile imzaladığı bu mektup, Cumhurbaşkanlığı makamınca 18 Ağustos 1938'de kabul edildi ve numaralandırıldı.

Olmamıştı da olmamıştı!

Yine de ana yüreğiydi bu ve Celile pes etmemiş, gitmiş oğluna mektup yazdırmış, kendisi de ikinci bir mektup yazarak Gazi'nin yolunu tutmuştu.

Elinde "dilekçe"leri olmak üzere, yine Cumhurbaşkanlığı makamındaydı işte...

Samih Rifat Bey'den, Ali Fuat Paşa'dan da söz ederek, Gazi'yle görüşmek istediğini tekrarladı Celile yine.

Mümkün olmadığı cevabını aldı.

"O halde..." dedi. "Zat-ı âlilerine ulaştırılmak üzere bu zarf muhteviyatını alabilir misiniz lütfen?"

Yetmiş Üç

Celile ve Nâzım, biri İstanbul Kadıköy'deki evinde, öteki Bursa Cezaevi'nde, 10 Kasım günü kötü haberi aldılar.

Af konusunda bel bağladıkları, umutlu oldukları Atatürk ölmüştü.

Celile, ani bir kararla Bursa'ya gitmeye karar verdi. Palas pandıras toplandı, kendini Yalova vapuruna attı.

"Şimdi..." diye düşündü yol boyu. "Nâzım'ın en çok da konuşmaya ihtiyacı vardır."

Bütün Bursa seyahatlerinde olduğu gibi, yine üçüncü sınıf bir otelde kalacaktı paşa kızı Celile.

Yastığı, çarşafı, battaniyesi yıkanmaktan eskimiş, helası oda dışında, banyosuz ve tahtakurulu.

***

Celile oğluna kavuşup da sıra hangi otelde kaldığını anlatmaya gelince "Çelik Palas" deyiverdi. Sonra güldü.

Nâzım anlamıştı annesinin neye güldüğünü.

"Palaslığına palas da pek çelik değil galiba" diye cevapladı annesini.

Saklamadı oğlundan parasızlığını.

Nâzım, biraz da anacığının durumuna çok üzüldüğü için, konuşmaya eğlence kattı.

"Sen iki cenahtan paşa kızlığı yap, Fransız mürebbiyeler tarafından yetiştiril, Roma'yı, Paris'i etrafında fır döndür, yetmiyormuş gibi git dengin bir paşa oğluna var, saraylar, konaklar mekânın olsun... Sonra gel Bursa'da tahtakurularının cirit attığı bir otelde kal..."

Ela gözlü parsın en son isteyeceği, oğlunun üzülmesi olurdu. Nâzım'ın sözünü kesti ve "Bırak şimdi benim geçmişimi de söyle bakalım, sen nasılsın?" dedi.

Yine de sözlerini tamamladı şair.

"Vah benim güzel Celile'm!"

***

Laf lafı açıp sıra Atatürk'ün ölümünü konuşmaya gelince yüzü yine gölgelendi Nâzım'ın. Belli ki çok bel bağlamıştı, annesinin zoruyla da olsa gönderdiği mektuba.

"Bizim af meselesi, kaldı bir başka bahara değil mi validem?" dedi üzgün bir ses tonuyla.

Celile cevap vermek istemedi. Derhal konuşacak başka bir konu bulması lazımdı.

***

"Gazeteciler Kristal Gece koymuşlar adını" dedi sanki konuşacak başka konu kalmamış gibi Celile.

Okumuştu olanları Nâzım. Hapishane müdürü, okuduğu gazeteleri Nâzım'a göndermeyi âdet edinmişti epeydir.

9 Kasım'ı 10 Kasım'a bağlayan gece, Almanya'da, tarihe geçecek bir insanlık suçu işlenmişti.

Naziler, Paris'te gerçekleşen bir suikastı tekmil Yahudilere mal etmiş, bir gecede on yedi bin Polonya Yahudisini sınır dışı etmişlerdi.

Sınır dışı edilenler Polonya tarafından kabul edilmeyince, büyük bir insanlık dramı yaşanmaya başlanmıştı Avrupa'nın orta yerinde.

Almanya'nın büyükşehirlerinde Yahudilerin evlerine, işyerlerine, sinagoglarına saldırılmış, doksan bir Yahudi öldürülmüş, yüzlercesi ağır yaralanmıştı. Yahudilerin sahip olduğu yedi bin beş yüz işyeri yağmalanmış, yüz yetmiş yedi sinagog yakılıp yıkılmış, mezarlıklar tahrip edilmişti.

Gece boyunca süren saldırılar nedeniyle caddeler cam kırıklarıyla kaplanınca, gazeteciler Kristal Gece ismini vermişlerdi Kasım'ın 9'unu 10'una bağlayan geceye.

Kristal Gece üzerine konuşulabilecek her şey konuşulunca, Nâzım oturduğu tahta sandalyeden kalktı, önce demir parmaklıkların ardından dışarıya, parlayan gökyüzüne baktı.

Sonra annesine döndü ve 1935 yılında basılan *Taranta-Babu'ya Mektuplar* isimli kitabından "Yaşamak" başlıklı bölümü yüksek sesle okumaya başladı:

"Ne acayip iştir ki
bu ne mene gidiştir ki TARANTA-BABU
bugün bu
'bu inanılmayacak kadar güzel'
bu anlatılamayacak kadar sevinçli şey:
böyle zor
bu kadar
dar
böyle kanlı
bu denlü kepaze..."

***

Ela gözlü pars, Bursa'da birkaç gün daha kaldı.

Cezaevi müdürünün özel izniyle, görüş günü olmasa da oğlunu her gün gördü, yanında getirdiği malzemeyle resmini yaptı.

Yetmiş Dört

Celile, postacının bırakmış olduğu sarı zarfı korkarak açtı.

Adana Halkevi'nden[96] gelen mektupta, bir resim sergisi açarak halkevini ve Adana'yı şereflendirmesi rica ediliyordu. Bir not olarak, tüm masraflarının karşılanacağı da belirtilmişti.

Hoşuna gitti. Dünya kocaman bir savaşla boğuşurken, ülkesinde resim sergisi bile açılabiliyordu demek.

Yurdun her yanında pıtrak gibi halkevleri, imkânların sınırlı olduğu yerlerde ise halk odaları kuruluyordu. Gençler bu çatıların altında ilim irfan öğreniyor, güzel sanatlara yönleniyordu.

Çorbada tuzunun olması gerektiğini düşünerek, halkevinden gelen mektuba olumlu karşılık verdi.

Sergilere hazırlık dönemlerini her zaman sevmişti Celile. Sancılı ama hoş süreçlerdi. Resimlerini tek tek elden geçirir, hepsinin üzerinde uzun uzun düşünür, tasnif ederdi.

Yine öyle yaptı.

***

Adana Halkevi'nden iki genç, kent eşrafından birinin tedarik ettiği bir kamyonetle gelmiş, tabloları araca özenle yerleştirmişlerdi.

Gençler Celile'ye, isterse kendileriyle gelebileceğini söyleyince, ela gözlü pars altmış yaşında olduğunu unutup, balıklama atlamıştı maceraya.

96. 1932'de açıldı. İlk açılan halkevlerinden biridir.

Birkaç küçük mola dışında aralıksız yol gitmiş, Adana'ya ulaşmışlardı.

Adana Halkevi'nin yöneticileri Celile'yi büyük bir ilgiyle karşılamış, unutamayacağı bir konukseverlik göstermişlerdi.

Sergi salonu ve ziyaretçi sayısı da gayet tatminkâr olmuştu.

"Ayrıca..." diye anlatacaktı ilerleyen günlerde oğlunu Bursa Cezaevi'nde ziyaret ettiğinde. "Birkaç parça resim de satmaz mıyım..."

Anneciğinin, kazandığı parayla ilk iş olarak kendisini ziyaret ettiğinin pekâlâ farkındaydı Nâzım.

"Geçmiyor gibi görünse de, zaman çok çabuk geçiyor değil mi Celile?" dedi konuşmasının bir yerinde.

Yaşlı kadın, şişe dibi gözlüklerinin arkasından belli belirsiz görünen ela gözlerini kapattı ve bir hesap yaptı.

Kendisi altmış yaşına geldiğine göre, oğlu otuz sekizinde olmalıydı.

Nâzım imdadına yetişti ve "Sen otuz sekiz yaşındayken ne yapıyordun anne?" diye sordu.

Celile hafızasını yokladı. Yüksek sesle, "Paris maceramı otuz sekizimde sonlandırmıştım... Sultanahmet Meydanı'nda Halide Edip'in konuşmacı olduğu mitinge katılmıştım... İstanbul dekorunda, yalnızlığıma yelken açmıştım..." diye düşündü.

Ne Paris'e büyük aşkının acısını dindirmek için kaçtığından, ne de döndüğünde sevgili oğlunu İstanbul'da bulamadığından söz etti tabii ki Celile.

***

O gün, canını Bursa'da bırakıp, İstanbul'a evine dönerken öğrendi Londra'nın bombalandığını yaşlı kadın.[97]

---

97. 25 Ağustos 1940'ta, bir Alman uçağının mürettebatı, kaybolduğunu anlayınca, kentin üzerine birkaç bomba bıraktı. Winston Churchill derhal Berlin'e misillemede bulunulmasını istedi.

"Yazıyor, Londra'nın bombalandığını yazıyor!" diye yırtınıyordu otobüs terminalinde gazeteci çocuk.

"Bu sıcakta..." diye düşündü gayriihtiyari Celile. "Bir de tepelerinde bombalar!"

"Saçmalıyorum" dedi yaptığı benzetmenin ardından.

Birkaç gün sonra, bu kez İngilizler Berlin'i bombalayacaktı.

***

Takvimlerin 4 Eylül'ü gösterdiği gün Hitler "Topyekûn savaş!" emri verdi.

Celile, çılgın Alman'ın açıklamasını gazetelerden korkuyla okudu.

"İngilizler, Alman toprağında gündüz gözüyle uçacak cesarete sahip değil. Tanrı'nın yardımıyla bu gece korsanları durduracağız. İngiliz Hava Kuvvetleri üç bin ya da dört bin kilogramlık bomba atarsa, biz bir tek akında üç yüz ya da dört yüz bin kilogramlık bomba bırakacağız."

Dediğini yapacaktı Hitler!

İngilizlerin moralini yok etmeyi amaçlayan bombardımanlar ardı ardına gelecekti.

Londralılar, kenti yakıp yıkan bombalardan kaçmak için metroya sığınmak zorunda kalacaklardı.

Tahribat o kadar büyüktü ki, patlayan su boruları metro istasyonlarını basmış, Balham'da iki yüz elli İngiliz metro tünellerinde boğularak ölmüştü.

1940 yılının Eylül ayında başlayan bombardımanlar 1941 yılında da sürecekti.

Yetmiş Beş

Ela gözlü pars oğlunu solgun gördü ve hemen "Neyin var?" diye sordu.

"Müttefikler Paris'i ele geçirdi, Sovyet tankları Berlin'e girdi, Hitler ile karısı Braun intihar etti, Mussolini ile metresi Petacci yakalanıp öldürüldü, Japonya teslim bayrağı çekti ve ben de bu arada bir kalp ve bir karaciğerden oldum Celile" diye cevapladı annesinin sorusunu Nâzım.

"O nasıl söz, ağzından yel alsın!" diye tepki gösterdi Celile oğluna.

Ama doğru söylüyordu Nâzım.

Dişini sıkmakla baş edemez hale gelince doktora görünmüş, o da hem kalbinden hem de karaciğerinden hasta olduğunu söylemişti.

Ülkede yaşayan büyük çoğunluk gibi, biri içeride öteki dışarıda, her ikisi de zor günler geçirmişlerdi ve geçirmekteydiler.

Mesela, karne ile verilen ekmekten haklarına senelerdir günde sadece üç yüz gram düşüyordu.

İkisinin de neredeyse hiçbir geliri yoktu.

Celile biraz da laf değişsin diye "Neyle uğraşıyorsun şu aralar?" diye sordu.

Nâzım heyecanlandı, "*Memleketimden İnsan Manzaraları*'na[98] hız verdim" dedi.

---

98. *Memleketimden İnsan Manzaraları* beş ciltten oluşur. Beşincisi tamamlanmamıştır. 1938'de Nâzım Hikmet'in cezaevine girmesi ile konulan "eserlerini yayımlama ve okuma yasağı" nedeniyle, bu eser şairin yaşadığı süre içinde yayımlanamamıştır. 1965 yılında, yasağın kalkmasıyla birlikte, oğlu Memet Fuat'ın sahibi olduğu De Yayınevi, beş cilt olarak yayımlamıştır *Memleketimden İnsan Manzaraları*'nı.

Yaşlı kadın, oğlunun bu kitap üzerine epeydir çalıştığını biliyordu. Hatırladığı kadarıyla 1939'da başlamıştı yazmaya. Zihninden bir hesap yaptı, "Yaklaşık altı yıldır üzerindesin" dedi.

"Öyle ama epey ilerledim. Beşinci ve son ciltteyim" diye cevapladı annesini Nâzım.

İkinci Meşrutiyet'ten başlatmıştı kitabını Nâzım. Kurtuluş Savaşı'nı hedeflemiş ama İkinci Dünya Savaşı patlayınca projesini daha da genişletmişti.

Amacı, bütün bu tarihi altüst oluş sürecinde Anadolu'da yaşayan sıradan insanların başlarından geçenleri dile getirmekti.

Düzyazı, şiir, senaryo gibi tüm yazı tekniklerini kullanarak kaleme alıyordu kitabını usta şair.

Birden aklına geldi Nâzım'ın ve ayağa kalktı, gidip dağınık masasının üzerinden bir sayfa aldı geldi.

"Bak Celile, bu satırları senden esinlenerek yazdım. Anlayacağın, sen de memleketimden bir insan manzarasısın."

Celile şaşırdı. Nâzım'ın önüne koyduğu sayfayı oğluna doğru itti, "Oku da dinleyeyim" dedi.

Nâzım gülümsedi. Ela gözlü parsın, çok gerekmedikçe gözlerine başvurmak istemediğini biliyordu. Şiiri mümkün olduğunca hakkını vererek okumaya çalıştı.

"Güzel ela gözlerinde kuyruklu sürmeler, küçücük ağzı boyalı, yaşı altmışa yakın. Tansiyonu düşük, kalbi var. İşi gücü, aklı fikri resim yapmak. Kızlığından beri yaparmış.

Kocası ölünce, on sene evvel mücevherlerini satıp Roma'ya gidiyor elli yaşında. Bereket versin ki satmamış buradaki evini, yoksa dönüşünde acından ölecekmiş kadıncağız. Şimdi geçiniyor alt katı kiraya verip.

Evi bir âlem, püsküller, saçaklar, incik boncuklar, sonra dağ taş resim. Yağlıboya, pastel, hepsi birbirinden güzel çıplak kadın resimleri. Bir iki erkek başı da yok değil ama onlar da peri padişahının oğlu.

Sonra o ne tatlı, yumuşak renkler: şarap tortusu, gülkurusu, yavruağzı ve karyağdıların, pembelerin çeşidi, limonküfü, camgöbeği, zümrüt yeşili ve pırıl pırıl eflatun. Haşır neşir boyalarıyla hatun.

Burnunda gözlüğü (onu yalnız resim yaparken takar, çünkü dehşetli nefreti var ihtiyarlığı hatırlatan şeylere, gücenip küsüyor ihtiyarlığının ima edilmesine bile, insana düşman oluyor adeta) ne diyordum, burnunda gözlüğü fırçalar dişlerinin arasında (kırmızı saplı, beş kuruşluk küçük tutkal fırçaları, çünkü ötekiler çok pahalıymış. Zaten tuvalini bile kendi yapıyor: patiskayı tutkalla üstübeçleyip) ne diyordum, dişlerinin arasında fırçalar ve sürmeli gözlerini kısıp süzerek kendini bir kere kaptırdı mı renklere, dünya yıkılsa farkında olmuyor.

Nitekim farkında olmamış Şahin Paşaların evi yanarken..."

Ağzı açık dinledi Nâzım'ın okuduğu bölümü Celile.

Tam da kendisini anlatmıştı oğlu.

Gözlük, ihtiyarlık gibi konulara biraz takıldıysa da üstünde durmadı.

"Bir kopyasını istesem, şimdi oturup yazmazsın. Ben yazayım desem gözlüklerimi takmam lazım..."

Durdu sözlerinin bu noktasında Celile "Yaşlı gibi görünmek istemem ya hani" dedi ve bastı kahkahayı.

Nâzım, "Bakarsın yakında basılır, sana imzalı bir kitap veririm, her akşam yatmadan, gözlüklerini takar, okursun" dedi annesinin kahkahasına cevaben.

Yetmiş Altı

"Yeni adresim bu" diyerek küçük bir kâğıt tutuşturdu oğlunun eline Celile.

Nâzım annesinin verdiği kâğıdı okudu.

Selçuk Hanım Mahallesi, Irgındı Sokağı, No: 24 Bursa

"Sonunda" dedi. "Yaptın yapacağını."

Epey karşı çıkmıştı annesinin Bursa'ya taşınmasına ama sonunda teslim olmuştu.

***

Nâzım hastaydı. Kalp yetmezliği başını alıp gitmiş, karaciğeri aman vermez olmuştu.

Celile'nin Bursa'ya yerleşmesinin asıl nedeni, enikonu hasta olan oğluna göz kulak olmaktı. Düzgün yemekler pişirmek, ilaçlarına ve kontrollerine dikkat göstermek istiyordu yaşlı kadın.

O günlerde, güzel bir haber aldı Celile Nâzım'dan.

"Şu Vâ Nû ve Müzehher var ya anne, bak neler göndermişler bana!"

Celile, en az oğlu kadar sevinmişti Vâ Nû'nun Nâzım'la temas kurmasına.

"Sevgili Vâlâ, oğlumun tüm aksiliğine karşın büyüklüğünü gösterdi" diye düşündü ela gözlü pars.

Nâzım, Vâ Nû ve eşi Müzehher'in yılbaşı paketini çocuk gibi sevinerek açmıştı.

"Hemen otur ve güzel bir mektup yaz. Teşekkür et ve yeniden yazacağını söyle" dedi azarlar gibi yaparak oğlunu.

Annesinin sözünü dinledi Nâzım.

Vâ Nû ile bozmuş olduğu arkadaşlığını tamir için, en güzel kelimeleri kullanarak, birbirinden güzel cümlelerle bezeli bir mektup yazdı.

Cevap çok geçmeden gelecek, iki arkadaş yeniden dost olacaklardı.

***

Vâ Nû ile Nâzım mektuplaşırken ilginç bir gelişme oldu. Vâ Nû mektuplarından birinin bir yerinde Münevver'den bahsediyor, şöyle söylüyordu:

"Dayının kızı Münevver harikulade bir hanım. Nasıl temiz, nasıl evcimen, nasıl güzel... Öylesine sana bağlı, senin kavganın idrakinde, adını anarken ağzından çifte Nâzım çıkıyor, sorma... Sen de kıymetini takdir etmişsindir Münevver'in. Etmedinse et, e mi?"

Nâzım garipsemişti mektubu.

Celile'ye Münevver'i sordu bir karşılaşmalarında. Eğitiminden filan bahsettiler.

Bir başka gün, kendisini Münevver'in ziyaret ettiğinden söz etti Nâzım.

"Nasıl yakın, nasıl yakın anlatamam anne..."

"Eyvah!" dedi Celile.

Ve, sonunda olan oldu...

***

Deli gibi âşıktı yine Nâzım.

Kalbini öyle entipüften uçurmuş olsa birine, katiyen dert etmezdi Celile.

Mesela, Semiha Berksoy'a[99] ya da Suat Derviş'e[100] olan aşklarından da haberdardı. Ama bu, öylesi bir durum değildi.

Nâzım, bu kez de dayı kızı Münevver'e yakmıştı abayı.

Başından koca bir aşk hikâyesi geçmiş, tecrübeli bir âşık olarak, oğlunun bu aşkını önemsiyordu Celile.

Piraye'nin de haberi vardı Münevver'den.[101] Önce o da Celile gibi geçici bir heves zannetmiş, sonra acı gerçekle kucaklaşmıştı.

Celile'nin elinde büyümüştü Münevver. Nâzım'dan on beş yaş küçüktü ve Celile onun dünya güzeli bir kız çocuğu olduğu zamanları hatırlıyordu.

Nurullah[102] ile evlenmişti yeğeni. Nurullah'ı da gayet iyi tanıyordu Celile.

Resim gelişimini adım adım izlemişti.

Oğlunun gönlünü düşürdüğü Münevver, işte bu Münevver'di.

***

Bu arada, oğlunun affedilmesini sağlamak için çaba da sarf ediyordu yaşlı kadın.

---

99. 1934 yılında ziyaret etmişti Nâzım'ı. Nâzım, "İki Sevda" isimli şiirini Semiha Berksoy'a yazdı.

100. Nâzım, ilkin Birinci Dünya Savaşı'nın sonlarında kısa bir süre görüştü Suat Derviş'le. Sonra 1935'te tekrar görmeye başladı. "Gölgesi" isimli şiirini onun için yazdı.

101. Nâzım, iyi dostlarından Rasih Güran'ı Bursa'ya çağırmış, Piraye'den ayrılmak istediğini söyleyerek, kendisine iletmesi için bir mektup vermişti.

102. Nurullah Berk, 1906-1982 yılları arasında yaşadı. Resim yapmayı, ünlü Türk ressamlar İbrahim Çallı ve Hikmet Onat'tan öğrendi. Türkiye'de geomitrik-figüratif konstrüktivizmin ilk temsilcilerinden biridir. Sanatını kübist etki ile geliştirdi.

Sözgelimi, Nâzım'ın tam da o günlerde TBMM'ye başvurmasını sağlayan Celile'ydi.

Tıpkı Gazi'ye yazdırdığı gibi, bu kez de tepesinde durarak yazdırmıştı dilekçesini.

Ve sonra, ana oğul beklemeye geçmişlerdi.

Reddedildi dilekçe!

Yetmiş Yedi

Üç yıl sonra, 1949 yılının Mart ayında evini değiştirdi Celile. Yeni adresi Apdal Caddesi, Eskihamamaltı, No: 65 Bursa oldu.

İstediği gibi bir atölyeye sahip olmasa da resim yapmayı sürdürüyor, her fırsatta oğlunu ziyaret ediyordu.

***

19 Eylül günü, elinde *Vatan* gazetesinden kestiği bir yazı ile gitti Bursa Hapishanesi'ne.

"Sağ olsun, Ahmet Emin Yalman seninle ilgili bir yazı yazmış" dedi ve kupürü Nâzım'a uzattı.

Yalman yazısında "bireysel farklılıklar ve ifade özgürlüğü" konusunu öne çıkartmıştı. Liberal bir duruş sergilemiş, Nâzım Hikmet ile fikirlerinin herhangi bir yakınlığı olmadığını ima etmişti. Ayrıca, şairin komünist olmasının vatana ihanet olarak anlaşılmasının doğru olmadığının da altını çizmişti.

Nâzım, kupürün tümünü okuduktan sonra bir paragrafı yüksek sesle tekrarladı:

"Eğer Nâzım Hikmet'te komünist nazariyelerine muvazi düşünceler varsa, bunlar Türk vatan sevgisi haricinde bir tesanüte bağlanmanın bir alameti değildir. Türk şairi Nâzım Hikmet Moskof ajanı olmamıştı ve olamaz. Komünizm tarzında görünen hisleri ancak memlekette sefalet ve haksızlık çekenlere karşı duyduğu alaka ve hassasiyetin bir mahsulüdür ki cemiyetimizi yaşatmak için mutlaka bu sefaletlere çare bulmaya, bu haksızlıkları düzeltmeye mecburuz. Bu acıları duyanlar ve bize hatırlatanlar, milletin düşmanı değiller, aksine olarak, en basiretli dostlarıdır."[103]

Hoşuna gitmişti Yalman'ın yazdıkları. "Gerçek işte tam da böyle!" dedi Nâzım. "Validem..." diye devam etti. "İnsanların gazetelerde yazılan bu yazılara sessiz kalmaması lazım."

***

Nâzım'ın beklediği gibi olacaktı.

Yayınlarının ses getirdiğini gören Ahmet Emin Yalman, Nâzım'la ilgili yazmaya devam etti.

Öte yandan, Yalman'ın yazılarında bir küçük problem vardı Nâzım açısından.

Yazar, Nâzım Hikmet'i savunurken "onun komünist olmadığını" kanıtlamaya da çalışıyordu. Bu durum şairin canını aşırı sıkıyordu.

Böyle zamanlarda, ela gözlü pars yetişiyordu oğlunun imdadına.

"Neysen nesin Nâzım! Ne düşündüğünü, gerçeğin ne olduğunu dostlarına yazarak bildirirsin olur biter. Sakın tekzip filan yayımlayarak bir çuval inciri berbat etme!"

Hayatında ilk kez, anne sözü dinledi Nâzım.

***

103. Ahmet Emin Yalman, bu ve benzeri yazıları nedeniyle, 22 Kasım 1952'de, dinci görüşleriyle tanınan yazar ve avukat Hüseyin Üzmez tarafından tabancayla vuruldu. Üzmez 2009 yılında "cinsel istismar" ve "küçük yaştaki çocuğun ruh sağlığını bozma" suçlarından on üç yıl ceza aldı.

Vatan gazetesinde Yalman'ın başlattığı kampanyayı, aynı gazetede Avukat Mehmet Ali Sebük de omuzlamış yürüyordu.

Sebük, Nâzım'ın suçsuzluğunu hukuku kullanarak kanıtlıyor, durumu, dünyaca ünlü bir adli hata olan Dreyfus Davası'na[104] benzetiyordu.

Vatan gazetesinin sürdürdüğü bu kampanya üzerine, herkes, hükümetin ya da adalet mekanizmasının harekete geçeceğini zannetmişti.

Ama öyle olmadı!

Hem hükümet hem de adalet mekanizması, Nâzım'la ilgili olarak üç maymunu oynamayı sürdürdü.

104. 1894 yılında Yüzbaşı Alfred Dreyfus, Alman casusu olduğu gerekçesiyle Paris'te yargılandı, suçlu bulunarak sürgüne gönderildi. Émile Zola bu dava üzerine "Suçluyorum!" başlıklı bir yazıyla cumhurbaşkanına seslendi. Yazı büyük ses getirdi. Yargılamanın tekrarlanmasına karar verildi. On iki yıl süren yargılanma sürecinin sonunda Yüzbaşı Dreyfus beraat etti. Sökülmüş olan nişanları iade edildi. Ayrıca Legion d'Honneur nişanı ile ödüllendirildi.

Yetmiş Sekiz

Dağın tepesinden yuvarlanan kar topu, tam da Celile ve Nâzım ümitlerini keserken büyümeye başladı.

Bütün dünya Nâzım'dan söz eder, şiirlerini yayımlar olmuştu.

Nâzım'ın şiirlerini, o dönemde Fransa'da Milli Eğitim Bakanlığı görevlisi olarak bulunan Sabahattin Eyüboğlu çeviriyordu Fransızcaya.

Yurtiçinden Türkiye Gençler Derneği ve Avrupa'da İleri Jöntürkler Birliği, Nâzım'ın salıverilmesine dair kampanyayı büyütmek için canla başla gayret gösteriyorlardı.

Celile, durmaksızın kendisiyle ilgili yeni gelişmelerin haberini taşıyordu oğluna.

"Bak Nâzım, Tristan Tzara'nın[105] başkanlığında bir Nâzım Hikmet'i Kurtarma ve Eserlerini Yayma Komitesi kurulmuş. Örgüt UNESCO'ya Picasso, Aragon, Camus, Sartre, Simone de Beauvoir, Yves Montand da dahil olmak üzere yirmi dokuz meşhur kültür insanının imzasıyla bir mektup göndermiş. Senin salıverilmeni istemişler."

Nâzım çok önemsemişti Celile'nin söylediklerini. Uzattığı gazete kupürünü dikkatle okudu.

***

105. 1896 yılında Romanya'da doğan ünlü Fransız şair. Dadaist akımın önde gelen temsilcilerindendir.

Derken uluslararası hukuk, yazar, öğrenci örgütleri de katıldılar kampanyaya. Toplantılar düzenliyor, bulundukları ülkelerin sokaklarına afişler yapıştırarak Nâzım'ın salıverilmesi meselesini aktüaliteden düşürmemeye gayret ediyorlardı.

Tristan Tzara'nın başını çektiği komite bir adım daha ileriye götürdü mücadeleyi. 6 Kasım 1949'da başbakana bir mektup gönderdi ve Nâzım'ın bir an önce özgürlüğüne kavuşturulmasını istedi.

Celile, Tzara'nın mektubundan en önemsediği bölümü işaretledi ve okudu:

"İmzacı ülkeler arasında Türkiye'nin de bulunduğu Birleşmiş Milletler Antlaşması'na aykırı düşen, Nâzım Hikmet'in haksız yere cezaevinde tutulması, başlıca görevlerinden biri insanın manevi özgürlüklerini savunmak olan UNESCO'yu yakından ilgilendirmektedir..."

Celile bir gün sonra, üç milyonu aşkın öğrenci adına Uluslararası Öğrenciler Birliği'nin Türkiye Cumhuriyeti başbakanına gönderdiği mektubu getirdi Nâzım'a.

Bu mektupta da "Birleşmiş Milletler İnsan Hakları Evrensel Beyannamesi'nin açık bir şekilde ihlal edildiği, bu duruma derhal son verilmesi gerektiği" yazılmıştı.

Mektup hoşuna gitmekle birlikte, Nâzım heyecanını yitirmiş gibi görünüyordu.

Masasını işaret etti annesine ve "Bak, üzerinde bir şiir var" dedi.

Celile ayağa kalktı, gidip şiiri aldı, istemeyerek de olsa gözlüklerini taktı, önce başlığı okudu.

"Bir Nehre Atılan Cenaze" başlığını seçmişti oğlu, şiiri için. Yaşlı kadın okumaya çalıştı:

"Hapisliğimin on ikinci yılındayım
üç aydan beri de
canlı cenaze halindeyim...
ihtiyar bir kadın gelip durdu kapıda
annem
ana oğul cenazeyi kaldırdık
ben ayaklarından tuttum o başucundan..."

Şiirin tamamını okumadı Celile. Oğluna, kendisini asla böyle görmek istemediğini söyledi. Yılmanın, yıkılmanın, pes etmenin onun bildiği Nâzım'a yakışmayacağını düşünüyordu.

Ayrıca hazırlıklıydı da günün birinde böyle bir durumla karşılaşırsa nasıl davranması gerektiğine.

Çantasını açtı, içinden Nâzım'ın bir şiirini çıkarttı. Gözlüklerini tekrar taktı. "Dinle beni Nâzım" dedi ve devam etti.

"Sana, çok değil bundan sadece bir yıl kadar önce, iyi bir şair tarafından yazılmış bir şiirin son dörtlüğünü okuyacağım."

Sonra da dediğini yaptı ela gözlü pars:

"Yani içerde on yıl on beş yıl
daha da fazlası hatta
geçirilmez değil
geçirilir
kararmasın yeter ki
sol memenin altındaki cevahir."

Celile oğlunun "Hapiste Yatacak Olana Bazı Öğütler" başlıklı şiirinin yazılı olduğu kâğıdı dörde katladı ve çantasına itina ile yerleştirdi.

Ela gözlü pars, şairi hiç beklemediği yanından vurmuştu.

"Günün birinde..." diye düşündü Nâzım. "Bu duruma düşebileceğimi düşündüğü için yanında taşıyormuş demek bu şiirimi."

Öyle ya da böyle, bir yolunu bulup bu ruh halinden çıkması gerektiğini düşündü.

"Ama nasıl?" dedi yüksek sesle.

Nasıl olacaktı da, Nâzım eski Nâzım olacaktı?

"Yardım et bana Celile, takatim kalmadı" dedi anacığına biraz da utanarak.

Yetmiş Dokuz

Celile, kendisini Bursalı olmuş gibi hissediyordu. Arada bir İstanbul'a evine gitse de daha çok Bursa'da yaşıyordu.

Biraz resim yapıyor, daha çok da oğlunu ziyaret ediyordu.

"Münevver geldi anne!" dedi o gün sevinç içinde Nâzım.

Celile, Nâzım'ın haberi veriş biçiminden, Münevver'in oğluna iyi geldiğini hissetti. "Keşke daha sık gelse" diye düşündü.

***

Dünya ayağa kalkmış, Türkiye birbirine girmiş, bir tek hükümet görmemiş, duymamış, konuşmamıştı Nâzım'ın salıverilmesi konusunu.

Uluslararası Demokrat Hukukçular Örgütü'nün başkan ve genel sekreteri, Meclis Başkanı Şükrü Saraçoğlu'na, Adalet Bakanı Fuat Sirmen'e, Milli Savunma Bakanı Hüsnü Çakır'a birer mektup göndermiş, Nâzım'ın serbest bırakılmasını talep etmişlerdi.

Örgüt, aynı mektubu Birleşmiş Milletler, UNESCO gibi kuruluşlara da göndermişti.

Mektup, Nâzım'ın davasının hukuki dayanaksızlıklarını anlattıktan sonra "*Hakkın açık ve kaba bir şekilde ihlalini hiçbir dürüst vicdan kabul edemez*" diyordu.

Celile'ye göre, mektupta kullanılan "*zamanımızın en büyük ya-*

zarlarından ve en seçkin düşünürlerinden biri" sözcükleri gelişigüzel seçilmiş değildi. Ayrıca, Nâzım'ın "*ceza ve cefa çektiğinden, hastalığından, hayatının tehlikede olduğundan*" da söz edilmişti.

Mektubun imzacıları arasında kralın danışmanı ve İngiliz Parlamentosu üyesi D. N. Pritt, Paris Barosu Genel Sekreteri J. Nordmann da vardı.

Celile, "Bunlar çok iyi gelişmeler" deyip durdu o gün oğluna.

Nâzım ise "İyi ama bir işe yaramıyor ki Celile" diye söylenmeyi sürdürdü.

***

Birkaç gün sonra, alı al moru mor geldi hapishaneye ela gözlü pars. Elinde *Hürriyet* gazetesi vardı.

"Bu da nereden çıktı? Gazete senin söylediğini yazmış!" diye bağırdı.

"Öyle" dedi kısa yoldan Nâzım.

"Sözde avukatın zor engelliyormuş seni" dedi kuşkuyla Celile. Gözlerinden ateş fışkırıyordu.

"Evet. Zor engelliyor" diye cevapladı annesini, olabildiğince sakin bir ses tonuyla Nâzım.

"Katiyen izin vermem böyle bir duruma!" diyerek ültimatomunu çekti yaşlı kadın.

Nâzım güldü. "Öyle olsun" dedi annesine. Biraz düşündü ve "Şu 3 Mart'ta hükümetin Meclis'e verdiği af yasası var ya hani, onun akıbeti belli olsun, sonra ayrıntılarıyla konuşuruz bu konuyu" diye de bir açıklamada bulundu.

Celile, gözü gazetelerde, kulağı radyoda af yasasını izlemeye koyuldu.

Beklediği haber çok gecikmeden gelecekti.

Nâzım'ın beklediği tasarı, Meclis'te engellenmişti!

***

Celile'nin tahmini tutmuştu.

Oğlunu, "açlık grevi" lafını durup dururken etmeyeceğini bilecek kadar tanıyordu.

O gün hapishaneye gittiğinde, dostlarına mektup yazarken buldu Nâzım'ı.

"Tanıdığım herkese yazıyorum, o nedenle de kısa tutuyorum" dedi Nâzım, dünyanın en doğal işini yapıyormuş gibi Celile'ye.

Celile sesini çıkartmadı. Nâzım'ın uzattığı 30 Mart tarihli mektuplardan birini okumaya koyuldu:

"Bu işi yapıyorsam yeis neticesi, yılgınlık, çöküntü neticesi değil, hakkımın, adaletin, hakikatin ortaya çıkması için, yapılacak başka bir şey kalmadığı için, kanun yollarının açılmasına, gerekli makamları harekete geçirmeye yardım olsun diye yapıyorum."

Oğlu yazarken, Celile onu seyretti uzun uzun.

Kırk sekiz yaşındaydı Nâzım'ı. Selanik'ten başlayarak bir film şeridi gibi geçti oğluyla geçirdiği günler gözünün önünden. Mehmet Nâzım Paşa'nın konağında, Halep'te başlarından geçenleri tek tek hatırladı.

Abide-i Hürriyet'in açılış günü ezberinden söylediği marş, Galatasaraylı ağabeylerinin şehit olmaları üzerine başucuna astığı gazete haberi, denizci olmayı kafasına koyduğunda yazıp Celal Paşa'nın huzurunda okuduğu şiir, Vâ Nû ile Anadolu'ya, oradan

Rusya'ya gidişleri. Ve sonra Türkiye'ye döndüğünde, yoksulların yanında, kapitalist zihniyette olan herkese ve kuruma karşı giriştiği Don Kişotvari büyük kavga...

Şimdi de karşısında oturmuş, mektup yazarak, açlık grevine gideceğini bildiriyordu dostlarına ve arkadaşlarına Nâzım'ı.

"Nereye varacak bu işin sonu?" diye düşündü Celile. Nâzım'ın inadını bilirdi. Annesiydi.

Bu ülkeyi yönetenlerin davranış biçimlerine dair de bir fikri vardı. Osmanlı'nın genetik mirasının Türkiye Cumhuriyeti tarafından devralındığı gün gibi ortadaydı.

Zamanında padişah nasıl Nuh deyip peygamber dememişse, bugün de aynı davranışı, devlet mekanizmasını elinde bulunduranlar sergiliyordu.

İki inatçı keçinin, birlikte geçemeyecekleri kadar dar bir köprüde karşılaşmaları misali bir durumdu söz konusu olan. Tek fark, sonunda uçuruma düşecek olanın dünden, hatta kırk yıl önceden belli olmasıydı.

Devlet ile bireyin mücadelesinde, kimin kazanıp kimin kaybedeceğini bilecek kadar devletlu bir geçmişi vardı Celile'nin.

Hayatında ilk kez, sahiden çok korktuğunu hissetti.

Seksen

"Kimler yok ki imzacıların içinde" dedi heyecan içinde Celile.

Yeğeni Münevver'le, Bursa'daki evinde karşılıklı oturuyorlardı.

Nâzım'ın açlık grevine gireceğini duyunca, apar topar gelmişti Münevver İstanbul'dan. Celile'yle el ele verip, sevgilisinin fikrini değiştirmeyi umut ediyordu.

Celile Münevver'e baktıkça, kısmen de olsa kendi gençliğini görür gibi oluyordu.

"İlk defa..." diye düşündü. "Yanına yakışacak güzellikte bir kadın buldu kendine Nâzım."

Sahiden öyleydi. Münevver gerçekten güzel bir kadındı. Soyuna çekmişti.

Gözleri dolu dolu oturuyordu şimdi müstakbel kayınvalidesi ve aynı zamanda halası Celile'nin karşısında.

"Ne diyorsunuz, sahiden yapar mı söylediğini?" diye sordu acı içinde Münevver.

Celile "Keşke yanılıyor olsam..." diye cevaplamaya çalıştı erkek kardeşinin kızını. Ama cümlesini tamamlayamadı. Eliyle ağzını kapattı ve sustu.

Münevver, Celile'nin de kendisi gibi panik içinde olduğunu anlamıştı. "Belki de..." diye düşündü. "Yardımını almaya çalışmak yerine teselli etmem gerekiyordur halamı."

Aslında tam da öyleydi. Bir anne olarak, Celile kan ağlıyordu. Birilerine destek olacak gücü bulmak bir yana, ayakta zor duruyordu.

Münevver, az önce aklından geçenlerin tam da tersini yaptı. Kendini bıraktı ve "Başlamadan bitecek mi yani?" diyerek hıçkırıklara boğuldu.

Celile, güzel kadının biraz Nâzım ama daha çok kendisi için ağladığını düşündü. Kızmadı. Aşkın tek taraflı bir duygu olduğunu, yaşamış ve görmüş biri olarak ondan daha iyi kim bilebilirdi?

Biraz sustuktan sonra, konuşmayı başlattıkları ilk noktaya geri döndü ve "Kimler yok ki imzacılar içinde" dedi.

Münevver'in kendi içine çekilmiş olduğunu görünce vazgeçti konuşmaya devam etmekten.

***

"Biz aşağıda imzaları bulunan Türk aydınları, şair Nâzım Hikmet'in bir an evvel serbest bırakılmasını sizden ve yüksek meclisin asil vicdanından bekliyoruz. Bu hareketimizle bütün Türk aydınlarının arzu ve temennilerine tercüman olduğumuza eminiz."

Nurullah Ataç, Halide Edip Adıvar, İbrahim Çallı, Behçet Kemal Çağlar ve daha kimler kimler...

"Bir tek Yahya Kemal Beyatlı imzalamamış" diye düşündü Celile.

Sormuş soruşturmuş, işin aslını öğrenmişti. Ulaştırılmıştı imza metni Kemal'e. "Beni bu işe katmayın" diyerek geri göndermişti.

"Bir insan nasıl bu kadar hain olabilir?" diye tekrarladı defalarca kendi kendine.

İlk defa bu kelimeyi kullanıyordu Celile. Eski büyük aşkı, en sonunda "hain" bile dedirtmişti kendisine.

"Acaba haksızlık ediyor olabilir miyim?" diye kendisini sorgulamak aklına bile gelmedi yaşlı kadının.

Birlikte yaşadıkları onca güzel gün ve bu arada oluşan hukuk nedeniyle, şairin böyle bir davranışı asla kabul edilemez ve mazur görülemezdi.

Kaldı ki, sadece zamanında hocalığını yapmış olduğu için bile, Nâzım'a bir vefa borcu olması gerekirdi.

Hasılı kelam, Yahya Kemal'in isminin, o imza metninin en başında olması gerekiyordu. Ama yoktu!

Düşünceleri bir türlü rahat bırakmıyordu Celile'yi. Geriye gitti, Ankara'da kendisine iki kez mektup bıraktığını düşündü.

"İnsan, en azından bir satırla, elinden bir şey gelmediğini yazma nezaketini göstermez mi?" diye düşündü yaşlı kadın.

Göstermemişti Kemal!

Paris'te yaşamış ya da payitahtta soluk almış olmak yetmiyordu demek nezaketi öğrenmeye. Köylü nadanlığı görünürde silinse de, kentli nezaketini bünye bir jenerasyonda hazmedemiyordu demek!

"O ince, derin şiirler, gönülden gelmiyormuş. Sadece, kelimelerin ustalıkla yan yana dizilmesinden ibaretmiş meğer" diye söylendi yaşlı kadın.

Üzerinden çok zaman da geçmiş olsa, böylesi bir adama gönül vermiş olduğu için hüzünlendi.

Aşk gözlerini nasıl da kör etmişti zamanında!

Yine de pişman değildi ela gözlü pars.

Aşkın tek kişilik bir ruh hali, kalp hareketi olduğuna, başını dinlemek için kaçtığı Paris günlerinde, yani epey önce karar vermişti.

Seksen Bir

Günler geçiyordu.

Aydınlar, meclis başkanından dilekçelerine bir cevap gelmeyince, bir kez de Cumhurbaşkanı İnönü'ye yazmışlardı.

Meseleye birçok açıdan yaklaştıktan sonra, çok önemli bir de tespitte bulunmuşlardı:

"Memlekette komünist hareketini doğrudan doğruya sevk ve idare ettikleri için tutulan ve yargılanan teşkilatçı şefler dahi azami dört yıl hapse mahkûm edilmiş oldukları halde, şair ve sanatkâr Nâzım Hikmet on iki yıldan beri hapiste yatıyor. Bu uzun ıstıraba ve onun etrafındaki türlü türlü yankılara nihayet vermek için Devlet Reisi olarak elinizdeki bütün yetkileri kullanmanızı sizden rica ederiz."

"Daha ne desinler!" diye bağırdı yeğeni Münevver'in şaşkın bakışları arasında Celile.

Az sonra, Münevver'i de alıp oğlunu görmeye gidecekti.

"Onun yanında bağırmamak için" diye izahat verdi Münevver'e ve ardından bir kez daha haykırdı:

"Daha ne desinler!"

***

Celile ve Münevver odasına girdiklerinde, masasının başında çalışıyordu Nâzım.

"Yüzünde güller açtı" diye düşündü Celile. Kendisini gördüğünde de seviniyordu kuşkusuz ama aşka dair tebessüm farklı oluyordu.

"Ne yapıyorsun?" diye sordu Münevver en yumuşak ses tonuyla.

Nâzım uzun uzun yaptığı çevirilerden ve öteki çalışmalarından söz etti. Hangi yayından kaç kuruş alacağı hakkında bilgi verdi.

Sonra tekrar döndü kapının üzerinde kilit. Piraye ve Samiye girdiler bu kez de odaya.

Celile, Nâzım'ın bocaladığını fark etti. Piraye'nin de yüzü asılmıştı. Belli ki öğrenmişti Nâzım'ın gönlünün iyiden iyiye Münevver'e kaydığını.

Celile ve Samiye öpüşürlerken, Piraye Nâzım'a "Şu açlık grevi meselesi için geldim" dedi. Belli ki çok korkmuştu.

Nâzım "Evet" diye cevapladı karısını.

Aslında o bir kelimenin içinde "Beni affet, senin burada olmaman lazım, boş ver şimdi açlık grevini" filan gibi onlarca laf da vardı söylenmeden söylenmiş olan.

Piraye anladı, tek kelimeyle ifade edilen onca sözü. Birkaç dakika sonra Samiye'ye "Biraz dışarıya çıkalım mı?" diye sordu.

Onlar çıkınca, Nâzım "Mehmet Ali[106] Ankara'da validem" dedi. Sonra, onun Ankara temaslarından bir sonuç çıkmazsa, İrfan Emin'in ertesi gün *Cumhuriyet* gazetesinde bir basın toplantısı yapacağını anlattı.

"Sonra?" dedi Celile.

Nâzım cevap vermedi. Yanında oturmakta olduğu Münevver'in elini tuttu.

***

106. Nâzım Hikmet'in avukatlarından Mehmet Ali Sebük.

İlerleyen günlerde, Nâzım'ın söylediği gelişmeler oldu.

İrfan Emin'in basın toplantısından bütün gazeteler söz etti.

Aynı gün, Nâzım'ı açlık grevinden caydırmak amacıyla dostları, arkadaşları cezaevine akın ettiler.

Şair, kararını değiştirmeyeceğini açıkladı.

Celile, oğlunun o gece son yemeğini yediğini hissetti. Ertesi günün sabahı, yani 8 Nisan'da, Nâzım açlık grevine başlamıştı.

Savcılık derhal devreye girdi. Bir Adalet Bakanlığı başmüfettişi Nâzım'a grev yapmanın yasak olduğunu tebliğ etti.

Sağlık Bakanlığı da bir terslik olmamasını sağlamak için Nâzım'ın muayene edilmesi talimatını verdi.

Doktorlar akıl sağlığının yerinde olduğunu, buna mukabil kalbinin rahatsız olduğunu söylediler.

Raporlarına "Hapishane koşullarında, kalbindeki rahatsızlığın hangi aşamada olduğunu söyleyemeyeceklerini, tam teşekküllü bir hastaneye naklinin gerektiğini" ilave ettiler.

***

Celile, oğlunun İstanbul'a nakli üzerine tasını tarağını bavuluna koydu ve Kadıköy'deki evine taşındı.

Nâzım'ını o günden itibaren Sultanahmet Cezaevi'nde takip edecekti.

Seksen İki

9 Nisan sabahı Celile, Nâzım'ın avukatı İrfan Emin'in Sirkeci'deki bürosuna uğradı.

Bürodakiler hep birlikte cumhurbaşkanına gönderilecek bir telgraf metni üzerinde çalışıyorlardı.

Yaşlı kadın metinde yer alan "*başlamış olan faciayı önlemek üzere harekete geçilmesi gerektiğine*" dair cümleyi duyunca, bayılacakmış gibi hissetti.

O gün oğlunu ziyaret etmeye gitmedi.

İrfan Emin'in telgrafı etkili olmuştu. Akşamüzeri Ankara'dan, Nâzım'ın öteki avukatı Mehmet Ali Sebük bir telgraf çekmiş, "*girişimlerin sonuçlanmak üzere olduğunu*" bildirmişti. Grevin ertelenmesini istiyordu.

Nâzım açlık grevine son verdi!

Celile havalara uçtu.

***

Sonraki günlerde, gelişmelerin hiç de beklendiği gibi olmayacağı görülecekti.

Nâzım, Cerrahpaşa Hastanesi'nde bir kez daha muayene edilmiş, Üsküdar Cezaevi'ne nakledilmişti.

Affa dair hiçbir haber gelmiyordu.

Celile, mümkün olan bütün zamanlarda oğlunun yanında olmaya çalışıyordu.

Üsküdar Cezaevi'nde Nâzım'ı görmeye gelen sadece Celile değildi. Samiye, Münevver, Piraye de geliyorlardı.

Bir defasında, Münevver ve Piraye çakıştılar!

Tıpkı Bursa'da olduğu gibi, o gün de son derece kasvetli bir hava oluştu cezaevinde.

Celile "Ölümün kol gezdiği bir ortamda aşkın işi ne?" diye düşündü bir ara. Sonra süratle çıkarttı aklından bu düşünceyi.

Belliydi, oğlu, iki kadına da, mutluluktan çok acı veriyordu. Gözlerine yansıyan acının bir nedeni de bu olmalıydı.

Ayrıca, Piraye'nin gözlerinde bir yenilmişlik de okudu Celile.

Kendisine sorsalar, o günden sonra Piraye'nin Nâzım'la bir daha asla yan yana gelmeyeceğini rahatlıkla söyleyebilirdi.

Celile, sağlık açısından Nâzım'ı hiç mi hiç iyi görmemişti ayrıca.

Açlık grevine tekrar başlamamasına karşın, fena halde yorgun, bitap görünüyordu.

Bu konuyu hem avukatlarla hem de cezaevinin müdürüyle konuşmaya karar verdi.

25 Nisan günü ziyarete gittiğinde, Nâzım'ın Cerrahpaşa Hastanesi'ne nakledildiği haberini aldı.

Derhal hastanenin yolunu tuttu.

Nâzım, kapısında jandarmanın beklediği tek kişilik bir odadaydı.

***

1 Mayıs'ta dünya işçi gününü kutlarken, Nâzım Üsküdar Cezaevi'nde, bir açıklama yazarak ikinci kez açlık grevine başladı.

"Açlık grevimin seyri esnasında müdahalelerden korunmayacak derecede zayıf düştüğüm ve kendimi kaybettiğim zaman cebren beslenirsem, kendime gelir gelmez grevime tekrar devam edeceğimi, ölümüme veyahut herhangi bir kanun yolundan tahliyeme kadar bunun böyle sürüp gideceğini ayrıca bildiririm. Nâzım."

Celile kendisini hiç bu kadar çaresiz hissetmemişti.

Saat çalışmaya başlamış, her "tik tak"ta canı ölüme biraz daha yaklaşır olmuştu.

Neyse ki, kardeşi Münevver kendisiyle birlikteydi.

***

Açlık grevinde olan oğlunu altı gündür göremiyordu Celile.

O sabah da yanında kardeşi Münevver olmak üzere, bir umut cezaevinin yolunu tutmuştu.

Kapıda Avukat İrfan Emin vardı. Görüştürmemişlerdi onu da Nâzım'la.

Ama, bir şiirini ulaştırmayı başarmıştı Nâzım avukatına.

Celile, başlığı "Açlık Grevinin Beşinci Gününde" olan şiirle kaldırıma oturdu. Nefret ettiği gözlükleri taktı:

"Kardeşlerim
Demek istediklerimi doğru dürüst diyemiyorsam
Kusura bakmayın kardeşlerim
Azıcık sarhoş gibiyim, birazcık dönüyor kafam
Rakıdan değil
Açlıktan hafif tertip.

Kardeşlerim
Avrupa'dakiler, Asya'dakiler, Amerika'dakiler
Ben hapiste açlık grevinde değil de
Bir kırda yatıyor gibiyim bu mayıs ayında geceleyin.
Ve gözleriniz ışıl ışıl yıldızlar gibi başucumda
Ve elleriniz tek bir el
Anamın eli gibi..."

Celile "Anamın eli gibi" yazan satırı okuyunca gözyaşlarına boğuldu.

Seksen Üç

Gazeteler durmaksızın Nâzım Hikmet'in açlık grevinden bahsediyordu.

Celile ve kardeşi Münevver her sabah bütün gazeteleri tarıyor, o gün için umuda kapılıyor ama akşama kadar ses seda çıkmıyordu.

Yaşlı kadın evin içinde deli gibi dolaşıyor, bazen odasında asılı olan Saatli Maarif Takvimi'ne, çoğunlukla da "tik tak"larından nefret ettiği duvarda asılı saate bakıyordu.

Telefon çaldığında "İyi mi kötü mü?" diye, ama mutlaka telaş içinde alıyordu eline ahizeyi.

Avukat İrfan Emin bir gün önce aramış, ertesi gün Nâzım'ın hastaneye götürülebileceğini söylemişti.

Gece boyu gözüne zırnık uyku girmemişti Celile'nin, dönüp durarak arapsaçına çevirmişti yatağı ve yorganı.

Erkenden kalkmış, Saatli Maarif Takvimi'nden üzerinde 9 Mayıs yazan yaprağı kopartmış, komodinin yanındaki sandalyeye oturup uzun uzun düşünmüştü.

Münevver'in "Haydi kahvaltıya!" demesi üzerine sofraya oturmuş ama ağzına bir lokma bile koyamamıştı.

Sonra tekrar odasına girmiş, gerçekleştirmeyi tasarladığı "tek kişilik eylemi" için giyinmiş, bastonunu da alarak Münevver'e fark ettirmeden sokağa çıkmaya çalışmıştı.

Galata Köprüsü'nün üzerinde, avazı çıktığı kadar bağırmaktı niyeti.

Neyse ki daha merdivenlerde kardeşi tarafından durdurulmuş, akıllı uslu bir protesto yapması yolunda ikna edilmişti.

Münevver çıkıp kâğıt, çıta filan almış, Celile pankartını hazırlarken de telefonla oğlu Oktay'a teyzesinin ne yapmak istediğini anlatmıştı.

Oktay, gazeteci arkadaşlarına haber vereceğini söylemiş, bir süre nasıl bir eylem olması gerektiği üzerinde konuşmuşlardı.

Hazırlıklar tamamlanınca Celile ve Münevver, Oktay'ın tedarik ettiği bir otomobille Harem üzerinden Sirkeci'ye geçmişlerdi.

Oktay faydasının dokunacağını düşünerek, Celile'nin gerçekleştireceği eylemden Piraye'yi de haberdar etmiş, destek istemişti.

Piraye de pür dikkat izler olmuştu Nâzım'ın açlık grevini ve o da mutlaka bir şeyler yapılması gerektiği düşüncesindeydi.

Nâzım'ın açlık grevini bırakmayacağını, göz göre göre ölüme gideceğini en iyi bileceklerden biri de Piraye'ydi kuşkusuz.

Daha çok da bu nedenle, Oktay'ın telefonu üzerine derhal hazırlanmış, soluğu Galata Köprüsü'nün üzerinde almıştı.

Kardeşi Münevver ve yeğeni Oktay ile Galata Köprüsü'ne doğru yola koyulduklarında, Nâzım'ın iyice fenalaştığını henüz bilmiyordu Celile.

Cezaevi müdürlüğü derhal bir ambulans çağırmış, Nâzım kontrol için Adli Tıp Müdürlüğü'ne gönderilmişti. Kendini bilmez vaziyette, oradan da Cerrahpaşa Hastanesi'ne taşınmıştı.

Cerrahpaşa Hastanesi'ndeki üyeleri vasıtasıyla Nâzım'ın durumundan haberdar olan İstanbul Yüksek Tahsil Gençlik Derneği derhal organize olmuş, duvarlara üzerlerinde "Nâzım Hikmet Kurtarılmalıdır" yazan afişler yapıştırmaya başlamışlardı.

Oktay gazeteci arkadaşlarına doğru, biraz da bunun için yürümüş, Celile'nin, oğlunun son durumundan haberdar olmadığını, bu konuda bir şey sorulmazsa iyi olacağını tembihlemek istemişti.

Oktay ve Piraye, masayı kurup imza defterini üzerine koyunca, Celile önce bastonunu sonra otomobilin bagajında bulunan pankartı kaptığı gibi başlamıştı bağırmaya.

"Nâzım Hikmet açlık grevinde. Bugün, hiçbir şey yemeden geçirdiği günlerin dokuzuncusu..."

Bir taraftan da elindeki pankartı sallıyordu Celile. Pankartın üzerinde şunlar yazılıydı:

"HAKSIZ YERE MAHKÛM EDİLEN OĞLUM NÂZIM HİKMET AÇLIK GREVİNDEDİR. BEN DE ÖLMEK İSTİYORUM. GECE GÜNDÜZ ORUÇLUYUM. BİZİ KURTARMAK İSTEYENLER BU DEFTERE ADRESLERİNİ DE YAZARAK İMZALASINLAR."

Foto muhabirleri makinelerine davranmış, poz poz resimlerini çekiyordu Celile'nin.

Muhabirler ise, ellerinde defterleri ve kalemleri ile Celile'ye sorular soruyor, aldıkları cevapları kaydediyorlardı.

Bu esnada Piraye imza masasının üzerinde bulunan defteri ve kalemi alarak köprünün karşı yakasından geçmekte olan bir adama doğru koştu ve adamla konuştu. Sonra geri geldi ve defter ile kalemi yerine, masanın üzerine koydu.

Gazeteciler röportajlarını yapıp, fotoğraflarını çekmiş olarak süratle gazetelerine döndüler.

Niyetleri, haberi akşam baskılarına yetiştirmekti.

"Olmazsa..." dediler uzaklaşırken. "Mutlaka yarının gazetelerinde yerini alır."

Celile, Münevver, Piraye ve Oktay hava kararana kadar defterin başında beklediler ve İstanbullulardan imza topladılar.

Sonra Oktay "Nâzım'ı Cerrahpaşa'ya götürmüşler" diyerek kötü haberi verdi.

Celile'nin korktuğunu görünce "Kötü bir şey yok. Herhalde zorla besleyeceklerdir" diyerek sözlerine açıklık getirdi.

Otomobil hareket edince, bir kötü haber de Piraye verdi Celile'ye.

"Elimde imza defteriyle koşarak köprünün öteki tarafına geçtim ya hani, Yahya Kemal Bey'i gördüm de onun için. İmzalamak istemedi."

Celile "Ne dedi?" diye sordu acı içinde.

"Onu bu işlere bulaştırmamamızı istedi."

Ela gözlü pars, acı gerçekle defalarca kucaklaşmasına rağmen, yine içinden bir şeyin kopup gittiğini hissetti.

Sonra "Değmez ki!" diye düşündü.

Ölüm döşeğinde olan evladını bir an önce görebilmek için "Biraz daha hızlı gidemez mi bu otomobil?" diye sordu.

Seksen Dört

Nâzım hastanede kendine gelirken, 14 Mayıs genel seçimleri yapıldı. Cumhuriyet Halk Partisi ağır bir yenilgi aldı.

15 Mayıs günü, Laleli'de bulunan Çiçek Palas Salonu'nda gençler Nâzım Hikmet'in bağışlanmasını isteyen bir toplantı tertip ettiler. Celile'nin de katıldığı bu toplantı sağcı gençler tarafından basıldı.

16 Mayıs günü aydınlar ve sanatçılar Nâzım Hikmet'e şöyle bir telgraf çektiler:

"İktidar değiştiği için, bugün haklı taleplerinle ilgilenecek sorumlu makam henüz fiilen teşekkül etmemiştir. Yeni iktidar kuruluncaya ve bu husustaki durum aydınlanıncaya kadar, açlık grevinize fasıla vermenizi ısrarla rica ediyoruz."

Celile, 19 Mayıs günü oğlunun açlık grevine ara verdiğini öğrendi.

15 Temmuz 1950'de yürürlüğe giren af yasası ile, Nâzım özgürlüğüne kavuştu.

Bir kerede, on üç yıl beş ay hapis yatmıştı.

***

Nâzım'ı hapisten Vâ Nû çıkarttı ve doğruca Salacak'taki evine götürdü.

Arkalarından Celile geldi. Oğlunu ve Münevver'i mutlu buldu.

Bir ara, gözü duvara dayalı piyanoya ilişti ela gözlü parsın.

"Kimin bu piyano?" diye sordu.

Müzehher[107] kendisinin olduğunu söyledi.

"Çalsana anne!" dedi konuşmaya kulak misafiri olan Nâzım.

"Çok zaman geçti be oğlum" dedi Celile.

Nâzım ısrar etti.

Celile'nin aklına, Nâzım'a hamileyken Chopin'in prelütleri üzerine çalıştığı geldi.

Hafızasını biraz zorlayınca, en sevdiğinin ve en çok çaldığının on beşincisi olduğunu hatırladı. Piyanonun başına geçti.

Celile Raindrop'u çalarken Vâ Nû Müzehher'in, Nâzım Münevver'in elini tuttu.

Yaşlı kadın kırk sekiz yıl öncesine, Selanik'te oğluna hamile olduğu günlere geri döndü.

Parçayı gözyaşları içinde tamamladı Celile.

Nâzım, ela gözlü parsı elinden tutup ayağa kaldırdı, boynuna sarıldı.

Kamburu çıkmış, ayakta zor duran yaşlı kadının kulağına "Bugün beni bir kez daha doğurdun anne" dedi.

Celile ne diyeceğini bilemedi. Sustu.

***

Sonra altı yıl daha yaşadı ela gözlü pars.

Son sergisini Ankara'da açtı.

Sergiden hemen sonra kalp krizi geçirdi ve yetmiş altı yaşında hayata gözlerini yumdu.

107. Vâlâ Nurettin 1932 yılına kadar Meziyet Hanım ile yaşadı. Eşi ölünce, 1939'da Müzehher Hanım'la evlendi.